D0829662

Adélaïde Marèse avait de toute évidence beaucoup vécu et sa personne candide, dans le brouhaha que l'entrée des choristes avait soulevé et que ponctuaient leurs rires, réveilla en moi le sentiment récurrent de connaître quelqu'un qui compterait, je ne savais dans quelle mesure ni par quel biais, dans ma vie. Quelque chose de caché, un orgueil coriace que sa modestie ne dissimulait pas tout à fait, conférait à son corps menu, fragile, un certain hiératisme. On ne s'impose à un autre que par les secrets dont on sait s'entourer. Et puis, elle était cette étrangère qui devait l'être partout, qui portait sur le visage ce peu de destin que confère l'exil.

Elle était restée debout dans un lieu de passage, près de la caisse, puis, armée de l'audace du timide que ses gestes précèdent souvent avec maladresse et brusquerie, elle fendit le groupe gouailleur des protecteurs qui entourait une fille dont la somptuosité nacrée du corps, que sa tenue de combat laissait à découvert, compensait l'usure du visage. Elle portait la tunique d'un pâtre grec qui eût été un enfant. Ce fut elle qui obligea ses compagnons à s'écarter. Adélaïde crut qu'elle était l'une des choristes qu'elle avait admirées, s'arrêta un instant, la regarda dans les yeux, fit un grand pas comme pour nier son indiscrétion, et tomba à plat ventre entre les tables, la tête entre les jambes, entre les pieds nus croisés sur les chaussures des grands-parents qui, dans la pénombre pleine de reflets mouvants inondant la salle du fond avant que le dîner n'impose l'allumage des lampes, avaient pris l'aspect de batraciens démesurément grandis dans une mare à l'écart de tout soleil.

Le rire forcé qui était une façon d'exiger l'admiration des présents pour la prouesse du croc-en-jambe si prompt, si proprement exécuté, fit tourner tous les regards vers Rosette, et elle se mit à danser sur un pied, reprenant son rire d'invite adressé aux familiers qui, sans doute, à son goût, ne l'avaient pas suffisamment fêtée, et qui, de surcroît, s'étaient empressés

23

autour d'Alélaïde pour l'aider à se relever, lui trouver une place, déplacer et replacer la table une fois qu'elle se fut assise. Son seul complice fut, un instant, le serveur à la boucle d'oreille en strass, qui la souleva en l'air en gueulant quelque onomatopée de triomphe à la cantonade. Rosette avait – disait Adélaïde, que ces expressions enchantaient – des cheveux de lin, qu'elle faisait virevolter en masse d'une épaule à l'autre lorsqu'elle voulait se soustraire à ce qu'on lui demandait de faire, un teint de pêche, des yeux d'un bleu si pâle qu'ils frisaient la transparence, la grâce dans ses manières des enfants qui fréquentent les cours de danse, et l'exacte denture caillouteuse de son père. Elle partageait aussi avec lui le même rictus, qui leur plissait la peau vers les pommettes, de l'amuseur voulant à tout prix accrocher l'assistance. Ce jour-là, Rosette était attifée d'une robe à volants dont la jupette se superposait à des pantalons bouffants s'arrêtant à mi-mollet. Il y avait quelques épaisseurs et deux ou trois couleurs de trop.

Adélaïde avait gardé une main aux doigts entrouverts sur la poitrine, qu'elle semblait vouloir contenir et tout à coup c'était une héroïne d'opéra écoutant de son partenaire le récit d'un grand malheur. En fait, un rien lui mettait ce poids de pierre – tombale, disait-elle – sur la poitrine, qui l'oppressait à lui couper le souffle. Même la nuit – et alors la cause était peut-être un rêve qu'elle n'avait jamais saisi, qui s'effaçait au moment du réveil – ce poids s'emparait d'elle, qui n'était pas une douleur, mais sa propre poitrine devenant lourde à sa poitrine et qui finirait par écraser son cœur. Je comprends ce genre de sensation bien que je ne l'aie éprouvé qu'une seule fois, le jour où on m'annonça le décès de mon père; on dirait que le sang qui monte le long des jambes charrie une telle épouvante que les veines se rétrécissent; puis la pensée bute contre les parois de ténèbres derrière lesquelles il n'y a plus de pensée, et c'est presque le bonheur, cet appesantissement du corps qui nous rend à la terre, qui nous réconcilie avec elle.

Adélaïde n'avait pas crié, aucun son n'était sorti de sa bouche au moment de la chute; seulement un murmure de remerciement quand on l'avait aidée à se relever. Un jour, comme je lui rappelais la scène, elle me dit qu'elle ne croyait pas savoir crier, que même enfant, elle n'avait jamais fait cela. Il y avait du regret dans sa voix. Je me souviens d'avoir pensé à une chatte, une persane écaille dont je n'avais connu le miaulement que vers la cinquième année : elle était restée jusque-là muette, terrorisée, depuis le jour de son arrivée chez moi, par la présence d'une autre chatte qui avait fait de l'appartement son royaume absolu, et de chaque recoin, chaque table, chaque chaise, ses provinces.

Ce fut ce même jour qu'Adélaïde se mit à parler, pour la première fois, de son pays natal qu'elle désignait d'un simple adverbe : *là-bas*, en levant la tête, le regard vague, l'air de ne plus arriver à l'entrevoir au fond des géographies. Nous tenons pour acquis que la Terre est ronde, mais quelque chose en nous refuse cette notion; elle n'est pas répertoriée par notre esprit.

Le dimanche du *Mercury*, malgré l'effort pour régulariser la respiration, elle avait gardé son impassibilité et les yeux secs : elle ne connaissait pas non plus les larmes; elle enviait les gens qui pleurent. Elle aurait aimé pleurer pour elle-même, mais aussi, parfois, pour émouvoir quelqu'un. Avec une larme, sans se départir de cette dignité, du maintien qui l'aidait à vivre; une seule larme coulant droit sur celle des joues qui, sur l'instant, aurait pris mieux la lumière; et sans qu'elle-même ne ressentît d'émotion.

Installée dans une solitude interdite, le corps rigide, les bras près du corps, ne bougeant que les mains, et des avant-bras ce qu'exige le maniement des couverts qu'elle avait au préalable frottés avec sa serviette, elle ne fléchit qu'à l'approche de l'enfant qui, faute de ne pas avoir recueilli le succès que d'habitude ses mauvaises farces soulevaient dans la clientèle, se rabattait sur sa victime et avec des mines de désolation venait quérir sa complicité. Rosette avait commencé par appuyer son menton à même la table, la regardant avec des yeux agrandis et une moue qui annonçait des larmes toutes prêtes, tandis que, pour bien lui montrer qu'elle ne suivrait pas si la pitié venait à son secours, elle lui piquait des frites dans son assiette. Puis, comme Adélaïde lui avait souri, elle s'était glissée entre les tables et, à peine assise sur la banquette, à ses côtés, elle s'était mise à balancer ses jambes et à faire bouger sa chevelure sur ses épaules, regardant la salle avec l'air du client qui cherche à accrocher l'attention des serveurs. Sa mère ne lui aurait pas permis de s'offrir la glace aux trois parfums qui serait comptée sur l'addition de sa victime, mais elle n'était pas là, et ses grands-parents eussent fêté sa malice si tant est que, plongés dans leur torpeur comme ils l'étaient, ils eussent pu émerger encore à la surface, appelés par un geste si anodin. Ils avaient les joues tendues à craquer, de plus en plus enflammées par la couperose que l'alcool, bu à longueur de vie en toute bonne conscience pour brûler la graisse des repas, avait engendrée, en dilatant les vaisseaux, les faisant éclater, réduisant leurs traits à une rouge planche d'anatomie.

Si la manœuvre de Rosette ne m'avait pas échappé et moins encore le changement d'attitude de la femme maigre au col Claudine, dont tout le corps obéissait au sourire avec lequel elle avait accueilli l'enfant, mon regard ne savait se détourner du couple affaissé sous son poids de chair, tandis que l'esprit cherchait la métaphore qui aurait su mieux le clouer sur place que sa propre présence. On hait chez les autres ce que l'on porte en soi de dangereux pour l'image d'homme de bien ; on hait chez le prochain ses propres vertiges.

Adélaïde, en revanche, se serait éprise de Rosette à cause d'eux, si la mère à la blouse transparente et ce ramassis de gens qui devait entourer la petite, à longueur de journée, n'eussent suffi à l'apitoyer, à éveiller en elle cet instinct maternel que son âme possédait sûrement plus que son corps, et qui est, au fond, le seul amour qui a des rapports avec la réalité. Elle ne tarda pas à l'attirer vers elle, à la faire s'approcher de la table pour que la glace que la petite mangeait, sans doute par coquetterie, comme à contrecœur, ne coule de son menton sur les volants de sa robe qui se soulevaient jusqu'à le lui chatouiller.

Elle n'avait pas su faire la différence, sur le moment, entre les choristes qui l'avaient émerveillée et les filles des rues; au demeurant, ce n'était qu'une question de temps : pour celles-là, le destin serait souvent la rue, passé la trentaine. Mais elle avait compris la situation où se trouvait Rosette, qui vivait pour ainsi dire dans un bar, et elle la plaignait, tout à l'aise que l'enfant s'y trouvât.

Derrière le tas de chairs vaguement humain des grands-parents, elle avait vu deux enfants de la campagne; ils avaient dû croître sans rêves, dans une résignation semblable à celle des animaux; des histoires de bornes et l'ambition réciproque de leurs parents de voir agrandis leurs champs les avaient sans doute poussés l'un vers l'autre; plus tard, le progrès, l'industrie ayant pris le dessus, eux, qui avaient toujours vécu à l'écart des villes, s'étaient mis à rêver de la cité comme d'un centre mystique, le carrefour où s'apaisaient enfin les désirs de ce monde. Et ils avaient entendu des voix rompre le silence de leurs veillées, puis des images s'immiscer dans la quiétude de leur digestion; et la flamme de cuisinières blanchement émaillées, non moins magiques que la première flamme que virent des yeux d'homme – que vit-il l'homme qui alluma sur la planète le premier feu, le feu même ou la divinité? –; et le froid intime des réfrigérateurs. Ils avaient délaissé, car ils étaient doués néanmoins de raison, l'incertitude des récoltes, gagné le premier village, puis quelque petite ville, ouvert un débit de boissons où ils vendaient aussi les œufs de leurs dernières poules, les légumes du potager que leur prudence de paysans leur avait fait garder. Elle les connaissait, Adélaïde :

qu'ils fussent de France ou de l'autre bout du monde, ils étaient les mêmes, jadis sans parole, désormais en possession de la parole des autres, transmise, imposée. Ils ne connaissaient pas la réalité puisqu'ils ne savaient pas la prendre dans le filet des mots alors qu'ils étaient la réalité même. Qu'elle le voulût ou non, ils faisaient partie des siens, étaient sa famille, même si, s'étant vite évadée de son milieu comme disent les gazettes, elle était déjà une petite fleur, une infime petite fleur parmi les fleurs merveilleusement tardives qui pour éclore ont nécessité des siècles et des cycles de vie sans autre but que la vie. Elle les avait reconnus au premier coup d'œil, ces vieux enfants de la terre, que régissent les inclémences du temps. Toute connaissance, toute reconnaissance, naît d'une blessure du cœur. Et dans l'enceinte pleine de fumée et de criailleries, Adélaïde sentait le cercle de fer de la douleur qui gouverne nos astres, la douleur qui dardait ses rayons pour nimber la tête de l'enfant à ses côtés d'une auréole de martyre. Elle l'étreignit sur son sein à cette pensée, mais ce fut un fantôme qu'elle serra contre elle, car Rosette lui glissa d'entre les bras et, s'appuyant sur les deux tables, les écarta pour se frayer un passage et barrer le pas au serveur à la boucle d'oreille en strass qui, tout en enlevant son tablier, gagnait déjà l'escalier, avec l'impatience mêlée d'euphorie de l'homme qui a fini sa journée. Le garçon la prit dans ses bras et, comme lorsqu'elle avait exécuté son croc-en-jambe, il souleva d'un coup Rosette, aussi haut que ses bras étaient longs, la maintint en l'air assez longtemps pour que les grands-parents, s'en apercevant, ouvrissent leur bouche dans un sourire qui rappelait la crispation ultime d'une asphyxie, et la fit descendre avec lenteur, glisser sur son torse que la chemise ouverte découvrait, brun, puis le long de ses cuisses, lui prenant la tête d'une main et la collant à son ventre. Ensuite, il s'abaissa, murmura, je suppose, une promesse à l'oreille de l'enfant qui se mit à tourner sur un pied, les yeux fermés de plaisir, puis il s'en détacha, gagna d'un saut les marches, les monta quatre à quatre, disparut pour réapparaître à l'instant, un blouson de jockey dans les mains, aux manches gonflées, d'un bleu électrique, qu'il essayait d'endosser tout en dévalant sur des pointes l'escalier, et dont il fit monter la fermeture à glissière d'un coup sec en s'affalant sur la banquette, la tête renversée contre la barre de cuivre qui la surmontait, les jambes largement écartées. La lumière jaunâtre qu'on allumait mua en lustre de satin l'usure de son pantalon de serveur, en gabardine noire, qui soulignait la fermeté de ses cuisses.

Les filles des environs entraient, prenaient place, se chamaillaient avec les hommes qui essayaient de les retenir au passage, prenaient des poses d'héroïnes devant leur protecteur, se penchaient sur la carte, les conviaient, réclamaient des boissons, dans un brouhaha caverneux de palabres, de paris, de marchandages, de vantardises, de disputes, que dominait la stridence des juke-boxes.

Je ne savais pas si la vieille fille dont seuls les yeux bougeaient dans la figure, attirés de tous côtés, s'était aperçue du manège de Rosette, qui, d'abord assise, avait sauté sur l'une des jambes du garçon, lui faisant face, se tortillant pour se creuser une place dans l'entrejambe de l'homme. Ensuite elle s'était laissée aller contre lui, et appuyant son dos à sa poitrine, elle avait levé ses bras graciles pour prendre sa tête toute en boucles, l'attirant sur son épaule, pressant entre ses doigts le lobe de l'oreille orné de strass, relâchant la prise, serrant de plus en plus – jeu que suivaient les grimaces de douleur de l'homme, et le mouvement de ciseaux de ses jambes, se refermant, s'ouvrant, se refermant sur celles de la fillette.

Je n'aime pas la familiarité des serveurs et je ne connaissais pas plus celui-ci que les autres. Mais un jour où il prenait la commande, penché sur la table, le strass juste à la hauteur de mes yeux, je n'avais pas résisté à ma curiosité concernant ce port d'une boucle d'oreille qui, d'usage pour l'homme dans l'Antiquité – un Judas du Titien le montre, et c'est une larme de rubis —, réapparaissait par intermittence au fil des siècles, et, lancé récemment par des jeunes gens sans frontières d'aucune sorte, faisait florès parmi ces gouapes, serveurs ou clients qui peuplaient le quartier, ne l'habitant guère pour de bon. Je m'étais risqué à lui demander le motif et la signification d'une parure exigeant le percement de l'oreille que les montures à clips avaient rendu désuète chez les femmes. Mais, qu'il ne comprît pas ma question ou l'éludât, je n'obtins en réponse qu'une explication succincte sur la façon dont l'opération du trou invisible pouvait être pratiquée :

« Je me le suis fait moi-même », dit-il, dilatant un peu sa poitrine, les épaules comme élargies, le regard oblique : « Un fil de fer suffit, désinfecté à la flamme. Une seconde et ça y est, vous passez la tige de la boucle. Celle de mon solitaire a une petite vis; c'est plus sûr. » Il y avait de la suffisance et du défi dans sa voix.

Non, personne, dans la turbulence du lieu que même les ordres du gérant contribuaient à accroître, n'avait suivi la scène entre Rosette et le serveur, dont le mouvement des genoux ralentissait, sans que diminuât la tension de ses muscles. Les jambes bougeaient à peine, et au même rythme il raidissait les maxillaires et les relâchait, tandis que l'enfant balançait avec douceur sa tête; tous deux semblaient très loin, comme s'ils descendaient un fleuve et voulaient ralentir son cours, ne pas atteindre l'embouchure. J'étais le seul témoin. J'avais déplié encore une fois l'un des journaux, je le tenais mollement grand ouvert; de temps en temps je tournais une page, en lissais avec un soin extrême la pliure, puis le rouvrais et regardais. Le garçon s'en était rendu compte qui resserrait l'étreinte de ses jambes, esquissait un sourire d'un seul côté de sa bouche et laissait voir un instant ses yeux mi-clos, le regard tourné vers moi — mais je devais lui sembler transparent — alors qu'il ne me dévisageait jamais quand il déposait l'assiette devant moi, se réfugiant toujours dans les distances feintes par les miroirs. Le gêneur que je m'étais senti être, était devenu tacitement un complice.

Seule la fille à la brève tunique de pâtre grec, qu'agrémentait à la taille une chaîne d'où pendait, sur la hanche, un petit fouet rouge aux lanières tressées, s'arrêta net lorsqu'elle quitta un groupe auquel elle prodiguait sa pétulance et se tourna vers le fond de la salle. Une moue de dégoût et de rage lui tordit les traits, fronça ses lèvres, lui mit une collerette de plis flasques sous le menton rentré. Elle serra de sa main aux ongles de rapace le manche de son fouet, puis se rasséréna et monta, l'air de rien, l'escalier. Ni le garçon ni la fillette ne l'avaient remarquée. Le tapage du bar m'arrivait, que j'avais cessé d'entendre, comme un tourbillon. J'avais payé ma note, je pouvais partir. Je vis la vieille fille, tout empesée dans sa volonté d'être elle-même quoique attentive au spectacle de la faune ambiante, et je n'en fis rien. Quand on a compris que l'on n'est que la proie des jours, on peut devenir indifférent à son propre sort, et cette solidarité à l'égard des autres, que nous avions tellement attendue pour nous, triomphe de notre indifférence. Je suis resté sur place : j'ai beau sentir le danger, une partie de moi s'y complaît.

Il y eut une porte claquée en haut de l'escalier où une ampoule nue défigurait les visages, des propos véhéments éteints par le bruit d'une seconde porte. Puis la mère de Rosette apparut, s'arrêta à la deuxième marche, entreprit sa descente d'un pas qui voulait se faire entendre, presque militaire, posant son pied, ses talons, avec force. Le garçon releva la tête abandonnée contre la barre de cuivre du dossier et repoussa la fillette qui, partant d'un rire, précipita la descente de la femme et la fit s'écrier : « Ça suffit, ça suffit », moins en direction de son enfant qu'à l'adresse de son mari que les miroirs reflétaient, sur son tabouret, à la caisse, paradant avec les clients jouant le jeu de clients ébahis devant le récit de ses bravades. Il s'étonnait lui-même de tout, ce fils de paysans qui dominait la crapule fréquentant son bar grâce à une sévérité si prompte à l'endroit aussi bien des serveurs que

31

des consommateurs qu'elle en faisait, pour de simples négligences, des cibles à abattre.

« Ça suffit », reprit un ton au-dessus, avec une voix qui se déchirait, la mère de Rosette, arrachant celle-ci d'entre les jambes du serveur et la rejetant derrière elle, vers ses beaux-parents qui enfin regardaient, les maxillaires pendants.

Elle faisait face à l'homme, toujours assis, l'air d'avoir été réveillé en sursaut. Je vis dans le visage de la femme la démence de la jalousie, la seule que je puisse vraiment comprendre. La fille au fouet rouge, la moucharde, se tenait sur les premières marches, le bras tendu, la main bien à plat sur le pommeau de la rampe dans l'attitude d'une prestation de serment. Tandis que les filles ayant quitté leur box s'étaient frayé un chemin dans l'assistance et, avançant à l'unisson, levaient haut la jambe avant de poser le pied, le pas rythmé, pour houspiller l'accusé, le gérant, lui, qui avait sauté à pieds joints par-dessus une table, les écarta pour se planter contre le serveur, toujours assis, et sa femme, son regard se tournant vers elle au moment où il soulevait par le cou le garçon, lui plaquant le visage à même le sien, mû par le soupçon que l'algarade qu'elle avait déclenchée n'était pas l'œuvre d'une innocente. Mais les insultes fusèrent du chœur des filles à l'adresse du serveur qui essayait de désamorcer la colère en feignant un calme narquois pour déguiser sa frousse, le sourire telle une entaille de biais, et une voix retentit très ferme qui fit entendre le nom de Rosette accolé au mot de « mineure ». Alors, sans lâcher le pantin qu'il tenait toujours par le cou, dans une décharge de brutalité dont mes yeux ne connaissaient pas d'exemple, ses bras le repoussèrent pour lui frotter le poing sous le nez.

« La tache! La tache! Le salaud! » cria sa femme, le corps tordu, se couvrant d'une main le visage retourné sur l'épaule, de l'autre pointant, jusqu'à la frôler, la braguette en coquille du serveur. Alors, tout raidi, comme un tigre qui se ramasse, le gérant fit pivoter le serveur qui maintenant écumait, les

32

mains agrippées à son patron; il le fit reculer, et avec lui recula l'assistance : un silence s'établit, autant de frayeur que d'admiration. S'estimant sans doute perdu d'avance, le garçon rugit d'une voix rauque : « Bas les pattes! Cocu, cocu! » Ensuite, c'est une tempête bruissante d'os cassés : de toute sa violence, le gérant cogne sur la poitrine du serveur pour lui enfoncer les côtes, lui écraser le cœur; cogne sur la figure pour lui effacer les traits; et s'il contient l'impatience de ses pieds bottés, ce doit être pour que les habitués puissent vanter demain la propreté de son travail. Mais il n'assène pas un coup qu'il ne force une partie de sa victime à se recroqueviller et se figer comme si elle n'allait plus reprendre aucune vie. Quand il le sent achevé, seulement debout parce qu'il l'agrippe, il lui descend la fermeture à glissière du blouson dont le molleton n'a pas adouci ses coups, et le laisse choir. Puis se ravise, il le soulève un peu en tirant sur les vêtements, lui tâte dans une caresse feinte l'oreille garnie de strass, ses gros doigts farcis de chair se ferment sur la boucle, et la lui arrachent d'un coup sec. J'ai beau avoir l'habitude du métro : je n'ai jamais vu autant de visages si rapprochés, un tel ramassis de regards inconscients de leur ignominie, de souffles si puissamment contenus. Et tout cela – ravi de voir un homme terrassé par un autre – a envie de vivre, tient avec calme, avec férocité à la vie. Est la vie.

Le lobe est déchiré, arraché; le gérant jette boucle et chair sous une table, crache sur ses doigts tachés de sang, les frotte sur le blouson du déchu, se redresse, menton en l'air, tirant sur sa chemise, et donnant des pichenettes comme il en a l'habitude après ses repas pour faire tomber les miettes, et gueulant à la cantonade : « La police! Il faut appeler la police! Je vais le faire moi-même! », il regagne sa place au comptoir et décroche le récepteur : ce fut la débandade.

Le garçon était tombé tel un simulacre de lui-même composé de loques prétentieuses et d'une perruque à boucles calée sur un masque en papier mâché. Mais n'importe quel regard ayant traîné un peu dans les musées lui eût accordé la beauté adjective que le souvenir des tableaux procure – en l'occurrence, sous cette flaque de lumière qui creusait l'ombre plus qu'elle ne la dissipait, ceux des maîtres du clair-obscur.

Il demeura immobile, disloqué, absent. Puis gigota, rota, bava, vomit et, à ce que l'on dirait plus tard, refroidit sur place : on ne l'y reverrait plus. Le gérant s'en défendrait, que l'on vit réapparaître au bout de quelques jours et presque diriger l'action des policiers venus retirer les scellés apposés au lendemain de la nuit de la rixe.

J'étais resté à ma place. Par peur, indifférence, soumission à ce gérant qui tacitement me protégeait ? Peut-être à cause de ces épanchements du cœur que j'ai beau avoir en aversion et qui n'en font pas moins de moi le figurant prêt à remplacer le héros de n'importe quelle cause, s'il défaille. Ce n'est pas beau. Mais si je n'avais eu jamais qu'un seul désir, je n'aurais su reconnaître les autres. Je suis malléable : je ne saurais me tirer de mon enfer qu'en me jetant dans la sainteté, ce qui, comme vocation, m'échappe. Oui, je restai. En revanche, la table des grands-parents, avec le gâteau surmonté du nœud en nylon rose et vert, avait été désertée. Seules trois filles entouraient la mère de Rosette, enserrée dans ses propres bras, sa chevelure abondante, mais comme morte, lui couvrant le visage penché. Et la vieille fille cachait sous son aisselle le petit visage de l'enfant qui ne voulait plus rien voir.

J'ai vu des morts et même des gens mourir. Aucun, passer de la hargne à la paix, aussi instantanément rasséréné, que le garçon à l'oreille déchirée. On eût dit que la fonction du mal qui lui avait été dévolue était accomplie et qu'il récupérait la pure anatomie que les années et le démon qui venait de le quitter avaient lentement masquée.

« Regarde, dit la fille en pâtre grec, il était moins que rien, et méchant par-dessus le marché. Maintenant, il ressemble à un ange. »

34

Et elle lui remonta du bout pointu de sa chaussure les boucles du front collées par la sueur.

Un mort est toujours beau. Il n'a plus rien à faire, il est l'oisif du temps. Les mots n'ont plus de voix pour lui. Ils ne sont plus là pour engendrer les embarras, les incohérences de l'amour, de la haine. Il est réconcilié avec la nature. Il n'y a plus ni haut ni bas : toutes les étoiles sont mortes; le dernier couchant a fait place à la nuit; le monde est aboli. Ce qui est et ce qui n'est pas, le réel et le possible, ont strictement la même importance. Le moi n'est plus mêlé du moi des autres, il s'éteint telle une bougie qui s'achève.

J'étais à croupetons devant le mort qui, vivant, n'avait même pas admis que je le regarde dans les yeux. Je ne voulais pas que la police ou quiconque m'accuse de m'être soustrait au devoir de porter secours. En levant la tête, je vis Rosette blottie contre le sein plat d'Adélaïde, la vieille fille qui la berçait, et par-dessus sa tête, dans le miroir, la grand-mère trônant sur le haut tabouret que ses cuisses débordaient, devant la caisse, avec des yeux de poule devant un mur, mais la main prompte à frapper les touches lorsqu'on lui criait une dernière addition. Le bar était vide, et les quelques personnes qui se trouvaient au comptoir étaient entrées en ignorant tout de la bagarre, avant que le grand-père ne pousse les portes vitrées, sans toutefois aller jusqu'à la fermeture du local, afin de ne pas avouer la gravité des faits.

Je n'avais pas été sans m'apercevoir de l'agitation confuse qui régnait du côté de l'entrée et tout à genoux que je fusse à côté du cadavre – ou de ce que je prenais pour tel –, j'éprouvais un sentiment d'irréalité : une bonne prise de vue télévisée de la scène, me disais-je, m'aurait rendu plus réelles les choses. Je tenais à garder mon attitude d'homme responsable, attentionné, ne se dérobant pas. Entre-temps, je m'imaginais nous regardant tous, du seuil de la salle à manger, d'un côté la mise au tombeau avec la mère de Rosette, les trois perdeuses de temps qui l'entouraient de leurs bras, leurs cheveux teints et leurs fringues colorées, et moi, le donateur gardant la pose choisie par quelque illustre pinceau qui l'intimide; et de l'autre côté, la maternité figurée par la vieille fille à la robe noire, calcinée, racornie, portant l'enfant sauvé des flammes. Mais tout autre chose fut sans doute ce que vit la femme qui s'avança, le visage et la démarche placides, et s'arrêta entre la mise au tombeau et la maternité.

Rien ne semblait l'étonner; son regard glissait sur la scène, la tête s'inclinait sur une épaule, puis sur l'autre, dans un mouvement empreint de lenteur, mélodieux, et soudain elle se mit à parler du bout des lèvres, mais comme si elle pianotait et que chaque syllabe fût une note frappée sur le dentier proéminent qu'ourlaient des lèvres réinventées par le bâton de rouge. Les lèvres se ramassent, perdent ou leur dessin ou leur rondeur, les poils des sourcils s'allongent, pointent, s'incurvent : on vieillit...

Elle regarda le mort, puis l'enfant qui la regardait du coin de l'œil. Elle semblait écouter d'une seule oreille quelque chose qui venait d'au-delà de l'enceinte, puis on la vit redresser son buste, rejeter sa tête en arrière, les yeux fermés, et elle prit de l'air, sa poitrine se gonfla, ses mains aux doigts bagués s'incurvèrent sur sa poitrine : elle chantait. Elle chanta, on la laissa faire.

La voix fragile, tremblotante, une voix de disque primitif, de phonographe à pavillon, qu'elle essayait sans succès de faire résonner dans le masque, ne dessinait qu'une plainte entre-coupée d'aspirations asthmatiques.

« Qu'on la foute dehors, cette Callas! » cria, en s'avançant, la fille en pâtre grec. Il se fit un silence, puis le corps étendu du garçon eut un gémissement et du sang jaillit de sa bouche, de ses narines, lui faisant un cou d'égorgé. Cela, au moment où le gérant entrait en trombe, « le Michelot », comme l'appelaient ceux des clients qui avaient des accointances avec lui, et qui, dès que le soupçon l'effleurait de leur complicité avec les filles ou les souteneurs, en remontrait à ses serveurs d'un ton sans rappel et d'un mot qui n'avait jamais varié : « Ne me prenez pas pour une bille; j'ai un entendement au niveau de la moyenne, même un peu au-dessus. » Il nous enjoignit de partir, de ficher le camp, dit-il à l'adresse des filles, avec fermeté mais non sans modération. Il gardait ses réflexes dans l'épouvante. Ensuite, il regarda sa victime – les bulles de sang crevant entre ses lèvres le rassuraient –, sa femme, à laquelle il désigna l'escalier, son enfant dans les bras de l'étrangère qui l'étreignait avec vigueur, la défendait contre le monde entier, contre quiconque, fût-il le père. Il lui arracha Rosette, tout en la remerciant, souleva l'enfant transie, la regardant dans les yeux, avec un mélange d'interrogation, de réprimande et de peine. Sa grimace se détendit : il aurait tout donné pour que Rosette ne se fût pas trouvée là. Ils avaient le même profil : et tous deux les lèvres étirées avec cette expression de dégoût qui était la leur quand ils s'apprêtaient à parler ou à sourire; leur grimace était également carnassière; leurs dents également abruptes. Rosette attendait; la mère, les filles immobilisées dans le geste de cueillir leurs affaires, et Adélaïde, attendaient sans ciller. Il enjamba le garçon, déposa la fillette sur la première marche, et ayant reçu une petite tape sur le derrière, Rosette oublia tout : s'échappant vers le palier, elle fit une sortie de ballerine dans un remous de volants, tête en arrière, la chevelure d'aplomb avec les balustres.

La sirène de la police résonna dans la rue, puis dans la salle : le car était sur le trottoir, l'arrière presque collé à la porte d'entrée. En nous écartant pour laisser passer les brancardiers, l'étrangère et moi nous trouvâmes côte à côte contre le mur; nous nous regardâmes; je lui dis de venir avec moi, de rester calme. Derrière le comptoir, le père du gérant, qui s'était mis en tablier, s'affairait et torchonnait des verres; la mère, impassible sur son tabouret, clignait régulièrement ses paupières asymétriques. Quand tout fut fini, quand la civière passa sous son nez, elle bâilla montrant, en plus jaunie, la denture de son fils et de Rosette.

On nous demanda nos papiers, on prit nos adresses. Nous

37

nous retrouvâmes sur le trottoir au milieu d'un cercle de curieux que les manœuvres de l'ambulance nous permirent d'esquiver. Il était dix heures et demie du soir et il faisait encore jour. C'est comme cela, maintenant, à Paris, au mois de juin : la journée se prolonge et prend un air de fête, puis c'est le vide, des passants hagards, des fenêtres qui s'éteignent, le sommeil traversé de voitures.

La vieille fille au col Claudine gardait la main plaquée sur la gorge, comme si elle eût voulu contenir un vomissement ou apaiser une grande douleur.

« Nous habitons le même immeuble, dis-je, renonçant à mon principe de ne point m'adresser à des voisins.

— Oui, je vous ai vu; au second, n'est-ce pas? escalier B.

— C'est bien cela. » Et je luis dis mon nom.

« Je m'appelle Adelaida Maresa, j'habite le studio sur la cour. L'escalier particulier... Pauvre enfant, pauvre petite fille; elle est très malheureuse... »

Je restai interloqué, puis je compris : elle devait avoir un penchant pour les enfants, et j'entrevis, éphémère, sorti de l'ombre et y rentrant tout de suite, le visage d'oubli d'une maîtresse d'école dont je ne m'étais souvenu, pour ainsi dire, jamais.

Nous étions sur l'une des demi-plates-formes qui font soubassement à la porte Saint-Martin. Notre dialogue n'irait pas plus avant.

« Puis-je vous raccompagner? » hasardai-je, alors que l'heure approchait où un fourmillement dans le corps me poussait vers certaines rues adjacentes où la lumière soudaine des réverbères donne aux visages l'aspect d'être aux aguets.

« Merci. Merci beaucoup, vous êtes très gentil... J'ai besoin de faire un petit tour. »

Craignait-elle que je ne visse quelque inconvenance dans le fait? – elle s'était faite encore plus droite, plus maigre, pour me tendre, sans se départir de sa raideur, une main toute rigide.

Elle me raconterait un jour comment elle avait remonté les boulevards vers la place de l'Opéra et continué jusqu'à atteindre la place de la Concorde, dont son regard, depuis les années qu'elle habitait la ville grise, n'était pas parvenu à contrôler l'étendue de pierre déployée à la vue, peuplée de statues éparses qui ne réussissaient pas à fixer ses contours.

Depuis son arrivée, elle avait vécu dans d'autres quartiers, où les convenances mettent en sourdine le vacarme de la vie. Marcher sur les boulevards, si longtemps, avait été pour elle la remontée d'un fleuve de visages, un théâtre de cauchemar fourmillant d'histoires inachevées qui venaient vers elle et s'en allaient de partout, alors qu'elle portait son histoire à elle, qui lui serrait la gorge et lui faisait sentir cette vieille sensation, ce poids de pierre tombale sur la poitrine que, là-bas, dans les plaines du sud du monde, une adolescente avait éprouvé à la vue d'un corps d'ombre se balançant pendu à une poutre. Une pensée l'avait traversée : sauver la petite fille du bar. Et l'oppression s'était accrue. Mais soudain, arrêtée par la densité de la foule, elle avait vu le ciel, au fond de l'impeccable perspective, et quelque chose de douloureux, de lancinant l'avait transpercée, envahie, qui provenait d'une source proche des larmes. Or, peut-être parce qu'elle ne savait pas pleurer, qu'elle ne l'avait jamais pu, s'était-elle évadée dans la contemplation du ciel, des dernières métamorphoses que lui imposait le coucher du soleil. La douleur montait vers sa gorge, traversait son corps de part en part, répercutée par les poumons. Autant se l'avouer : elle avait aimé tout de suite Rosette, dès que celle-ci lui avait volé la première frite. Ou bien était-ce le monsieur rencontré dans le train de Meudon qui lui avait promis de lui donner de ses nouvelles, ce qui la troublait ? Non. Elle se sentait coupable d'être là, dans la rue, de ne pas l'avoir mieux protégée, la petite. Ses yeux avaient capté depuis un moment l'intense coloration rose qu'un nuage avait prise et qui semblait jeter des lueurs sur le boulevard, jusqu'à ses pieds, quand, revenant à elle, elle s'en aperçut. Elle fut ravie en extase, sa poitrine céda, ses poumons se gonflèrent, et elle se trouva envahie par le plaisir d'exister, réduite à ce seul sentiment, sans passé, sans avenir, sans croyances, sans problèmes ni principes ni gens ni circonstances ni distances; folle de douceur, d'attendrissement, éblouie d'être si près du cœur rêvé de la vie; emportée par une énergie qui redescendait par tous les versants dans les machines de son corps...

Le bonheur guette, il nous tombe dessus comme le voleur au milieu de la nuit, au détour d'une rue, au milieu d'un songe, parce qu'une lumière, une musique, un visage, un geste quelconque ont eu raison du désespoir de vivre. Il n'existe pas d'homme qui ne coure le risque d'en être frappé, personne n'est à l'abri de ses ravages. Le bonheur n'est pas de ce monde qu'il traverse en éclair : le temps que nous saisissions le délice qu'il procure, et c'est déjà le passé. Un monstre venu d'ailleurs nous a investis, ne laissant derrière lui qu'une terre déserte.

Adélaïde, soudain, eut conscience de ses pieds; ils lui faisaient mal, les chaussures étant trop neuves pour une si longue promenade. Elle regrettait que le durillon de son petit orteil eût déjà creusé son moule dans la chaussure trop fine. Elle sentit que nous ne sommes jamais entièrement là où nous sommes, mais en arrière, dans le souvenir, ou au-devant, dans la terreur de l'espoir; et que le monde, la vie, commencent là où nous ne pouvons pas être, même en imagination. Elle s'était remise à penser.

C'est comme cela le bonheur; un nuage rose se décolore, et tout est perdu.

II

« Oui, je suis née là-bas. Je ne connais pas bien mon pays. Je
l'ai quitté encore jeune. Tout ce dont je me souviens ne me
semble qu'un long chemin suivi rien que pour m'en sortir.
Pour fuir. Cela a pris du temps, il est difficile de sortir quand
on n'est pas enfermé. La plaine, savez-vous ce que c'est que la
plaine, *là-bas*?

— Vous êtes née sous la Croix du Sud..., dis-je comme si
d'évoquer cette configuration astrale pouvait accorder une
gloire à son destin.

— La Croix du Sud... Maintenant on la voit, même là-bas,
cette croix. Quand j'étais petite, une tante qui avait été à l'école
voulut m'apprendre à la regarder, car il faut apprendre à la
regarder... On était toutes deux couchées sur le dos dans la
cour; je sens encore la rugosité de la couverture qu'elle avait
étendue sur le sol en terre battue... Je ne sais pas pourquoi on
appelait cour cette esplanade autour de la maison, elle se
confondait avec la terre plate à perte de vue. Je m'en souviens
comme si c'était maintenant, je me souviens de son désir de
me faire distinguer ce que l'on appelle la Croix du Sud...
Franchement, on ne peut pas dire que ce soit une constellation,
tout au plus, une figure. Je me souviens de mon effort pour la
deviner, l'isoler dans cette brousse de lueurs... Je vous assure,
ce n'est pas une croix, mais un petit morceau de nuit fixé par
quatre étoiles, quatre petites punaises, qui menacent de

41

tomber. Ce pourrait être le symbole de mon pays, une chose dont on voudrait qu'elle soit quelque chose, et qui est sur le point de se défaire et qui cependant dure. Nous n'avons pas de passé dans le paysage, alors, nous nous cherchons des traces. J'étais contente d'apprendre que dans le ciel il y avait une croix qui était à nous. »

J'ai tout de suite aimé sa façon de parler, ce monologue que la lectrice truffait, tout en atténuant l'emphase de la rhétorique, de formules de littérateurs, comme en donnent en exemple certains dictionnaires où, en cherchant le mot, l'étranger trouve une tournure dont il ne le séparera jamais plus – l'extrême artifice de l'écriture étant de feindre le parler. Je crus deviner en elle l'institutrice que sa tenue dénonçait, et l'étrangère qui ne traversait pas impunément les frontières, mais pour laquelle la géographie n'est que la forme apparente, toute de surface, de l'exil. Moi, qui n'ai plus de langue mais que tourmentent plusieurs ou qui, parfois, bénéficie de plusieurs, j'ai des sentiments qui varient selon les mots que j'emploie. Il m'arrive d'être désespéré dans une langue et à peine triste dans une autre. Chaque langue nous fait mentir, exclut une partie des faits, de nous-mêmes; mais dans le mensonge, il y a une affirmation, et c'est une façon d'être à un moment donné; plusieurs langues à la fois nous désavouent, nous morcellent, nous éparpillent en nous-mêmes... J'embarrassai Adélaïde Marèse par quelques questions sur ce sujet – on ne peut pas poser de question plus intime. En fait, ce que je pris sur le moment pour de l'embarras, n'était peut-être que le reflet d'un souci d'exactitude, le scrupule du croyant qui s'avance parmi les révérences et les cautèles de la théologie. La langue peut être une théologie.

Elle hésitait comme lorsque, ayant une certitude que n'étaie aucune preuve venant d'ailleurs, on craint qu'en la confiant, l'évidence du raisonnement de l'autre ne l'anéantisse. Ses doigts jouèrent avec le fermoir, qui avait été doré, de son sac, puis elle me regarda en face un instant et détourna ensuite la tête, son regard obliquant vers la rue.

« Il y a longtemps que je vis ici. J'ai l'impression... comment dire?... d'un rétrécissement... ce mot peut sembler péjoratif... Non, rien de tel. C'est très difficile à dire... En espagnol, tout semble être à l'extérieur, et en fait, tout est à l'extérieur, le monde n'est pas... je cherche le mot... amadoué. Cela doit vous sembler très naïf mais comme, si je ne me trompe, vous non plus vous n'êtes pas français, vous pourrez peut-être me comprendre... Vous parlez, en plus, ma langue natale; mais ce n'est pas la même chose d'avoir appris les mots d'une langue que d'en avoir nommé les choses pour la première fois.

– Vous faites allusion au " paradis de l'enfance "?

– Paradis... enfance... je crois que personne ne quitte tout à fait son enfance, mais ce peut être un enfer... Pensez à la petite du bar... J'aimerais faire quelque chose pour elle...

– Vous le ferez. »

Elle me regarda, lèvres entrouvertes, avec espoir.

« Vous le ferez », répétai-je avec cette dose de conviction rassurante qui permet de tout remettre à plus tard : « Vous alliez me dire quelque chose sur les mots...

– Oui... que maintenant, cette langue que j'avais apprise, que tout au moins j'avais appris à lire, par moi-même, comme un défi, comme quelqu'un qui cherche une porte de sortie... cette langue m'a accueillie... Je ne sais pas si je suis entrée en elle mais elle est entrée en moi... le croirez-vous? Je ne marche pas de la même façon, je me tiens autrement, je sens autrement... Tout est devenu plus réservé, plus discret, plus intime... Dire *soledad* c'est dire quelque chose de vaste, d'universel... on se sent un peu un héros... La solitude, en revanche, est à vous tout seul... elle est en vous, vous n'avez qu'à la dissimuler si vous voulez que l'on vous permette de vivre... La plaine, quand vous en traversez une en Europe, vous savez qu'elle ne durera pas... Là-bas, la plaine est plus lente que le temps, seul le soleil la parcourt en entier... Je voudrais exprimer quelque chose de plus précis... Tenez! la lune... la lune n'est plus, pour moi, ce grand objet lointain... Je dis : " la lune " et je la pense, je la pense toute petite, toute à moi...

43

Lune... une petite boule, non, une hostie sans poids, opalescente, dans le cerveau, qui glisse vers le cœur, s'y niche... Vous me faites dire des bêtises ! »

Il était huit heures trente – je veux toujours savoir à quelle heure je me lève – lorsque, le lendemain de la soirée au *Mercury*, en tirant les rideaux, je vis s'ouvrir la porte du studio d'Adélaïde Marèse sans pour autant apercevoir autre chose que ses pieds déjà chaussés et, jusqu'aux genoux, ses jambes que la lumière du jour coupait en oblique.

Je lui en voulus sur l'instant, de même qu'aux précédents locataires, d'occuper cette petite partie en saillie de l'immeuble, avec son avancée arrondie en zinc sur le pas de la porte, et son escalier privé. J'ai souvent rêvé, j'en rêve encore, de pouvoir l'acheter, comme d'un endroit qui, du fait d'être détaché de chez moi, mais surveillé par mes fenêtres, et au même niveau, serait un ailleurs sans aventure où, dans l'entre-deux de ma vie, je réussirais quelque chose qui la rachèterait.

Une heure plus tard, je lui emboîtais le pas lorsqu'elle traversa la cour vers la sortie. Nous nous arrêtâmes en même temps devant les boîtes aux lettres. Une enveloppe bleue l'attendait ; elle souriait en me disant bonjour et la seule vue de la lettre entrava le maniement de la clé dont, au demeurant, elle se servait pour la première fois. Je l'aidai, tout en lui expliquant le fonctionnement de la serrure. Elle frémissait, me prêtant attention par courtoisie, sans oser prendre la lettre, là, à sa portée. Je la lui tendis en souriant à mon tour ; je me trouvai l'âme généreuse. J'aurais voulu être à sa place.

« Merci, je vous remercie beaucoup. Je dois vous remercier d'ailleurs pour hier soir. Je ne sais pas ce que j'aurais fait sans vous. »

C'est ainsi que j'en ai profité pour l'inviter à prendre un café dans le bar à côté.

44

Il n'était que dix heures trente quand, après avoir regardé sa montre, elle se leva, voulut payer, me sembla surprise que je le lui permette, paya, balbutia une excuse, puis se radoucit pour me rappeler le cas de Rosette. Nous prîmes rendez-vous. Elle sortit et, à travers la vitre, je la vis regarder à droite, à gauche, décider de la direction à prendre, puis marcher à grands pas, le corps si rigide que l'on eût dit une figure processionnelle portée par d'autres jambes que les siennes au-dessus d'une foule.

Si, à part le fait d'habiter le studio que de façon velléitaire je convoitais, j'ignorais tout de sa vie présente, je commençais déjà à m'enfoncer dans son passé. Certes, je m'étais abstenu de lui demander ce qu'elle faisait : et je n'avais pas osé l'interroger sur ce qu'elle aimait, en général, le théâtre, la lecture, la musique, la campagne... Pourquoi demander aux gens ce qu'ils font au lieu de leur demander ce qu'ils aiment, alors que personne n'aime vraiment ce qu'il fait ?

Ainsi donc, Adélaïde Marèse s'éloignait me laissant plongé dans une sorte d'hébétude nostalgique, proche du bonheur, en ce que le seul bonheur raisonnable est fourni par la conscience soudaine d'avoir été mis à l'abri de la sombre destinée échue à quelqu'un d'autre. J'ai songé même à changer d'appartement pour ne pas la revoir. J'évite les bars, les tabacs, les kiosques à journaux dont les patrons en viennent à m'adresser la parole avec familiarité, à me parler du temps qu'il fait ou, selon le journal que j'ouvre, de leur contenu. Je n'aime que mes prochains – parfois, ils sont morts depuis longtemps –, ceux qu'émeuvent les mêmes choses. Je ne croyais pas, justement, que cela pût être le cas en l'occurrence. Cependant, comme j'ai appris, en songeant à ma propre vie, que je dois tout à quiconque, et qu'il n'y a rien en ce monde, si peuplé d'avenirs divers, qui ne puisse être cause de mon intime, tout modeste avenir, je me suis dit qu'il ne fallait point négliger, refuser cette figure comme taillée par la solitude, qui serait restée debout et entière parmi les épaves d'un naufrage.

Elle m'avait parlé de sa terre natale, de ce paysage sans

paysage qui ignorait la mer, mais fait, si l'on peut dire, comme celle-ci, de distances inépuisables où toute hâte est dérisoire Le ciel vous y couvre comme une cloche à la circonférence infinie, sans centre, mais bien posée sur l'horizon de terre, enfermant la Terre et ses habitants dans une imprévisibilité, une transparence sans terme. Où un vent unanime, venu d'outre-ciel, passe sur la peine de vivre.

Selon Adélaïde, il y avait un endroit à Paris où l'on pouvait ressentir, en manière d'échantillon, le vent du sud, de son sud à elle; c'était, très localisé, dans le couloir à droite, juste à la sortie du métro Saint-Germain-des-Prés.

« On ne peut pas dire que le vent s'engouffre, car la plupart du temps il n'y a pas de vent dehors. Il se produit là, entre les guichets et les portes vitrées. Regardez les visages, regardez les corps de ceux qui poussent les portes... ils luttent contre une force inhumaine, ils se ramassent, se tendent, puis, lorsque la porte se rabat, ils traversent, bouleversés, bien qu'ils n'y pensent pas, la sphère tourbillonnante de vent, et ils en sortent, et leurs corps se calment, leurs muscles retrouvent leur juste tension, ils marchent... Le vent est plus sournois que l'orage. Parfois j'ai la nostalgie du vent que j'ai tellement détesté. Alors, j'ouvre les portes, les fenêtres – maintenant, je n'ai qu'une porte et une toute petite fenêtre en vis-à-vis, et je fais un courant d'air... Rien ne bouge la plupart du temps! Parfois, les Français disent alors qu'il y a du vent, les rideaux remuent un peu, et je m'assieds entre la porte et la fenêtre... Je sens l'air dans les cheveux, dans le cou, et je comprends que la seule chose belle de mon enfance, c'était le vent; le vent qui frémissait en rafales dans la cour, soudain, comme un cheval dressé par l'épouvante, qui venait de nulle part, mais s'en allait, s'en allait vers là-bas, vers ce point, cette ligne où devait commencer pour de bon le monde. La nostalgie de ce qu'on ne connaît pas encore est sans doute la plus forte. J'ai toujours voulu m'en aller. Aujourd'hui, dans le centre des villes, des grandes villes, je me sens plus près, je ne sais pas très bien de quoi, mais plus près. »

Moi, en revanche, je trouve à chaque instant quelque chose qui m'éloigne; je ne m'en vais pas, je passe ma vie à faire des détours, à contourner, à prendre des bifurcations, des lignes secondaires; je suis dans un ailleurs qui n'est qu'un à-côté et celui qui lisse le drap, la nuit, éteint la lampe, n'étreint en se ramassant sur lui-même qu'un minimum de rêves, de songes épars, et cette sorte de flottement que donne, dans les glissements du sommeil, l'emploi du moi en tant que *lui*.

A onze heures, je prenais mon deuxième café de la matinée au comptoir du *Mercury*. Il y avait un nouveau serveur, et à la caisse, la mère du gérant, faisant la même tête à la fois massive et lointaine que je lui avais découverte la veille, avec ce rictus d'amertume prêt au sourire, que son âme avait oublié sur son visage. Comme voulant empêcher des mouches de se poser sur son faciès, elle signalait au serveur le client qui attendait l'addition ou l'occasion de passer sa commande, d'un mouvement du menton, et parfois l'angle où se trouvait le consommateur l'obligeait à tourner les épaules faute de pouvoir tourner le cou, ankylosé. Par moments, elle regardait ce qui se passait derrière elle dans le mur en miroir qu'elle avait en face, et ses yeux devenaient tout petits de malice enfoncés dans les boursuflures des paupières, en épiant le trottinement du mari, dont les rougeurs avaient viré au violacé, et qui fouinait partout, comme un rat des champs tombé dans un garde-manger, ouvrant le paquet de tranches de jambon pour les sandwiches, les délardant à la dérobée, enfouissant le gras dans la fissure luisante de sa bouche, ainsi que le reste de sauce ou de jaune d'œuf que l'adresse de son index ramassait sur le bord des assiettes de la veille d'un mouvement aussi prompt qu'un coup de langue. Je me souviens de ce moment où il resta tout d'un coup sans bouger, désorienté, cloué sur place comme par une cloche signalant un danger, à lui seul audible, et qu'il ne sût de quel côté fuir. Il regardait autour de ses pieds, puis autour de sa taille, de ses épaules, et, le cercle du regard s'élargissant, il dut percevoir le miroir, et dans le miroir sa femme qui, revêtue d'une armure étincelante par le reflet chromé de la caisse, le toisait. Elle avait la bouche tout étirée d'un côté, balançait un pied dont s'échappait d'un centimètre à chaque secousse l'espadrille aplatie au talon, comme une mule, essayant de la main gauche de creuser le tissu rêche de sa robe pour atteindre l'aine sous les rondeurs amoncelées du ventre. Elle le tenait par le regard, son mari, proie qui se rapetissait à vue d'œil, et elle le tint un bon moment, jusqu'à ce qu'il ébauchât un rire de tête, un pépiement, qui était sans doute un rappel à leur complicité. Alors, sans changer son attitude de matrone, faisant tourner la sellette du tabouret, elle lui fit face et ses lèvres s'amollirent en un sourire où la condescendance le disputait à l'envie. Il comprit : il rouvrit le paquet de jambon et le lui tendit sur sa main bien à plat.

Ce qu'il y a de réjouissant dans l'ignoble, c'est que l'on s'y serre les coudes; on y est des animaux solidaires. Tandis que, l'intelligence venant à se mêler aux tropismes du corps, commencent le théâtre, le calcul des répliques, les grandes machineries qu'ourdissent les mots; on apprend à rester sur son quant-à-soi, on s'invente une volupté de la solitude, on est digne, bien élevé; et si le cœur bat la chamade, si l'on crie de détresse, le monde s'en détourne, on trouble l'ordre, on est le fou. Il faut contenir le corps, faire obstacle à l'âme : la civilisation est une ascèse et l'on s'y voue pour endiguer la réalité. Même les tombeaux il faut savoir les refermer sans bruit.

J'aime bien, en peinture, les scènes de genre, auquel le génie a rarement condescendu, et dans la vie de tous les jours ces petites scènes qui y font penser car elles dévoilent les manières d'être des personnages figés dans l'instant, avec leur passé, leurs humeurs, leurs atavismes, leurs vestiges d'enfance, et dans le corps, la mort au travail.

Que la femme opulente, dont les chairs s'en allaient de partout là où la robe au décolleté bateau et sans manches ne les retenait pas, s'appelât Ginette, ne fut pas pour me surprendre. Ginette est un prénom se prêtant bien au filet de voix suraiguë du vieux rat, si ce n'était pas le prénom même qui le lui avait inspiré pour implorer, dans les nuits de jadis, quand le trousseau, la réserve de taies d'oreillers, les draps qui gardaient la fraîche raideur de la toile métisse neuve n'avaient pas encore été épuisés. Je ne fus pas non plus étonné que ce bout d'homme aux traits d'enfant, effilés, en pointe, dont le ventre exigeait des bretelles toute leur élasticité – elles lui remontaient le pantalon dans le dos jusqu'à lui donner l'air d'être suspendu à un clou –, fût surnommé Tonin.

Bien des mois plus tard, quand la bagarre du soir précédent serait devenue dans la bouche du gérant une anecdote répétée par bravade, et que depuis longtemps la caissière de quelques soirs s'en serait retournée à son village, on apprendrait que celle-ci avait feint d'appeler les pompiers et la police : ou, selon une autre version que propagèrent les filles, qu'elle leur avait donné une adresse à peine fausse qui aurait dérouté les gendarmes – mais le gérant s'était présenté de lui-même au commissariat –, arguant après coup de son peu de familiarité du lieu et de la ville pour justifier l'erreur qui aux yeux de la police n'était qu'une astuce permettant à son fils de prendre le large, ce qui nous rendait tous complices.

Ils continuaient à se reprocher l'un l'autre des cachotteries, des manigances qui pouvaient remonter loin mais dont l'objet ne semblait pas être différent, car chaque souvenir rappelé à la mémoire de l'autre renouvelait sur leur visage de duettistes de foire une identique joie gloutonne. Ils avaient oublié le fils, sûrement retenu en prison, le serveur à l'oreille déchirée qui était mort ou se mourait peut-être; quelque chose suintait d'eux, allait de l'un à l'autre, se confondait, formant une glu de sensations où ils se collaient tous deux, à l'abri du monde; ils se passaient la langue sur les lèvres, qui s'arrêtait parfois aux commissures; ils salivaient.

Un claquement de talons, répété avec force depuis quelques secondes, les arracha à leur paradis d'hébétude. Il avait ponctué la scène, sans en détourner ni mon attention ni mon regard, et c'est rétrospectivement que je l'entendis. C'était le nouveau garçon. Il se servait de ce geste militaire pour ramener au présent la caissière et lui faire taper les additions. Il jonglait avec les verres, le plateau : chaque geste, chaque pas, chaque arrêt avait une précision de chorégraphie, exempte cependant de la légèreté que ce mot peut évoquer. Dès qu'il reprenait le plateau, il cambrait sa taille imprimant à son corps une énergie qui lui raffermissait les traits, au demeurant indécis, la précoce flaccidité des joues contredisant l'apparence de vigueur et de nerfs qui découlait de l'aisance de ses mouvements et de son adresse. Il y avait aussi dans ses manières, dans la façon de tendre le menton, le regard dépassant la tête des clients au comptoir, comme la volonté de faire savoir qu'il n'était que de passage dans un établissement de cette catégorie, où il ne se commettait, je le saurais plus tard, que parce qu'il y avait fait ses premières armes et que les circonstances, étant ce qu'elles étaient, forçaient l'amitié qu'il gardait pour son premier patron. J'ai eu l'occasion, pendant les quelques jours que dura l'absence de celui-ci, de l'observer et de découvrir en lui les qualités d'un barman lorsqu'il vint officier derrière le comptoir. Les barmen, les vrais barmen sont rares. Il me suffit de passer le seuil d'un bar pour évaluer leurs aptitudes et savoir s'ils possèdent celles qui sont indispensables. Ce n'est pas tant l'art de vous bien doser les cocktails, tombés en désuétude, ni le fait de connaître les nuances entre les marques des alcools ou la température qui convient à telle boisson ou à telle autre qui constituent l'essentiel de leur profession. Le parfait barman – il peut l'être aussi bien dans un troquet que dans le bar d'un palace – est celui qui, dès que vous pénétrez dans l'endroit, vous cueille du regard, vous attire vers lui, tout occupé qu'il puisse être, et sans abandonner ses occupations, vous fait attendre en vous donnant l'impression qu'il lui tarde de vous écouter et qui, entre deux règlements d'additions et un rinçage de verres, si la modestie de l'endroit lui en impose la tâche, vous regarde de côté, le sourcil relevé, la moitié du visage tendue vers vous. Celui-là, il ne bronchera pas si vous lui demandez une bière pas trop froide ou un glaçon pour rafraîchir votre vin rouge; il acceptera vos hérésies, vos manies, en tiendra compte, s'en souviendra la prochaine fois, les satisfaisant sans vous le faire sentir, comme si la chose allait de soi. Plus tard, il apprendra votre nom, le prononcera à votre arrivée et à votre départ, autant de fois que votre nom ou le fait d'en prononcer un pourra le favoriser devant l'assistance. Alors, d'avoir à attirer son attention par l'emploi de son simple prénom, car même si vous le saviez, vous ne l'appelleriez pas par son patronyme, vous vous en sentiriez plus ou moins gêné. Cela dépend de votre sentiment d'égalité.

Barman, Bernard l'était pour de bon. Tout, de la précision de ses gestes à la manière si calme d'être à l'affût, le prouvait. Pour avoir confirmation du professionnalisme que je lui supposais, à moins que ce ne fût pour qu'il reconnût en moi le genre de clients qu'il devait traiter d'habitude dans les établissements où il exerçait désormais, et que naquît entre nous une complicité capable de suppléer à la protection du gérant, laquelle me mettait à l'abri de tout incident fâcheux, je lui demanderais, le lendemain, un cocktail, l'un de ceux qu'il arrive que l'on connaisse même dans un bar comme le *Mercury*. J'essaierais, par mon choix, de lui rendre la tâche facile, si elle interrompait le déroulement forcément expéditif de son travail. Je me souviens de son impatience quand il demanda sans succès à la caissière et au petit serveur où se trouvait le shaker, les portes claquées des armoires, sa surprise et son soulagement quand il dénicha l'objet, l'ouvrit, le renifla, le passa à l'eau et, avec le même torchon humide dont il s'était servi pour essuyer l'intérieur, l'astiqua en un tournemain, lui enlevant la pellicule jaunâtre dont le métal s'était recouvert comme d'un glacis.

Il y avait de la joie dans sa façon de manier le shaker, le brandissant bien haut, le faisant descendre à hauteur de la hanche, puis remonter, sans que cela fasse pivoter son buste,

51

en ne lui imprimant qu'une sorte d'oscillement. La clientèle qui, d'ordinaire, réclamait le café ou le demi commandé, aura l'air médusé, comme lorsque, le jour des grandes compétitions, le gérant gratifie ses fidèles d'un poste de télévision en couleurs, qu'il place entre les bouteilles d'une étagère, et qu'ils s'agglutinent contre le comptoir comme des mouches sur un bocal de confiture. Bernard – j'avais appris à faire usage de son prénom entre-temps – Bernard agitant le shaker, me rappellera ces joueurs de maracas – où sont-ils passés les joueurs de maracas, les maracas? – qui, dans les orchestres de rythmes afro-cubains, esquissaient des pas de rumba pour souligner le déhanchement de la chanteuse. Et je songerai à des instrumentistes en smoking blanc, que sans doute je n'ai vus que sur des photographies, et à Abbe Lane, avec la chevelure rousse en cascade et le fourreau en satin noir imités de ceux de Gilda : j'étais presque un enfant et de la savoir mariée à ce vaste rongeur à la moustache clairsemée de Xavier Cugat, me chagrinait.

On se sent loin quand, parmi des gens, on a la certitude d'être le seul à se souvenir de quelqu'un, de quelque chose d'un passé commun et somme toute récent; l'oubli dissout jour après jour le monde. C'est pourquoi les lendemains sont seuls réels.

Mais Bernard n'était pas encore Bernard quand son double claquement de talons ramena la caissière à son devoir, excitant ce goût toujours en éveil que j'ai de déduire le fonctionnement d'un être d'après la façon d'habiter son corps, avant qu'un seul mot ne soit échangé, quoique sans négliger le son de la voix qui, si souvent, contredit les classifications les plus précautionneuses : combien de fois la voix sortie d'une anatomie puissante ne m'a pas averti que l'étreinte serait molle.

Le bruit sec des chaussures avait coïncidé avec un silence comme il s'en produit peu dans cette sorte de bar, et Rosette, que je n'avais pas aperçue dans l'encoignure de la banquette séparant le bar de la salle à manger, se détacha de l'ombre et avança un museau apeuré; elle gardait son pouce entre les lèvres, ses cheveux avaient perdu leur vivacité naturelle, étaient poisseux, emmêlés ; elle semblait être redevenue une toute petite enfant. Elle quitta la banquette, resta là, debout, à deux pas de la caisse, regardant les allées et venues des garçons entre le bar et la terrasse, où avaient pris place des clients occasionnels, des passants ; elle s'essuyait le pouce sur le pyjama de coton rose, pelucheux, dont le duvet faisait des boules, lorsque le garçon, la coiffant d'une main, l'écarta sur son passage. Rosette tituba, forcée de reculer, et ouvrit de grands yeux dont le regard ne trouvait pas d'objet : son père n'étant pas à la caisse, sa mère nulle part, les filles, ce n'était pas leur heure, personne ne pouvait la défendre du serveur qui la repoussait. Son étonnement restait figé, tout dans les yeux, sans distance, comme si le monde s'arrêtait là, à portée de la main, et qu'on l'eût enfermée seule, dehors. Le geste de la bouche aux commissures tombantes lui était naturel ; la bouche lui était née amère.

Rosette apparue, l'endroit était devenu si anxieusement fragile, si mal assurés les miroirs aux murs, les étagères remplies de bouteilles, les chaises, les verres au bord de l'évier, la femme hissée sur son tabouret que, pour la première fois depuis que je fréquentais le *Mercury*, je la regardai en lui souriant, et je crois même que je lui proposai une glace, sans pour autant esquisser le moindre mouvement d'approche. Les enfants ont des refus trop humiliants. Rosette fit non de la tête, s'assit sur une chaise, et se mit à balancer ses jambes ; puis elle me regarda droit dans les yeux : elle était malheureuse, elle savait que je le savais, et elle n'avait rien à faire de ma pitié. Elle n'était pas sur le point de pleurer.

De quelque manière et malgré la tournure que prendraient les choses, Rosette est encore là pour moi, elle demeure à jamais en ce moment de stupeur, de perplexité douloureuse. De toutes les images qui avaient précédé, qui succéderaient à celle-ci, parmi lesquelles il y en a eu d'atroces, c'est la fillette abasourdie de ce midi-là qui, lorsque je pense au *Mercury*, remonte à la surface de la mémoire tel le poisson des profondeurs en trompe l'œil d'un aquarium, pour écraser sa figure animale, désemparée, contre une vitre de silence, face à moi.

Il était midi sonné quand je pliai les journaux, payai, et me tournai vers la terrasse. Sur le seuil, se tenait Adélaïde Marèse, et à ses côtés, un pas en arrière, un homme assez âgé dont l'allure avait attiré déjà mon attention, je ne savais où ni quand, probablement dans le quartier. J'avais déjà vu ces grands yeux bleus, striés de rouge, embusqués sous un front qui avançait comme un auvent. Mais c'était le port, les épaules soulevées qui lui enfonçaient le cou, et ce costume en jersey, de couleur kaki, dont la veste à col chemisier et boutonnée jusqu'à la taille était comme la version laïque d'un uniforme, que j'avais retenus, et je le revis soudain, dans la même attitude qu'il gardait maintenant sur le seuil du *Mercury*, les mains l'une dans l'autre dans le dos, à l'entrée du square, qu'il semblait garder, face au musée des Arts et Métiers.

Adélaïde fit les présentations. Elle vit Rosette qui se levait et venait vers elle, presque en souriant ; elle fut émue, et s'inclina pour l'accueillir. Parfois, il arrive, celui sur lequel on compte, celui dont on rêve avec des anxiétés incontrôlables qui arrêtent l'air dans les poumons ou l'empêchent d'y entrer. La vie tient ses promesses, tout l'être est rassemblé dans le présent, il n'y a pas de trace de passé dans ce moment qui tremble, où l'espoir, l'avenir sont de trop.

Rosette n'avait attendu que l'étrangère qui l'avait bercée la nuit précédente, et l'étrangère était là. A quelques pas, elle s'arrêta, puis se jeta dans ses bras.

Sur ces entrefaites, ayant reconnu en moi le voisin dont Adélaïde venait sans doute de lui parler, Monsieur Tenant m'entreprit tout de go sur le quartier qu'il connaissait pour y être né, y avoir vécu entre la rue du Faubourg-Saint-Denis —

« faux-bourg » : « hors de la ville », me faisait observer en passant mon interlocuteur qui, j'en aurai d'autres preuves, aimait rendre aux mots leur mémoire – et la rue de Turbigo, et ne l'avoir quitté qu'à l'occasion de son mariage, « l'année du Front populaire », soulignait-il comme si ç'avait été une contribution au mouvement, ou une conséquence de l'effervescence ambiante.

« Savez-vous pourquoi, à partir de la porte Saint-Martin – et, pour que je voie, il m'entraînait vers la terrasse de ce geste consistant à tirer sur la manche, à l'avant-bras, qui pouvait me faire haïr sur l'instant même un être cher –, savez-vous pourquoi le terrain monte ? Le boulevard, on l'a creusé, regardez la hauteur qu'atteignent les trottoirs plus loin, on l'a creusé dans une véritable petite colline... Et savez-vous de quoi elle est faite, savez-vous ce qu'il y a au-dessous de toutes ces maisons ? »

Il approchait de moi son visage au menton proéminent, au nez de boxeur – ses yeux étaient candides, l'enfance ne finissait pas de s'y noyer –, tandis que, de l'index, il me donnait de petits coups sur le sternum, dont le rythme et la force allèrent en augmentant comme pour préparer la révélation qui devait me surprendre.

« Eh bien ! reprit Monsieur Tenant, cette douce colline qui monte puis descend en arrivant à République, est faite d'ordures, d'immondices ! C'était la décharge publique, les rois de France y vidaient les ordures de Paris. Des débris, des déchets, des saletés, des excréments, l'ordure, quoi ! de *horridus*, qui fait horreur... Ici, quand je me promène dans ce quartier, je me promène à la fois dans deux Paris ; je vais chercher les endroits que j'ai bien connus, il arrive qu'il en reste des traces. Ce n'est pas très bon de faire ce que je fais, c'est mélancolique, ça vous enlève de l'élan... Je vais vous dire une chose : chaque homme de bien, lorsqu'il a fait des enfants, les a élevés, etc., devrait avoir le droit de vivre ce qu'il lui reste à vivre comme lorsqu'il était jeune et que toutes ces choses qui allaient composer sa vie n'avaient pas existé. »

J'avais compris : Monsieur Tenant était l'auteur de la lettre qu'Adélaïde avait reçue le matin même et qui devait lui confirmer un rendez-vous pris à la hâte.

Un rire aigre, forcé, niais, interrompit à point nommé le monologue auquel j'avais prêté cette attention sans faille qui épuise facilement mes réserves de politesse. C'était le rire de Rosette qui tripotait le chien étendu aux pieds d'Adélaïde. Elle retrouvait un peu de son insolence, récupérait, commençait à combler l'espace autour d'elle avec une force grandissante. Quand elle rit, dit un mot à sa nouvelle amie, tapote le ventre de la bête qui rend un son mat, tout cela prend une importance si autonome que rien d'autre n'existe à côté, rien en dehors de ce qu'elle fait. Elle va prendre sa revanche : les choses lui avaient tout à coup désobéi, tout l'avait abandonnée, et maintenant, grâce à la ferveur qui imprègne les gestes de l'inconnue envers elle, elle va reprendre son petit monde en main, il lui suffit de secouer sa chevelure et c'est comme si l'air se vidait, des vibrations se propagent, telles les ondes à la surface d'une mare après le jet d'une pierre, qui s'élargissent, atteignent la matrone à la caisse, imprimant à ses chairs un regain d'énergie qui lui entrouvre la bouche en un sourire et éveille, peut-être, de la tendresse à l'égard de sa petite-fille.

« Tu vas enfin prendre ton petit déjeuner ?

– Oui ! » Et puis, pointant son doigt vers la caisse : « Mais pas de flocons d'avoine », et l'air de se vanter, en regardant Adélaïde : « Deux œufs sur le plat avec beaucoup de beurre et des toasts pour saucer. » Elle répète, à l'adresse du serveur, avec le ton des serveurs lorsqu'ils transmettent un ordre à la cuisine, la dernière phrase. Il y a du défi dans sa façon de lui répéter l'ordre, en lui barrant la route, en l'arrêtant net alors qu'il s'avance à grandes enjambées, le plateau rempli de hauts verres et de tasses pleines.

Il reprit sa marche et quand il revint, faisant rouler le plateau vide contre sa cuisse, Rosette faisait sa colère, le visage dur, fermé.

« Alors, avec beaucoup de beurre pour saucer? Ai-je bien compris, Mademoiselle? »

La glace était rompue. Rosette sourit; Monsieur Tenant, qui avait pris place sur la banquette à côté d'Adélaïde, souriait.

« Claque les talons! Pourquoi tu claques les talons? Fais-le pour moi, vite. »

Nous étions peu nombreux pour feindre de ne pas avoir entendu. Un embarras diffus s'empara de nous tous qui ne nous connaissions pour ainsi dire pas mais nous sentions reliés par un fil qui passait par Rosette et que personne n'eût osé couper. Je ne comprendrai jamais la raison de pareilles délicatesses à l'égard des enfants, aussi cruels qu'encore près de la nature.

Bernard, qu'aucun appel de client ne venait soulager, redressa le buste, tira sur les basques de sa veste, secoua avec brusquerie la mèche lui barrant le front, sans grâce, oblique, raide, et se regarda dans le miroir.

« Pourquoi tu te regardes dans le miroir? C'est laid un homme qui se regarde dans un miroir. »

On hocha la tête avec gêne; Adélaïde caressa le museau du chien; Monsieur Tenant feignait de résoudre un problème à haute voix, les yeux au plafond, grands ouverts :

« Claquer les talons... Claque-t-on les talons? On fait claquer les talons? On a beau apprendre, respecter une langue... c'est beau que tout un peuple se trouve d'accord sur les nuances du parler... Et puis vient un bonhomme à qui on trouve du génie, qui massacre une tournure, et c'en est fait de la grammaire, de la syntaxe. Le peuple est toujours humilié. »

Le beurre grésillait fort, les œufs y étaient noyés, leur blanc racorni. Le serveur se brûla en déposant le plat émaillé sur l'assiette en faïence.

« Claque les talons », reprit Rosette maintenant enjôleuse, câline, peu décidée à essuyer l'affront que serait pour elle une nouvelle dérobade : « Claque les talons... pour moi! »

Elle était sortie de son étourdissement de la nuit, elle

reprenait les armes de son innocence façonnière. Elle sollici-
tait, suppliait, implorait avec cette humilité derrière laquelle
se cache une exigence, la menace d'un éclat, de sanglots ou de
rage froide. Elle quémandait avec une dernière ruse, la
douceur.

Devant un enfant qui demande, je rêve de tout pouvoir lui
accorder, de lui donner le monde, dont il ne doute pas un
instant qu'il ne lui appartienne, de poser sur ses bras le poids
de son propre avenir, qu'il ait tout, tout de suite, et qu'il se
taise.

Bernard s'exécuta. Par deux fois. La mère de Rosette entrait
à ce moment-là, venant de la rue. Nos regards ne s'étaient
jamais croisés auparavant. Elle s'arrêta devant le groupe,
indécise. Je dis au revoir à Adélaïde, saluai Monsieur Tenant –
nous allions nous revoir –, je ne suis pas sûr de ne pas avoir,
quoique faiblement, claqué les talons devant Rosette. Monsieur
Tenant avait une façon triste de boire sa bière.

Je quittai le bar d'un pas décidé, l'air de savoir où j'allais. Je
traversai le boulevard à la même allure, surveillant du coin de
l'œil le déferlement des voitures, mais avec l'insouciance d'un
promeneur dans un pré, et ne repris une démarche normale,
sans destination, qu'une fois à l'abri des hypothétiques regards
de mes amis du *Mercury*.

J'ai des comportements destinés à des spectateurs anonymes,
imaginaires souvent. Je marche bien droit, pour les passants,
et sans m'interrompre, par un déplacement du buste, d'un
bras, j'esquive ces gens qui croient que les trottoirs leur
appartiennent, les couples qui se tiennent par la main,
obstinément inséparables, ou – c'est typique de mon quartier –
le défilé empreint de solennité des familles ou, encore, ces
groupes d'immigrés qui créent d'éphémères patios d'Orient
pour entendre l'aventure de quelque demande à la préfecture
de police. Il m'arrive, également, dans les restaurants, d'emprunter des manières qui ne conviennent pas à ma gourman-

dise, de prendre de brèves bouchées, de boire du bout des lèvres, alors que je dévorerais la nourriture, viderais le verre d'une traite, et cela, parce qu'un autre client m'a dévisagé, jeté un coup d'œil lorsque je prenais place.

Comment expliquer ces comédies que je joue pour personne ? J'essaie de sortir de moi-même, mais ne le peux que le temps d'apercevoir l'ensemble de bizarreries, de manies que sont mes habitudes et de ne rien pouvoir faire autrement. On croit coïncider avec la conscience que l'on a de soi et qui nous est donnée par les mots. Mais tout dans le langage obéit aux lois mêmes qu'il veut découvrir, chaque effort que nous faisons pour découvrir la loi obéit à cette loi qui se fond et se confond avec l'univers, rugueux, fluide, intolérable. On ne se connaît soi-même que par ouï-dire.

J'avais pénétré sans m'en apercevoir, dans le square des Arts et Métiers, empli d'ombre. En été, les frondaisons se touchent par endroits. Il a dû être beau, ce square, avec ses rangées d'arbres, ses deux fontaines, ses bancs à dossier, de lattes peintes en vert, son kiosque dont la toiture en pointe est bordée d'une ferrure dentelée.

Aujourd'hui, le kiosque est fermé et de ses recoins se dégage une forte odeur d'urine; le sol est parsemé de papiers gras en boule, et les fontaines n'ont pas d'eau. Le soir, quand il fait beau, il y a grande animation : ces joueurs arabes que traque la police lorsqu'ils improvisent avec des planches une petite table sur les trottoirs, pour faire des paris qui me demeurent mystérieux, bénéficient ici, dans le square, le soir, de la parcimonie des réverbères, empêchant du coup, depuis qu'ils ont pris possession du terrain, les manèges vénaux entre inconnus, ce troc dans l'ombre de caresses ou de frictions contre un billet.

L'ombre était généreuse. Le soleil écrasait les murs du musée des Arts et Métiers. N'était-ce les voitures, la ville semblait désertée, sous une chaleur compacte. De temps à autre, quelqu'un s'aventurait, s'arrêtait, un cornet de frites à la main, l'air égaré. Tout était à l'abandon, sale, mais les fontaines sculptées, le kiosque, les bancs à dossier, les arbres, vous donnaient l'illusion de renouer avec un passé propice à la douceur de vivre. Certains regards portent secours aux choses – cette fois, c'était le mien. Aussi délaissé qu'il fût, le square n'en demeurait pas moins le seul endroit du quartier où il fît bon désespérer.

Oui, c'était à l'entrée, côté rue Saint-Martin, que j'avais un jour remarqué cet homme au visage osseux, aux yeux glauques, au costume kaki style uniforme, planté là, l'air plus de surveiller que d'attendre. Peut-être Monsieur Tenant y avait-il donné rendez-vous à Adélaïde ce matin. C'était bien cela : j'en aurais la confirmation en fin de soirée quand Adélaïde et moi nous rencontrerions dans la cour et que, au lieu du café dans lequel on était convenus de se retrouver, j'accepterais de monter chez elle.

Adélaïde avait fait la connaissance de Monsieur Tenant quelques jours auparavant, dans un train, alors qu'elle revenait de Meudon où elle avait accompagné Madame Mancier-Alvarez – l'aveugle dont elle s'occupait quelques heures par jour – et son chien-guide. Elle avait été frappée, en passant, alors qu'elle cherchait une place, par l'homme aux yeux bleus et à la très forte mâchoire, qui s'était retourné sur son passage et avait fini, dès que la place s'était libérée, par s'asseoir à côté d'elle et entamer sans préambule une conversation au cours de laquelle les questions posées ne seraient qu'une excuse pour débiter son monologue. Elle avait pensé que la méfiance était une attitude à observer, mais le mélange de bonté et d'égarement qui émanait de l'inconnu avait eu raison de sa réserve.

Il l'avait vue descendre du train à la gare de Meudon, avec l'aveugle et le chien; il habitait lui-même Meudon, avec sa femme, depuis qu'ils étaient tous deux à la retraite. Il avait une belle-famille, trois enfants, rien que des garçons, et tous étaient des sportifs. Amateurs, comme lui et sa femme qui, à soixante-neuf ans, avait encore gagné récemment un cent mètres auquel participaient des jeunes gens. Il avait eu une vie placide, assombrie désormais par un grand malheur : il aimait la lecture mais, l'imaginerait-elle, depuis des années il ne pouvait plus lire car il ne retenait rien. Il comprenait parfaitement chaque phrase, mais chacune effaçait la précédente, de sorte que le sens lui échappait; son cerveau ne répondait pas à l'écrit, alors que sa mémoire était sans faille et, qui plus est, eût-il dit, de plus en plus précise dès qu'il s'agissait du passé, de sa vie, et même des choses qu'il avait lues étant jeune homme... Comme il avait l'abonnement des retraités, il prenait tous les jours le train, car il y trouvait toujours des gens qui lui racontaient des histoires...

Adélaïde n'avait pu réprimer un petit rire, vite étouffé de sa main. Décontenancé, Monsieur Tenant l'avait regardée. Ses yeux contenaient à peine une interrogation malheureuse.

« Ou bien, avait-elle dit d'une voix timide et à l'instant pleine de regrets, vous trouvez des gens qui écoutent les vôtres... »

Il avait paru surpris, et avait gardé le silence. Mais comme le train entrait en gare à Paris, ils avaient échangé leurs adresses. Elle venait d'emménager rue Meslay, ce qui fit sursauter Monsieur Tenant, tout heureux de lui dire qu'il connaissait le quartier comme personne, y étant né, et qu'il se ferait une joie de le parcourir avec elle et de lui montrer les lieux de son enfance.

Ils avaient pris rendez-vous. Il le lui confirmerait. L'enveloppe bleue devait arriver juste à temps.

Adélaïde avait senti un soulagement en se retrouvant seule sur le quai du métro. Puis, dès le lendemain, alors qu'elle s'affairait en clouant au mur un tas de tableautins, de grigris, d'ex-voto, de colifichets achetés pendant des années pour quelques sous au Marché aux Puces, « cela » l'avait assaillie; elle s'était mise à compter les jours. Elle regrettait d'avoir repoussé à une date si éloignée le rendez-vous et se disait et se répétait, sur le ton d'une admonestation, que c'était une bêtise d'y penser. Quelque chose en elle voulait perdre sa liberté, diminuer sa solitude; quelque chose d'autre voulait les préserver. Chaque jour elle se réveillait de plus en plus envahie par un sentiment d'attente qui la paralysait, la ravageait et lui plaquait sur la poitrine l'ancienne oppression. Elle avait souffert, à cause de malheurs bien précis. Maintenant, et il lui semblait bien que c'était pour la première fois, elle se prenait à souffrir de choses imaginaires. Elle n'avait jamais soupçonné que l'une des plus curieuses spécialités de l'homme est de donner un pouvoir de torture à l'absence.

Le jour était enfin venu. Lorsqu'elle me quitte, dans le café de la rue Meslay, elle se dirige vers le square des Arts et Métiers. Elle y trouvera Monsieur Tenant, à l'entrée, face au musée, probablement dans la même attitude de surveillant qui m'avait frappé, quand il m'était arrivé de l'y voir, sans encore le connaître, sans savoir que, sa vie durant, il avait exercé le métier de gardien de la paix dans ce même arrondissement.

Quand elle arrive, Adélaïde a l'impression qu'il est en train de marmonner. Soudain il lève grand les bras dans le geste de signaler à un touriste que l'on a d'abord égaré dans les ruelles la magnificence d'un monument qui se déploie dans un espace inattendu, mais, s'apercevant de la présence d'Adélaïde, il utilise le geste pour l'accueillir en triomphe. Tout sera disproportionné en ce moment : la voix de l'homme qui essaie d'atteindre l'ampleur du bras levé, le bras levé et le ton de la voix pour célébrer la ponctualité de l'étrangère. Adélaïde rit et son propre rire l'étonne; il lui est arrivé si peu de fois de rire et, toujours, cette impression d'ignorance du rire, de n'avoir jamais appris à le libérer.

« Nous avons en face de nous le musée des Arts et Métiers, nous y finirons notre promenade. Les musées me fatiguent, c'est comme si on allumait cent appareils de télévision ou de radio dans la même pièce. Mon attention s'éparpille... Je vous ai déjà dit mon incapacité de lire. Mais je vous y montrerai bien des choses passionnantes... Je venais là quand j'étais gosse, je voulais devenir gardien de musée, un homme assis parmi des merveilles... Le sort en a voulu autrement, je suis devenu gardien de la paix; c'est un beau titre, quoique la paix que nous gardions de mon temps fût bien modeste... la paix du quartier. Je vois que vous avez mis de bonnes chaussures pour la marche. Allons-y! »

Les yeux de Monsieur Tenant souriaient, leur sourire était beau. Adélaïde s'apercevait confusément de ce qu'elle allait ressentir : qui était ce personnage en elle qui s'élançait, qui courait loin devant elle, prêt à avouer ce qu'elle ignorait encore, alors qu'elle resterait en rade, comme d'habitude, et qu'à la fin ce serait elle, Adélaïde Marèse, qui payerait ?

Quand, à l'angle de la rue de Turbigo et de la rue Saint-Martin, Monsieur Tenant lui prit l'avant-bras, elle sursauta. Ce fut la première erreur, croire que ce geste pût correspondre à autre chose qu'à l'habitude de ces mains trop familières.

« Je suis né ici; regardez la façade, la plaque : " Monsieur Morel, architecte, 1883. " Une bonne maison bourgeoise. Venez, entrons... Ces murs, je les ai vu peindre... du faux marbre... C'est beau le faux marbre, c'est habile... du stuc mélangé de couleurs bien dosées... et les veines faites par-dessus, mais comme si elles venaient du fond de la matière... Maintenant, la loge du concierge est au premier étage... Quand je suis né, ce n'était qu'une pièce donnant sur la cour, venez... J'y suis né, j'y ai grandi; ma mère était concierge, mon père, livreur de pain, on disait aussi panetier... »

La « cour » était un puits inversé, avec là, tout en haut, l'eau grise du ciel. Trois marches conduisaient à une porte; à côté de celle-ci il y avait une petite fenêtre.

« La chambre était sombre... Savez-vous comment on l'éclairait, le jour ? Ici, ici – et il signalait le mur opposé à la fenêtre –, il y avait une sorte de chevalet en fer, réglable, et sur le chevalet un miroir, mais je ne crois pas qu'il était en verre, une plaque métallique plutôt, plus ou moins inclinée, selon l'heure, qui attrapait la lumière et la renvoyait contre les carreaux de la fenêtre. »

Monsieur Tenant ne cherchait pas à apitoyer Adélaïde sur son enfance – tout était si loin, il s'en était bien sorti; il avait plutôt l'air blagueur. Les souvenirs étaient ses jouets.

Ils regagnèrent la rue, la lumière poudreuse, la chaleur. Devant eux, la façade asymétrique de Saint-Nicolas-des-Champs, ses fenêtres, dont les losanges en verre incolore étaient comme mités, pleins de petits trous sans que l'on pût les dire cassés : l'armature de plomb retenait chaque côté des losanges.

« Elle est toujours fermée quand je viens, dit Monsieur Tenant.

– C'est vrai, je n'ai pas encore pu y entrer.

– Vous êtes croyante?

– Parfois... »

Sur ce, l'une des portes découpées dans le portail en bois crevassé s'ouvrit. Ils se regardèrent, traversèrent la chaussée et pénétrèrent dans l'église déserte.

La fraîcheur. Les pas désinvoltes de quelqu'un qui se perdait dans le va-et-vient d'une porte, probablement celle de la sacristie. Monsieur Tenant mit un doigt dans le bénitier qui était sec et l'offrit à toucher à Adélaïde. Elle se rappela la chapelle en briques de là-bas, avec son toit à deux pentes en zinc, et la grand-mère qui distribuait de l'eau bénite à sa cousine, à ses filles, à elle, qui était toute petite. Il y avait si longtemps qu'elle ne s'était pas approchée d'un bénitier. De l'eau qui croupit, transmet sans doute des virus, des maladies. Elle entrait pourtant volontiers dans les églises. Pas exactement pour prier. Toute prière lui semblait à double tranchant : on demande à Dieu le bien pour soi, alors que le bien pour soi peut être une longue et douloureuse maladie, comme on dit dans les notices nécrologiques, étant donné l'utilisation que la foi fait de la douleur, la valeur qu'elle apporte à toute peine, jusqu'au pouvoir de racheter le mal commis, réussissant à modifier le passé. Elle n'aimait pas les prières de l'Église.

Elles commencent toutes par décrire à la divinité ou au saint l'endroit où eux-mêmes se trouvent, puis elles énumèrent, en les leur jetant à la figure, les bienfaits dont ils jouissent, et pour finir elles demandent ce bien qui peut être notre disgrâce. Aussi le *Pater*, ce parfait programme des désirs ou des besoins de l'homme, poli par les siècles, elle n'aime pas le réciter. En fait, elle n'aime pas le Père. Ni le Fils. Rien ne justifie la douleur, que l'idée de l'existence de Dieu rend intolérable.

Tandis que Monsieur Tenant se recueillait sur un prie-Dieu, au premier rang, Adélaïde fit le tour de la nef. Tout était à l'abandon, entre les mains du temps, mort, mais on avait enlevé le mort. Pas de traces. Rien de plus vide que cette enceinte à quadruple rangée de piliers, avec sa belle voûte en étoile, rien de plus triste qu'une divinité délaissée; toute l'histoire que furent capables d'engendrer des générations d'hommes meurt avec l'oubli d'un dieu. Parmi les chapelles latérales, elle en découvrit une, chère à son cœur, mais très curieusement aménagée. Il y avait, comme dans les jardins pour enfants, un grand tas de sable, et près du bac une statue de la Vierge, en plâtre, avec son manteau blanc, une étole bleue ripolinée et une auréole d'ampoules minuscules que l'on allumait en mettant une pièce d'un franc dans un appareil. A côté de cette tirelire électrifiée, un présentoir offrait des cierges à cinq, quatre et trois francs. On les plantait dans le sable, ce qui était plus joli que de les enfoncer sur les pointes en fer surmontant les grilles qui ferment les chapelles, où elles risquent de s'effriter si on les force pour qu'elles tiennent droites. Elle choisit le cierge intermédiaire tout en se demandant s'il ne s'agissait, en fait, que d'une bougie et que le mot cierge impliquât une idée de fonction. Elle aimait penser que des lumières brûlent dans les temples, dans ces palais du plus haut désir, pour témoigner de notre présence face à l'absence de Dieu. Elle aimait aussi rendre hommage aux statues, aux effigies qui effarouchent à juste titre les yeux habitués à la beauté. Et puis, ce mélange de confiance et d'espoir qui vacillait au fond de son cœur, elle ne l'avouait qu'à la Vierge.

Elle se souvenait d'avoir lu, jadis, au cours des heures consacrées à l'étude de la théologie pour son plaisir, qu'un Écossais avait imaginé que le Fils de Dieu se serait incarné quand bien même l'homme n'eût pas péché. Et aussi que le monde, l'abrupte réalité, l'homme n'auraient été créés, et l'omniprésence du mal permise, que pour aboutir à l'exception d'un être humain tout de clarté... Elle choisissait une autre bougie, des plus chères, l'allumait, la plantait dans le sable : pour ses morts, à leur mémoire, bourreau et victimes confondus, tous également ensevelis, immobilisés dans leur linceul de terre, bordés par le pardon de la nature.

Monsieur Tenant avait dû se lever de son prie-Dieu; ses chaussures à semelles de crêpe se décollaient du sol avec un bruit de ventouse à chaque pas. Il donnait l'impression que l'âme lui était montée au visage, effaçant ses traits, mettant dans sa forte carrure toute sorte de précautions. A peine eurent-ils passé la petite porte, que Monsieur Tenant retrouva son allure de sportif et sa faconde. L'éclat du jour effaça à l'instant même l'ombre que la prière avait fait monter de son cœur à sa personne.

« C'est à ne pas y croire... Tenez, je vais vous raconter une histoire qui vous étonnera. J'éviterai les noms, les circonstances, les précisions qui ne vous diraient rien... Vous connaissez le journal *L'Humanité*, l'organe du Parti communiste? Eh bien, c'était le seul journal que je lisais quand j'étais môme, et la seule lecture de mes parents. Elle le recevait chaque matin, ma mère, elle avait un abonnement... Je crois qu'elle aimait défier les locataires... Je me souviens d'elle, triant le courrier pour le monter, son numéro de *L'Huma* déjà sous le bras, bien plié, avec sa bande, les premières lettres du titre, vers l'extérieur : *L'Huma*... Nous étions très pauvres... Je ne me rendais pas compte, je n'étais pas malheureux... Parfois, je me demande à quoi rêvait ma mère... Voilà mon plus grand remords : de son vivant, je n'y ai jamais pensé. On devrait se comporter avec les êtres qu'on aime comme s'ils allaient mourir demain... Qu'en pensez-vous?

66

— A vrai dire... de nous comporter chaque jour comme si les autres allaient mourir n'arrangerait pas leurs affaires ni les nôtres, à la longue. Et si nous nous comportions comme si c'était nous qui allions mourir, pas davantage. Autant baisser les bras, renoncer. Le monde s'arrêterait. »

Adélaïde eut conscience du côté péremptoire de ses propos, du plaisir qu'elle avait éprouvé à les assener du bout des lèvres, sans nuancer sa pensée. Elle comprit que les mêmes mots auraient pu être teintés de mélancolie, de vague à l'âme, et que la cause de son irritation c'était d'avoir tu ce qu'elle s'était préparée à dire à Monsieur Tenant alors qu'il priait devant le maître-autel, elle ne savait pas si c'était par bonté ou dans la crainte qu'il ne comprît pas l'argument — cet argument qui lui était venu avec des mots qu'elle aurait voulu planter comme une écharde dans le cerveau de Monsieur Tanant : « Si Dieu était, le monde ne serait pas, mais Lui tout seul. »

En pénétrant dans le musée des Arts et Métiers, par la chapelle désaffectée, elle se demandait s'il n'en était pas encore temps. Mais la bizarrerie du spectacle qui s'offrait à ses yeux eut raison de son hostilité. Cependant, convaincue qu'aucune histoire ne se peut comprendre sans la chronologie, dont elle avait un particulier souci lorsque quelqu'un lui racontait sa vie, Adélaïde arrêta Monsieur Tenant qui, le visage réjoui, lui montrait l'aéroplane, le premier de l'histoire, le plus proche du rêve d'Icare, avec ses grandes plumes d'oiseau collées à l'armature en bois, suspendu par une cordelette à une croisée d'ogives.

« Excusez-moi, Monsieur Tenant... Si je comprends bien, vous avez été élevé dans un milieu, un esprit...

— Athée ? »

Adélaïde acquiesça avec un mouvement imperceptible de la tête. C'était plus compliqué que cela.

« On était des socialistes purs et durs... Je me souviens du jour où ma mère... c'est curieux, je ne vois plus ma mère, mais je sais que c'est bien elle qui me tend le journal, et j'ai de nouveau sur la langue le goût de la grosse tartine trempée dans de la lavasse au lait... Je vois le journal, et dans le journal, un encadré avec ces mots : " Pour une dent, un œil; pour un œil, la gueule entière. " Là, je ne suivais pas. J'étais, moi, socialiste, mais je n'étais pas pour la violence... Et puis, pendant la guerre, que j'ai faite sur le front d'Alsace, je me suis dit... comme ça, un jour... je n'ai pas eu de nuit de Pascal ni d'illumination derrière une colonne de Notre-Dame... je me suis dit que, la guerre finie, je me ferais baptiser et que je serais catholique... Remarquez, quand j'ai essayé de voir le Dieu des théologiens, quand je pouvais encore lire, je n'ai trouvé qu'un système de mots... Vous savez, j'ai renoncé à la pensée... Les hommes de parti, les idéologues, ils croient qu'ils savent et ils luttent pour que ce qu'ils croient s'accomplisse... Je suis devenu catholique, je suis pratiquant, ne croyez pas... Un jour, j'ai trouvé ma devise, c'est un mot de cette sainte qui passe aux yeux des incroyants, à cause du culte exagéré dont elle est l'objet, pour une petite niaise... Sainte Thérèse de Lisieux : " Jésus m'a fait la grâce d'enténébrer mon âme... " »

Il parlait très bas, sans doute parce que, quoique désaffectée et remplie des objets les plus incongrus par rapport à une telle architecture – des voitures, des aéroplanes –, la chapelle avec ses ogives et ses vitraux lui en imposait. Il rapprocha encore son visage de l'oreille d'Adélaïde :

« La véritable différence entre la pensée et les sentiments à l'égard de Dieu, c'est une différence d'avenir. »

Il sourit : il attendait.

Adélaïde demeura pensive; elle ne comprenait pas, mais elle savait qu'il y aurait eu à comprendre si on s'y était appliqué. Elle avait retenu les mots : elle ne retarderait plus Monsieur Tenant qui, s'étant résigné à son manque de réaction, regardait les aéroplanes au vol figé dans la nef, suspendus à la croisée des ogives, avec l'impatience d'un enfant.

« Avant, l'entrée se faisait par la cour... A l'origine, c'était une abbaye, l'abbaye de Saint-Martin-des-Champs. Il y a très longtemps que je n'y mettais plus les pieds... Quand j'étais gosse, je venais deux, trois fois par semaine, à la sortie du collège qui était juste derrière, rue Vaucauson. Je venais surtout pour le périscope.

— Périscope?

— Un appareil qui permet de voir par-dessus un obstacle... Nous irons le voir tout de suite, vous ne comprendrez pas comment c'est fait, mais vous verrez.. Voici les premiers appareils de l'histoire de l'aviation... »

Elle regarda une grande chauve-souris de foire, avec ses hélices en forme de plume d'oie et recouverte de vraies plumes d'oiseaux : il avait volé trois cents mètres. Un biplan de Breguet, le coucou dans lequel Blériot traversa la Manche en 1909, le premier hélicoptère... Elle vit les voitures, chercha des noms qu'elle avait rencontrés dans les livres, Daimler, Hispano-Suiza, Panhard ; retrouva le modèle de celles qu'elle appelait les « taxis de Londres »... des voitures, disait-elle, où l'on monte avec dignité, sans s'abaisser, s'affaisser d'avance. Cela lui faisait plaisir de pouvoir établir des ressemblances entre des choses, des objets, des mœurs de pays différents et de définir un certain pays, une ville, par la particularité de n'importe quelle chose. Aussi, elle disait qu'une automobile à marchepied et aux sièges hauts, c'était Londres.

Monsieur Tenant lui prit le coude, lui fit traverser à toute allure le chœur où, dans une cage en verre, elle aperçut au passage le balancement d'une boule d'or — le pendule de Foucault qui continue de fournir, imperturbable, la preuve de la rotation de la Terre autour de son axe —; ils montèrent un étroit escalier en marbre, débouchèrent dans les galeries aux murs recouverts de vitrines bondées d'objets, grandeur nature ou réduits à une maquette — elle retiendrait des noms : pour la cruauté qu'il inspirait, « la scie sans fin »; parce que cela lui semblait drôle, la machine pour indiquer la détérioration des rayons de roues...

Le périscope ressemblait à une guérite collée à un mur, avec deux entrées latérales. Monsieur Tenant fut contrarié par l'absence de rideaux : comment l'image pourrait-elle être nette sans une obscurité totale ? Elle n'était pas nette, mais comme Adélaïde trouvait des inflexions émerveillées d'enfant pour célébrer la découverte de l'appareil qui lui permettait de voir une vieille façade de la rue Vaucauson, celle qui se trouvait dans son dos mais que le mur l'empêchait de voir, et les gens qui passaient, la circulation – d'un si vieil appareil de musée elle ne s'était pas attendue à des images en couleurs –, Monsieur Tenant se rasséréna.

« Vous voyez, là, tout au fond, se trouvait mon collège... Et dans cet immeuble il y avait déjà un bar... sans néon, avec des meubles en bois, modestes mais bien tournés, comme le lambrissage, les moulures, les chambranles, tout ce qu'on appelle, ou qu'on appelait dans le métier, la menuiserie dormante. Les murs étaient de couleur crème; les bois, acajou. Savez-vous ce que je faisais à la sortie de l'école? Je venais ici, le gardien me connaissait, j'avais l'entrée libre... C'était l'heure où mon père avait fini sa journée, il avait fini la livraison du pain... Trois cents kilos! dans une charrette à bras et à un seul brancard, avec ses ridelles peintes en bleu et jaune et ici et là un filet rouge. L'après-midi, elle était devenue légère, il la déposait un peu en travers du trottoir, et quand il s'enlevait le harnais, il s'enlevait aussi la casquette et secouait ses cheveux, il avait l'air d'un chien qu'on libère... Je le voyais d'ici, mon papa, j'étais content qu'il aille se prendre ses ballons de rouge, bavarder avec la patronne, discuter avec les gens... Trop souvent je l'avais vu partir le matin, de la boulangerie qui était en face... Il devait se voûter, jambes écartées, et tirer de toutes ses forces pour que la charrette s'ébranle! Et ma mère qui, si elle se trouvait sur le pas de la porte, s'autorisait à lui crier à travers la chaussée comme pour l'aider chaque fois qu'il donnait une secousse ou pour ajouter le braiement qui le confirmât dans la condition de quadrupède que suggérait son attitude : " Aâne, âââne! " en prolongeant le " â ". »

Les ahans poussés par Monsieur Tenant attirèrent l'attention des visiteurs, toujours rares, et du gardien qui se précipita vers le périscope d'où sortaient, d'un côté une institutrice avec un pli de sévérité qui lui barrait verticalement le front et, de l'autre, un vieux monsieur que tous regardaient avec suspicion.

Monsieur Tenant, qui, tout à ses souvenances, ne s'en rendit pas compte, arrêta Adélaïde, pour une fois pressée de s'éloigner :

« Vieillir est simple... Un jour on longe la façade d'un immeuble de l'enfance, et l'on y voit son ombre comme tassée et ralentie par les pas. On ne s'en était pas aperçu jusque-là. Venez, je vais vous montrer l'endroit où j'ai enfin osé dire, à la fille qui deviendrait ma femme, que je l'aimais. »

Il l'entraînait, sans jamais hésiter sur le chemin à prendre, d'une galerie à l'autre. Elle vit les maquettes de machines agricoles, quelques-unes lui rappelant celles de son enfance, et elles lui semblèrent déparer le musée. Ils descendirent l'escalier d'honneur, se trouvèrent dans une salle carrée, déserte. Monsieur Tenant était dans un grand état d'excitation, de joie.

« Mettez-vous là, l'oreille collée au mur... vous voyez, il y a une cannelure imperceptible qui monte jusqu'au plafond... Maintenant, vous attendez, je vais me poster à l'autre angle... Faites attention, faites bien attention... »

Il traversa la salle en diagonale, et tout en surveillant Adélaïde du coin de l'œil, il approcha sa bouche de la rainure et dit : « Bernadette, accepteriez-vous de m'épouser ? »

Adélaïde fut saisie, non pas tant par les mots que par la proximité de la voix feutrée et volontairement douce, que la courbure elliptique de la voûte lui avait fait parvenir de telle sorte qu'elle eut la sensation que Monsieur Tenant appuyait sa tête dans le creux de son épaule.

« Vous m'entendez ?

— Oui, oui, parfaitement...

— Parlez dans la rainure... Je ne vous entends pas...

Voyez-vous, c'est comme cela que je lui ai déclaré mon amour... »

Adélaïde ne prêtait pas attention aux paroles, fascinée par le souffle de la voix, le son pur qui lui parlait d'un être qui n'était pas cet homme sur le retour, déclinant malgré ses vantardises de sportif, avec son faux costume de sergent de ville, les intermittences de sa mémoire, mais d'un passant spirituel, un monsieur Ame, naïf, empli d'une volonté de bonheur.

Une touriste japonaise qui avait suivi leur manège se serra contre l'un des angles de la pièce alors qu'ils la quittaient, dit quelques mots dans la cannelure, mais elle n'eut pas de réponse, n'entendit rien et demeura là, l'oreille collée, en attente.

Oui, se disait Adélaïde, comme ils pénétraient dans la salle des horloges et des instruments de précision, oui, au fond, le temps change toutes choses en nous, sauf une... cet être de fiction, cette image de nous-même que nous portons en nous, sur laquelle le temps, qui ronge, corrode, rapetisse, diminue, défait, effiloche jusqu'à la trame des songes, n'a pas de prise. Il arrive que nous nous comportions en accord avec cette image qui ne change pas, nous qui, au cours de la vie, n'avons pas cessé de changer. Il se produit alors un déséquilibre, nous oublions les miroirs et que le temps se faufile partout. Nous devenons ridicules aux yeux du monde; mais nous avons notre richesse, ce trésor, ce peu d'or qui tient cent fois dans le creux de la main, si chaud cependant quand tout devient froid et aveugle; l'être virtuel, celui qui d'habitude reste enfoui, l'être éveillé à qui on a imposé le cauchemar de ce monde. Et il passe dans la voix, il y vit, il y persiste; quelqu'un, parfois, l'entend. Elle avait entendu, réellement entendu Monsieur Tenant. Elle allait se dire qu'elle l'aimait, mais sa pensée se referma sur elle-même comme un couteau.

Voilà les télescopes, les machines à calculer – celle de Pascal, l'arithmomètre de Thomas de Colmar, les automates, les astrolabes, les horloges, le minutieux délire des engrenages, des leviers, des roues, des vis, des poulies, des poids, des balanciers qui domptent l'énergie. Elle sentit la gravitation d'un orbe où tout s'était déjà accompli, obéissant à la discipline unique qui commande la rotation des astres et le sang dans nos veines. Elle entendit battre son cœur, et très loin, au fond de la galerie, le tic-tac d'une horloge monumentale. Elle se souvint du temps où, chez les nonnes qui l'avaient recueillie, elle lisait, dans la cuisine du couvent, tout en épluchant des légumes, des livres dont elle ne retenait que des bribes, n'étant pas préparée pour les comprendre, mue seulement par une avidité de savoir, d'accroître par un peu de science, chaque jour, la distance entre elle-même qui avait eu raison de l'aridité des ouvrages et la fille née pour être une servante de l'espèce, une esclave, une barbare.

Elle vit un cadran solaire, ensuite, une clepsydre.

Des objets, de simples objets, et pourtant, le monde s'achève régulièrement dans un sablier, l'océan se dessèche dans une clepsydre, chaque petite montre porte en elle l'univers tout entier.

Elle regarda la sienne à son poignet; le bracelet en gros-grain qui venait de là-bas, et avait tant d'années, était tout élimé. Elle eut un rire qu'elle couvrit de sa main, et regarda Monsieur Tenant qui, depuis un bon moment, la regardait, les bras derrière le dos, et souriait. Le regard d'Adélaïde passa sur les yeux bleus de Monsieur Tenant, comme l'oiseau qui effleure l'étang pour y boire sans ralentir son vol.

Tous deux se sentaient timides et presque heureux.

Monsieur Tenant, que j'allais connaître quelques minutes plus tard, au *Mercury,* me fit faire par la suite la même promenade et me tint le même discours qu'il avait tenu à Adélaïde. Peut-être ajouterait-il un mot dont il était, à l'évidence, fier, et dont Adélaïde ne se souvenait pas : « Le plus dur dans la vie est de ne s'être jamais trompé, on vous le fait payer cher. » Au reste, il me répétera les mêmes

73

anecdotes, les mêmes histoires. Et reviendraient la loge de concierge de la rue de Turbigo, qu'éclairait le miroir oblique recueillant ce peu de ciel tout en haut de la cour; le père tirant sur une charrette à bras trois cents kilos de pain; sa femme lui criant « âne! », du pas de la porte, lorsqu'il n'arrivait pas à mettre en branle le véhicule; et lui-même, Monsieur Tenant, soudain perplexe de n'avoir jamais songé au moment où il aurait peut-être fallu tenir compte des rêves, des désirs de sa mère. Monsieur Tenant répéterait toujours les mêmes choses; peut-être les avait-il oubliées et ne lui en restait-il que ce récit appris par cœur qu'il répétait sans plus se les représenter.

« Excusez-moi, Monsieur, nous habitons le même immeuble, et je me livre à vous comme si vous étiez ce voyageur qui, dans un compartiment de train, est prêt à vous écouter. On le déniche tout de suite, n'est-ce pas?, l'on sait même quel genre de curiosité le pousse à se montrer si attentif à vous, à vos affaires, à la place que vous occupez...

— Je n'aime pas me raconter, les gens veulent toujours des détails de la vie quotidienne. A vrai dire, je n'aime pas non plus qu'un inconnu me raconte sa vie... Il arrive qu'il me laisse un fardeau. Il y a des visages que je n'arrive pas à oublier, des voix, des mains.

— Oh! pardonnez-moi, je n'aurais jamais dû vous faire de confidences...

— Nous ne sommes pas dans un train... »

Je m'étais engagé sur une voie impossible; il fallait que je ravale ma gaffe; je ne trouvai que mon sourire et une allusion à cette condition d'étrangers que nous partagions et qui supposait une certaine solidarité.

Adélaïde se montra soulagée, mais détourna son regard vers le lit où dormait Rosette, que sa mère, fort heureusement disait-elle, lui avait confiée pour qu'elle s'en occupe quelques heures par jour. Elle dormait à poings fermés, à plat ventre, les jambes écartées telle une nageuse qui fonce. Adélaïde lui avait lavé les cheveux; ils étaient luisants, souples; on n'entendait pas son souffle : elle était toute bonté.

Seule la discrétion permet l'intimité, qui repose sur une pudeur partagée, sur ce que l'on tait — certaines choses insolubles qui laisseraient l'autre mal à l'aise, certaines cruautés que l'autre pourrait imaginer adressées à son intention d'une manière oblique. Seule la discrétion permet une véritable liberté dans les rapports : tout peut être dit, si on s'interdit juste certaines choses. Adélaïde ne m'avait raconté sa journée avec Monsieur Tenant que pour arriver à sortir ce trop-plein d'anxiété, d'angoisse où la plongeait ce rapport ou, plutôt, la peur que ce rapport n'en fût pas un, et qu'elle fût seulement une interlocutrice interchangeable.

Il lui ferait signe. Voilà la phrase que maintenant elle ne pouvait supporter, physiquement : avant même que l'image de Monsieur Tenant ne lui revienne à l'esprit, le corps la lui annonçait, avec un spasme, qui montait du ventre à la gorge, lui coupant le souffle; elle avait beau se raisonner, respirer profondément, essayer de revenir à elle-même et voir les choses telles qu'elles étaient; il n'y avait rien à faire : l'intelligence rétablit l'ordre des événements, redonne le juste poids aux mots échangés, la signification des faits, les englobe, les explique, va jusqu'à leur accorder un avenir. Et pour finir, elle ne peut rien. Le cœur et l'estomac, l'amour et la digestion sont trop près placés dans le corps.

Elle me parlait de moi, de choses que j'avais toujours ressenties, que je ressentais encore parfois, avec des mots que moi-même je n'avais pas trouvés dans les mêmes circonstances. On passe sa vie à essayer de transformer en idée le sentiment qui vous assaille, mais le cœur trouve toujours dans le langage des relais sentimentaux... Il est le plus fort et, s'il en est besoin, il va jusqu'à craquer pour vaincre.

« Oui, Monsieur, on meurt de sentiment, beaucoup plus qu'on ne le dit, j'en suis sûre. »

Elle avait la main plaquée sur la poitrine et sa respiration

75

brève faisait dans le calme de la pièce un bruit de petits soufflets.

Ce corps, ce corps devant moi, ce corps difficile à imaginer sous la robe noire à col Claudine, ce minimum de corps, souffrait du théâtre incontrôlable que l'imagination montait et démontait en lui : les images, les mots lui faisaient mal, là et là et là encore. Percée, transpercée, ne voulant plus d'elle-même, mais voulant tout et à jamais le tout de ces mots qu'elle ne prononçait pas : l'amour. En proie à ce sentiment où il entre de la douleur, du désespoir, une fureur de douceur où le moi est prêt à se dissoudre, à se suicider dans la folie de se confondre. « Je vous ferai signe. » Toute cette solitude entre Monsieur Tenant et elle, soudain, à cause de la petite phrase; toutes ces distances, l'impossibilité de savoir le lieu, l'endroit, la chambre où il se tenait en ce moment; dans sa vie, poursuivant sa vie, ses habitudes, posant son regard sur les êtres et les choses familières. Et elle, réduite, refoulée dans l'espace irrespirable de l'attente, le corps tout hérissé de spasmes. « Je vous ferai signe. »

Rosette se réveillait, elle se retourna, demeura sur le dos, les yeux ouverts, clairs, sans trace de sommeil.

Adélaïde alluma la lampe à sa portée, sur la table de nuit, et tous les trois nous fûmes tirés de notre inertie. Parmi les objets qu'Adélaïde avait suspendus au mur, serrés, comme une tapisserie avec des reliefs, un tableau, quelques-uns scintillaient, mais tous avaient perdu leur existence individuelle pour ne composer qu'un ensemble où Adélaïde les avait distribués avec un instinct sûr des correspondances. Les taches rouges, à droite et à gauche de la croix en verroterie, étaient une répétition équidistante de couleur rouge avant d'être la rose et les cerises en cire, d'un vif corail, qu'elles étaient.

Rosette s'assit – le lit faisait un creux –, pivota et se mit debout tout en enfilant des chaussures-sabots qui ne tardèrent pas à claquer dans l'escalier.

« Excusez-moi, nous devons partir... Je suis très heureuse que l'on m'ait confié Rosette... », dit Adélaïde en prenant son sac dans le tiroir de la commode et en jetant un coup d'œil dans le miroir qui la surmontait, mais ne s'arrêtant pas de crainte que l'enfant ne s'échappât. Heureusement, les divers interrupteurs, de même taille et même couleur, créent toujours une confusion qui retarde l'ouverture de la porte pour les non-habitués. Elles sortirent ensemble.

J'avais cru percevoir dans le regard d'Adélaïde un appel au secours ou, peut-être, le regret de s'être confiée : les choses se mettent à exister avec une telle force lorsque les mots leur donnent un nom, les livrent aux autres. Toute histoire, en particulier les histoires d'amour, n'existe qu'à cause des mots. Contre les mots, il n'y a qu'une arme : passer aux faits si l'on en a la possibilité – l'amour inaccompli étant le plus redoutable en ce qu'il dure toujours. Essayer de s'en tenir à ce que l'on sait possible, c'est là un acte contre nature. Nous agissons, nous nous démenons, mourons pour l'impossible. Dans cette lutte sans merci que chacun mène comme si elle était vraiment la sienne, rien que la sienne, restent parfois, dans le cas des génies, des bribes magiques qui nous aident à vivre – des musiques, des temples, la peinture, des sentences, et ces mots mêmes qui nous ont fait tant de mal et qui reviennent dans un ordre apaisant... Alors un homme parmi des milliards est tout pour tous au moment où il n'est plus de ce monde.

La souffrance d'Adélaïde réveillait celle dont j'avais été la proie quelques mois auparavant, que le temps avait endormie, quoique un simple mot, un visage à peine entrevu, le bruit d'une portière sous mes fenêtres m'eussent averti plus d'une fois qu'elle se tenait là, sous la peau, prête à m'assaillir, à me submerger. Et la grande fille grave de ce Nord d'où moi-même je viens, qui, m'ayant déniché, était venue me voir pour m'interroger sur mes travaux de jadis, j'en ressentais de nouveau la présence, la douce tiédeur charnelle, le parfum.

Nous ne nous étions vus qu'une fois, mais toute une longue soirée.

Pourquoi revenait-elle avec un tel empressement, réveillant comme ce jour-là tout ce qu'il y a en nous de plus bête, les ténèbres et les illuminations nerveuses, ces spasmes, ces tornades autour du cœur, tout ce qui tourmentait en ce moment Adélaïde et que je m'étais limité à écouter, sachant trop bien que l'on ne peut rien pour celui dont tout le corps est agité d'espoir.

Elle avait commencé par me poser des questions sur mes travaux — mes travaux, c'est à en rire! ; j'essayais d'éluder les réponses, sans effort, il est vrai, puisque je n'en possède pas de certaines, bien que je n'aille pas pour autant jusqu'à l'avouer. Si j'aime entretenir le mystère autour de moi, c'est peut-être parce que j'espère encore trouver, ne serait-ce que pour en jouir en secret, le chiffre, la clé que j'ai tellement cherchés. Nous parlions dans notre langue; les premiers mots échangés me dégoûtèrent comme me dégoûte la première gorgée d'un alcool fort qui aura le dessus sur moi.

Peu à peu nous avions glissé vers d'autres sujets à l'égard desquels nous découvrions, sans que cela nous surprît, que nous partagions le même sentiment. La mémoire tend à polir les images qu'elle s'est choisies et je sais que, de notre conversation, elle a vite supprimé les pauses, les assentiments ou les réserves bégayées, ce moment où la phrase s'interrompt parce que l'on remplit les verres ou que celui qui la prononce, l'ayant trop de fois répétée, imprime à son débit le ralenti qu'impose la recherche du mot juste, qu'il doit feindre de trouver sur le moment et, si possible, grâce à l'interlocuteur.

Ce que le souvenir avait gardé intact, ce qui était vrai, indéniable, douloureux à réentendre dans l'absence, c'était sa voix toujours à demi-voix — on eût dit qu'elle ne se produisait que pour vous —, ferme néanmoins, nette, mais comme enveloppée dans un duvet de souffle.

Et je revoyais son regard qui s'en allait soudain tout en

78

longueur; et de nouveau m'étonnait sa familiarité imprévue pour souligner le partage d'un point de vue, de sa main posée sur mon poignet ou, mais à peine, ses doigts unis, droits effleurant mon genou. C'était vers la fin de la soirée que s'était produite en moi une sorte de révélation – que j'avais cru comprendre, ou plutôt surprendre, dans la trame des jours, le sens de notre rencontre.

Personne ne sait ce qu'il est venu faire en ce monde : personne ne se rend compte quand *la chose* a lieu, personne ne sait s'il arrive ou s'il échoue; personne ne sait ce qu'il donne, ni si ce qu'il donne est un don.

Au fil des heures nous étions arrivés à la musique. Je lui avouai qu'en la matière je m'étais abstenu, ma vie durant, de passer un certain seuil. Avec cette vantardise que libère en moi l'alcool, je lui dis que j'aimais les épanchements, je revendiquai le pathos, puis la forme, que la forme contrôlant le sentiment fût rendue visible, évidente à l'oreille. Elle souriait et il y avait du défi dans son sourire. Elle mentionna la musique de Vienne, je lui opposai son manque de symétrie; elle affirma qu'elle s'y trouvait cachée, mon oreille préférait qu'elle fût évidente. Avec une raideur subite mais se penchant à l'instant vers moi, elle me demanda d'essayer. Je ne dis plus un mot – son parfum m'avait distrait.

Si elle ne tint pas sa promesse de me faire signe, elle me fit parvenir des disques, des partitions, de façon périodique, avec des intervalles me permettant de m'imprégner d'une œuvre avant d'en mériter une autre. Au bout de quelques semaines déjà, ses envois s'étaient de beaucoup espacés. Puis ils se sont interrompus. Est-elle arrivée au bout de mon instruction? Lui arrive-t-il de regretter que le jeu ait pris fin?

Je ne savais pas dans quelles eaux je pénétrais quand je mis le premier disque sur le plateau de cet électrophone. J'écoutais d'abord pour faire plaisir à une absente, pour apprivoiser son absence. Le cœur m'ouvrit l'oreille, vainquit mes réticences. Ensuite, je me suis senti happé, et je me suis abandonné à un flux sonore d'où me semblait absente toute nervure raisonneuse, égaré dans une nébuleuse de sons, soumis et consentant, immergé dans un inaccomplissement ne progressant, ne s'achevant pas, et je touchai à ma propre dissolution.

Je ne poursuis pour ainsi dire plus mes travaux. De temps en temps, je prends conscience qu'une équation s'est résolue, ou bien qu'un résultat provisoire s'est produit en moi sans que j'intervienne. Le temps est loin où je voulais aboutir, imprimer sur les grands sables la trace de mes pas.

La musique – cette musique-là –, elle m'était apparue comme le double halluciné, la pure transfiguration sonore d'un monde où nous entrons à reculons dans la mort. Elle était, sous une autre forme, le monde, la matière même.

Et dire que ce moi qui saigne à cause d'un autre qui ne l'a pas aimé, ne sera plus demain qu'une curiosité d'anciens nomades, une anecdote pour les singes.

III

Mères transhumantes de patries à naître, du moindre trait d'un peuple; race éphémère mais inaugurale, mères de *là-bas* dont l'espoir ignorait toute mesure, figures déterrées dans les fouilles du monde venues de l'autre rive des mers fonder robustement leur vie sur un sol sans entraves. Derrière elles, qui poussèrent les hommes à choisir l'aventure comme remède au désespoir, ne restaient que ces quelques arpents de leur naissance, dans un continent qui est la gloire de la terre, mais n'ayant livré à leur ignorance pas même la lueur de ses trésors; les flancs des collines pierreuses où le soc butait à chaque poussée sont leur seul souvenir; les quitter, ce fut leur délivrance.

Elles n'emportèrent dans leur mémoire que le savoir des pâtres, la science des semailles et l'astuce des saveurs, qui est le génie des pauvres. A côté des hommes, elles tracèrent les premiers sillons dans l'écorce encore vierge de cette partie de la planète où elles avaient échoué, où elles manièrent la faucille pour la moisson, piétinèrent avec les bœufs et les chevaux la récolte, vannèrent le grain, foulèrent de leurs pieds des cageots de grappes achetées dans des villes rustiques — et ç'avait été la joie du premier vin.

Tout ce qu'elles firent, c'est comme s'il n'avait pas été. Nul ne les célèbre, nul ne les a jamais connues vraiment, même si l'une ou l'autre passe encore dans une anecdote que raconte peut-être pour la dernière fois un arrière-petit-fils. Elles furent. Dans l'éternité géographique de la plaine de là-bas personne ne compte la petite monnaie de leurs jours.

Adélaïde, elle, était arrivée à les voir de la sorte, grâce à l'éloignement, d'abord progressif, puis absolu, lorsqu'elle avait débarqué sur ce continent de mémoire qui avait été le leur, et que, les choses de la vie ayant pris pour toujours leur place dans l'alignement qu'impose l'inévitable perspective du temps, elle avait pu regarder en arrière, faire face à son passé, étaler devant elle cette terre où se dilue et se noie le regard d'une jeune fille qui essaie de l'embrasser, et s'y revoir, en éprouvant à la fois la terreur rétrospective qu'elle eût pu y rester, et l'étonnement du rescapé. Coûte que coûte, elle était arrivée à avoir de l'instruction, et – elle osait à peine me le dire, sa voix devenant un murmure qui escamotait le mot – aussi à aimer la littérature. Celle-ci lui permettait d'amadouer la réalité. En fait, à bien y penser, là-bas aussi, la littérature, dans son expression la plus rudimentaire, quand elle ne fait pas plus que de dire les choses comme on ne les dit pas lorsqu'on parle, servait dans la grande occasion de la mort à alourdir d'un peu de sens la vie qui s'en était allée, à fixer au sol une absence. Elle en avait eu la révélation pendant l'enterrement de son père. Étant donné les circonstances de son décès, on avait fait des efforts pour les dissimuler et Dieu seul sait grâce à quelle obole la grand-mère avait obtenu du notaire du village qu'il prononçât quelques paroles devant la tombe. Du coup, aux yeux de ces paysans voisins qui ne se voyaient entre eux que lorsque chacun, à son tour, tuait le cochon, ou qu'un membre de la famille venait à disparaître, la mort de Tino devenait insoupçonnable, et pour Adélaïde, qui était la seule à regretter cette mort, ce fut un baume sur sa douleur que d'entendre, coulés dans une phrase par surcroît déclamée, les bribes, les cafouillis avec lesquels les gens avaient célébré la mémoire du défunt. Tous ces « ah, il était bon », « et rien à dire pour le travail », « si petit, mais si fort »; ces « si jeune », « savait se battre », « va nous manquer », devenaient dans la bouche du notaire – vêtu d'un costume blanc qui jaunissait, un panama au ruban noir et des chaussures blanc et noir qui l'avaient étonnée – l'éloge d'un homme qui ne déméritait pas comparé aux héros de la patrie tombés au champ d'honneur, par la régularité et l'obstination qu'il avait mises pour mener à bien les labeurs de chaque jour. N'y avait-il pas de la grandeur et de l'amour de la patrie dans sa tâche?

Selon les habitudes de la contrée, on avait découvert le cercueil. La petite taille de Tino, son visage d'adolescent rabougri, s'accommodaient mal des paroles et de l'intonation du notaire. Celui-ci, à l'évidence, trouvait un rare plaisir à entonner cet éloge qui avait dû célébrer des morts successifs et était contenu dans quelques feuillets qui se déchiraient aux pliures et sur lesquels l'orateur tapa soudain du revers de sa main droite – qui avait jusque-là martelé l'air, soulignant la ponctuation des phrases – pour annoncer les derniers mots, prononcés avec une conviction que peut-être il arriva à partager, où il mettait au-dessus du martyre la longue patience de la sainteté.

Tino était sage dans son cercueil, avec ce col amidonné qu'on lui avait remonté jusqu'au menton comme une minerve. Même son nez retroussé ne contredisait pas son air de gravité, peut-être parce qu'il avait pâli. On l'avait rasé, peigné à la gomina, et on avait bien nettoyé ses yeux chassieux. Seule la paupière décollée de l'œil gauche, dans un clignement, rappelait son insouciance, la tristesse de ses enfantillages.

On clouait déjà le cercueil quand elle avait pensé, les deux choses rapprochées dans son esprit pour la première fois, qu'elle avait été conçue sur un lit et que c'était cet homme, le mort, qui l'avait faite. Ensuite, elle qui, du vivant de son père, avait toujours eu l'envie, sinon le pouvoir, de le protéger, comprenait qu'elle n'aurait plus à le faire. Cela lui avait causé de la peine; Tino avait été un peu son enfant. Puis, comme une fulgurance, l'idée l'avait remplie des pieds à la tête qu'elle n'avait qu'elle-même à protéger et que c'était urgent.

83

Oui, ce fut à cette occasion qu'elle avait dû éprouver la magie que peuvent produire les mots. Elle en souriait aujourd'hui, avant d'ajouter, songeuse, que le halo plus ou moins laiteux de la lune, ou l'immensité parfois toute en crêtes, en cascades, des couchers de soleil, n'étaient jamais un spectacle pour les gens de là-bas, mais un renseignement sur le temps qu'il ferait le lendemain : « La beauté avait lieu, se produisait, et l'on ne s'en apercevait pas. On vivait en deçà de la beauté. »

« Pourquoi dites-vous que la beauté se produisait, qu'elle avait lieu? Elle vous entourait de toute part...

– Non... » Les yeux écarquillés dans un étonnement douloureux, le pli du front creusé, Adélaïde me regardait sans trop savoir s'il valait la peine de se confier encore à quelqu'un qui, d'évidence, avait peu retenu de ses récits. « Non, continuat-elle, je vous ai dit que là-bas, la plaine de là-bas, c'est comme le néant. Ou, si vous préférez, le tout... Je ne voudrais pas vous paraître pédante... Des bribes me sont restées de livres qui dépassaient mon entendement, elles me font rêver... C'est la première fois qu'il m'arrive de pouvoir en parler... Je disais le tout... Le tout, nous l'imaginons quand même comme quelque chose avec un commencement, des limites... Alors que nous devrions nous interdire de le nommer, puisqu'il nous est impossible de le comparer à quelque chose d'autre. On ne peut pas ne pas être entouré par le tout, rien n'a lieu, rien ne se produit qui n'en fasse pas partie...»

Nous devenions philosophes. Adélaïde m'attribuait des compétences que je n'ai pas. Je n'ai pas une tête philosophique, encore que je trouve du plaisir à m'attarder sur certaines perplexités. Les paradoxes me ravissent, mais je soupçonne que mon plaisir est redoublé par ma misogynie. Le paradoxe c'est le rire de l'intelligence, l'écume, le souvenir ajouré de l'écume sous le ciel vide, une irisation sans matière disparue à l'instant même de se produire – pour qu'une irisation se produise. Les femmes, elles, ont le sens de la terre, du sol, elles enfantent;

elles savent ce qui dans la réalité est plus réel et s'y tiennent. Adélaïde porterait-elle un démenti à mes convictions?

« Vous faites allusion à cette notion finie qu'il y a en nous de l'infini? » aventurai-je.

Elle ne comprit pas, se fit répéter la phrase, sourit. Elle maintint son sourire qui se figea, puis, comme ses yeux suivaient le garçon qui passait devant nous – nous étions dans l'arrière-salle du *Mercury* où Adélaïde attendait Rosette –, son visage reprit la gravité crispée qui lui était coutumière. Elle eut un tressaillement quand le serveur ouvrit la porte sous l'escalier, là où un escalier inversé menait à la cave, et que dans sa descente il heurta des jambons qui se balançaient encore dans la pénombre quand il remonta, une grande corbeille pleine de paquets et de bouteilles dans les bras. L'odeur de moisi, mêlée à celle, peut-être imaginaire, des salaisons, se répandait agréablement dans la salle. Je regardais Adélaïde dans le miroir du mur en face. Son regard avait pris le large, traversé le mur, suivait la courbe du monde, à la recherche peut-être de cette banlieue où l'aveugle séjournait souvent chez une amie, où en ce moment même les yeux bleus de Monsieur Tenant se posaient sur un visage, un objet, un arbre derrière la fenêtre qu'elle imaginait sous toutes les formes, qu'elle ne verrait pas.

Soudain elle se redressa, rangea avec minutie les tasses à thé sur la nappe en papier, disposant les petites cuillères sous l'anse, le tout à droite, cueillit du bout des doigts des miettes de sucre.

« Parfois le tout s'agite, et la terreur ou la beauté surviennent. C'est tout ce que l'on peut dire... »

Non sans soulagement j'avais cru qu'Adélaïde avait renoncé à ses improbables métaphores qui nous avaient un instant assiégés.

« ... les orages, les tempêtes », reprenait-elle.

Et revinrent les mères, les femmes de là-bas, un jour précis. L'atmosphère de canicule d'abord qui alourdissait les gestes, pesait sur l'étendue, sur la terre, grise à force de sécheresse, tachée ici et là de quelques carrés de graminées jaunissantes.

Il n'y avait pas de semailles, on ne verrait pas le blé lever, ni l'ondulation toute en vagues des champs d'or les jours de vent, au temps de la récolte; de la pauvreté, on allait passer à la misère.

Adélaïde se souvenait de ce jour, et des femmes de la maison en ce jour : de la grand-mère Malvina, de la grand-tante Supplizia, des tantes jumelles, les sœurs de son père, Nunzia et Lorenza. Et d'elle-même, bien que le souvenir ne lui en proposât pas une image, rien que des sensations. Tino n'était déjà plus là.

Elle plantait le décor, décrivait les personnages : j'aimerais consigner leur aspect, leurs traits, tels qu'Adélaïde les redessina pour moi, choisissant sans doute, dans les uns et les autres, le détail qui frapperait le plus fortement mon imagination. Elle avait l'instinct du conteur; elle savait que le récit d'un fait, la description d'un visage peuvent mieux que leur réelle contemplation se nicher dans la mémoire.

A l'égal de toutes les maisons des immigrants dans la région céréalière du pays, la leur était en briques et de plain-pied : aucune n'avait d'étage, aucune d'escalier menant à la toiture plate. Dans une maison, un escalier conduit là où on est bien à l'abri de l'extérieur, moins à la portée de ceux qui s'affairent toujours au rez-de-chaussée, protégé de tout ce qui germe, rampe, crisse dehors. Nous n'y faisons pas attention, mais le corps de celui qui pour la première fois monte un escalier et pénètre dans une chambre, irradie un soulagement, de la sérénité. Adélaïde, elle, avait ressenti cela jadis, le premier jour passé chez les nonnes, et l'escalier, le singulier escalier dans la cour, cet escalier privé qu'elle était seule à monter et à descendre maintenant, elle en était fière. A l'égal donc de toutes les maisons de la région, celle-ci s'était étendue par ajouts successifs, et seule la salle à manger était vaste car elle devait héberger un grand nombre de péons au temps de la récolte. Mais, tout comme les masures de ces créoles survivant entre les fermes des immigrants, la maison des Marèse avait gardé le sol en terre battue dans les chambres et dans ce que l'on appelait la galerie. Que l'on ne songe pas à ces vérandas ouvertes, surélevées, où des gens vieillissent dans des rocking-chairs; elles appartiennent à la mythologie de l'autre Amérique. Ici, la galerie n'était qu'un auvent en tôle ondulée où, autour de l'un des poteaux en bois qui le soutenaient, s'enroulait un chèvrefeuille intrépide. La grand-mère avait sa chambre à elle, avec une armoire à trois corps et trois miroirs; celui du milieu était ovale. Le dortoir des femmes n'avait pas de fenêtre.

Je ne dirai pas Malvina. Pendant cette brève séance d'apparitions, elle restera dans les coulisses, repliée sur elle-même, ruminant la journée, élevant les tracasseries de la ferme aux soucis d'un royaume menacé, nourrice des cycles aveugles de la création, des plus lointains commencements. Que les autres jouent les utilités, éveillent l'attente, rendent inéluctable son apparition.

La sécheresse des champs alentour. Le ciel qui étouffe. Du bétail aux flancs creusés. Le poulailler où rien ne bouge. Les bruits de la vaisselle de midi se sont éteints. Supplizia sort de la maison, prend deux seaux, traverse ce qu'on appelle la cour vers la pompe dont le piston grince. Supplizia est petite, frêle d'apparence, mais la soixantaine passée n'a pas amolli ses muscles dont la minceur semble accroître la fermeté. Elle marche et se tient jambes écartées, qu'elle écarte un peu plus quand, comme au moment où les seaux sont remplis, elle soulève d'une main sa jupe et son tablier, pour pisser debout, la ligne de ses lèvres retournée sur des gencives sans dents s'étirant dans un presque sourire de satisfaction. Elle n'est pas née à la ferme, elle y est arrivée il y a une dizaine d'années; elle pourrait partir sur un coup de tête, comme elle l'a fait toujours, elle, la vagabonde de la famille, l'orpheline, la cousine de la grand-mère, qui a travaillé chez les uns et les autres, tous des parents dispersés dans la plaine. Ici, elle seconde Malvina et, malgré l'indépendance qu'elle affiche, ses gestes, sa façon d'épouser les jugements, de répéter les injures de la mal embouchée, ne manquent pas de servilité à son égard. Toujours une longue mèche s'échappe de son chignon. Ses cheveux sont gris, son nez en patate, ses yeux tout petits ne laissent rien perdre : elle saurait si l'un des moutons du voisin a dépassé le sentier qui marque le terme des champs de Malvina. Elle guette ces occasions : dès que la chose lui est confirmée par la longue-vue, ce cadeau du propriétaire de la ferme dont elle se réserve l'usage, elles attellent le cheval bai au sulky et s'en vont toutes deux menacer d'un procès quelque ahuri de la région qui, en compensation pour l'improbable herbe broutée par ses bêtes, leur offrira une bonne tranche de lard et un verre de vin pour sceller le provisoire traité de paix.

En dépit de ses cheveux au vent même lorsqu'il n'y a pas de vent, Supplizia donne l'image d'une pauvreté décente. Les dimanches, sous l'auvent, elle raccommode ses vêtements et ceux d'Adélaïde ; elle a renoncé à donner un aspect de vêtement aux haillons, aux guenilles dont s'affublent les autres membres de la tribu. Elle met un point d'honneur à ne pas bigarrer de rapiéçages une robe, un tablier, un torchon : elle reprise. Concentrée, répondant à quelque appel plus subtil que cette détermination qui la pousse à travailler la terre, les sarments de ses doigts manient l'aiguille avec une amoureuse discipline, tirant un par un les fils de la trame déchirée comme s'ils tâtaient le fil des Parques. Dans une sorte d'au-delà, elle accomplit son travail comme l'on prie. A la fin, son raccommodage est un fin réseau de fils laissés et dépris qui témoigne des scrupules et des vertus d'une brodeuse. La grandeur est avec elle.

Aujourd'hui n'est pas dimanche, elle s'affaire. De l'eau pour les poules, pour le potager qu'il faut désherber car les mauvaises herbes, elles, poussent malgré la sécheresse ; et puis, elle aime que les plates-bandes soient propres. C'est la chaleur, l'inclémence du ciel. Mais elle n'est ni plus ni moins heureuse que lorsque les champs verdoient à perte de vue. Il y a la nuit et le jour; le bonheur et le malheur. Il y a les fourmis et Supplizia qui ne se doute même pas que, ailleurs, des femmes, des hommes mettent tout leur désir à atteindre une autre vie que la leur, à vaincre la vie; qu'ils sortent de chez eux maîtres de soi, l'âme hautaine, supérieurs à tout, conduits, soutenus par les figures de leur imagination qui pavoisent devant eux, sans se douter qu'ils sont Supplizia, qu'ils sont la fourmi chargée d'une brindille plus la pensée de la brindille, et que tous contribuent équitablement au projet d'iniquités et de merveilles de la nature.

Nunzia et Lorenza, les jumelles qu'aucun paysan n'aurait voulu épouser même si elles avaient apporté une grosse dot, étaient le fruit amer des entrailles de Malvina, de même que Tino en avait été l'enfant chétif, le malingre, le gringalet, la mauviette, l'avorton aux yeux pâles. Elles étaient identiques; c'est à peine si, à travers la réminiscence, maintenant, Adélaïde croit discerner chez Lorenza une énergie plus disciplinée, plus entreprenante. Terminés par un menton en galoche, leurs visages aux os saillants étaient tout en à-plats comme si des gifles les avaient façonnés, assenées jusqu'à la fin de leur croissance. Leurs yeux étaient sans expression; leur regard – dans ce pays tout en distances – court, immédiat, calme, ne se posant sur rien, ne percevant que l'existence des ustensiles, la nourriture, ce qui répandait sur leur visage un supplément de bestialité. Leurs membres semblaient plus développés que leurs corps; leurs mains, énormes, n'en faisaient pour ainsi dire plus partie dès qu'elles lâchaient la charrue, la houe, la bêche, ou cette hache dont le maniement, s'il ne leur procurait pas du plaisir, éveillait au moins en elles l'esprit de compétition. Elles se la disputaient lorsqu'il fallait abattre l'un des arbres de la ferme pour en faire un pieu ou du petit bois. Énormes, ces mains, on les aurait dites très lourdes par rapport à leurs bras, qu'elles rendaient rigides, telles des massues, ou leur donnant l'apparence – mais seulement plus tard Adélaïde avait pu risquer l'image – de gros battants de cloche que leur pas mettait en branle. Et c'était ce poids des mains encore qui semblait les voûter, charger leurs épaules d'un fardeau qu'elles n'eussent jamais pu déposer. Elles partaient aux labours à peine la nuit devenue bleue, avec la lenteur sûre du bétail allant au pâturage. Elles ne parlaient qu'entre elles, peut-être aux bêtes, jamais aux autres ni devant eux. Aujourd'hui, elles sont désorientées ; à quoi bon retourner la terre, en faire de la poussière que les vents enlèveraient dans leurs tourbillons. Elles réparent un outil, graissent des harnais, clouent une planche du hangar. Elles traversent la cour, la tête en avant, toutes penchées, comme prêtes enfin à céder à l'attirance du sol et à se réconcilier à quatre pattes avec la terre.

De temps en temps on entend le cri innocent de Supplizia qui gronde les paons ou mène les porcs vers ce creux derrière les enclos, tout fendillé par des crevasses depuis que la mare s'est évaporée ; elle veut leur faire plaisir ; elle a charrié toute la matinée des seaux d'eau pour leur procurer ce peu de boue où ils enfonceront avec délices leur groin.

Tout paraît suspendu dans cet après-midi de jadis que la mémoire d'Adélaïde a préservé. Il y a dans les plaines de là-bas des moments où le temps semble cesser de battre. Un sentiment de défaite traverse le jour de bout en bout, mais traverser n'est pas le mot qui convient à la stagnation, la stupeur qui sourd de la terre. Quelque chose de plus grand que l'immensité de la terre et du ciel confondus semble peser, s'appesantir, ralentir le rythme de toute chose, menace de tout arrêter. La planète entière est couchée, et le ciel par-dessus.

Tel était l'accablement de ce jour-là et il avait gagné jusqu'à cette volonté aveugle qui poussait Lorenza et Nunzia d'un hangar à l'autre pour faire de petites réparations, afin que la vie ne s'arrête pas.

Ni elles, ni Supplizia, ni Adélaïde qui ramenait des champs

pelés le bétail, n'espéraient plus rien, ne regardaient plus le ciel : aucune d'entre elles ne s'aperçut qu'un changement se préparait, aussi alertes fussent-elles aux moindres oscillations de l'air, à ces moments où la nature est en préparation d'un grand événement, sans encore le montrer, où la grande patience de la nature s'apprête à prendre fin.

Pourtant la lumière s'était troublée, et une couleur plombée s'épaississait à l'horizon, un nuage circulaire, sans densité, sans forme encore, qui allait se soulever avec une infinie lenteur, telle une tente à demi transparente que l'on aurait montée pour la suspendre au soleil.

Non, personne ne reçut la promesse d'orage du ciel, ne vit la lumière jaunir sur les murs, et sur les champs. Sauf Malvina qui, terrée la journée entière dans son antre, était là soudain, au milieu de la cour, altière dans ses guenilles superposées, trouées, comme si elle s'apprêtait à donner l'assaut à la tête de ses troupes. Elle arrête d'un geste de la main sans réplique les mouvements autour d'elle. Même Supplizia qui courait derrière une poule, des seaux vides ballant dans ses mains, obéit — elle devait avoir l'air de ce personnage qui dans les tableaux arrive en retard à la cérémonie, et dont le peintre a réussi à fixer la hâte pour introduire une sensation de vie.

La grand-mère ouvre les narines pour mieux humer l'air, l'odeur au fond de l'air qui s'est mis à vibrer annonce des courants contradictoires. Elle lève la tête, le visage émergeant pour une fois du goitre où sa sévérité rageuse d'habitude l'enfonce : elle regarde droit devant elle, fixe le soleil à mi-course qui décline, comme un coq qui mesure l'adversaire. Sa main gauche se ferme sur le couteau au fourreau clouté de broquettes noircies, qu'elle porte en bandoulière, plus sur le ventre que sur la hanche, et dont la lame réverbère chaque soir le feu de braise quand elle fait griller la viande, dans la cour, sur l'une des herses destinées au ratissage des champs. Puis elle fonce cahotant sur ses cuisses et crie des ordres fermes : que le bétail soit mis à l'abri, que les pondeuses soient dans leurs niches et que sur les couveuses l'on rabatte la toile cirée; que l'on couvre les miroirs. Tout bruit lointain l'immobilise, tout changement dans le vent qui se lève fait frémir ses narines. Au milieu de la cour, elle semble donner un centre à la plaine qui s'en va de toutes parts; elle remplit le jour; et soudain elle se met à tourner sur elle-même, les mains qui bougent dans le geste de palper les couches de l'atmosphère, de mesurer l'élasticité de ses courants; elle tourne sur elle-même et les haillons qui la couvrent, ses jupons et ses fichus se détachent, lui composant une sorte de chape de théâtre pour quelque antique divinité; ensuite elle part d'un rire qui la fait s'élancer vers la maison; elle s'arrête net à deux pas de l'auvent pour voir les gros nuages frangés de lumière brusques, qui se précipitent les uns sur les autres, s'y fondent et font une nuit soudaine. L'âme se redresse en elle, et une native dignité; et tout autour l'immensité de la terre lui est petite pour contenir la joie dont le ciel heurté d'éclairs la remplit. Une rafale fait claquer des tôles du côté des hangars, s'engouffre dans la maison; il y a des mugissements, l'on entend les ordres criés de Supplizia à l'adresse de Nunzia et de Lorenza, qui s'attardent au fond de la cour plongées dans un ébahissement qui les cloue sur place. Jusqu'à ce que le premier tonnerre, un fracas que nul bruit terrestre ne saurait reproduire, les rassemble comme des abeilles autour de Malvina.

Aujourd'hui, Adélaïde ne se voit pas dans la scène, mais elle voit la scène. Elle se souvient, néanmoins, d'avoir sorti les chaises basses, en paille, celles qui formaient une ronde devant l'âtre; où l'on s'endormait les nuits d'hiver en attendant que les patates douces, que l'on faisait cuire sous la cendre, soient à point. Puis, les femmes sont assises sous l'auvent et c'est la grande machinerie de fer de l'orage, ses vacarmes, ses grands soufflements de forge. Des clignements du ciel en haut et à ras de terre approfondissent encore cette géographie sans terme, font reculer encore l'inatteignable horizon, calligraphient ce peu de paysage que créent les clôtures, quelques arbres soudain blanchis par l'éclair, un poteau, une masure qui, par instants, se met à exister dans le lointain. Puis, de nord à sud, aveuglant leurs yeux avides, la foudre fait le partage du monde, l'entrouvrant à d'autres mondes et le ciel fendu de son tranchant à d'autres cieux : dans la fente abyssale, d'autres abîmes. Malvina se lève et se met à applaudir l'orage à tout rompre. Elle acclame la nuit, juge des zébrures qui la traversent, s'inquiète de la longueur d'un roulement, applaudit plus ou moins fort la terre parée de paysages si instantanés que le regard n'en saisit que des lueurs. Qu'elle se dessine, et la plaine aussitôt se dérobe.

Malvina fait quelques pas, se plante dans la cour; les assises, les affalées, se redressent : l'orage ne serait-il que ce déploiement d'éclairs, cette bataille d'astres, ces tambours? Malvina met les poings sur ses hanches; c'est le geste d'impatience qui précède ses éclats – aujourd'hui, pour Adélaïde, Malvina est une femme perdue dans la nuit des millénaires devant une pluie qui tarde, un feu qui ne prend pas.

Elle ne veut pas d'une averse, mais que le ciel crève, qu'il s'ouvre en cataractes, qu'il pleuve comme vache qui pisse, dit-elle avec plaisir à trois reprises avant de crier : « Le cierge! », en étendant un bras de toute sa force, sans se retourner. Le cierge. Le cierge de la Vierge, la petite statuette sous la cloche de verre, dans sa forêt de fleurettes en tissu, en cire, en papier d'argent, sur le support grossier, dans l'un des angles de la chambre de Malvina. Le cierge dont on ne se sert que pour les morts, qui est le même depuis si longtemps, que l'on alluma pour la veillée de Tino. Adélaïde pense que si la grand-mère tient sa promesse de l'envoyer une année chez les nonnes, elle est en train de voir sa flamme pour la dernière fois, et le tremblement de feuillages d'or qu'elle met sur le verre arrondi, avec ses reflets verticaux et le reflet de ses yeux, ses propres yeux, fixant la statuette parmi les petites fleurs vieillies, avec sa tête un peu penchée de côté, qui semble compatir.

En trombe, battante, torrentielle, diluvienne, la pluie tombe, le ciel se déverse. Même Nunzia et Lorenza se sont mises debout, alors que la grand-mère se rassied, élargissant ses cuisses, son buste, ses bras incurvés par les seins qui étaient leur masse jusque sous les aisselles, et que Supplizia sautille, ou fait des gestes brusques comme si on la pinçait, et, ne trouvant pas l'attitude conforme à la situation, s'échappe vers l'intérieur de la maison pour ressortir après avoir fourragé dans le bahut en métal, son harmonica à la bouche. Elle se dandine et souffle, mais l'on n'entend que quelques grincements de temps à autre, tant la pluie tape fortement sur le sol.

Il va pleuvoir ainsi, à torrents, une heure, deux heures. Elles ne bougeront pas. Seulement Adélaïde, pour obéir encore à sa grand-mère qui lui a ordonné d'éteindre le cierge, d'un tel ton de réprimande qu'il lui en revient la négligence de l'avoir laissé trop longtemps allumé. Puis, l'orage se calme, la tempête fait place à la bonne pluie dense, silencieuse, amicale. On entend l'harmonica : c'est une valse créole. Derrière la pluie, des éclairs ténus, des chandelles qui passent d'une chambre à l'autre de la nuit. Des gargouillis intestinaux rappellent les assises à la réalité : elles n'ont pas mangé, il faudrait réchauffer la soupe; mais elles ne veulent rien perdre du spectacle; la pluie, désormais lente et massive, elles la sentent dans leurs chairs, dans leurs corps, comme si elles étaient la terre même, l'âme diluée dans le bonheur de l'étendue.

Côte à côte sur une seule chaise, Nunzia et Lorenza ont perdu de leur raideur hommasse; elles sont là, sous l'auvent, et cependant lointaines, plongées dans une douceur, une hébétude animales. Elles gardent les mains unies dans le giron, les faisant glisser de temps en temps l'une sur l'autre, et on dirait qu'elles caressent la main de quelqu'un qu'elles auraient aimé. Au fond, la seule chose dont on a besoin c'est d'une main qui se pose sur la nôtre, qui veuille bien de la nôtre, qui, parfois, nous conduise.

Il y a un moment où Supplizia tourne sur elle-même, ébauchant des gambades au son de son harmonica. Puis, une coupure se produit, le souvenir efface les transitions : l'harmonica s'est tu, Supplizia n'est plus là, la chaise de Nunzia et de Lorenza est vide, disposée contre le mur. La pluie ralentit, s'éclaircit; Malvina surveille toujours le déroulement de l'orage qui s'est éloigné et gronde ailleurs; des heurts ultimes, des roulements assourdis, lui en parviennent, d'une nuit bien au-delà de la nuit de ses champs.

Bientôt, la pluie se tait, la rumeur amenuisée de la pluie. La terre a bu à satiété, elle respire; l'odeur âcre, élémentaire, l'odeur première du monde, l'odeur de terre mouillée monte, se répand. Et dans le silence on entend d'abord un jet lent, ici, au pied de l'auvent et au loin, du côté des hangars, de l'eau que les gouttières gorgées déversent sur les flaques, puis des grosses gouttes qui peu à peu s'espacent, se répondent, les plus lointaines semblant faire écho à celles qui tombent à côté de Malvina, dans cette géographie où il n'y a pas d'écho car rien n'arrête le son.

Elles sont restées seules, Malvina et Adélaïde, mais la grand-mère ne sait pas qu'Adélaïde est encore là, à quelques pas derrière elle, dans l'embrasure de la porte, le corps dans l'obscurité plus compacte de la chambre, la tête appuyée au chambranle, légèrement avancée. Elle se sent seule, Malvina, face au gong oxydé de la nuit. Alors elle ferme ses poings et, formant avec ses bras un cercle qu'elle élargit très lentement, avec effort, elle rassemble ses chairs éparses, redressant son buste, la tête, décollant avec un petit bruit chuintant un côté de son corps de la paille de la chaise, dans le geste de se lever, mais c'est d'un corps qui s'approfondit en lui-même, s'amollit et se tasse de nouveau, que s'échappe ce pet auquel conviendrait mieux le mot moins bref de flatulence, qui s'élargit et s'intensifie, change de sonorité sans s'interrompre, monte, s'enroule, descend, cueille tous les gaz des entrailles, brame et

95

finit dans un aigu que reprend le soupir, le gémissement enfantin de la vieille femme qui hoche la tête de droite à gauche entre l'étonnement et le refus du passé et aussi de l'avenir.

Pet, flatulence – peut-être utilisa-t-elle aussi le mot flatuosité l'austère demoiselle assise à mes côtés sur une banquette du *Mercury*, qui continuait à cueillir des miettes sur la nappe en papier en les piquant du bout des doigts. Adélaïde mettait une attention particulière à ne pas escamoter les mots dans un murmure, un toussotement, à les détacher, les sortir bien nets de sa bouche dont les lèvres ne se décollaient des dents, quelle que fût la voyelle prononcée, à cause peut-être de son peu d'habitude du sourire, et qui livraient étroitement passage aux mots. Il y avait du défi dans cette attitude et comme une manifestation naïve de liberté à l'encontre de la barbarie où elle était née, où un rêve transfuge de civilité cependant était parvenu à atténuer par un minimum de pudeur la nature – si Malvina ne s'était pas crue seule, elle n'aurait pas lâché la bride à son corps et de la sorte ne serait pas arrivée au gémissement qui lui sort par les narines, avant que la bouche, crispée comme tout le visage en un effort de négation, ne s'ouvre, dans une brusque détente des nerfs, à un sanglot d'enfant. Voûtée sur son malheur, le visage entre les mains qui le pressent pour étouffer les pleurs, retenir les secousses du corps qui montent à sa gorge, au menton dont deux petites fossettes, tels des yeux aux paupières closes, lui ébauchent un visage dans le goitre où un bourrelet en demi-cercle lui met comme un sourire d'oreille à oreille.

Qui pleure en elle, sinon son âme en peine, quelle enfant de jadis pleure, de ces pleurs qu'elle ne veut pas, qu'elle étouffe, comme Rosette le fera tout à l'heure quand ayant pénétré dans la salle du *Mercury*, alors qu'elle aurait dû être de retour depuis longtemps, sa mère, avant d'étrangler ce cri sans cri qui d'ordinaire arrive lorsque la rage culmine après une longue dispute, lui secouera le visage d'une volée de revers, imprimant à son corps une dislocation de marionnette.

Une clarté soudaine qui se fait dans la nuit tombe sur Malvina; des grands voiles se déplient là-haut jusqu'à la transparence. Malvina se tait, se détend, se redresse contre le dossier, porte les mains à son chignon que, au lieu de rajuster, elles dénouent. Ses cheveux lui tombent jusqu'à la taille, gris, épais, graisseux, agglutinés, collés en tas. Elle enlève avec soin ses espadrilles au sparte effiloché, les pose bien droites à côté de la chaise. C'est à travers le souvenir qu'Adélaïde veut compléter le moment avec des odeurs précises qui alors étaient des habitudes : l'odeur des cheveux oints d'anciennes sécrétions, l'odeur des pieds qui émane de la toile encore chaude des espadrilles. Malvina se lève et son postérieur semble s'attarder encore sur la chaise quand l'effort du torse ramasse ses chairs et les haillons aplatis pour recomposer ce corps qui sort dans la cour, les pieds cherchant les petites flaques sur le sol en terre battue : puis elle s'arrête au milieu de la cour, transfigurée par la clarté zénithale, lève la tête, scrute le ciel fluide – peut-être y cherche-t-elle un chemin –, et se tâte le ventre qui déborde devant elle, le palpe, le soupèse et il y a comme une ébauche de bercement dans ses hanches. Le ventre, Malvina devait y penser comme à son seul enfant légitime, travaillant depuis toujours pour remplir ses vides, ses envies, n'en connaissant que la rondeur et les creux. C'est bien les envies du ventre qui devaient lui permettre de passer outre à la sauvagerie de son cœur, pour imaginer les autres, susciter un semblant de solidarité.

Nous n'imaginons pas l'intérieur du corps comme faisant partie de nous. Le cerveau et ses énigmes, soit : mais, déjà le cœur, sa pointe se tourne-t-elle vraiment à gauche, et le retard d'une valvule pourrait-il décider de notre mort ? Et pourtant, dirions-nous que nous n'aimons pas chez l'être aimé, ou que ce n'est pas nous, cette enceinte aux parois de muscles recouvertes de muqueuses, suintant de sécrétions d'une si grande subtilité chimique; où a lieu une si admirable confluence d'organes, de canaux, de tubes en spirales, de valves, de soupapes, de replis, de poches, de glandes, qui prolongent, comme des domestiques dans un sous-sol, les travaux de la splendide machinerie du corps tout entier, avec leur brassage continu de matières qui furent délices du palais et que des sucs corrodent, et leur système d'absorption et d'excrétions, ce théâtre de contractions, de spasmes, de rétrécissements, de tempêtes enfermées, de triturations molles, de broyages glaireux, où nous avons trouvé refuge avant de perdre l'intolérable mémoire du paradis.

Nulle femme, aussi loin qu'elle remonte dans la mémoire de la famille restée de l'autre côté de la mer, ou éparpillée aux quatre coins de cette terre promise, et nulle, dans les alentours, n'avait subi comme elle la trahison de ses entrailles. Nourrices heureuses aux fêtes du village, tenant le cierge de la promesse à la procession, nourrices au visage arrondi par la maternité, entourées de bambins blonds et roses – demain des paysans tout de rudesse dans les bras et de méfiance figée dans le regard –, mères opulentes, servantes glorieuses du culte de l'espèce, d'elles elle ne s'approchait pas pendant les célébrations religieuses du saint patron du village, baissant la tête quand, suivie à la queue leu leu de sa petite tribu d'effarouchés qu'exaltaient la difformité massive de Nunzia et de Lorenza, les manières inquiètes, les incessants mouvements d'oiseau apeuré de Tino, elle pénétrait dans l'église comme à la tête d'un groupe de forains.

Elle n'avait connu de ses entrailles que des fruits amers, ces filles, ce fils qui lui semblaient provenir d'un croisement d'espèces différentes. La première grossesse lui avait arrondi le ventre comme un tambour luisant de peau neuve; elle en espérait l'homme, le colosse, celui qui soumettrait la terre, la féconderait, et son rêve, cassé par un réveil abrupt, s'était partagé en ces deux épouvantails qui du rêve n'avaient hérité que la vigueur. Après, quand, avec leur croissance, elle avait compris qu'aucun mariage ne viendrait élargir ses champs qu'elle louait à un propriétaire se limitant à y passer après la récolte, elle avait espéré la grâce d'une fille qui ne déparât pas dans les processions annuelles du village, dans la ronde des enfants autour du trône doré, sous le dais blanc, au damas garni de ces fines dentelles qui ornaient le décolleté des chemises de nuit de son trousseau. Et c'était Tino qui était arrivé et qui deviendrait cet homme chétif, aux épaules tombantes, au nez retroussé, aux cheveux clairsemés — un duvet roux — qui s'enroulaient en pointe au milieu de son front; il avait les hanches larges, les fesses oblongues, molles. Et ces infimes et brusques mouvements de tête de picoreur, ces sautillements en reculade d'enfant pris en défaut, lorsqu'on le surprenait le bras appuyé aux fils de fer d'une clôture, tel le voyageur à la fenêtre du train regardant la fuite de l'étendue vers l'horizon.

Malvina, soudain d'un pas affermi, mais avec ce rien de solennel qu'elle n'affiche qu'en présence d'étrangers de passage ou des commerçants du village, emprunte le petit sentier noyé de pluie qui conduit de la cour aux étables, au bercail, à la porcherie et plus loin, derrière le rideau de roseaux desséchés, à la basse-cour. Adélaïde, elle, intriguée, émue par cette vision inédite de sa grand-mère, regardant la nuit et marmonnant d'inintelligibles syllabes, pieds nus, pataugeant avec plaisir dans les flaques, contourne la maison, et d'un parapet de lattes disjointes peut suivre ces déplacements que rien ne justifie à cette heure-ci.

Malvina détache le portillon de la clôture dont elle constate de sa main gauche, en passant, que les fils de fer — dont Nunzia et Lorenza s'occupent — sont suffisamment tendus pour qu'aucune bête, même petite, ne s'y faufile.

Après la tempête, le calme, le lourd sommeil des bêtes. Où, comment a-t-elle survécu à la sécheresse, cette grenouille dont le coassement solitaire salue de nouveau la lune? L'odeur de bouse, telle celle d'un mets pervers, l'odeur du bétail, l'odeur chaude des vaches à l'enclos, l'odeur aiguë de la laine des moutons que le vieux toit rongé de leur étable n'a pas protégés; plus loin, les miasmes de la porcherie qui noient l'odeur douce des chevaux, aussi veloutée que la sensation que retire la main qui glisse sur leurs naseaux.

Malvina patauge dans la boue, entre les bêtes; aucune ne bouge, comme des pierres retenant au sol la nuit qui devient là-haut d'un tissu clair. Seul de tous les chevaux, l'alezan – dont l'allure rappelle quelque ancêtre anglo-arabe, et qui parmi les percherons a droit à des égards, car c'est lui que l'on monte ou que l'on attelle au sulky – est debout dans sa stalle de tôle ondulée et allonge son nez de ladre à l'approche de Malvina. Elle s'arrête à peine, lui donne une tape sur l'encolure et poursuit son chemin vers la porcherie. La truie Manuccia – c'est ainsi que l'appelait la grand-mère – a mis bas encore une fois il n'y a guère que deux semaines; elle est la meilleure, la plus rusée; dès que, le matin, l'on ouvre la barrière en barbelé, elle se précipite dehors, groin au vent, flairant l'ordure nouvelle aux alentours de la mare, ferme sur ses quatre jambons amaigris, suivie de ses gorets glapissants, décidée. Devant les cochons de lait, si achevés, si entiers, si pleins d'envie d'engraisser, de se vautrer, Adélaïde avait toujours éprouvé une sorte d'horreur, comme si elle y voyait la bête, le porc, le cochon bon à tuer, en miniature, de la taille d'un jouet. Ce soir, Manuccia est étendue, ses porcelets couchés contre le ventre, abattue peut-être par tant de tonnerre, de pluie. Malvina met un pied sur son encolure, et la bête lève vers elle son groin, ses yeux qui clignent. Une patte, plus une autre, puis les quatre, et la voilà debout toute d'une pièce, avide, appuyant son museau aux genoux de Malvina avec des grognements retenus.

Le ciel s'ouvre, et sur la noirceur de la porcherie court une clarté qui semble déclencher la marche de la grand-mère à la tête de ses cochons, vers la mare.

C'était du hangar à blé où, allongée sur de la paille, elle se

100

cachait, qu'Adélaïde avait vu se profiler sur l'horizon la noire procession conduite par la grand-mère qui, d'une interjection lancée très haut et se mourant en une plainte qu'elle renouvelait tous les quatre ou cinq pas de façon identique, ranimait la ferveur des grognements, des chuintements, des cris de rat pris au piège, de ses fidèles.

Une lune délavée, libérée des derniers voiles laiteux, paraît et réinvente l'étendue des champs. La mare s'est élargie; elle luit, lisse, jusqu'à ce que le troupeau la trouble de ses pas, la remplisse d'un grand désordre de clapotements. La vase remonte, des museaux flairent, reniflent, quêtent, pompent. Malvina est restée debout, en retrait, l'eau aux chevilles, les jupes ramassées qu'elle retient d'une main; elle ne regarde pas la lune, elle regarde ses cochons, l'eau, la boue, elle entend les ingurgitements, le masticage – mais Adélaïde ne se souvient pas d'avoir vu son visage. Elle pense aujourd'hui que l'allégresse de ses porcs pleins de tressaillements d'avidité a peu à peu gagné Malvina : elle laisse tomber ses jupes et c'est un somnambule au plus profond de son rêve qui lève un pied lourd et le baisse, cherchant un appui ferme dans la fange du fond, puis l'autre, et qui ainsi s'avance, automate de frayeur, jusqu'au centre de la mare, entourée de ses bêtes, de leurs ronflements sourds, des couinements des tout-petits restés en bordure. Soudain, que se passe-t-il? Se laisse-t-elle choir, ou le tumulte des porcs la fait-il glisser, le poids de son derrière l'empêchant de s'étaler, l'entraînant, lui donnant un centre, un équilibre et, pour finir, une assise au plus creux de cette barbotière d'où n'émergent que sa figure et ses bras implorants? Mais, implore-t-elle, n'est-ce pas un rire ce haut cri rauque descendant en cascade jusqu'à un grognement qui se prolonge et se confond avec les grognements qui se raniment dans les groins fureteurs? Peut-être pas un rire, mais le Rire, qui dit au Ciel que l'on n'est plus disponible, que l'on rompt avec le destin; le Rire qui efface ce monde où nous n'avons jamais réussi à être, et nous efface, et ici, dans cette boue, parmi les porcs, sous la lune, l'ultime manifestation de

Malvina, la dernière nouvelle que donne son âme, son désarmement consenti, la décharge de toute douleur, de tout humain espoir au moment d'atteindre à la solitude intégrale de la bête.

Il y eut un moment où le visage glabre de Malvina fut dans la ténèbre de boue une autre lune en regard de celle qui brillait au ciel, puis la lune des cieux n'éclaira que l'eau refermée où s'affairaient, autour d'une luisance vide, les porcs. La nuit devenait bleue. Bientôt le coq chanta appelant l'aube. Au matin, ce fut le persistant remuement des porcs dans la mare qui mit Supplizia sur les traces de l'absente. Nunzia et Lorenza soulevèrent une statue de glaise dégoulinante qui semblait fondre. Et aussi des porcelets, noyés. Supplizia pleura. Lors d'une nouvelle sécheresse, on retrouverait le poignard de la défunte, mais, mystérieusement, pas son fourreau clouté.

Adelaïde n'avait pas bougé; le scrupule de faire un geste, d'apporter une aide ne l'avait pas effleurée. Elle avait regardé, sans crainte, sans émotion, consciente de son abstention mais sans consentement ni peine, épargnée par les tentations équivalentes du bien ou du mal, dans un état d'apesanteur morale, de sorte qu'aucune fissure ne laisserait jamais pénétrer en elle le remords.

De peur qu'elle ne s'interrompît, je ne la regardais pas quand elle évoquait ces choses, assise à côté de moi, dans la salle arrière du *Mercury;* à peine si, une fois ou deux, j'aperçus, dans un miroir noyé dans la pénombre, son visage émacié où ne bougeaient qu'imperceptiblement ses lèvres. Elle se souvenait d'avoir pensé à son père, à la longue suite d'humiliations dont sa vie avait été jalonnée sous le pouvoir de Malvina, et qui allaient le conduire à la mort; d'avoir refusé, au moment où elle vit que la grand-mère baissait ses bras, s'abandonnait, l'idée d'une vengeance posthume, d'un châtiment du destin, d'une quelconque justice : « Essayez de me comprendre, vous le savez bien, notre vie est si petite qu'il n'y a pas de place pour une vraie vengeance qui nous assouvirait; je sentais que ce qui arrivait là, à quelques pas de moi, sous mes yeux, était juste. Mais, comment dire?, juste en soi, en dehors de ces compensations mesquines que nous appelons justice... C'était juste que cette énergie féroce se dénoue, s'apaise, regagne son élément, la terre... Juste et presque beau ce corps, ce visage qui avec une grande lenteur se penchait en arrière et l'ovale de boue qui se rétrécissait, qui soudain le recouvrit... »

Au fond, pensais-je, chacun a sa manière de ne pas être dans le présent; le monde, autour, le juge selon une échelle humaine; en revanche, il arrive que l'homme soit traversé par la divinité, emporté vers une indifférence souveraine où toute chose a le droit d'être selon son désir. Dans ce moment, il est à lui-même étranger, il a perdu ses lois.

D'une façon secrète et à la fois suffisante, Adélaïde jeune fille savait que son destin était ailleurs et que, moins on a de passé, plus les promesses de l'avenir gardent leur chance. Que celle qu'elle allait être − ne fût-ce, dans son illusion, qu'une institutrice − était plus forte que celle qu'elle était, et que, à sa façon, elle allait détruire son monde pour entrer dans le monde. Elle ne savait pas que c'était la même chose, que les mêmes douleurs l'attendaient, avec un autre langage. Atténuée, sinon guérie par le langage qui nous revanche dans la mesure même où notre dévotion aux mots et notre malice se résolvent en une béatitude dépassant nos interrogations et nos détresses, dans la reconnaissance d'un ordre enfin sans troubles.

Ce fut à ce moment que claquèrent les gifles sur les petites joues longues de Rosette. Qui était entrée avec un enjouement feint car, à cause de son retard, la peur prenait le dessus, et qui, après les gifles, fut, ses bras frêles pris par des mains dont les ongles de rapace étaient nacrés, examinée comme à la recherche d'une trace, d'une souillure. Même sa jupe lui fut relevée qui lui couvrit le visage : elle portait sa culotte. Alors la mère dut sentir notre indignation, comprendre à notre attitude que nous étions prêts à intervenir, ne tolérerions plus sa brutalité qui nous avait pris de court et s'était déchaînée en quelques instants, aussi se mit-elle à lui étirer l'élastique de la culotte que le ventre rebondi de la fillette avait fait un peu descendre de la taille, à lui remonter à mi-mollet les chaussettes détendues sur les chevilles, à lui lisser les vêtements, les cheveux, désamorçant – par de petites tapes de mère qui prend des soins – la colère que le tremblement de ses mains dénonçait encore.

A n'importe quelle heure du jour et de la nuit, l'air est étouffant dans un bar désert, bien plus que lorsqu'il est rempli d'haleines, de senteurs, de fumée. Il sent la mort, il rend tout sournoisement immobile. Les choses ont l'air d'être aux aguets, les bouteilles sur les étagères, les fleurettes en plastique dans les vases sur les tables. Alors que dehors les voitures bloquées klaxonnent derrière l'autobus de touristes, qui prend ses aises et les bloque, et que le trottoir est plein de passants. L'air – l'air, plus la demi-pénombre – nous renvoie loin, vers le passé, on se perd de vue même dans les miroirs, il faut s'accrocher au tintement de la cuillère que l'on déplace sur la soucoupe, aux miettes que l'effort du doigt pour les cueillir enfonce et fond dans la trame de la nappe, afin de rester là, sur place.

La mère avait monté l'escalier après avoir poussé Rosette vers Adélaïde. Elle n'avait pas regardé celle-ci, mais le geste de sa main, prolongé en l'air après que la fillette s'en fut libérée, voulait dire qu'elle la lui confiait, qu'elle lui faisait confiance. Je crus entendre un sanglot quand ses talons résonnèrent sur nos têtes.

La mère du patron avait suivi la scène du haut de son tabouret, derrière la caisse, sans se départir de son calme, sans que le moindre étonnement troublât la satisfaction que son visage affichait depuis qu'elle remplaçait officiellement son fils, et je me suis rendu compte à ce moment que ses yeux asymétriques et troubles, je les avais attribués à la truie

104

Manuccia, la préférée de Malvina. La caissière arborait une architecture de boucles qui se superposaient par cercles, tel un grand artichaut de cheveux teints en blond cendré, et elle prenait de telles précautions pour bouger le cou qu'on l'eût dite atteinte de torticolis. Elle portait une robe toute neuve, à grands ramages rouges, et quand je passerais près du comptoir je verrais qu'elle lui comprimait le corps, jusqu'à la hanche, emprisonnant ses chairs éparses, lui redonnant des formes, et que les larges plissés de la jupe s'ouvraient en accordéon lorsque, tout en gardant le buste immobile, elle faisait pivoter le tabouret de gauche à droite, de droite à gauche, encore au rythme de la musique qui s'était tue depuis un moment, après que son mari se fut empressé de la faire retentir, dans deux appareils au moins, au premier éclat de voix de la belle-fille.

Oui, à n'importe quelle heure du jour ou de la nuit, l'air est étouffant dans un bar désert; il sent la mort et nous-mêmes oublions que nous sommes là, nous nous en allons vers le passé, nous rêvons. Je pensais aux histoires que je venais d'entendre, qui ne deviendraient pas des légendes alors que l'on y soupçonnait l'espoir; je voyais la morte dans son cercueil de boue, sous la lune; et dans un miroir du fond, l'image d'une étrangère dont je me souviendrais, cette vieille fille assise sur la banquette, dépliant sa mémoire de là-bas, quand la voix de Rosette se fit entendre, dans un murmure. Elle avait ravalé ses larmes. Sa voix n'était pas suppliante.

« Emmène-moi où sont les morts », dit-elle.

Si la demande de l'enfant me surprit, je ne le fus pas moins par la réaction d'Adélaïde vers qui je m'étais tourné en imaginant qu'elle se sentait démunie et à court d'idées pour changer celle de Rosette. Elle se levait déjà, contrôlant la fermeture de son sac. Elle passa une main dans les cheveux emmêlés de la petite, les lui écarta sur le front selon la raie, et prenant sans doute conscience de son si prompt acquiescement elle ébaucha un sourire à mon adresse en me disant au revoir. Elle s'arrêta devant la caissière pour la prévenir de l'heure de leur retour. Il y avait de l'assurance dans ses manières. Rosette, quant à elle, refusa le gâteau que sa grand-mère lui offrait. Elles gagnèrent le trottoir, s'éloignèrent d'un pas que j'aurais eu du mal à suivre. Les morts n'attendraient pas.

Le cimetière du Père-Lachaise se trouve à trois stations de métro du *Mercury*. J'ignorais qu'Adélaïde aimait s'y promener, que, où qu'elle eût habité, elle rendrait visite au plus proche cimetière : ne pouvant pas aller s'incliner sur ses morts de *là-bas*, elle choisissait les tombes les plus modestes et, à juger de leur aspect, les plus oubliées pour déposer une fleur à la mémoire de Tino, de Supplizia, de cette grand-mère que, à force de ne pas la comprendre, elle n'avait jamais réussi qu'à détester : que pouvait le Bien contre le Mal, que pouvait faire un mal contre le Mal ? Pour Adélaïde, les morts étaient une famille, un peuple itinérant qui faisait halte dans les cimetières ; des aveugles allant de porte en porte, faisant du porte à porte, voulant être accueillis, voulant nous parler et n'ayant plus de lèvres pour leurs mots.

Nous ne laissons pas encore aux morts le soin d'enterrer nos morts : nous leur fournissons une demeure contre le néant ; nous payons la concession de six pieds de terre ou d'un bout de ciment, pendant ces quatre-vingt-dix ans que nous accordons à un souvenir pour qu'il passe d'une génération à la suivante ; puis, c'est selon, on apporte des fleurs, on les fait envoyer, on fait dire des prières. Nous essayons d'étouffer la rémanence des morts. Nous ne cessons pas de quêter leur pardon car ils ne nous oublient pas.

Au Père-Lachaise, avant de découvrir, au-delà de la colline forée de tombes, la partie plate où s'alignent des morts récentes, où les sépultures rejoignent l'anonymat industriel de celles de son enfance, Adélaïde ne trouvait pas d'endroit où elle aurait pu imaginer ses morts à elle. Elle aimait suivre les sentiers, parmi les pierres tombales, se perdre dans ces labyrinthes de stèles en ruine que ponctuent des panthéons étroits comme des guérites et quelques morceaux d'éloquence fin de siècle, sous la voûte d'ombre tremblante des arbres.

Le jour où elle avait emmené Rosette, un groupe de gens, à la grande entrée, qui attendaient un enterrement et posaient des questions au gardien, lui permit d'esquiver l'empressement que celui-ci mettait d'ordinaire pour vendre au visiteur le plan, au demeurant fort utile, des lieux, avec ses points rouges qui signalent l'emplacement des morts illustres. Elle n'aimait pas son visage où les veinules viraient au violet dans les grumeaux recouvrant son nez jusqu'à lui donner l'aspect d'un tubercule à peine déterré, ni sa façon d'éloigner la main de ses yeux de presbyte pour bien compter le pourboire, avant de remercier.

Soudain prise de scrupules, elle avait, pendant le trajet en métro, interrogé Rosette sur les raisons de son souhait. Mais Rosette lui avait répondu d'un haussement d'épaules accompagné de cette moue des lèvres lui fronçant le menton et laissant entrevoir déjà le visage de la vieille femme qui tenait la caisse du *Mercury*, tout en balançant, agrippée d'une main au barreau chromé, le corps penché en arrière, de plus en plus bas, jusqu'à balayer le sol de ses cheveux. Puis, en arrivant au cimetière, elle lui avait donné la main et s'était presque serrée contre elle. Adélaïde avait eu un pincement au cœur; décidément, cette enfant souffrait d'un manque d'affection.

Elles avaient pris l'allée centrale, puis l'un des escaliers latéraux qui montent vers le crématorium. De temps en temps elles s'arrêtaient pour reprendre souffle et se retournaient : à leurs pieds, l'entassement des tombeaux laissait percevoir le dessin des sentiers, une certaine ordonnance. La main de Rosette était humide, sa désinvolture, son aplomb l'avaient quittée. Lorsqu'elles furent tout en haut des marches, elle tressaillit parce que des étourneaux, d'un seul envol, s'étaient abattus comme une bourrasque sur les arbres, disparaissant dans les frondaisons au-dessus de leurs têtes. L'été vibrait sur les tombes, et elles étaient là, entourées d'un bruissement d'ailes cachées qui faisaient trembler les feuillages. Tout bourdonnait, tremblait, vibrait de vie, d'allégresse. Adélaïde aurait aimé que Rosette en fût enivrée, et elle la prit dans ses bras, la souleva pour lui faire toucher les feuilles et alors, seulement alors, quand le visage de l'enfant fut à la hauteur du sien, elle le vit ravagé d'inquiétude, en plein désarroi, regardant tout autour, non pas apeurée : comme cherchant une présence qui se dérobait. Une fois qu'elle l'eut déposée, Rosette baissa les yeux, puis leva son regard vers le sien, les yeux agrandis par l'anxiété : quel était ce tourment que le petit front semblait ne plus pouvoir contenir? Adélaïde crut un instant qu'elle allait se voir confier un grand secret. Mais le gravier crissait, là-bas, à la porte d'entrée, sous les roues d'un fourgon mortuaire qui s'arrêta devant la loge du gardien, et Rosette dévala l'escalier faisant fi des récriminations suppliantes de sa duègne qui se mit à descendre aussi vite qu'elle le pouvait, regardant tour à tour les marches et la fugitive dont la tête pointait désormais ici et là parmi les buissons. Un faux pas arrêta sa course. Adélaïde entendit un gémissement et elle en fut soulagée. Elle réussit à la rejoindre; Rosette se tenait un genou à deux mains, assise sur une tombe qui donnait de la gîte, la croix de travers, dans la terre creuse, ouverte. Elle se mit à califourchon devant l'enfant qui se releva : ce n'était rien, elle voulait voir l'enterrement. On entendait le lent bourdonnement du fourgon mais il était difficile de préciser la direction qu'il avait prise : les étourneaux s'envolaient; leurs piaillements s'éloignaient vers le haut, s'y perdaient; ils quittaient le cimetière, le monde : l'été ne vibrait plus, ni l'air.

Elles tendirent l'oreille. Rosette avait fourré de nouveau sa main dans celle d'Adélaïde. Le moteur s'étant arrêté dans les hauteurs, elles reprirent le même escalier. Adélaïde avait senti arriver l'oppression, ce poids de pierre tombale qui lui fermait souvent la poitrine, et pensé au destin de Rosette si elle venait à défaillir. Elle regarda l'escalier, mesura son imprudence, mais l'enfant l'attirait vers elle, elle lui offrait même son sourire rocailleux. Et elle n'hésita plus.

Le cercueil était pauvre, fait en aggloméré, sans doute, puisque le papier peint en faux bois que l'on avait collé dessus ne donnait pas le change dans les jointures des planches qui ne coïncidaient pas et qui, de surcroît, avaient, dans un angle, l'air d'être mal vissées. Rosette voulait savoir le nom du mort; Adélaïde lui indiqua les initiales, « R. G. », dans les draperies du fourgon puis, voyant le drap de couleur ivoire que l'on dépliait sur la bière, elle ajouta : « C'est un enfant ou un adolescent. » Elle regarda l'assistance et, au milieu du cercle qui s'était formé, elle vit un couple modeste et, entre eux, qui la tenaient par la main, une petite fille habillée en bleu ciel. Le même bleu délavé du papier à lettres de Monsieur Tenant. Et du fond de ses entrailles jusqu'à sa gorge, tout se rétrécit, se comprima et s'étreignit, enfermant l'air dans l'œsophage, et les milliards de vibrations de nerfs pincés par une image, le visage, la voix de l'absent qui ne donnait pas de ses nouvelles, lui transpercèrent le cœur comme autant de vrilles ardentes.

Alors, quand le ressort de son corps sévère, quand les clapets, les obturateurs se soulevèrent et que l'air comprimé se libéra en soupir, Adélaïde se laissa aller à la douce rêverie d'être morte, d'être à la place de ce mort-là dont des hommes en bleu entouraient de cordages le cercueil. Il y avait si longtemps qu'elle se sentait de trop, une survivante. Ce serait bien d'être là, sous une pierre. D'autres immeubles, plus hauts encore que ceux que l'on voyait derrière le mur d'enceinte, s'élèveraient dominant la nécropole, et quand derrière les vitres quelqu'un, pour apprivoiser la peur d'un enfant, lui dirait : « Regarde, là, dans les maisonnettes et aussi sous l'herbe, là se trouvent les morts », elle en serait du nombre. Dès demain elle commencerait les démarches pour obtenir une concession, toutes ses économies dussent-elles y passer. Elle serait sous terre, dans cet îlot, et le monde continuerait. Cela lui semblait digne, beau. Curieux, cet attachement à la continuité du monde quand l'on ne tient plus à soi.

Elle pensa au revolver de Tino qu'elle avait gardé; il lui avait montré le maniement, c'était simple; mais peut-être cela n'avait-il été simple que pour l'enfant qu'elle était; les enfants sont concentrés; ils comprennent tout, peut-être savent-ils déjà tout. Ils étaient assis au bord du lit, la couverture était rose pâle, la lumière du jour faisait briller l'arme dans la pénombre, mais que se dirent-ils et pourquoi seuls la couleur d'une couverture, la luisance d'une arme, le grincement du sommier métallique ont-ils traversé le temps, nets, exacts, pour se poser sur le bord du présent?

A défaut d'être morte, elle aurait voulu, enfin, une fois dans sa vie, pleurer. Pour Monsieur Tenant, pour une enveloppe bleue. Alors, encore une fois, son corps elle le sentit rempli de larmes, mais comme dépourvu d'yeux.

On essayait de faire entrer le cercueil par le trou étroit que le déplacement de la dalle avait découvert dans l'un de ces tombeaux qui lui faisaient l'effet d'une armoire ou d'une guérite abandonnée par la sentinelle. On le mit en oblique pour le faire glisser jusqu'au fond, puis le redresser pour que l'autre bout pénétrât à son tour, mais il buta; on avait mal calculé l'ampleur de la cavité; on répéta la même opération à l'envers, on mit la bière de travers; on entendit des raclements, des cognements, le souffle des fossoyeurs qui sortaient le cercueil : l'un d'eux, s'agrippant d'une corde, descendait dans la fosse. En sortant il dit qu'il fallait mettre le cercueil debout. Le mort se trouva vertical sur ses pieds, puis sur la tête. La mère – c'était de toute évidence la mère – cria : « Jacques, Jacques! » et éclata en pleurs. Quelqu'un, dans l'assistance, eut un fou rire qu'il déguisa en sanglot. Quelqu'un d'autre gênait les manœuvres des fossoyeurs, c'était Rosette : à quel moment lui avait-elle échappé, comment lui faire signe, la récupérer? Heureusement, mortifiée, la fillette s'en retournait. Des gens la regardaient se frayer un passage d'un regard réprobateur qu'ils portaient ensuite sur l'inconnue restée en haut du sentier.

Lorsqu'elles s'en allaient, errant à travers les tombes, Adélaïde avait comme l'impression d'avoir assisté à l'enterrement de Monsieur Tenant. Elle se disait que c'était là une pensée coupable, mais elle s'y complaisait, car une sorte de soulagement s'était étendu de sa poitrine jusqu'au bout de ses membres. Aurait-elle pu donc se sentir libérée si la mort s'en fût mêlée ? Était-ce la maladie, la mort, qui empêchait l'envoi de ces mots qui la rempliraient de joie, même quand ils ne lui fixeraient pas de rendez-vous ? Alors ces affres, ces angoisses, ce désespoir chaque matin et chaque après-midi devant la boîte aux lettres vide, pouvaient-ils être effacés par la mort de l'aimé – étaient-ils plus importants que l'aimé ? Tant de drames d'amour ne sont que des accidents d'amour-propre. Et elle comprit, ou imagina qu'elle comprenait, que le fond du fond de l'être est étranger à tout dessein, à tout objet, qu'il n'a pas d'intention, et que s'y déroule une vie sans attaches et sans liens avec la vie, dont affleurent parfois à la surface des signes qui, exprimés, feraient scandale : une envie de fumer ou de rire ou d'être ailleurs, au moment où l'on pleure la mort d'un être aimé, ou que l'on voit sur le visage de cette personne que l'on a conduite à l'extrême jouissance, et dont on n'a plus rien à faire car on ne saurait plus l'inventer, la candide persistance de l'amour. Pas de séisme dans le calme lagunaire du fond du fond de l'être ; à peine des bulles dérisoires qui crèvent de loin en loin témoignant que des pans entiers de notre existence – avec, comme au cœur de certaines pierres, des figures, des fleuves, des tempêtes figées –, qui s'y étaient engloutis, viennent d'atteindre la vase.

La mort, la liberté. Les autres s'écartent, s'en vont, et il y a de l'air, le frémissement de l'air sans encombre tout autour. On dit adieu, et l'on se dit un peu adieu à soi-même. La vie ? Un cloître sans nul pas. Être le moins possible, être un oiseau qui jouit de son vol grâce à l'imprécis souvenir d'avoir été une grenouille ou un homme... Elle divaguait, elle se ressaisit et serra avec force la main de Rosette. Elles marchèrent sans mot dire, prirent le boulevard Ménilmontant – comme chaque fois qu'elle venait dans les parages, Adélaïde pensait à de vieilles chansons et, constatant la désolation, la laideur du quartier, elle restait un instant stupéfaite et se disait, en pensant à ces vieux refrains qui l'avaient fait rêver : « Et c'était ça Ménilmontant? »

Un esprit observateur ne risque pas d'être déçu par la vue du métro vers dix-huit heures sur n'importe quelle rame à l'exception de celles qui desservent Passy ou Neuilly, dont le public est plus uniforme.

« Elle est désemparée, désemparée », se disait en elle-même Adélaïde en regardant les cheveux emmêlés, les joues luisantes, un rien poisseuses, de Rosette. Elle voulait la protéger, la mettre à l'abri auprès d'elle. Elle prit des billets de première classe, n'ignorant pas que cela ne représentait pas un avantage sûr, étant donné l'absence de contrôleurs, quoiqu'elle eût remarqué souvent que la voiture à liséré jaune ne se remplissait jamais autant que les autres, un reste de sens civique jouant encore chez une partie des usagers.

Les portières des voitures déversaient des groupes compressés se déployant avec soulagement sur les quais. Le mot « désemparée » n'ayant pas fini de faire son effet, de l'attendrir, elle porta son émotion sur la foule tout entière. Elle pensa à la richesse, à la variété de l'espèce. Comment les gènes avaient-ils pu être si versatiles, si fantasques, entreprendre de si nombreuses mutations, engendrer la race blanche, la jaune, la noire, les croisements, les métissages, cette bigarrure que proposait à ses yeux la voiture, comme une nation en laquelle tous les représentants de l'humanité fussent venus se fondre. Et tout cela correspondait à des modes et à des manières, des rythmes, des visions, des pensées différentes qui n'étaient, somme toute, que des variantes de l'Esprit. Elle eût aimé les voir un par un, isolés; elle pensa à des papillons épinglés dans des boîtes de verre, aux poissons dans les aquariums, mais la taille des humains imposa à son imagination un alignement de cages. Avec des étiquettes en latin : « *Homo...* »

La perspective des cages se perdait dans la nuit des temps quand le métro sortit du tunnel, ralentit, s'arrêta le long d'un quai devant une foule toute de face qui avait l'air d'assister à un défilé patriotique, avant que les portières ne s'ouvrissent et qu'elle ne s'engouffrât, coudes ouverts, se poussant, se repoussant, s'entassant dans les coins, les mains tendues vers les barreaux chromés. Adélaïde tenait son sac pressé sur la poitrine, satisfaite d'avoir conservé sa place debout contre le dossier du premier siège, quand le bruit annonciateur de la fermeture des portières lui fit comprendre que Rosette n'était plus là. D'un bond elle se trouva sur le quai, ne sachant que faire : donner l'alerte dans cette cabine qu'elle avait remarquée tellement de fois sans jamais penser qu'elle aurait à s'en servir, ou s'ouvrir un passage dans l'affluence se renouvelant sans cesse à cette heure de pointe, et essayer de surprendre la fuyarde dans l'un ou l'autre couloir. Elle n'avait jamais autant regretté le faible volume de sa voix, son incapacité de livrer passage à ce hurlement qui lui montait de tout son corps, raidissant ses muscles, et s'étranglait dans la gorge.
Personne ne fit attention à son affolement — rien n'accroît l'indifférence des gens, dans les lieux publics, comme une personne affolée; on va au-devant de complications, de retards, on finit, qui sait, par devenir le suspect... Elle choisit le couloir qui, là-bas, tout au bout, tournait, et s'y élança. Elle aurait tout donné pour retrouver Rosette, même la lettre qu'elle espérait de Monsieur Tenant : elle irait planter des cierges dans le bac à sable de la Vierge à l'étole bleue, à Saint-Nicolas-des-Champs, elle demanderait pardon au Père et au Fils, qu'elle n'aimait pas, et elle avait tout abandonné du peu à quoi elle tenait, tout promis, quand elle vit Rosette, qui l'aperçut à l'instant, la

main d'un homme – dont Adélaïde ne retiendra que le blouson et les cheveux bouclés, également noirs – glissant sur la petite tête : il se retournait et partait en pressant le pas, sans en avoir l'air, s'arrangeant les boucles côté gauche, alors que Rosette courait vers Adélaïde précédée d'une excuse qu'elle criait d'un ton geignard : « Je croyais que c'était Bernard... »

Peu de temps après, elles étaient toutes deux assises sur les marches de l'escalier d'Adélaïde. En silence, seules l'une et l'autre. La cour était vide. Je les voyais de ma fenêtre dont je gardais les rideaux tirés en permanence et même les volets à demi appuyés depuis qu'Adélaïde était venue s'installer en face. Tout semblait calme ; je me souviens d'avoir pensé encore une fois avec irritation à cette voisine qui avait fait adopter le projet des chèvrefeuilles en pots au lieu des lierres que j'avais proposés, parce que, avait-elle dit péremptoire, à la réunion des copropriétaires, ceux-ci étaient néfastes pour les murs.

On n'entendait que la rumeur du flot des voitures sur le boulevard et les décharges du poste de radio de la concierge, encline à augmenter le volume dès que je mettais un disque. C'était le cas, ce jour-là. Cela n'arrive plus. Cela se passait du temps où j'écoutais encore de la musique. Ce fut peut-être la dernière fois. Ce fut peut-être ce jour-là que, sans tout à fait cesser d'attendre, je sus que je n'aurais plus de nouvelles de l'inconnue. Une certaine rancœur à son égard commençait de pousser en moi, malgré moi.

Soudain Adélaïde et Rosette se tournèrent l'une vers l'autre et elles échangèrent le regard de deux personnes qui ont fait tout leur possible pour se comprendre et qui renoncent au moment où la confidence va passer les lèvres, car comprendre c'est être sûr d'être compris. Puis Adélaïde leva les yeux vers ma fenêtre ; tout en sachant qu'elle ne pouvait pas me voir, je fis un pas en arrière. Son visage se détendait. Elle écoutait. Et la voix du disque montait, par des chemins imprévisibles, suivant le tracé douloureusement sinueux des nerfs, célébrant la noce des nerfs, sans quitter le corps, égarée dans un monde privé d'absolu, où le seul ordre est la douleur.

Le visage d'Adélaïde était tout à fait rasséréné. La voix de la cantatrice avait pris en charge sa peine. Quelle mémoire gardera cette image d'un chagrin vaincu un moment par un plus haut chagrin?

Le visage de Rosette était buté, sa bouche amère, prête aux pleurs, n'en voulant pas. Elle, son chagrin, aucune pensée, aucune parole, moins encore une musique n'aurait su l'atténuer. Il était entier en elle, se confondant avec elle.

J'entendis le claquement de la porte donnant sur le boulevard. Elles n'étaient plus là.

Le disque s'était arrêté. Je le remis dans sa pochette, fermai le couvercle de l'appareil. Je pensai que peut-être je ne referais plus ce geste. Je me souviens d'avoir éprouvé une nostalgie de la musique, de vous. Je me souviens d'avoir cherché à me consoler en me disant que l'on n'a de nostalgie que de soi tel que l'on s'est rêvé pendant l'enfance.

IV

Il est étrange – mais l'est-il? – que peu de jours après que
nous avons fait connaissance, Adélaïde m'ait livré tant de
choses de sa vie, établissant entre nous cette intimité dont
seules des années de fréquentation rendent inévitable le
fardeau; et non moins que je me sois vite mis à récapituler les
événements de son passé aussi bien que les récits de ses
journées, comme si tous deux nous savions que je m'attellerais
un jour à en établir l'inventaire. Qu'est-ce que l'on charrie
avec soi, où pense-t-on arriver lorsqu'on avance sur cet
intrépide rail d'encre qui se faufile dans l'avenir et d'une
certaine manière l'invente? On fait passer en fraude les morts,
et ce qui en nous est mort; on peuple l'avenir d'anciens
gémissements, de débats sans issue, de fantômes.

Il m'est arrivé d'intervenir dans la vie d'Adélaïde, d'être le
témoin de certains faits dont personne, même pas les auteurs,
n'aurait pu soupçonner sur le moment qu'il s'agissait des
scènes conduisant au dénouement, dans la haute nef d'un
hôpital. Il m'est arrivé aussi d'être non pas la doublure en
coulisses qui épie la défaillance de l'acteur, mais un rempla-
çant bénévole. Je n'oublierai pas ce dimanche matin où
Adélaïde, qui devait se rendre à Meudon pour ramener
l'aveugle et son chien, me confia pour quelques heures Rosette.
Et ne s'effacera qu'avec moi ce moment où la petite grimpa
comme un reptile à pattes sur moi; où, agrippée à mon cou,

117

dans la lumière latérale tombant d'une claire-voie, je vis monter du fond de ses yeux, comme de l'obscurité d'un étang, son regard avide, désespéré, qui demandait, quémandait, pis encore, me faisait confiance. Sur le boulevard, le ruban glissant des automobiles réinventait une sorte d'immobilité à force de vitesse en ligne droite.

En attendant qu'Adélaïde nous rejoignît, je l'avais emmenée en promenade. Que faire d'autre avec un enfant sinon essayer de dévier son attention de nous, d'éviter les questions qu'il ne pose qu'afin de juger nos réponses, de ne pas céder au jeu physionomique qu'exigent ses comédies, d'échapper, surtout, à son regard? Je me souviens d'avoir contourné le *Mercury*. Je préférais que l'on ne me vît pas avec Rosette : même si mes mœurs, bien connues du patron, me mettaient à l'abri des soupçons, on n'aurait pas hésité à élargir le domaine de mes goûts dès lors que les langues allaient bon train au sujet de la précocité de Rosette. A son habitude, elle avait choisi dans sa garde-robe – car elle tenait à choisir et s'en vantait – des vêtements disparates, des couleurs qui étaient loin d'être complémentaires. Je suis toujours gêné de me montrer en compagnie d'une femme, fût-elle un enfant, si elle est mal habillée. Est-ce à cause de l'idée qu'une femme appartient à un homme, bien plus qu'un homme à une femme? Qu'il y entre de la vanité, cela ne fait aucun doute. On tend à se faire une image d'un inconnu d'après la femme à ses côtés. La femme est plus visible, elle se pare, se masque pour mieux se montrer; la femme s'ennuie, c'est là son secret; et puis, dans la foule d'infimes appels, de promesses, de ruses dont frémit son visage, survit le mythe du bonheur.

Je faisais mon possible pour que Rosette s'intéresse aux vitrines, mais son regard ne se montrait attiré que par les motocycles garés en bordure du trottoir, et en particulier, je ne le remarquerai qu'au retour, par un modèle de scooter assez caréné, de couleur gris nacré, sur la plaque minéralogique desquels elle se penchait, récitant à haute voix le numéro. Elle avait une culotte rouge. Nous ne passions pas inaperçus.

Arrivés à la porte Saint-Denis, Rosette voulut s'arrêter devant un bar où je n'ai jamais osé pénétrer; elle inspectait la clientèle, et tâcha de retirer sa main que je tenais avec fermeté de peur qu'elle ne recommence avec moi le jeu des escapades dont Adélaïde m'avait mis au courant. Je regardais la Porte, et de l'autre côté de la chaussée, les trois rues en dos d'âne qui s'échappent comme si elles avaient troué un unique bâtiment, tellement – de ce point de vue précis qu'Adélaïde m'avait fait découvrir – les immeubles sont effilés, ne montrant qu'une pointe, un profil en pointe si exigu qu'il est difficile d'imaginer des chambres. Adélaïde, qui, sans éluder toujours les lieux communs, faisait preuve de pudeur quant à l'usage des métaphores, m'avait dit, je m'en souviens : « On dirait qu'ils viennent d'arriver », avant d'ajouter, pressée de s'excuser de l'image maritime ou portuaire qu'elle venait d'insinuer : « Ce sont les surprises que procure Paris... Tout bouge... On se déplace de quelques centimètres, et un beau paysage disparaît, se décompose. »

Je pensais au goût d'Adélaïde pour l'architecture et non sans étonnement à ses connaissances en la matière. J'avais regardé avec elle les images d'un livre où elle apprenait à voir des palais, des églises qu'elle avait visités, et ce jour-là j'avais de nouveau partagé avec elle l'émerveillement et cette paisible certitude de l'existence d'une loi invisible et unique que ces palais, ces façades, ces coupoles, ces colonnades, ces portiques, ces arcades lui procuraient.

Rosette m'entraînait avec force vers le faubourg Saint-Denis, et nous nous engageâmes sur ses trottoirs toujours moites, même quand il fait assez beau pour que les vieilles gens, les petits vieux, les petites vieilles du petit blanc à neuf heures du matin, s'écrient en sortant de leurs troquets à saouler : « L'air est sec, vif. » Comme à l'ordinaire, il fallait s'armer de patience pour se frayer un passage entre les gens faisant salon et les poussettes dont les chevilles, comme ces bêtes dont on a exposé leurs ancêtres à des expériences d'électrochocs, gardent une mémoire précautionneuse.

Je jetai un regard en arrière : des nuages épais s'amoncelaient derrière les trois blocs soudain blanchis à contre-jour, et la métaphore ébauchée par Adélaïde devint juste. Ensuite, l'odeur des détritus du marché dans le caniveau et une bouffée de friture bouleversèrent ma pensée.

Voilà le marché, le plus désordonné, le plus sale de Paris s'il est l'un des plus riches, des plus variés.

Voilà le marché; il y a de la vie ici, mille choses agréables à posséder; l'esprit se rétrécit, les papilles se mettent en état d'alerte, la bête salive. Cependant, à cause des senteurs, ou de ce chou dans le caniveau, si rondement pourri qu'il semble tombé d'un plat et juste lui manquer par-dessus la tranche de petit salé; à cause du voisinage des beaux fruits et du désordre des ordures, et de tous ces visages hâves, ces souillons à varices, ces gens poisseux qui font chaque jour la même chose, à qui rien n'arrive, rien qui aille d'un bout à l'autre, qui continueront à aller et à venir jusqu'à leur mort, affairés, rougis, graisseux, avec leurs mains démesurées, les doigts boudinés; à cause aussi de la marmaille qui grouille, tous ces enfants au visage luisant, onctueux qui ne détestent pas la saleté, qui s'y vautreraient peut-être parce qu'ils ne connaissent encore que la vie réelle, eh bien!, il est probable que la promesse des délices qui monte en vous se mue en écœurement : l'odeur de pourriture est ténue, on dirait de l'essence de pourriture, elle se répand dans l'air, flotte, mêlée à l'odeur aigre-douce du lard, des jambonneaux que l'on offre fumants sur leur lit de choucroute, à même la rue; elle empire dans l'étroitesse des rues transversales, se niche, se condense dans les passages qui relient le faubourg du marché au boulevard de Strasbourg.

Voilà les gens, les anciens du quartier et le mélange de gens venus d'ailleurs, un échantillonnage de visages, de gestes, d'allures, de regards, de façons de marcher. Voilà les boutiques des Yougoslaves, regorgeant de victuailles, les hommes beaux comme des hommes, leurs femmes qui perdent si vite la taille. Voilà la famille des rempailleurs, la mère avec son visage de gâteau mal cuit clouté de deux grains de cassis et la grosse fille, l'air traqué d'une voleuse, et le jeune homme blond et aveugle dont l'impassibilité contraste avec l'agilité de ses doigts qui manient la paille filée dont il garnit un siège avec des prévenances de dentellière.

En vain essayais-je de distraire Rosette en lui signalant la splendeur de certains étalages de fruits, lui proposant de choisir un gâteau aux devantures des boulangers, de regarder le Noir en tunique, assis dans une pose antique sur le tapis où il avait aligné sa camelote, qui semblait vouloir s'attirer des clients par le fermeté de son port de tête; ou encore l'Arabe à la chéchia lie-de-vin, figure familière dans les parages, l'épaule chargée de tapis, qui, lui, entrait et sortait des boutiques, offrait, marchandait, prêt au rabais, au troc, et que, aussi loin qu'il m'en souvienne, je n'ai jamais vu conclure la moindre affaire.

Rosette avait le regard anxieux et le menton contracté de ceux qui vont pleurer; elle cherchait une moto parmi les motos, un visage parmi les visages et je sentais que, maintenant, elle m'avait abandonné sa main : quelque chose passait d'elle à moi, dans cet abandon, quelque chose, malgré le mutisme têtu, comme un appel sans espoir. Les enfants ignorent l'amitié. De surcroît, il y a des enfants qui ne sont pas des enfants, que l'on dirait arrivés trop tard au monde. Ils savent qu'il n'y a pas d'amour sans souffrance, et peut-être qu'il n'y a pas d'amour, mais des malentendus et que l'on n'y peut rien.

Dans le mouvement, les rires, les vêtements plus soignés que d'habitude, dans l'invitation à prendre un verre lancée ici et là à la cantonade, il y avait quelque chose de joyeux et un sentiment d'abondance qu'augmentait la vue des filets débordants, pareils à ceux des dimanches matin. Nous nous étions arrêtés devant ce que j'appelais « le couloir aux herbes » : sauge, basilic, coriandre, marjolaine, cerfeuil; parfums : sensations absolues qui, liées au palais, ajoutent une bribe à la longue phrase de la mémoire, où rien ne serait leurre ni liberté, mais enchevêtrement de soucis, d'exactitudes, de correspondances.

J'en étais à vanter moi-même, qui étais son meilleur client, la fraîcheur des herbes à la jeune paysanne dont le désir eût été de s'établir herboriste, s'il n'y avait eu ce diplôme qui lui ferait à jamais défaut, quand une voix cria : « Rosette! » d'un ton que l'on eût dit d'apostrophe si des sifflets et des rires ne l'avaient accompagné. Ce fut alors, avant même que je n'eusse vu les quatre voyous sur le bord du trottoir d'en face, leurs chemisettes imprimées de mots anglais sur la poitrine, une houppe de boucles se défaisant entre leurs yeux, que Rosette s'agrippa à mes jambes et que je sentis la torsion d'un nœud de chairs rampant en moins d'un instant jusqu'à mon cou. Son regard attendait tout de moi, elle semblait ne pas respirer; son odeur était douceâtre, ses doigts, de gros vers sur ma nuque. La grosse médaille en or, qu'elle n'enlevait en aucune occasion, me collait à la joue; elle était chaude, plus charnelle que métallique. Les mains des vendeurs, qui levèrent un instant les yeux, s'étaient arrêtées; arrêtés les passants au cabas, parmi lesquels je distinguais une petite vieille qui fréquentait le *Mercury*, atteinte du mal de Parkinson, dont la tête dépassant à peine au-dessus du comptoir bougeait en rond, telle une toupie qui tourne encore mais déjà prête à défaillir. Les garçons restaient immobiles, sur le bord du trottoir, tandis que les passants, les clients au regard fureteur, aux mains expertes fouillant partout, tâtant les fruits, les délaissant, les uns se déplaçant de quelques pas, les autres ne cédant pour rien leur place, délimitaient de leur présence aux aguets un espace pour la rixe, l'empoignade. « Rosette! », cria de nouveau de sa voix rauque le même garçon, cette fois en faisant de ses bras un mouvement d'accueil, levant le verre de bière qui se déversa sur son blue-jean. Les autres, ne sachant plus s'ils devaient garder leur semblant d'agressivité ou relâcher leur tenue, conservaient un sourire en biais qui n'avait aucun lien avec l'expression perplexe du reste de leur visage; les gens au cabas, déçus, commençaient à parler entre eux, s'approchaient de nous, inspectaient la petite, certains avec compassion, d'autres, les lèvres serrées retenant la perfidie, la médisance. La ligne invisible qui les avait reliés se relâchait, le cercle se défaisait; je n'omettrai pas d'avouer le froid qui me saisit jusqu'au cœur quand le garçon qui connaissait Rosette céda le verre à son voisin et, les mains sur les hanches, s'avança vers nous : nos trois visages se touchaient presque; il y eut même un frôlement de tissus rêches à la hauteur des genoux. Nos yeux étaient si proches que je ne perçus pas son clin d'œil amusé et complice, sa paupière se relevant avec une lenteur de caresse. Il passait son index sur le nez, les lèvres de Rosette, toute contre moi, et je sentis des gargouillis parcourir le corps de l'enfant, et un tremblement profond des chairs. Quelque chose devait se produire, un geste, un mot allaient le déclencher. Mais tout me semblait lointain, déjà vécu, un interminable moment d'inertie qui aurait eu lieu un autre été, sous ce même ciel, dans cette odeur de salaisons, de fines herbes, de pourriture; une scène où j'avais joué un personnage irréel, sans mots, gêné par cette irréalité, ce détachement, incapable cependant de m'en sortir, de l'interrompre.

« Tu lui diras à ton papa – et il lui pinça le bout du nez entre le pouce et l'index aux ongles propres, bien taillés – que nous allons fêter sa sortie de taule... »

Deux femmes, qu'une curiosité persistante avait maintenues toujours à nos côtés, se regardèrent rassérénées et firent demi-tour, l'air d'avoir tout compris. Soudain le garçon fit un bond en arrière, comme au théâtre l'acteur qui met la main à l'épée et dégaine, et il cria : « On va aller le fêter, ton papa! T'as retenu? »

Ses trois compagnons souriaient maintenant de toutes leurs dents. Rassurée parce qu'elle voyait s'éloigner l'ennemi, peut-être aussi parce que je la serrais avec force, Rosette s'écria : « Je n'ai pas de courants d'air dans les oreilles. »

Je pensai à Adélaïde que cette expression eût enchantée.

D'où venait-elle, où Rosette l'avait-elle apprise ? Je reconnus l'image, je ne sais pas encore aujourd'hui si ce fut à cause de sa justesse, ou parce qu'elle me venait d'une autre langue que la mienne.

Nous avions rebroussé chemin et au bout de quelques boutiques, de quelques arrêts instantanés par lesquels je feignais de m'intéresser aux marchandises afin de rendre digne la retraite, je déposai mon fardeau. Rosette eut le temps de me mouiller le menton du bout de sa langue. Elle me savait gré, elle voulait me le dire, mais elle aurait été incapable d'en faire l'aveu sans y mêler un peu de moquerie.

Rosette se montrait pressée de regagner le studio d'Adélaïde. Elle n'avait plus envie de s'enfuir, marchait la tête collée à mon bras, ses petits doigts entrelacés aux miens. De temps à autre, elle retournait sa tête. Sa peur faisait naître en moi de curieux sentiments d'assurance, de protection.

Quand nous fûmes arrivés à la maison – j'avais pris soin de demander à Adélaïde la clé de son logement –, elle monta deux à deux les marches et en appuyant son dos à la porte du studio, elle se laissa glisser et s'assit sur le paillasson. J'engageai la grosse clé dans la serrure, la poussai trop loin, mis du temps à trouver le point où faire glisser le pêne dans la gâche; Rosette se leva, avec des protestations muettes, prit la clé, ouvrit du premier coup sans même regarder, en se tournant vers moi avec mépris. Elle était redevenue elle-même. J'éprouvai du dépit, alors que j'aurais dû ressentir du soulagement. Je regrette même les affections qui sont nées de la crainte lorsque, avec la raison éphémère qui les a provoquées, elles s'estompent. Au demeurant, mon étonnement reste intact devant ce qui suscite un sentiment. L'amour est fait de toutes petites choses. Une circonstance, des regards, des frottements ou cet autre frottement, les mots, et nous voilà disposés à en faire un absolu et à y engloutir l'avenir.

L'homme ne fait jamais exclusivement ce qu'il fait. Il pense, sa pensée l'emporte vers d'autres lieux du temps; afin d'effacer l'incertitude où il vit, il se projette dans le futur – le passé aussi est son futur –, vit par avance. Sa vie est peu animale sans qu'elle soit pour autant une opération intellectuelle. C'est une distraction du présent, le fruit d'une impossibilité anxieuse d'être ce que l'on est. Aussi, il est un animal qui se distrait de lui-même et il n'y a que la douleur, et par moments l'amour, qui le clouent sur place.

Le bourdonnement d'une guêpe mettait un semblant de brise dans la cour accablée de chaleur et quand elle disparut, ce fut une immobilité sans la moindre pulsation : rien ne bougeait, tout semblait arrêté, en suspens; l'immeuble, désert – peut-être, en dehors de Rosette et de moi-même, ne s'y trouvait-il personne. J'avais pris cependant la précaution de sortir une chaise que je mis sous l'auvent où, dans le coin, s'élargissait par bonheur un triangle d'ombre. Sans m'attarder à choisir, je m'étais emparé de l'un des livres alignés sur la commode et je m'assis sagement comme si je craignais qu'un scandale ne risquât d'éclater si d'aventure des yeux m'épiaient derrière les jalousies. J'avais oublié de fermer les volets de mon appartement; le soleil tapait sur les rayonnages.

J'avais entendu le bourdonnement spiralé de la guêpe, les grincements des ressorts du lit où Rosette s'était laissée tomber tout d'une pièce, sans même se déchausser – j'eus une pensée pour la couverture de fil au crochet –, et ne me restaient du monde, dans l'immobilité sans air où je me sentais tout à coup immergé, qu'une lourde sensation d'absence, la rumeur rauque du boulevard et l'odeur du chèvrefeuille, quand la porte de la cour s'ouvrit livrant passage au facteur, un intérimaire sans doute car il n'avait encore, de l'uniforme, que la casquette, et ne paraissait pas connaître les noms des occupants de l'immeuble, à juger par son regard parcourant de gauche à droite les boîtes aux lettres avec l'effort d'attention du myope qui chez l'ophtalmologiste, dans son désir enfantin de le paraître moins, fixe sur le petit panneau les lettres de diverses tailles et les prononce avec assurance alors qu'il les devine plus qu'il ne les voit. Curieux, ce penchant à se montrer en bonne santé dès que l'on cherche refuge chez le médecin afin sans doute de parer son diagnostic.

Ces images ne m'étaient pas venues à l'esprit ce jour-là, la vue d'un facteur éveillant encore en moi – j'étais bien obligé de le reconnaître à ces moments – l'espoir de cette unique lettre que je n'avais cessé d'attendre. Il s'était enfin arrêté et c'était du côté des boîtes où se trouve la mienne. Il fourragea dans son sac, en sortit la petite étiquette de *pli urgent* imprimée en rouge et la colla sur une boîte voisine. Je me souviens d'avoir songé encore une fois à l'énigmatique rapport entre ces petits bouts de papier contenant un avis, parfois une contravention, et les toujours beaux lépidoptères dont le nom générique désigne ces imprimés, pour apaiser l'anxiété qui me serrait la gorge : aussitôt le facteur reparti, je me précipitai vers le casier et par la fente qui permet, si l'on veut, de glisser la main, je reconnus, avant même de voir le nom d'Adélaïde sur le compartiment, la couleur bleue des enveloppes de Monsieur Tenant. J'en fus soulagé, presque heureux, je ne saurais pas dire si c'était pour elle ou parce que cette lettre, quel que fût son contenu, me libérerait de la lourde tâche de la compassion. L'attente est la chambre de torture de l'âme. Derrière nous, quelqu'un sait que l'être ou l'événement que l'on attend sont transfigurés par notre attente, mais les images de la réalité seraient-elles moins réelles que la réalité, pourraient-elles n'en pas faire partie ? C'est le faux qui est important pour l'homme, et son peu de grandeur est peut-être de consumer sa vie à le rendre vrai.

Mais l'anxiété, lorsqu'on aime et que l'on attend un signe de l'autre... Toutes les énergies étaient réunies pour un bond vers lui, tout était prêt pour quelque chose qui désormais n'aurait pas lieu. Alors, devant l'absence qui se prolonge, la vie s'arrête : des frémissements, des démangeaisons s'insinuent. Jambe crispée, lèvre mordue, mains qui se tordent, larmes, le corps réclame une activité quelconque pour distraire la pensée de ce tout que l'être aimé est devenu. On n'est qu'une bête en cage refusant les issues que lui propose l'esprit, sans même réussir à se fixer dans l'attente, mais faisant et refaisant des parcours entre le souvenir et l'espoir, et parvenant sans cesse à un autre enfermement – les nerfs, des cordes pincées à l'extrême, plus fort, forcées, ne revenant jamais au repos. Avant que le jour vienne où l'amour ne se souvient plus d'où il venait.

Rien dans la cour, sinon l'imperceptible avancée en ligne brisée de l'ombre qui, maintenant, derrière mes fenêtres, quittait les rayonnages pour gagner le plafond. Rien, sinon, subite, une impression de danger. Je levai mes yeux du livre, de l'image d'un fronton grec où je voyais le symbole de tout ce qui m'avait réconforté et désormais m'était devenu étranger, et je sentis sur moi, venant de la pénombre de la chambre, le regard de Rosette, son sourire mauvais; elle s'était déshabillée, ne gardant que la culotte rouge, et sortait un bout de sa langue entre ses dents disparates, entassées sur le devant. Elle gardait un bras replié sous le corps, et son regard, dans un va-et-vient entre moi et le mur, essayait de ramener le mien vers la tapisserie de petits objets amassés par Adélaïde et disposés autour d'une pièce centrale, la croix en gros strass taillés en émeraude et sertis dans une monture en fer badigeonné d'or, qui prenaient si bien la lumière. Rosette l'avait décrochée; un jeu pénible aurait lieu si je me formalisais. Elle s'en rendit compte et, pour forcer mon attention, battit des mains, tout en poussant des cris, en se contorsionnant pour découvrir la croix qui avait creusé une empreinte dans son dos, en faisant grincer le lit. Elle s'arrêta lorsque je fus dans la chambre, plaqua son corps contre le matelas, agrippant de ses mains les deux bords, les bras en croix, les jambes écartées en ciseaux. J'aurais pu détacher ses mains, la soulever mais n'en fis rien, par crainte de ses cris, du scandale. Je ne savais que faire et j'étais dans la chambre. Sans lâcher le matelas, elle se détendit. Souriante. Sachant que je savais qu'elle m'avait eu. On devait sentir rugueux ses propres doigts à caresser cette peau dont l'évidente douceur allait de pair avec l'arrondi des épaules, des bras et ce ventre rebondi qui était d'un enfant alors que déjà la taille s'affinait et que pointaient les seins. Je parcourais le corps du regard, puis la fixai dans les yeux, fis un pas et collai un genou contre la main cramponnée au matelas. Elle baissa les paupières et relâcha la tête sur les coussins, l'inclinant vers l'épaule. Je vis le duvet sur son cou à la naissance des cheveux et sentis affluer une fièvre dont je n'aurais jamais soupçonné qu'elle eût pu naître en moi. J'éprouvais un engourdissement voluptueux, un léger serrement de tête; soudain je vis ma main tendue, prête, mais paralysée : le remords m'avait précédé. Je me ressaisis, sortis, m'assis, retrouvai l'immobilité de la cour, la chaleur, et dans le livre, le fronton grec, des colonnes, des portiques. J'avais le front et les paumes moites de sueur; je revenais de si loin que c'en était une région inconnue. La respiration de Rosette, voilée d'un léger sifflement, me dit qu'elle s'était rendormie. L'ombre partageait la cour, en diagonale. J'allais m'assoupir à mon tour quand je me vis avec le regard des autres et redressai le dos, la tête. Mais peut-être avais-je sombré quelques instants car, lorsque je rouvris les yeux, Adélaïde se tenait au pied de l'escalier en compagnie d'une dame aux lunettes noires, qui me frappa par la fierté de son allure. Elle s'appuyait sur une canne blanche. En me levant, j'aperçus le chien – il était noir et jaune, un chien-loup à ce que j'apprendrais plus tard. C'était donc Madame Man-cier-Alvarez qui montait les marches; Adélaïde se tenait un pas en arrière, soucieuse de la soutenir au moindre faux pas mais n'osant pas lui saisir le bras; le chien les précédait. Madame Mancier-Alvarez faisait glisser sa main sur la main courante en fer et ce glissement était rendu sensible à l'oreille à cause du frôlement des bagues maintenues par des bourrelets bleutés. Au port altier correspondait le visage ajusté où aucun mouvement, des lèvres aux sourcils, n'échappait à une surveil-lance intérieure, comme si elle se reflétait en permanence dans les miroirs de jadis, où elle eût atténué, de s'y voir aujourd'hui,

les touches d'un rouge orangé qui arrondissaient ses pommettes, flasques au demeurant, et raccourci le trait trop arqué
déplaçant les sourcils dans le vaste front. Elle était habillée
d'un tailleur en lin crème dont elle portait la veste jetée sur les
épaules, et un jersey de soie de la même couleur, à manches
courtes, serrait son buste. Elle ne manquait pas d'une certaine
corpulence, avait la voix nasillarde des personnes qui, habituées au commandement, sont pourvues de ce calme que
procure la certitude d'être obéi, et, en apparence, de l'indul-
gente candeur de croire que l'on peut échanger des références
concernant une certaine culture, déterminant un milieu, avec
le premier venu, avouant de la sorte qu'elle n'avait pas
l'occasion d'en rencontrer d'autres. N'avait-elle pas lancé à
mon adresse, quand Adélaïde bégaya les présentations : « On
dirait la cour où trébuche le Narrateur... »?, faisant par là
allusion aux irrégularités du pavage que gagnait l'ombre et
qu'elle désigna en levant sa canne par-dessus son épaule, me
fixant de ses lunettes noires à monture de Bakélite en forme de
papillon, avec des branches si larges qu'elles empêchaient de
voir ses yeux même de profil.

Oui, il était certain, j'avais dû m'endormir, puisque non
seulement je n'avais pas entendu se refermer la porte donnant
sur la rue, qui grinçait, mais j'aurais dû être alerté par le
cliquetis des clés contre la boîte aux lettres puisque, avec son
petit sac noir, Adélaïde déposait sur la commode l'enveloppe
bleue de Monsieur Tenant. Elle mit la lettre debout contre la
rangée de livres. Elle ne l'ouvrirait pas pour le moment. Elle
s'occuperait d'abord de faire asseoir Madame Mancier-Alvarez
et, presque en même temps, de gronder dans un murmure
Rosette qui bâillait, assise au bord du lit, et regardait le chien
qui attendait que sa maîtresse prît place pour se coucher à ses
pieds. Elle lui ordonna de se rhabiller, la décence de la tenue,
et sans doute du moindre geste, étant de rigueur pour elle
même si la cécité les ignore. Elle remplirait d'eau la bouilloire,
tournerait le bouton de la cuisinière électrique, sortirait non
sans faire s'entrechoquer les pièces du service à thé en

129

porcelaine bleue, ourlées d'un filet d'or, ce qui dénotait l'excitation qui s'était emparée d'elle en découvrant la lettre de Monsieur Tenant, et qui ravivait son regard, allégeait les plis lui barrant le front, et imprimait une sorte de tressaillement à son corps, lequel ignorait à n'en pas douter le pur bonheur. A plusieurs reprises, au fur et à mesure qu'elle les disposait sur ce plateau ovale qui, mis sur un tabouret en X, lui servait de table à thé – et qui, comme tout plateau, quelles que soient ses dimensions, devenait exigu à l'usage –, les tasses, avec les petites cuillères sur la soucoupe, se heurtèrent.

« J'aime le tintement de la porcelaine, je le préfère même au tintement du cristal », dit Madame Mancier-Alvarez avec la naïve passion de celui qui, soudain, pour affirmer sa conviction de la supériorité de son goût plus que la qualité de la chose, déclare sa préférence du violoncelle par rapport au violon : « La vibration est plus brève, mais le timbre est plus beau, plus humain, plus rond... surtout quand deux tasses s'entrechoquent... le bruit est proprement sphérique. »

Adélaïde servait le thé. Madame Mancier-Alvarez l'arrêta :

« Êtes-vous sûre qu'il a bien infusé ? Je regrette la couleur de la nourriture, des boissons... le thé, je l'aime assez foncé, il est juste à point quand il menace de devenir âcre au palais. Vous utilisez toujours la même passoire que je vous ai donnée ?

– Oui, elle est en argent, elle...

– Il y a des gens, interrompit l'aveugle, pour affirmer que les feuilles de thé dans la tasse ne les dérangent pas... C'est curieux, ne trouvez-vous pas ? » – ce *vous* m'étant probablement destiné, quoique j'eusse déjà compris que moi je n'étais qu'un avatar de l'unique auditeur dont elle avait besoin : « Il y a un snobisme de la feuille de thé dans la tasse », ajouta-t-elle, et encore, en ébauchant la secousse initiale d'un rire : « ... un mépris de la passoire; c'est une façon comme une autre de se donner un genre ».

Elle fit craquer une biscotte entre le pouce et le majeur et le chien fut debout sur ses pattes antérieures avant même que le craquement ne finisse. Il broya, avala, attendit, obéit à sa maîtresse qui, tout en lui caressant la tête, lui ordonnait de reprendre sa position ; il s'allongea, reprenant cette immobilité flasque où tout le réseau d'énergies nécessaires au bond brusque et exact semble avoir abandonné le chien, alors que de temps à autre la queue bouge, vibre, par laquelle s'échappe un excès de vigueur mise au repos, dissimulée.

Adélaïde étalait de la confiture d'abricots, qu'elle choisissait assez ferme pour qu'elle ne risquât pas de dégouliner, sur des petites biscottes à l'eau, et les passait à Madame Mancier-Alvarez, qui, après avoir fait l'éloge de la petite aigreur de la confiture due sans doute aux fruits pas trop mûrs qui avaient servi à sa confection, finit par en demander une cuillerée en s'exclamant, la tête tournée vers moi : « On ne savoure pas deux fois la même douceur ! »

Cette phrase me reviendrait en mémoire quelques mois plus tard en lisant dans le journal, sous les lignes laconiques qui annonçaient le don de ses propriétés d'Argentine à l'Unesco, l'article d'hommage qu'un académicien de ses amis lui consacrait et où celui-ci affirmait qu'il n'était guère de sensualité qu'elle ne possédât à un degré éminent. Alors Adélaïde me raconterait comment elle-même, qui savait pourtant la sensualité de son amie – et bienfaitrice, avait-elle ajouté – capable de distinguer une framboise d'une autre cueillie le même jour sur le même arbrisseau, avait été frappée, en visitant avec elle des magasins de tissus, par la rapidité avec laquelle ses doigts les palpaient, s'attardant jusqu'à la caresse sur l'un, refusant avec promptitude la plupart. Si elle appréciait, elle les soulevait, les soupesait pour en déduire de leur souplesse ou de leur tenue leur éventuel emploi. Elle aimait la tombée lourde du crêpe, le tremblement de la toile de lin, le bruissement du taffetas, et si elle retirait sa main avec une moue de dégoût des tissus trop pelucheux, elle jugeait plus satisfaisante la douceur animale du cachemire que la suavité du velours. Par-dessus tout, elle détestait les tissus artificiels, synthétiques, qui ne suivent qu'avec retard le mouvement du corps et restent comme en état d'apesanteur, et ils lui étaient désagréables en particulier

131

au théâtre, assurait-elle, lorsqu'une actrice en robe d'époque transmettait à la salle un froissement anachronique en balayant les planches. Un gaufré l'attirait sans la séduire – « trop artiste », « trop tableau » – et, des plissés, ne trouvait grâce à ses yeux que celui à l'ancienne, très fin, en accordéon, et encore, pour le col de ses blouses du soir en organdi. Ses sens étaient devenus tous aptes à saisir la moindre nuance, mais son toucher était si exercé qu'elle pouvait deviner le motif du dessin dans les tissus damassés, rien qu'en suivant du bout de l'index le contour de la fleur ou de l'oiseau, la ligne séparant la surface lisse, satinée, du fond grenu, mat.

Tout en se rhabillant à contrecœur, une longue pause succédant au bras passé dans l'emmanchure, au pied enfilé dans la socquette, Rosette taquinait le chien qui la surveillait du coin de l'œil, sans broncher, sans bouger la tête. Elle faisait glisser à rebrousse-poil, le long de la queue plaquée au sol en demi-lune, le bout de son petit pied, une fois, deux fois, plus haut, jusqu'à poser la plante sur la croupe et l'y frotter. Au bout d'un moment, mortifiée du peu d'attention que lui prêtait le chien, déçue sans doute qu'il gardât son impassibilité alors qu'elle renforçait les allées et venues de son pied sur la pointe de la fesse et que son orteil grattait la queue à sa naissance, Rosette se dressa comme un ressort, le bras droit un instant levé, la main aux doigts écartés, dont elle aurait frappé la bête si l'aveugle n'eût intercepté son geste lui saisissant le poignet en l'air.

« Rosette! » s'exclama Adélaïde d'une voix étouffée où il y avait du reproche à l'adresse de l'enfant, et de l'intercession auprès de Madame Mancier-Alvarez dont les lunettes-papillon accentuaient le calme du visage où pas un muscle n'avait tressailli, au point que la main brusque et précise semblait avoir agi pour elle-même sans qu'elle s'en fût rendu compte.

Maintenant, la peur l'emportait sur la rage chez Rosette qui desserrait les dents en même temps que l'aveugle relâchait son étreinte, et Adélaïde, une main contenant sa poitrine, regardait la scène muette, arrêtée, n'osant pas intervenir, jusqu'à ce que, l'œil attiré par un scintillement latéral, elle finît par voir la croix au creux du lit.

« Il ne sait pas jouer votre chien », dit Rosette en manière d'excuse quand l'aveugle chercha son visage, le dessinant d'une caresse avant de lui tapoter la joue.

« Mais si... », dit Madame Mancier-Alvarez amenuisant sa voix comme toutes les grandes personnes qui, insensibles à l'attrait des enfants, essaient de se mettre à leur portée en les singeant : « Il s'amuse à sa façon.

– Il n'est pas gai.

– Ma petite, les bêtes, si tu les regardes bien dans les yeux, tu verras que la peine elles savent ce que c'est, mais la joie, non. »

Rosette demeura perplexe et peu à peu son visage retrouva l'expression de dégoût mélancolique de sa grand-mère lorsque, assise à la caisse du *Mercury*, tandis que son derrière imprimait au tabouret tournant des mouvements brefs à droite, à gauche, et qu'un rictus lui abaissait les commissures, figé, hideux, elle laissait errer dans les miroirs enfumés son regard tout petit, sous la paupière en berne.

Adélaïde, après avoir remis la croix à sa place sur le mur, se rassit, releva l'observation sur le regard des bêtes, et Madame Mancier-Alvarez, qui possédait au plus haut point l'art de tout ramener à elle, en profita pour reprendre ses propos, tout en fouillant dans les pochettes de son sac à main d'où elle sortit un paquet minuscule en papier de soie :

« La remarque est de Pirandello, je crois bien. Je l'ai rencontré en 34, deux ans avant sa mort. Curieux, n'est-ce pas ?

– Curieux ? dis-je, après quelques instants de silence, m'imaginant interrogé.

– C'était un intellectuel, quelqu'un qui ne répondait à une question que par une autre. »

Elle déchira le petit paquet et tendit à Rosette une gourmette en or au chaînon assez large. Rosette, intimidée, ébaucha un

133

mouvement de recul et serra ses bras ballants contre son corps, se dandinant.

« Je suis fascinée par l'intelligence, fascinée dans la mesure où elle me semble aussi indispensable que monstrueuse ; entre la sensation et l'idée, rien n'existe pour elle, elle ne tient compte de rien », dit Madame Mancier-Alvarez qui avait attrapé le bras de Rosette et lui avait entouré le poignet du bracelet malgré la délicate opération qu'exigeait le fermoir fait d'une espèce de petite lame qui, introduite dans une fente, déclenchait un ressort. Ces subtilités mécaniques mises au point rue de la Paix devaient lui être familières, car elle avait agi sans hésiter puis, le fermoir assuré, avait secoué le bras de l'enfant : la main était assez large pour retenir la gourmette. Enfin, elle lui avait donné une petite tape en signe de congé ; elle avait daigné échanger avec l'enfant quelques répliques, et payé : le dévouement d'Adélaïde envers elle, et la tranquillité de son chien. Tout se paie. Elle le savait.

« En fait, je répugne à l'abstraction, aux concepts qui ne se rattachent pas à une expérience immédiate, une expérience sensible... Je ne comprends le monde qu'à travers des anecdotes, des détails concrets. Je crois que l'intelligence atteint le sommet du plaisir dans la négation, elle est suicidaire. »

La chambre, qui ne possède qu'une toute petite fenêtre, était devenue sombre ; la chaleur s'était peut-être atténuée. De la cour arrivait un bruit de fin d'après-midi, des claquements de portes, des pas – sans doute l'aveugle en déduisait-elle l'épaisseur et la hauteur des talons et la démarche de la personne sur les pavés –, des volets ouverts largement sur les murs qui avaient cédé toute leur surface à l'ombre quoique le ciel fût plein de jour, incolore. Les gens rentraient, l'immeuble s'animait, et cette animation s'était communiquée à Rosette qui secouait son bracelet et faisait à Adélaïde des signes d'impatience. Adélaïde, qui aurait voulu sans doute aussi la ramener, ne serait-ce que pour rester seule avec la lettre de Monsieur Tenant, la faisait patienter en l'incitant à admirer la belle chaîne autour du poignet. Elle irradiait une sorte de bonheur : le temps coulait, le monde allait, l'attente était finie; et puis, elle était fière des progrès en éducation de Rosette qui avait dit *merci* à Madame sans qu'elle ait eu à intervenir, à lui souffler le mot. Mais Madame Mancier-Alvarez n'avait pas encore fini et ce n'était pas quelqu'un à laisser à d'autres le soin de tirer une conclusion des propos qui lui revenaient. L'air d'une prima donna qui connaît par cœur la pièce à la première répétition, alors que les acteurs prêtent des fausses intonations au texte qu'ils déchiffrent, elle poursuivait :

« Figurez-vous qu'un jour, chez Rumpelmayer... J'y vais encore pour les " Mont-Blanc "..., Valéry, qui était l'intelligence même, m'a dit, tout d'un coup, que seul le corps sait, que seul le corps qui répond sans réfléchir aux obstacles, possède le plus haut savoir...

« C'est assez séduisant, dis-je, le savoir, le plus haut savoir, conçu comme un automatisme sans reproche... »

Elle leva la tête et la tourna vers moi. Dans la zone d'ombre où elle se tenait, le grand papillon noir en Bakélite et les ronds des pommettes trop rouges avaient pris l'aspect d'un masque qui, un instant, m'effraya, et d'autant plus que les lèvres s'étiraient dans un sourire lent.

« Les hommes ont un penchant attendrissant à la métaphysique... »

Nous avions ri. Tout ce qu'un être traîne derrière lui de désillusion, de douleur, de noires résolutions, d'adieu à la vie, si le rituel des bonnes manières le dissimule nous ne le soupçonnons même pas. Nous avions ri, Madame Mancier-Alvarez et moi, d'un rire complice quoique un peu forcé, tandis qu'Adélaïde riait, elle, aux anges, et que Rosette, qui caressait la tête du chien, craignant d'être en reste, ou exclue, était partie à rire d'un rire saccadé, convulsif, factice, un rire d'enfant, en somme, qui s'était arrêté net.

Nous avions ri, peut-être pour conclure, pour résoudre le moment, la scène, pour que le moment se dénoue. Sans quitter nos sièges, nous avions bougé, nous savions que nous

135

ne reprendrions pas le dialogue. Soudain, le chien le premier, nous fûmes tous debout. Je pris congé et descendis l'escalier en martelant à dessein les marches, les pavés. Je supposais que la descente offrirait à l'aveugle plus de difficulté que la montée et qu'elle n'aimerait pas que j'en fusse le témoin. Aussi, ce fut de mes fenêtres que je vis Madame Mancier-Alvarez poser un pied, puis l'autre sur chaque marche, une main appuyée sur l'épaule d'Adélaïde qui, à côté du chien, la précédait. Elle gardait la tête haute et, dans l'attitude d'une voyageuse qui sur la passerelle d'un paquebot s'arrête pour dire adieu des yeux au paysage, elle tendait vers moi sans le savoir ce visage empreint d'amabilité que nous présentons aux miroirs quand, dans un effort pour rassembler nos traits, nous essayons d'y retrouver l'image que de nous-même nous portons en nous, celle qui nous aide à vivre et que le temps ne cesse de trahir.

Je reverrai une autre fois Madame Mancier-Alvarez, mais nous n'échangerons que quelques mots. Parfois je ressens à son endroit ce vain désir de modifier le passé que l'on baptise regret. C'est ainsi qu'un jour des faits anodins, une réponse exaspérée, un rendez-vous décommandé, un ajournement, un oubli, une quelconque négligence, dressent dans la mémoire les stèles du remords, les seuls monuments intimes que le vent des jours n'érode pas.

Ma voisine et Madame Mancier-Alvarez avaient fait connaissance chez l'Ambassadrice, où Adélaïde remplissait la fonction de dame de compagnie après avoir eu à sa charge la garde et l'éducation de deux enfants qui lui avaient tout appris sur l'enfance, surtout qu'elle est sauvagement seule et malheureuse, et qui, longtemps élevés pour ce nomadisme sans aventure qu'est la diplomatie, lui avaient, bien des années plus tard, envoyé de loin en loin des lettres dont les timbres changeaient tous les trois, quatre ans, avec pour but, elle n'était pas dupe qui les avait tellement aimés, d'entretenir sa patience et qu'elle n'abandonnât pas leur mère. Ce qu'elle finit cependant par faire à l'improviste, un jour où, alors qu'elle s'était résignée à son morose labeur, tous les affronts, les humiliations, les offenses, les blessures, les brimades, les avanies, accumulés, subis, ensevelis, se réveillèrent en sursaut, c'est le cas de le dire, grâce à une gifle. Et tout l'avenir de glisser sous ses pieds en un instant où elle préféra la porte au crime.

Mais ici, il faut que je repêche les bribes de toute une partie du passé d'Adélaïde qu'elle résumait en peu de mots, en quelques phrases qui en donnaient une notice sommaire, car elle ne s'attardait que sur certains moments, certains lieux, quelques visages. On aurait dit que la vraie vie passée s'était arrêtée le jour où elle quitta la plaine et trouva refuge dans le couvent des Filles de la Charité ; comme si tout le reste, la vie au couvent, le modeste emploi d'institutrice à domicile, le départ pour l'Europe avec la famille de l'Ambassadeur, l'Europe, n'eût été qu'un apprentissage, l'apprentissage, la reconquête de la mémoire enfouie dans ses veines, dont elle jouissait enfin arrivée à l'âge mûr. Pourtant, il y avait eu même Dieu dans ce passé.

Au lendemain de l'enterrement de Malvina et grâce à l'aide que lui avait apportée Supplizia, l'instable, l'errante, l'aventurière, heureuse que quelqu'un partît en quête d'aventures qui n'étaient pas à sa portée, Adélaïde était partie et, après un long voyage en train, elle s'était présentée au parloir des Filles de la Charité. Comment et par quelle force y était-elle parvenue ? Elle ne savait pas le dire. Rien n'était resté entre la dernière image de la plaine, de l'horizon tracés au cordeau, avec les silhouettes groupées sur les sillons, loin dans les champs, de Nunzia et de Lorenza, et celle de la pénombre du parloir avec le visage soudain de la sœur tourière paru au guichet dont le panneau tournant, qui le dissimulait dans la paroi en bois sombre, avait grincé sur son axe.

Chaque fois que, au hasard des voyages – car à Paris cela ne m'arrive guère –, je pénètre dans un cloître ou dans une sacristie, et que m'assaille l'odeur de cette pénombre, cette odeur de bois, de cire, de vieillesse, il me semble me souvenir du parloir où Adélaïde se tient et où, en entendant le bruit qui approche d'un trousseau de clés, elle voit des chaînes que traînent des damnés. Parfois une scène que nous avions un instant imaginée se pousse parmi les images de la réalité, s'installe et les oblige à lui obéir, à la reconnaître comme étant l'une d'elles, légitime, à l'aise et à tout jamais dans la mémoire. Il n'est pas surprenant qu'au bois sombre et au cliquetis de clés se soit ajoutée une certaine odeur, puisque à une odeur s'étaient réduites pour Adélaïde elle-même les années passées au couvent.

Elle y avait eu droit grâce à l'intercession de la mère du propriétaire de la ferme, à qui les sœurs de Saint-Vincent-de-Paul n'avaient intérêt à refuser quoi que ce fût, puisqu'elle était leur bienfaitrice, et d'autant moins que celle-ci leur avait vanté les mérites, qu'elle attribuait dispendieusement à tout immigrant de souche italienne, de sa protégée, en tête desquels figurait le très savant souci du jardin potager, une aptitude hors pair pour manier la bêche, le râteau, la serpe, pour le repiquage selon les saisons, la croissance ou le décours de la lune, pour arracher les mauvaises herbes sans ébranler l'enracinement des plantes ou prodiguer les soins de fertilisation en vue de favoriser, selon les vertus du sol, la venue de tels ou de tels autres végétaux. N'avait-elle pas vu, de ses yeux vu – et elle se gardait de préciser qu'elle n'avait jamais mis les pieds dans la ferme régentée par Malvina –, des rangées de cardons comme des momies, la côte médiane des feuilles enveloppée de bandes de linge délicatement ajustées afin qu'ils s'étiolent et, tout en se développant, préservent leur tendreté?

Elle ne savait pas, la charitable dame, que les labours du fermage, l'élevage du bétail dans cet exil aussi plein d'anciennes promesses pour les immigrants que de périls toujours imminents, avaient relégué parmi les songes ou leurs modestes, animales nostalgies, les minuties d'un jardin potager. Trois fois par semaine le boucher, deux fois le boulanger, une fois le marchand de légumes, parcouraient les campagnes dans leur carriole aux grandes roues surmontée par une capote en toile, tirée par des chevaux en général poussifs et efflanqués. La dame, Adélaïde ne l'avait vue qu'une fois à la faveur d'un voyage, devenu légendaire, de Malvina, qui l'avait emmenée avec elle probablement pour éveiller la pitié de la mère du patron et obtenir un délai pour payer ses redevances; elle était très petite; elle ne se souvenait pas de son visage mais de ses chaussures luisantes, à talon, avec trois brides transversales prises dans une autre, montante, qui les ramassait, avec de tout petits boutons en forme de perle. C'était les premières chaussures qu'elle avait vues; c'est tout ce qu'elle retiendrait de ce moment.

Ce fut ainsi que, au couvent, lui revint, sans qu'on l'eût consultée ni interrogée sur ses connaissances en la matière, la tâche d'aide-jardinier dont à sa propre surprise elle s'acquitta sans peine, un atavisme l'y prédisposant sans doute, un savoir qui, consolidé dans d'autres latitudes, de l'autre côté de l'océan, de l'autre côté du jour, avait sauté au moins la génération de Malvina pour se transmettre, les pots où Supplizia faisait pousser l'origan et le basilic n'étant que ses vestiges. D'autres besognes allaient découler de la première, qu'elle accomplissait avec la même discipline mais sans plier sa nature opiniâtre à celles des bonnes sœurs qui voulaient la soumettre à des épreuves afin qu'elle fortifiât sa foi. Peu lui importait le travail et qu'il lui fût interdit de parler aux postulantes, bien qu'elle eût le droit, reléguée, il est vrai, à un pupitre adossé à la paroi au fond de la salle, d'assister aux leçons, du moment qu'elle avait libre accès à la bibliothèque, une petite pièce où sur des rayonnages branlants s'entassaient, penchés les uns sur les autres, des manuels divers, un atlas, des opuscules concernant la vie et les miracles du fondateur de l'Ordre, des livres d'histoire, de géographie, de géométrie, de sciences physiques et naturelles, un dictionnaire aux pages roses qui s'en échappaient, toutes racornies, et un inoubliable ouvrage dont sa mémoire préserverait à jamais le titre et le nom de l'auteur – *Les Persécuteurs de l'Église* de Sol y Meràs – par le seul fait que dans ses pages, au moyen d'une métaphore elliptique, Voltaire violait Jeanne d'Arc. Son avidité d'instruction en toute chose, que par une sagacité mystérieuse de son instinct elle avait pris soin de dissimuler dans ce milieu où la foi reniait le savoir, n'empêcha pas son âme de s'incliner vers celle-ci et de brûler dans les ardeurs qu'elle peut inspirer. Mais la foi, qui consiste surtout à refuser l'évidence pour croire à l'impensable, n'eut pas entièrement raison de sa raison. La foi avait été pour elle une pénombre voûtée, de petites flammes tremblantes, des cantiques – pénombre, flammes, cantiques fondus dans une odeur d'encens qui se dissipe déjà, de cierges à peine éteints qui fument encore, d'humidité par-dessus tout, l'humidité des dalles qui atteignait les religieuses dans le chœur et enveloppait les fidèles, rares en semaine, en particulier aux offices du soir. Adélaïde l'avait appelée « l'odeur de l'au-delà » les rares fois où elle consentit à me parler de ses années passées au couvent, et j'avais cru déceler, dans le ralentissement du récit qui survenait à chaque occasion, une inguérissable nostalgie, une délectation à s'en souvenir. A l'abri dans cette odeur liturgique, la foi avait été pour Adélaïde une maladie délicieuse que veillait de loin d'abord, puis sans dissimulation, la Supérieure elle-même, Mère Ildefonse en personne. Sa sollicitude était si grande, mais si solennelle et dispensée de telle sorte, qu'elle grandissait au lieu de la rendre familière l'autorité de la religieuse. Tandis qu'elle bêchait le jardin, Adélaïde pouvait la voir, faisant d'un pas toujours égal le tour du cloître – le bréviaire ouvert entre les mains, le visage d'albâtre moins d'une sainte que profane d'une reine antique –, même lorsqu'elle levait les yeux pour plonger son regard, soudain immédiat, à travers les barreaux des fenêtres, dans la salle d'études où les postulantes faisaient leurs devoirs. Sans jamais se départir de son impassibilité ni faire monter le chuchotement coutumier de ses prières, si elle

140

s'adressait à quelqu'un, un ton doctoral y perçait qui encourageait l'aveu d'un doute en matière de vocation et même de dogme.

Mère Ildefonse était morte depuis si longtemps et Adélaïde en passe de devenir une vieille femme, quatre décennies s'étant écoulées, mais c'était comme si cela venait d'avoir lieu, le dialogue sur l'enfer qu'elles avaient eu. Comme « l'odeur de l'au-delà », le moment était là. C'était la fin du jour, le ciel était plein de piaillements, l'ombre effilée du cyprès butait contre une colonne, pareille à sa foi butant contre l'idée de l'enfer, la lumière faisait rougeoyer la toiture, et elle, elle avait osé avouer à Mère Ildefonse qu'il lui semblait inconciliable d'être heureuse au paradis tout en sachant qu'un seul être pût se trouver en enfer.

« C'est parce que le bienheureux sait qu'il est juste qu'un pécheur non repenti, non repenti dis-je bien car pécheurs nous le sommes tous, brûle dans les flammes de l'Enfer, qu'il peut être heureux », avait répondu la supérieure avec une douceur implacable.

« Même s'il s'agissait d'un être cher, de vos parents ?

— N'oublie pas mon enfant que ce n'est pas Notre Seigneur qui condamne l'homme, mais l'homme avec sa faute qui condamne Notre Seigneur à se faire justice.

— Mère, vous nous dites toujours que Dieu notre seigneur est amour...

— Mais mon enfant ! c'est par amour de ceux qui l'aiment qu'il jette le pécheur dans les puits remplis de vipères, dans des mers d'huile bouillante, dans les flammes qui l'assoiffent, pis, dans la conscience de l'absence éternelle de Celui qui, au moment de la mort, s'est laissé pressentir... C'est par amour... par amour », avait répété la religieuse en ébauchant la reprise de sa méditation déambulatoire.

« Jésus a bien crié sur la croix : " Père, Père, pourquoi m'as-tu abandonné ? "... »

La religieuse avait tourné un visage empreint de compassion vers celle qui, en me racontant la scène, s'adressait à moi avec le fervent désespoir que jadis elle avait mis, ou croyait avoir mis, en s'adressant à Mère Ildefonse :

« Et si donc c'était Jésus qui était en enfer, si c'était lui qui payait éternellement pour nous tous ? »

Le bréviaire avait claqué et les deux poings haut levés de la supérieure s'étaient abattus sur la tête d'Adélaïde qui reculait effrayée de voir sortir un autre visage du visage de Mère Ildefonse, tout de fureur, de cris étouffés, la bouche en demi-lune de bord à bord de la cornette, les yeux comme sous une loupe. Adélaïde avait sauté en arrière esquivant un deuxième coup, assené avec le bréviaire en dernier lieu à un mandarinier taillé en boule sur lequel il resta ouvert, comme dans une enluminure. La religieuse avait plongé ses mains dans le fouillis des plis de son habit et brandissant dans l'une une croix noire, dans l'autre une poignée de lanières de crin avec au bout une petite boule, elle se jetait sur la jeune fille qui lui échappait et prenait la fuite. Une course s'ensuivit et une poursuite qu'Adélaïde n'eût pas crue compatible avec la dignité de la supérieure, et les grandes ailes tremblantes de la cornette semblaient amorcer un envol que le drap de la robe alourdissait. Alertées, les postulantes s'accrochaient aux barreaux, bouche bée, terrorisées, agitées, souriantes, et les coureuses entamaient le troisième tour du cloître quand, n'en pouvant plus, recrue de fatigue, l'oppression de la poitrine lui enserrant la gorge, Adélaïde qui n'entendait que le bruit de ses propres pas et de son essoufflement tourna la tête : alors, de retrouver la religieuse sans cesse qui la suivait et de surcroît réduisant par ses grandes enjambées la distance qui les séparait, la rendit folle, et désespérant de lui échapper par un autre moyen, s'étant aperçue qu'elle gardait toujours la bêche entre ses mains, elle eut recours à la menace : elle s'arrêta net et, pivotant sur ses espadrilles effilochées, elle opposa, tendue devant elle de toute la longueur de ses bras et bien droite, la bêche, dans l'attitude de ces évêques mitrés qui, aux portes d'une ville, arrêtent les troupes de l'Infidèle d'un geste bénissant ou armés d'un crucifix, dans le théâtre de la peinture.

142

« L'amour... l'amour », essayait de crier Mère Ildefonse, haletante, interdite, mais la crispation qui déformait son visage, recourbait ses doigts en crocs, l'avait rendue aphone et l'amour n'était plus dans sa bouche que l'expiration d'un de ces ballons en caoutchouc que, troué, on presse entre les mains. Soudain elle se mit à rire d'un rire muet, à tourner, toute voûtée, les jambes fléchies et ouvertes, en faisant des pieds de nez à la cantonade; puis elle fit face à la fille, lui tira la langue et resta, langue tirée, la salive dégoulinant sur son menton, la mâchoire décrochée. Adélaïde gardait sa pose hiératique, la bêche devant son visage, ne pensant qu'au risque qu'elle courait d'être mise à la porte, renvoyée à l'hébétude immémoriale de la plaine. Puis, Mère Ildefonse ne cessant de se rapprocher, comme pour l'éloigner elle lâcha l'instrument et reprit un par un les mouvements disloqués de la religieuse, ses attitudes outrées, ses contorsions de clown. Il y a une contagion de la folie, une contamination de corps à corps, tout extérieure, où la pensée n'intervient pas : on commence par singer ses gestes et peu à peu on se l'approprie; on subit la tentation de ses abîmes – une grimace de trop, l'on y bascule. Adélaïde avait fait des pieds de nez – et cela lui avait procuré une grande allégresse –, tiré la langue, et elle eût voulu crier, si tant est qu'elle eût pu crier, « l'amour... l'amour » : l'amour, on ne cessait pas de lui en rebattre les oreilles, à propos de la vie, de Dieu, du ciel et de l'enfer; on en exigeait d'elle, comme si c'était possible un amour extorqué par la crainte. Elle inspira, remplit ses poumons, et allait cracher ce mot *amour,* mais déjà accouraient de toutes parts les religieuses dans un caquetage alarmé et un entrechoquement de cornettes : aussitôt qu'aperçues, le visage de Mère Ildefonse rentra dans son dessin, son buste prit de la hauteur, ses yeux se révulsèrent entre le scandale et l'extase : tête implorante, mains presque jointes, avec de l'air entre elles, d'une statue aux gestes penchés, elle se composait une impassibilité à sa façon que des tics pareils à des éclairs troublaient d'instant en instant.

Les religieuses les entouraient dans un silence tendu que soulignait le bruissement des grandes ailes amidonnées des cornettes se frôlant sans cesse. Des regards apeurés, des chuchotis furent vite réprimés d'un geste à peine esquissé par la doyenne qui n'était que la personne la plus âgée de la communauté, et dont la mollesse du maintien affaissé, épaules tombantes, fesses rentrées, ventre si rebondi qu'il servait de reposoir à ses mains entrecroisées, était contredite par la barre broussailleuse et d'une seule pièce du sourcil qui donnait à son visage aux joues flasques un semblant d'autorité.

La scène fut immobile, Mère Ildefonse se figea tout à fait dans son attitude de ravissement qu'embellissaient les plis cassés de sa robe, les cornettes se relevaient soulageant la tension, s'écartaient l'une de l'autre et les regards qui s'y échangeaient étaient à la fois de perplexité et de déception, quand les tics infimes, comme des coups d'épingle, reprirent et se multiplièrent sur le visage de la supérieure pour devenir aussitôt de petites secousses, des soubresauts qu'elle essaya de dominer en se redressant, mais qui venaient de la profondeur de son corps, l'ébranlaient, le ballottaient, et l'on aurait dit une voyageuse soumise aux saccades, aux brimbalements d'une guimbarde délabrée. Alors, parce qu'elle chancelait, menaçant de tomber tantôt en avant, tantôt en arrière, le cercle des religieuses se resserra autour de leur mère supérieure, les jambes bien plantées, les mains prêtes à la recevoir. S'agissait-il du haut mal ou d'une décharge nerveuse qui déversait, rompues les digues de la sérénité qu'elle s'était imposées, toutes les colères anciennes, les contraintes, les désirs, les violences incoercibles, irrépressibles, réprimées? Comme aspirée par un vide, elle se dressa sur la pointe des pieds, les bras parallèlement étirés qui lui écrasaient la coiffe, et soudain lâchée par les anges, quoique sans perdre de sa raideur, elle tomba dans les bras de ses filles qui lui firent civière, la soulevant dans les airs à un signe de sourcil de la doyenne qui ne daigna pas disjoindre les mains posées sur le ventre, l'emportant à tout petits pas mais à grande vitesse vers sa cellule, et quelque trente ans plus tard Adélaïde se souviendrait et du prompt cortège et de son allure, en voyant au théâtre le prince de Danemark ainsi emporté en coulisses, ou le cercueil de la cantatrice que des hommes en livrée semblent plus que porter en toute hâte faire glisser entre les deux haies de spectateurs massés dans l'église orthodoxe de la rue Georges-Bizet.

Plus tard, comme elle revenait pour la gronder, la doyenne avait trouvé Adélaïde en train d'empaqueter ses affaires, plus nombreuses en fait que je ne l'avais supposé lorsqu'elle avait commencé de reconstituer la scène pour moi, car si les gens de la campagne réduisaient au minimum le nombre de vêtements de rechange, le gros linge « pour toute une vie », que l'on lavait une fois par an pour éviter qu'il ne jaunisse s'il n'était pas à l'usage, remplissait leurs bahuts, et c'étaient des nappes ou des draps aux patientes broderies, qu'un banquet et une nuit de noces avaient une fois honorés. Et comme Adélaïde lui avait tendu le martinet et la croix que Mère Ildefonse avait laissé échapper de ses mains dans son effort suprême pour atteindre le plafond, la doyenne baissa ses paupières lentes et grumeleuses de rhinocéros, et soulagée que l'orpheline eût pris par elle-même la décision de s'en aller sans l'obliger à se départir de ses airs d'indulgence, elle marmonna une promesse de lettre pour la dame, celle-là même, la mère du propriétaire de la ferme, qui l'avait fait accueillir par la congrégation. Trois ans s'étaient passés.

Une main occupée par les paquets, l'autre par une valise que selon un stéréotype que sans doute la littérature m'a légué je n'imagine qu'en carton, et ficelée à cause d'un fermoir qui a sauté, Adélaïde avait tenu à passer par l'église, à prendre congé, à se recueillir devant les images, à allumer un cierge aux pieds de la Vierge pour que le cierge mieux qu'elle ne savait le faire priât pour elle. Elle s'était dit que le matin elle avait fait ses dévotions en communauté pour la dernière fois sans le savoir, que plus jamais elle ne prendrait place dans les stalles d'où l'on voyait de côté ces gestes du célébrant qui échappent aux fidèles, l'hostie cassée dans un terrible crissement, le calice tourné suivant une lente inclinaison afin que l'eau recueille les dernières miettes du corps du Christ collées à la paroi d'or. Adélaïde avait senti la gravitation des voûtes, la force des colonnes, du faîte noyé dans l'ombre des autels, là-haut où se penchaient, dans une agitation figée d'étoffes et de vent, des anges, l'affirmation sacrée du grand retable aux torsades d'argent, aux bois polychromes, et elle avait déposé ses colis, sa valise pour s'agenouiller et prier encore, poussée par une ferveur qu'elle ne se souvenait pas d'avoir si fortement ressentie auparavant. Elle avait embrassé du regard l'église entière, rempli ses poumons de cet air immobile où perdurait une odeur d'encens, bien que l'on n'en fît brûler qu'à la grand-messe du dimanche, et subitement s'était trouvée sur le parvis, en plein jour, face au monde, dans la chaleur torride de midi, sous un ciel pâle. Le soleil était un disque presque blanc, une lune égarée.

Alors, sans transition, sans que la pensée ait eu à intervenir, elle se sent dépouillée, réduite à elle-même, la foi pareille à un vêtement tombé à ses pieds. Elle descend des marches, traverse la rue, pense — Adélaïde croyait qu'elle l'avait pensé alors — que l'odeur d'encens humide est celle de l'au-delà. De même, elle croyait que c'était durant le trajet entre le couvent et la maison de sa bienfaitrice qu'elle avait trouvé les raisons de sa soudaine incrédulité : qu'elle avait vu l'inacceptable, le commerce de la douleur, la farce du péché qui enlèverait tout mérite à l'âme lui faisant subir une transformation irréversible — pas moins étonnante que celle du repentir pouvant effacer les noirceurs du péché, de sorte que tel jour, tel instant de la vie serait plus important que la somme des jours de toute une vie, le plus récent de nos actes donnant accès au paradis ou nous ouvrant les trappes de l'enfer... Ce qui révoltait Adélaïde c'était l'idée de

146

paiement, que ceci rachetât cela, qu'un labeur compensât la faute d'un plaisir – et pourtant, quoique détachée du monde de la religion, elle gardait au fond d'elle-même la certitude que la loi des compensations régit aussi bien ce monde, les abîmes, le peuple des astres, que nos plus intimes scrupules. On ne sort indemne d'aucune foi. Une poussière de particules d'anciennes peurs, d'espoirs, de coïncidences, de bonheurs et de malheurs symétriques; un nuage de redondances, de pléonasmes, d'échos, de résonances, de présages – telle était l'origine de la foi et c'est aussi ce qu'il en reste.

« Ceci compense cela. » Voilà la règle, la Loi. Et alors que c'est la nature qui fait le mal ou le bien à travers nous, on s'applique à faire offrande à la mort de ce que l'on retire à la vie. « Ceci compense cela. » Et le principe ne concernerait pas nos actes pesés dans la balance secrète de notre seule existence, mais l'humanité, l'univers : une terreur me traverse que ressentit le premier enfant qui vit le premier tigre, l'ambition de réussir une affaire ou un poème c'est le rêve d'un autre qui m'a frôlé de son aile, le remords que je sens n'est peut-être pas mien, les soldats qui fêtent la victoire ignorent que la bataille fut gagnée jadis dans la trame inextricable des causes par un joueur d'échecs. « Ceci compense cela. » On hypothèque la douleur, on essaie de ne pas être celui que l'on est en l'honneur de la divinité qui nous a créés tels que nous sommes; ardents et incertains, nous avançons dans les ténèbres, nous élevons des architectures de pierres, de sons, de mots, nous produisons la vie qui nous échappe, nous créons dans la mesure même où la foi fait défaut, et c'est construire l'inhabitable demeure du présent.

Comme l'ombre qui glisse sur la prairie quand les nuages s'entrouvrent, comme s'en vont certaines névralgies, certaines migraines, dégageant la peau, l'esprit, ainsi avait glissé sur elle le voile de l'au-delà la laissant seule sous le ciel vide, mais redressée et ramassée, chairs et âme, autour de la colonne vertébrale. Tant que les choses resteraient ordinaires, que rien ne viendrait raviver l'expérience de la douleur, remuer l'oubli,

qu'il n'y aurait d'autres menaces devant elle, Dieu ne traver-
serait plus son esprit. On ne s'abaisse pas sincèrement
au-dessous d'un certain niveau.

C'est dans cet état d'esprit qu'elle frappe à la porte de la
mère du propriétaire de la ferme, dont je ne connaîtrai
jamais le nom ni pourrai me faire une idée du visage, car le
récit s'interrompt là, au moment où d'une main décidée
Adélaïde frappe à la porte – le heurtoir, une patte griffue en
bronze, dont le bruit tient d'une cloche, l'écho laissant
supposer de profonds patios. En fait, ce récit se perdait,
s'était perdu comme l'eau dans le sable, et comme j'insistais
pour qu'elle s'arrêtât sur tel ou tel autre moment, elle
m'assura que tout avait été monotone, des années ne faisant
qu'une longue journée d'où elle-même se sentait absente.
Non, il n'y avait rien, elle ne se souvenait de rien qui eût
valu la peine d'être retenu. Juste cette lettre, la lettre que
cette dame, dont je ne connaîtrais que les chaussures à
triples brides, lui avait donnée pour une amie qui habitait la
capitale. Puis, plus rien. Même pas le séjour à Buenos Aires
qui allait durer quelques années, avant de quitter le pays,
car elle avait eu la chance – et là, oui, elle daignait s'y
arrêter et considérer la chose comme l'un de ces moments
où le destin, pour nous rassurer, se laisse entrevoir –
d'entrer au service, comme gouvernante de deux petits garçons, chez l'Ambassadrice.
Adélaïde bégayait, impatiente de quitter l'autre côté de
l'océan, de débarquer ici, sur ces rives qu'avaient jadis quittées
les siens, et l'on aurait dit qu'une peur, une frayeur rétrospective s'emparait d'elle, s'y réveillait, ne l'ayant jamais
quittée, d'être restée là-bas, dans la plaine définitive et totale.
Il est probable qu'à mon tour, aujourd'hui, je mette l'accent
sur celles des scènes de sa vie qui pour d'obscures raisons me
touchent. D'une vie ne reste que ce qui lui a le moins
ressemblé.

148

Je crois qu'Adélaïde, comme moi de ce Nord tout blanc où je suis né, n'était jamais sortie de la plaine, même si elle avait traversé l'étendue d'oubli de l'océan ; je crois que lorsqu'elle traversait nos paysages, nos intimes paysages, ou se promenait dans des villes à la recherche de façades illustres, aimant à se confondre dans la foule, elle continuait de marcher vers l'horizon de là-bas ; même aujourd'hui, alors qu'elle croyait se trouver tout entière devant moi, à l'abri, dans ce modeste immeuble de Paris. Le savait-elle qui m'avait dit un jour – et ce fut sa dernière tentative de me faire imaginer sa terre natale : « Les chemins de la plaine ne mènent qu'à la plaine. »

Adélaïde, je sais que, au fond, vous le saviez : il n'y a pas de sentier qui mène hors de l'enfance ; on ne quitte pas l'enfer originel.

Le jour où, après avoir accompagné Madame Mancier-Alvarez, elle s'en revint sur ses pas et pénétra, tenant Rosette d'une main, de l'autre pressant son petit sac où se trouvait la lettre de Monsieur Tenant, pour allumer un cierge en l'honneur de la Vierge à l'étole bleue qu'elle plante dans le bac rempli de sable, c'est devant la petite statuette de là-bas, dans la ferme – sous la cloche de verre, dans son paradis de fleurettes en tissu et en papier d'argent, sur la brique sortant du mur en manière de console et qui reçoit à l'occasion des décès, des récoltes et des orages les appels tremblotants d'un même cierge –, qu'Adélaïde est venue s'incliner.

Elle a déposé le sac ouvert sur la marche usée de la chapelle, et ouvre la lettre en ne quittant pas la Vierge du regard. Elle ne répète les paroles d'aucune prière ; elle veut déjouer les pièges que, toutes, elles tendent : elle ne demande pas le bien, que les choses soient selon la volonté divine, mais que ce qu'elle souhaite soit le souhait de Dieu, et, par force, le bien. Car peut-être cette volonté de forcer la volonté des cieux fait-elle partie de celle-ci.

149

Rosette changeait le cierge de place dans le sable, qui était le seul qui fût allumé, puis elle y ensevelit le porte-monnaie qu'elle avait soustrait du sac sans qu'Adélaïde s'en fût aperçue : celle-ci relisait les mots comme si elle apprenait à lire, une fois et une autre fois encore : l'âme les savourait, l'avenir était là, à sa portée, tel un jardin où l'on pouvait se promener. Monsieur Tenant lui fixait un rendez-vous pour le surlendemain, samedi à quatorze heures, à la sortie du métro Arts et Métiers. Le papier à lettres était du même bleu que l'étole de la Vierge et l'écriture de Monsieur Tenant était d'une belle main, arrondie, quoique Adélaïde ne pût s'empêcher d'éprouver une sensation d'éloignement, d'abandon, à voir les hauts traits des majuscules penchés à gauche, en arrière, qui l'avaient frappée au premier coup d'œil, à la vue entière du feuillet déplié, mais elle ne permettrait pas que des fantaisies troublent son bonheur.

Rosette, qui ne tolérait plus que son impertinence passe inaperçue, prit une poignée de sable qu'elle fit tomber lentement tout en soufflant en direction d'Adélaïde. Quelques grains la firent ciller; le rire de Rosette partit, aigre, et se perdit pareil à un chuintement très lointain au fond des nerfs, tout en haut des ogives. Adélaïde s'empressa de fouiller dans son sac à la recherche du porte-monnaie, puis vit le fermoir métallique qui pointait dans le sable et, y ayant pris un franc, le fit glisser dans la fente de l'appareil électrique. Les petites ampoules rouges, jaunes, bleues de l'auréole de foire de la Vierge s'allumèrent et Rosette s'apaisa tout à coup : ses grands yeux clairs reflétaient les infimes paillettes multicolores de l'auréole, un mince filet de salive allait se détacher de l'une des commissures de ses lèvres, et Adélaïde le lui essuya avec le mouchoir qu'elle portait toujours coincé dans le poignet de sa manche. Ni l'anxiété de ces derniers jours ni la tristesse de toute la vie ne semblaient, pas plus que l'insolence enjouée de l'enfant, avoir de prise sur elle. Sinon plus, le possible est aussi important que le réel. Adélaïde n'avait jamais connu une pareille plénitude et cette plénitude était si grande qu'elle se sentait capable d'englober le monde. Elle étreignit contre elle Rosette qui fit claquer sa langue. Si l'on se laisse envahir par la tendresse, l'âme se déploie, se répand, se noie. On aime à tort et à travers, on se fait des reproches, et voilà qu'elle n'a pas assez pris soin de Rosette, qui a déjà de si tristes expériences et qui, enfant, est si loin de l'enfance. Elle l'étreignit de nouveau. « Ça manque de musique », dit Rosette qui, sitôt qu'elle sentait une affection trop manifeste à son égard, s'en protégeait, devenait rétive.

La couronne de la Vierge s'était éteinte quand des pas caoutchouteux résonnèrent rappelant à Adélaïde ceux de Monsieur Tenant, dans le même lieu. On allait fermer les portes. Elles se levèrent, et au moment de gagner la sortie, Adélaïde leva la tête et vit le sacristain, ou le préposé à la sacristie qui, tout en la regardant par-dessus son épaule, soufflait son cierge à elle. Elle eut un pincement au cœur, car cela lui parut de mauvais augure et que le ciel venait de lui fermer ses portes au nez. Mais une fois dans la rue, les choses se remirent à leur place dans son esprit : elle avait cette lettre et cette lettre disait ce qu'elle avait tellement attendu. Et puis, il y avait cet éveil dans la rue des soirs d'été et au fond des boulevards une lumière de fête qui s'éloigne.

Quand elle fut rentrée après avoir ramené Rosette – j'avais appris à reconnaître la régularité presque militaire de ses pas dans la cour – je la vis monter son escalier et j'arrêtai son geste de mettre la clé dans la serrure en faisant claquer un volet contre le mur, n'osant pas l'interpeller de ma fenêtre, à travers la cour.

Elle monta chez moi et je n'eus besoin que de son regard pour être au fait du contenu de la lettre. Elle y fit allusion, je souris et déviai le regard, nous ne cherchâmes pas à nous y attarder.

J'aime ce moment où la lumière du jour décline lorsqu'on allume déjà les lampes. Je les allumai l'une après l'autre et vins m'asseoir à l'autre bout du divan où s'était assise Adélaïde. Je me souviens d'avoir pensé au théâtre : le rideau venait de se lever, nous parlions.

Nous avons parlé de Madame Mancier-Alvarez. Parfois, pour que le silence pesant ne dénonce l'inutilité d'un face-à-face, on tient à savoir quelque chose sans pour autant éprouver de véritable curiosité. Je tenais, soudain, à connaître les circonstances dans lesquelles Adélaïde et Madame Mancier-Alvarez s'étaient rencontrées. Celle-ci m'avait paru magnifiquement simple.

« Alors, il faudrait parler de Madame l'Ambassadrice », dit Adélaïde, l'air d'énoncer une impossibilité mais déjà résignée à affronter l'obstacle.

Je connaissais sa manière d'éluder le récit, tout ce dont tient compte le récit, les dates, le passage du temps, des faits circonstanciels, et les opinions, les scènes, les idées intermédiaires; sa façon de s'en tenir à un trait et de l'exagérer pour définir quelqu'un, de l'y réduire, de l'y figer; de condenser en quelques anecdotes l'aventure de toute une vie. L'os, voilà ce qui l'intéressait, l'os, qui reste, que l'on ne voit pas du vivant de la personne, que l'on n'imagine qu'à peine, et qui tient tellement de choses ensemble, rassemblées. A quoi bon les détails, que tout justifie, quand on a isolé le trait juste, ou le squelette? C'était peut-être injuste, elle ne le niait pas, mais l'injustice était la seule récompense des chagrins subis jadis sans pouvoir se défendre.

Blottie au coin du divan, elle se redressa imperceptiblement, son front s'éclaira, ses lèvres se détachèrent, son regard s'en alla tout en longueur au-delà des fenêtres; il y avait de la fermeté dans son maintien, du calme, et comme une douce férocité.

« L'Ambassadrice... en fait, elle ne l'était plus, mais on la présentait comme telle, et elle y tenait... Remarquez, elle avait le physique et les manières de l'emploi... une mécanique parfaite, un pouvoir de réserve à faire peur, une réserve ostentatoire... Comment vous expliquer? Tout en elle était réduit au strict minimum, sauf l'invisible effort pour que cela paraisse... Et la morphologie avait suivi. Voyez-vous, si, bien sûr vous le voyez... ces portraits de femmes de Cranach, si pâles... Elles n'ont pas de paupières, juste un trait coupé au rasoir sur l'iris noir... Elles ont des lèvres scellées, des lèvres qui ont dit leur dernier mot. Il arrive qu'un grand nez trahisse un peu d'humanité dans l'une d'elles, mais aucune n'a de cœur. On a envie de mettre à plat le tableau, de leur fermer les yeux. »

Je ris de bon cœur, d'autant plus qu'à la coiffe en organdi tuyauté j'avais substitué un turban en jersey aux plis retenus par une broche, et que les mains, aussi décharnées que les visages, des dames de Cranach s'étaient habillées de ces gants du daim le plus fin – je les voyais de couleur lie-de-vin – montant bien au-dessus du poignet, s'évasant légèrement, ces gants si souples qu'ils n'entravent en rien les doigts, épousant jusqu'aux rides de la peau sur les phalanges, et que l'on ne porte plus car ce ne sont pas des gants de conductrice, ils glissent sur le volant, s'usent vite. Des gants pour saluer derrière la vitre d'une voiture profonde, pour s'essuyer une larme – et la peine est plus légère.

« Chez elle, j'étais la gouvernante, je m'occupais de ses enfants qu'elle embrassait le soir, dans leur lit, et dont elle recevait un baiser le matin... J'avais, comment dire?, accès à tout. Pas de porte fermée pour moi. Eh bien! je ne l'ai jamais surprise que prête, la coiffure avec au milieu la raie comme tracée à la règle, et les deux bandeaux retroussés, lisses, dont pas un cheveu ne s'échappait... Les bas, les chaussures, le rang des perles le matin, sur ce qu'elle appelait sa petite robe. Elle était parfaite, plutôt une image qu'un corps, au-delà de la physiologie. En n'importe quelle circonstance, même pendant ces longs voyages en train que nous faisions. C'est pendant un voyage que, soudain, j'ai percé à jour sa nature. Nous avions pris le train à Rome, le train de Paris. Avez-vous remarqué que les contrôleurs des wagons-lits sont le plus souvent des messieurs tristes, entre deux âges? On pense qu'ils font ce métier pour échapper à une famille, à une femme, à des enfants... C'est leur double vie à eux... Pourquoi pas ? Ils m'ont toujours semblé pathétiques, surtout quand le train est en marche, en pleine campagne, que l'affairement des voyageurs a cessé... Le contrôleur se tasse dans sa cabine; la casquette en arrière, des gouttes de sueur qui perlent sur son front, il fait les comptes, il vous regarde d'un air songeur et à la fois agacé, mais avec un sourire servile, avide... Je n'oublierai pas le regard traqué de celui-là. Madame et moi-même nous étions dans des compartiments contigus, la porte de communication restait toujours fermée. J'avais d'abord rangé ses affaires, je venais de finir de ranger les miennes. Je regardais le paysage qui filait si lentement, tournait, alors que le train le traversait à toute allure. La campagne italienne est si abîmée... Madame frappa à la porte de communication, j'ouvris, elle me tendit un billet de dix mille lires, c'était beaucoup pour l'époque; je crois que j'accompagnais Madame dans un train de nuit pour la première fois. En même temps j'avais vu sur le lit des ciseaux à ongles et une moitié de billet. C'était la moitié d'un billet de dix mille lires qu'elle m'ordonnait d'apporter au contrôleur... " Cela ne sert à rien, le pourboire donné à l'arrivée ", avait-elle daigné dire en guise d'explication devant mon désarroi... Je faisais celle qui ne comprenait pas... Elle a insisté : " Et non plus le gros pourboire donné à l'avance... Il faut qu'ils le méritent, qu'ils sachent qu'ils l'auront mais qu'il leur faut le gagner. " Elle ne me regardait pas, rangeait son sac à main. Je fermai la porte, poussai le verrou... Ça avait fait un petit bruit sec, un peu trop sec, dans le bruit uniforme du train. J'ai cherché dans mon sac un billet de dix mille lires, mais je n'en avais pas. J'ai dû faire face, je suis allée voir le contrôleur, lui demander de l'eau minérale et le petit déjeuner pour cinq heures cinquante-sept... Oui, elle avait ajouté cela. C'était sa façon de faire savoir qu'elle tenait à l'exactitude. Je lui tendis le billet... Je sais qu'il chercha mon regard, mais j'avais les yeux baissés. Enfin, je vis, je vois encore, sa grosse main aux doigts enflés avancer, s'arrêter, se saisir enfin du

154

demi-billet. Alors, à mon tour, je le regardai. Nous nous sommes compris... Je ne sais pas trop ce que nous avons compris, mais j'eus la sensation que nous avions tout compris... Je fis demi-tour très vite; on n'avait pas échangé un seul mot. Le lendemain, je me suis débrouillée, sous prétexte de m'occuper du grand nombre de bagages, pour descendre la première sur le quai. Ce fut Madame qui lui remit l'autre moitié... Il me sourit derrière la vitre... Tous les sourires derrière une vitre sont tristes, mais ils n'engagent à rien.

— Je vois, je vois », dis-je. Et, en fait, je voyais et si ce que je voyais, l'Ambassadrice et son âme, ne coïncidait pas avec la réalité, comme d'ailleurs ne coïncidait peut-être plus le récit qu'en avait fait Adélaïde, cela me procurait l'illusion d'une cohérence.

« Oui, Madame était ainsi. Et j'ai oublié de vous dire qu'au milieu de la nuit elle m'avait réveillée rien que pour me dire : " Laissez la porte fermée, mais ne poussez pas le verrou. " Et que, le matin... j'aime ce moment, le matin dans les trains, quand on guette le paysage et que l'on se rapproche des maisons... soudain, il n'y a plus de campagne, c'est la banlieue... »

Elle avait perdu le fil de ses pensées, le pli de son front se creusait, son regard cherchait une issue.

« Il y a des villes, dis-je, qui semblent faites de banlieues compressées, ne pas avoir de centre. »

Nous restâmes en silence, cela l'humiliait de ne plus trouver ce qu'elle voulait me dire pour accabler encore l'Ambassadrice. Elle ouvrit le fermoir de son sac, toucha du bout des doigts l'enveloppe bleue.

« Oui », s'exclama-t-elle, aussi radieuse qu'elle pouvait se montrer : « Oui, nous étions toutes les deux, regardant dehors, nous ne parlions pas. Tout d'un coup, sans se retourner, elle me dit à mi-voix : " Adélaïde, vous avez les yeux chassieux. " Elle portait des lunettes noires, grandes, parfaitement rondes. C'était la mode.

— Mais c'est horrible...

— Les lunettes?

155

– Les yeux...

– ... chassieux ? Non, c'était vrai. »

Nous rîmes. C'était l'entracte et Madame Mancier-Alvarez n'avait pas encore fait son entrée. Nous bûmes du champagne. J'avais même trouvé des flûtes. Malgré la naturelle raideur, il y eut en Adélaïde un léger, tout intérieur épanouissement; une autre disposition de l'âme modifiait son attitude, ses gestes, atténuait sa réserve.

Je réalisai que je ne buvais pas de boissons alcoolisées depuis fort longtemps, de même que j'avais cessé de fumer et abandonné mes randonnées dans certaines rues, dans certains lieux. Tout cela, depuis le passage de l'inconnue. J'éprouvais des picotements dans la gorge, les muqueuses n'étaient plus habituées. Adélaïde buvait comme un oiseau, elle en faisait une cérémonie. Je vidai ma coupe d'un trait et sentis une tension subite parcourir le bras gauche, gagner la main, atteindre les doigts : l'envie d'une cigarette. Je respirai profondément, puis rejetai l'air avec lenteur; relâchai la main, le bras, le cou, les maxillaires : l'envie de fumer s'était évanouie.

Je lui versai du champagne, pour la forme, avant de me resservir. Elle maintenait sa flûte devant elle, portant indéfiniment un toast à quelqu'un qui se fût mis à parler. Par les fenêtres ouvertes nous parvenaient les bruits familiers de l'immeuble en été; on mettait la table, ici et là un couvercle claquait, un grésillement se laissait entendre qui précédait des odeurs de grillade. La lumière des lampes s'était affermie, délimitait avec netteté des cercles d'un jaune rosé dans l'ombre qui avait envahi le salon; c'était la nuit. Je vidai à nouveau mon verre. Que faisions-nous là ? Où allait-elle nous entraîner cette confiance de rescapés d'un naufrage, qui nous avait poussés l'un vers l'autre ? Un couple de retraités, voilà ce à quoi nous pouvions ressembler. J'ai trouvé Adélaïde fastidieuse et, à l'instant même, je fus pris de remords et je sus que le remords de cette pensée serait durable. Mais déjà, sur un ton brusque de reproche, j'avais lancé : « Au fait, vous ne m'avez encore rien dit de l'aveugle... »

156

Elle tressaillit comme pincée à la taille, me regarda désarçonnée, et je souris. Je mis une grande douceur dans mon sourire, dans la façon de me rasseoir. Elle se détendit, posa son verre et une tristesse se répandit en moi : je n'avais pas eu envie de sourire.

« C'est vrai, vous m'avez demandé comment j'avais rencontré Madame Mancier-Alvarez. »

J'acquiesçai. Adélaïde refit le geste machinal de la main portée à la gorge, mais elle ne semblait pas oppressée.

« Madame... l'autre, Madame l'Ambassadrice, me demandait parfois, lorsqu'elle avait certains amis à dîner, de faire un plat que je sais bien faire, des ravioli. Elle disait qu'on n'en mangeait nulle part de pareils.

– Était-ce vrai ?

– Oh ! on les faisait deux, trois fois l'an, là-bas à la campagne. C'était la tante Supplizia qui en avait le secret... Elle tenait à son pot d'origan, à son laurier comme à la prunelle de ses yeux. J'assistais toujours à la cérémonie, c'était une véritable cérémonie, la confection des ravioli. Elle abaissait la pâte avec son rouleau jusqu'à en faire un grand carré si mince que la couleur de la farce transparaissait. Mais je ne vais pas vous embêter avec des recettes...

– Vous aimez donc faire la cuisine, dis-je en pensant à l'exiguïté de son logis.

– J'ai appris à faire certaines choses pour retrouver des saveurs, je me souviens de tous les ingrédients, et pourtant, non, ce n'est pas ça... C'est un mystère. »

J'ai dû regarder ma montre car elle se ressaisit et aborda le sujet autour duquel elle tournait, je ne saurais dire aujourd'hui si c'était par crainte de se le remémorer ou parce que cet épisode de sa vie pouvait lui accorder à mes yeux une sorte de grandeur théâtrale qu'elle trouvait déplacée.

« J'ai connu Madame Mancier-Alvarez au moment même où j'ai quitté l'Ambassadrice. Je ne l'avais jamais vue. Je ne voyais pas les invités. Un soir j'avais fait des ravioli et entendu les domestiques dire qu'il y avait une aveugle parmi les invités, puis, qu'elle avait beaucoup apprécié...

– Les ravioli.

– Oui, sans doute parce que cela ne pose pas de problèmes à un aveugle de les manger. C'est facile. Le fait est que j'étais déjà montée dans ma chambre quand on est venu m'appeler. Madame voulait que je me rende à la salle à manger. Je ne voulais pas... Enfin, quand j'y suis entrée, les invités se sont mis à applaudir... Avant que Madame parle, il a dû s'écouler, je ne sais pas, trente secondes, une éternité... J'ai eu le temps de les voir un par un, les invités, mais je ne me souviens plus de leurs traits... J'en garde l'impression de gens gavés, rassasiés, bouffis, joufflus... voilà, soudain joufflus, soudain avec des joues gonflées qui leur dévoraient les yeux, la bouche, au milieu desquels le nez semblait quelque chose d'enseveli qui pointait. Je me rappelle une dame faussement blonde... Avez-vous remarqué que l'on ne dit jamais d'une brune qu'elle puisse être fausse?... Une blonde toute bouclée qui se poudrait avec une houppette en cygne à peine rose. Et puis, le visage grave de Madame Mancier-Alvarez, ses lunettes noires, mais c'était un autre modèle que celui que vous lui avez vu tout à l'heure... des lunettes du soir, la monture était dorée, incrustée de petits brillants... Elle se tenait droite, tout à fait droite, c'était la seule à bien se tenir. Les autres avaient adopté des poses négligées... Je m'étais arrêtée près de la porte, Madame me demandait de m'approcher, je restais clouée sur place, ne pouvant pas bouger... Et Madame qui se lève, très souriante pour dissimuler son impatience, son irritation, qui fait le tour de la table les bras tendus vers moi, la robe rouge en mousseline, la cape plissée qui se détachait de son corps comme si l'enfer la suivait... Son visage près du mien, que les autres ne pouvaient pas voir... ses lèvres, une brève ligne froncée, ses yeux, des clous en jais... et sa main fermée sur mon coude qui me poussait, m'obligeait à avancer vers la table... "Venez... ils ne veulent pas me croire... N'est-ce pas qu'il faut s'y prendre à l'avance, qu'il faut tout faire la veille ? Racontez-nous, ne me faites pas mentir. " Elle m'a laissée là, elle est allée reprendre sa place, tout le monde me regardait, attendait... elle les avait obligés à attendre quelque chose de moi. J'étais, je ne sais pas pourquoi ni comment, j'étais calme. Absente. Au-delà. " Voyons, Adélaïde, vous êtes si bonne... " »

« Allons, allons », avait murmuré d'une voix chuintante un vieillard qui ramassait des miettes et puis les dispersait d'une pichenette. C'était un prêtre ; on le sentait gêné.

Elle aurait bien voulu, ne fût-ce que pour en finir, s'en aller, elle aurait bien voulu parler. Les mots étaient là ; en ordre les phrases du récit. Mais les lèvres étaient soudées, restaient soudées, ne se desserreraient pas. Une femme avait chuchoté à l'oreille d'un monsieur quelques mots et était partie d'un rire de tête, une vocalise entièrement faite sur le *o*, ce qui étonnait toujours Adélaïde dans une assemblée qui dans son parler ouvrait si largement les voyelles qu'elle y mettait du *a* dans toutes. Elle ne pouvait pas toujours détacher ses lèvres et par instants elle revoyait Supplizia qui retroussait ses manches, lissait le tablier blanc des grandes occasions, et s'attelait à la tâche d'étirer la boule de pâte. Alors qu'elle déplaçait à gauche, à droite, en haut, en travers le rouleau, elle avait un sourire béat qui disait d'avance les délices du palais. Maintenant, Adélaïde avait l'impression que la vieille tante, si rieuse, si en accord avec la vie – comme sa joie était triste dans la mémoire ! –, lui enjoignait de préserver son secret. Alors, le mot avait fusé de l'autre bout de la table : « Sotte. » Si droit, si acéré, si pareil à une flèche. Répété, une fois qu'elle, l'Ambassadrice, avait eu la certitude que le gros de l'assistance se ralliait à elle, l'approuvait : « Sotte. » Il y avait eu un mouvement de têtes qui se tournaient vers la maîtresse de maison, et des sourires las, des remuements sur les chaises. Seule la dame aveugle n'avait pas bougé, restait le dos bien droit, les scintillantes lunettes tournées vers la vieille fille au col Claudine, qui tenait les mains l'une posée à peine sur l'autre à la hauteur du ventre.

« Ils sont des trous, ils ne sont qu'un trou compliqué de canalisations, mais en fait, un trou. Voilà ce que je pensais en les regardant. Du trou noble de la bouche sur le visage, le trou de la parole, au trou serré entre les jambes par où ils s'écoulaient un peu chaque jour, tous ces gens qui pétaient dans la soie n'étaient qu'un trou. C'était curieux, et assez ridicule de me sentir à part, intacte, avant la faute, du moment que, eux, je les voyais tout visqueux, dissimulés par les vêtements, les manières. C'était curieux parce que je sentais leur poids de chair, de graisse, de sang, et en même temps je revoyais le premier manuel d'anatomie et de physiologie avec des planches en couleurs... les couleurs étaient jolies, du bleu ciel, du rose, du jaune citron, du bleu outremer... Je l'avais trouvé dans la bibliothèque du couvent, je le cachais comme un trésor de peur qu'on ne me le retire... J'avais encore le sens du péché. Je me souviens d'une gravure représentant la coupe de la tête, du cou; je me rappelle les noms au bout des fléchettes... c'était un ensemble de trous et tous portaient un nom... le trou optique, le trou grand rond, le trou ovale, les trous déchirés antérieurs et postérieurs. Toute petite déjà, le corps m'intriguait, à cause du gros ventre tombant de ma grand-mère, mais je n'y arrivais à imaginer autre chose que de la nourriture emmagasinée... Oui, j'avais le sens du péché en regardant les planches, l'impression de violer quelque chose que je ne comprenais pas et que je ne pourrais comprendre que l'ayant violé... Elles étaient si joliment coloriées, elles me révélaient la caverne qu'était le corps de la grand-mère. Du muscle orbiculaire des lèvres, je crois que c'est le mot, au dernier orifice. Je revoyais les images, je tournais de nouveau les pages – elles étaient écornées –, le corps, le torse, qui est fait de cloisons molles, de ligaments suspenseurs et dilatateurs, de membranes tapissées de boursouflures, de poches, de conques; qui enferme des conduits torsadés, spongieux, des tuyaux mous, des poulies qui ont tout un répertoire de figures, de spasmes, de succions, d'expulsions, de soubresauts... »

160

Adélaïde but d'un coup sa coupe de champagne et de nouveau d'un trait lorsque, sans qu'elle eût protesté, fait des mines, je la lui eus remplie. Son cou raidi, son cou si maigre, on aurait dit qu'elle l'allongeait pour mieux montrer aux commensaux de ce dîner de jadis, par-dessus le temps, l'amas des nuits, la tête souverainement méprisante, le regard de dédain, les lèvres qui daignaient à peine s'entrouvrir, d'où s'échappaient les mots, bien détachés, bien nets, avec une volonté de persiflage.

« ... et tous ces canaux, cette tuyauterie gluante, glaireuse, pourvue de papilles, de ventouses, de suçoirs tapis dans les tissus de chair filandreuse, gélatineuse, qui happent les sèves au passage de la nourriture... Je voyais les planches mais, en les regardant, eux, au lieu de ces tortueuses circonvolutions, de cet enchevêtrement d'intestins et de glandes, de cette reptation sur place de tripes, je n'y voyais qu'un entonnoir, un trou... Et tout cela, ces tas de viande trouée, attendait quelque chose de pur, y aspirait... même le regard le plus las y aspirait... Demain, au moment du lever, chacun serait impatient, heureux d'être ce trou, de s'en aller, d'avoir l'illusion de s'en aller par ce trou, de l'intérieur, aveuglément, laissant derrière eux la tête dans les songes, un corps assis, purifié, la main froissant un bout de papier rose ou blanc ou bleu... »

Elle semblait en extase, jouissant de l'écho de sa voix.

« La physiologie donne sur l'infini, ajouta-t-elle dans un murmure. »

Ce n'était pas une phrase spontanée. Je ris, je voulus en rajouter, je trouvai réjouissante la vision tout intérieure du corps de cette femme frêle qui n'en avait pour ainsi dire pas, ou si peu, et qui semblait regretter d'avoir claqué la porte à sa dissertation par un aphorisme.

« Et dire que la pensée tient comme une coquille vide sur toutes ces manœuvres... »

Elle me regarda.

« ... que derrière un baiser... il n'y a que des muqueuses qui absorbent, des glandes qui salivent... »

Elle détourna le visage, comme offusquée, redressa son buste, prit son sac et le serra des deux mains contre elle.

« Et dire, dis-je découragé, mais je voulais le dire, que tout cela est le temple de tous les sentiments, de nos philosophies, que l'on y invente même les dieux. »

Elle se radoucit, eut un sourire absent.

« Mais, au fait, vous ne m'avez toujours pas dit comment vous avez fait la connaissance de Madame Mancier-Alvarez... Vous êtes toujours là, dans la salle à manger de l'Ambassadrice, les gens se retournent vers elle, comme pour l'approuver quand elle vous traite de sotte, sauf elle, l'aveugle.

— Elle ne l'était pas encore, pas tout à fait. Si elle, telle qu'elle était alors, se trouvait à ma place en ce moment, elle pourrait dire que vous portez une chemise à col ouvert et qu'elle est claire, sans être capable, pour autant, de déterminer la couleur. Mais encore faudrait-il que la lumière tombe sur vous... J'ai eu fréquemment l'occasion, par la suite, d'assister à ses efforts de description ; elle mesurait les progrès de la cécité. Ce soir-là, elle avait remarqué le col blanc, ce même col, sur la robe sombre. Elle disait que c'était joli et sage. Je gardais le silence, j'étais paralysée. De ce qui s'est produit alors, j'ai conservé l'impression d'un bourdonnement de plus en plus intense, se transformant, par instants, en mugissement. Je tenais à peine sur mes jambes, le sens des convenances me maintenait debout, mais en moi il se produisait un interminable effondrement. Au bout de la table, Madame répétait avec nervosité, en tirant sur ses cheveux derrière l'oreille, ce geste d'enfoncer un chapeau qui dénonçait la perruque, très réussie du reste... Les rires montaient puis, comme sur ordre, tous se levèrent en même temps et il y eut un silence. Je n'ai pu saisir sur le moment ce qui venait de m'arriver : ils passaient au salon, ils y prenaient place déjà quand Madame, qui fermait la marche, avant de claquer la porte de communication derrière elle, me donna une gifle retentissante. Ah ! je l'avais attendue, cette gifle, sans doute autant qu'elle. Je manquais de courage, je lui devais beaucoup, je ne m'étais pas décidée à la quitter jusque-là, et je n'y serais pas arrivée. Maintenant, tout était possible. Finis les atermoiements, les faux-fuyants. Je n'ai pas hésité, je suis montée chez moi, j'ai fait mes valises, elles n'ont jamais été lourdes. Et je suis descendue par l'escalier principal, je ne voulais pas fuir... Je traversai avec lenteur le vestibule, j'ai déposé mon trousseau sur la console et, une fois sur le perron, j'ai vu derrière la grille une limousine tout éclairée à l'intérieur, la portière arrière ouverte, et enfoncée dans le siège, la tête baissée pour m'apercevoir en haut des marches, la dame aux grosses lunettes noires... Elle m'attendait, le chauffeur est venu à ma rencontre, a pris mes valises, je suis montée... Le croirez-vous? Nous n'avons pas parlé, Madame Mancier-Alvarez et moi, de ce qui venait de se passer et jamais par la suite nous n'y avons fait la moindre allusion.

— Comment avait-elle compris que vous partiriez sur-le-champ?

— Je n'ai jamais osé le lui demander... elle... comment dire? ce n'est pas qu'elle s'en vante, mais elle tient beaucoup à ses intuitions. Je pense qu'elle était restée dans la salle à manger et qu'elle m'a entendu dire quelque chose à voix haute... Ce n'est pas exclu. »

La bouteille de champagne était vide et il ne me semblait pas prudent d'en ouvrir une nouvelle : je n'étais plus curieux de Madame Mancier-Alvarez ni de ses liens avec Adélaïde, je n'avais que cette ancienne envie de rues et de bars et de visages inconnus que l'abstinence de tout alcool m'avait aidé à ne pas ressentir. Soudain, tout était là de nouveau, le désir aveugle, la hardiesse inconsciente, et cette légèreté de la réalité, du monde, cet oubli que l'alcool procure. Quelqu'un avait-il ressemblé au destin?, il n'était plus désormais qu'une anecdote. Cependant je ne pus m'empêcher de dissimuler mon indifférence subite et je lui dis en manière de question, la poussant à reprendre son monologue : « Et depuis ce soir-là... », mais Adélaïde, qu'elle eût deviné ma lassitude, plutôt cette excitation qui emportait mon esprit ailleurs, ou qu'elle eût envie de rentrer chez elle, se leva et, déjà sur le seuil, elle dit :

« Maintenant, reste le problème du chien.

— C'est-à-dire ?

— Le chien, oui. C'est le Club des chiens-guides de Coubert, en province, qui le lui a procuré il y a sept ans déjà... Dans trois mois, elle doit le rendre. Il aura neuf ans. A partir de cet âge les réflexes du chien ne sont plus sûrs. »

Je dus me montrer scandalisé, ou mon visage emprunter quelque stéréotype aux mimiques de la tristesse, car elle eut comme un plaisir à abonder dans le sens des règlements de cette institution — non sans une certaine agressivité à mon égard.

Je pris ma veste sur le dossier d'une chaise et je m'empressai de prendre les devants dans l'escalier, en me demandant si Adélaïde, qui tenait tellement aux règles, aux principes, savait que la courtoisie voulait que l'homme le fît.

Au pied de l'escalier, elle ouvrit son sac et le referma. Cela lui coûtait de renoncer à ce ton d'institutrice sans indulgence qu'elle venait d'employer avec moi, mais elle dut se dire que cela lui coûterait plus encore le lendemain. Aussi finit-elle par me faire part du contenu de la lettre de Monsieur Tenant; le lendemain, elle m'aura tout raconté par le menu, l'endroit du rendez-vous, l'organisation qu'elle a prévue de la journée, le lieu de promenade qu'elle a choisi. Elle était radieuse, trop fragile, trop fluette, trop raide pour faire assez de place à tant de joie. Elle crut sûrement que je la partagerais et si j'y avais pensé je l'eusse partagée — mais ma joie elle me venait de ces mauvaises pensées qui m'entraînaient vers la rue, mettaient un fourmillement dans tout mon corps, me laissaient espérer de sordides délices.

Comme je gagnais la porte donnant sur le boulevard, je pensai à l'inconnue et, dans cette euphorie sentimentale de

164

l'alcool où même la mélancolie est une forme très physique du plaisir, des larmes montèrent à mes yeux. Ces larmes qui sont toujours un mauvais calcul car elles prolongent l'amour quand mieux vaudrait l'achever. Me rendais-je compte, admettrais-je qu'un peu de vin mousseux suffisait à bouleverser désirs et repentirs, et à atténuer l'absence de l'inconnue? Depuis quelque temps, son image au réveil n'était pas toujours au rendez-vous. Enfouie dans cet autre monde du sommeil, m'éveillais-je, elle ne s'éveillait que longtemps après moi, avec des inerties, des titubations qui me faisaient sentir à la fois léger et coupable. Tout se passait dans ce magma qu'Adélaïde avait décrit avec application et sur un ton de vengeance, entre le foie et le cœur : trop d'air dans les poumons, et c'est le bruit d'un gémissement qui soulève les soupapes du corps, un soupir qui s'échappe mettant en branle des nerfs pincés par une image, un son; la mémoire s'en mêle, et l'on n'est qu'un pantin tournant sur lui-même, éperdu, dans un brouillard de sentiments.

Je pensais à ce corps si impensable que nous sommes, je pensais à l'inconnue et à sa chère musique de Vienne, cette musique où un homme écoute ses nerfs, leurs ramifications sournoises, leurs terminaisons libres à fleur de peau si promptes à transmettre toute douleur – musique qui suinte d'un corps comme si elle se faisait d'elle-même, que la pensée n'eût point été nécessaire, tels ces coquillages émanant d'un mollusque et comme se composant d'eux-mêmes, le mollusque ne pouvant faire autre chose, n'étant que l'instrument aveugle d'une demeure de sels et de nacre. Mon oreille ne retenait qu'un lent vertige réglé, devinait par instants une mélodie enténébrée d'une poussière de sons roulant vers l'ombre, se rétractant soudain, solitaire, lovée dans une caverne où le temps, jadis soumis à la géométrie, a pris la forme d'une pieuvre. Vestige d'une loi errant dans les bas-fonds du monde, elle n'en voulait point de mes oreilles, cette musique, elle exigeait d'être écoutée par ce qui en nous perçoit nos rêves au cœur du sommeil. Et cependant, elle a fini par détruire mon

165

repaire, abattre les cloisons qui gardaient mes certitudes, révéler les raisons de certaines persévérantes préférences. Un jour que j'écoutais des disques, je me rappelai mon vieux maître répétant, à un adolescent entêté qui ne voulait rien de moins que trouver la clé de l'univers, que c'était bêtise que de nommer antimatière l'aptitude de la matière à sa propre désintégration : ses éléments négatifs étant aussi substantiels, aussi inhérents à la Création — mon maître était croyant —, que sans eux serait inexistante la richesse diversifiée du monde, si tant est qu'il fût aisé de concevoir sans eux le monde. J'entends encore sa voix enrouée s'éclaircir pour détacher les syllabes de ce mot qu'il affectionnait si fort, *dissymétrie*, et répéter — voulant sans doute me faire retenir une assertion que je ne comprendrais que plus tard — qu'elle faisait partie du tout, et qu'ajouter « depuis toujours » eût été se conformer au langage qui est successif alors qu'il s'agissait d'éternité.

Aussi, bien des années plus tard, cette musique à laquelle je m'étais toute ma vie refusé, je devinerais qu'elle reproduisait un aspect du monde, toute la complexité de la matière. Elle m'avait envahi, me faisant accepter, vivre ce qui n'avait été pour moi qu'une expérience purement mentale. Depuis, j'ai accepté de comprendre que, toujours au bord du dérèglement, l'homme se cramponne à la symétrie comme à une planche de salut — à une façade de palais qui répète des deux côtés d'un axe les mêmes figures d'un rêve mathématique, comme à toute musique où une complicité d'appels, d'échos dessinent une voûte sans poids que seul soutient l'esprit —, mais que la dissymétrie est là, non plus dissimulée dans le délicat, indiscernable tissu de particules que les cieux déplient sans commencement ni terme, mais dans cette musique elle-même, et que cette musique correspond à la réalité. D'une certaine manière, j'ai quitté le refuge du fronton grec, dont les lignes s'interdisent l'une l'autre toute liberté, qui ne vont nulle part et composent une pure enceinte pour la pensée. Je sais que la bataille immémoriale des atomes atteint l'homme là même où il se croit libéré des servitudes de la matière, dans les dérives de son imagination, dans son rêve. Mais où s'en est-elle allée l'autre musique, celle au clair dessein d'intelligence, celle qui ménage des relais au cœur? Peut-être le monde tend-il à l'oubli.

L'euphorie étourdie de l'alcool, je m'en suis aperçu presque avec regret, m'avait abandonné. J'avais quitté les boulevards, flâné dans la ruche de ruelles sombres qu'éclabousse de loin en loin la tache de lumière jaune de ces bars où depuis longtemps j'avais cessé d'être un inconnu, sans y penser, perdu dans mes pensées. Il n'y aurait pas d'aventure, pas de rupture dans cette abstention, dans laquelle depuis des mois je m'étais enfermé, des brusques plaisirs sans nom et sans voix qui ne jalonnaient même pas mon existence, qui disparaissaient aussitôt que vécus, ombres fondues dans l'ombre. Pas de ces rencontres que, une fois qu'elles ont eu lieu, il me faut revivre tout seul par l'imagination afin de conférer une certaine épaisseur à leur existence. J'avais rebroussé chemin, mes jambes l'avaient fait à mon insu, et de nouveau je me trouvais sur les boulevards, près de l'une des bouches du métro Bonne-Nouvelle. Là-bas, au-delà de la porte Saint-Denis, je voyais les vitres du *Mercury*, leur lumière laiteuse : on les avait peinturées en blanc, au pochoir, imitant une dentelle. On faisait ces efforts pour Noël afin de simuler cette neige qui a déserté l'hiver parisien. Un glacis blanchâtre tout ajouré de guirlandes de fleurettes avait dû susciter l'approbation de la clientèle et faisait désormais partie de la décoration du local.

Il était onze heures. Il y avait peu de monde au comptoir. Peut-être les récents événements avaient-ils dissuadé les habitués de fréquenter un endroit plus que jamais sous surveillance. Je vis le patron, le Michelot, quitter la caisse et venir tout contre moi, la vitre voilée nous séparant, et glisser une pièce dans le juke-box, sans doute pour mettre un semblant d'ambiance. Mû par la musique qui explosa, tonitruante, j'entrai. Le patron me dit bonjour de sa voix claironnante comme à

167

l'accoutumée, mais il ne me tendit pas sa main – personne parmi les quelques paumés accoudés au comptoir ne justifiant qu'il me marquât sa protection.

Au fond de la salle, assise à cette table où j'avais vu, le soir du drame, une vieille fille au maintien raide, aux manières strictes et dont j'allais devenir le confident, j'aperçus Rosette. Elle avait sa robe de chambre rose, pelucheuse, et semblait absorbée dans le maniement méticuleux d'un objet. Il s'agissait d'une tige d'un mètre de long environ, avec au bout quelque chose comme une flèche. Ce devait être du papier soigneusement enroulé car il s'enflamma lorsqu'elle eut frotté une allumette. Et Rosette de promener la tige, qui était flexible, l'approchant des serviettes en papier pareilles à des corolles ouvertes qui ornaient les verres sur les tables. Le feu prenait doucement dans l'épaisseur ouatée des serviettes – elles étaient jaunes. C'était beau, des coupes en flammes dans les miroirs. Rosette avait fait son travail avec patience, sans bouger de sa place, sans même cesser d'appuyer son menton dans le creux de sa main, l'air d'une grande personne perplexe. Elle regardait son travail avec sérieux et détachement. Peut-être n'attendait-elle que la réaction de son père, lequel, s'en apercevant soudain, ne fit qu'un bond, mais sans un cri, les lèvres rentrées, le visage convulsé, tour à tour étouffant un à un les petits foyers d'incendie de ses mains sans peur, et allongeant son bras pour essayer d'atteindre Rosette en plein visage, qui ne bougeait pas, regardait les roses carbonisées se tordre dans les coupes.

Il finit par arracher à la banquette une poupée butée qui n'opposait aucune résistance, qui se pliait, amoindrissait la force des gifles par la mollesse qu'elle leur opposait, se disloquant, tombant si on la lâchait. Seulement quand je me suis approché avec l'espoir de faire cesser les coups – et je suis encore étonné que ma proximité arrêtât l'homme, qui parut même soulagé –, Rosette se redressa, hostile – d'un regard en coin elle avait cueilli ma présence –, et leva les yeux vers les yeux de son père. Il était resté interdit, les bras ballants, les jambes écartées. Y trouva-t-elle un consentement? Elle avança d'un pas et ses bras lui entourèrent la taille, tout son corps s'y colla, presque enroulé. Tandis qu'il jouait à marcher, sa fille ainsi agrippée à sa cuisse, elle tourna la tête vers moi et sa bouche, gonflée, menaçait d'un crachat.

Les grands-parents et la mère de Rosette étaient absents. Peut-être ne les reverrait-on plus.

Du trottoir, à travers les jours que ménageait la dentelle peinte, je les vis, père et fille, monter l'escalier. Il la portait dans ses bras. Les cheveux de Rosette tombaient sur l'épaule de son père; elle lui en entoura le cou.

Dans le pays où je suis né, les côtes sont escarpées et soudain s'abîment à pic sur une mer de métal. En haut des falaises, dans le creux des rochers, les mouettes, les hirondelles de mer, peut-être le cormoran, si imprévu, si solitaire dans le paysage, ont leurs nids de rencontre. Les femelles y couvent, font éclore, nourrissent leurs petits qu'un jour, afin qu'ils apprennent à voler, elles soulèvent un à un avec leur bec pour les lâcher dans le vide. Un instant, ils semblent tenir rien que par la vibration concentrée autour de la pointe du bec, par un frémissement apeuré dans le frémissement de l'air qui sera leur vrai sol. Puis leurs ailes se détachent en tremblotant, ils prennent leur essor, volettent, tournoient, toujours à petits coups d'ailes, jusqu'à ce que leurs évolutions donnent de la profondeur à la transparence − et c'est la volupté du jour conquis, la joie du grand tournant des rhumbs.

Mais il y en a qui s'écrasent.

Personne ne peut rien résoudre. Et cela n'est pas le rôle de la nature.

V

Fluette, un peu guindée dans sa robe noire dont ce jour-là le col et les manchettes étaient de guipure, Adélaïde descendait avec précaution les marches de son escalier. Elle allait à son rendez-vous avec Monsieur Tenant. Les bruits de ses pas sur le pavage, puis sa démarche m'avertirent, avant que je ne les visse, qu'elle avait échangé ses trotteurs pour des chaussures à talon plus fin. Elles étaient en cuir verni et leur talon, celui, modéré, que l'on continue d'appeler, je crois, Louis XV. Elle avait ajouté à sa toilette, si recherchée dans sa simplicité d'autrefois, de petits gants de piqué à côtes qu'elle regardait à ses mains sous le soleil de la cour quand je la rejoignis, et qu'elle ôta peut-être à cause de leur blanc passé qui contrastait avec le blanc tout frais des poignets de la robe. Nous étions convenus de prendre un café ensemble sans songer que nous ne trouverions aucun bar ouvert, un dimanche d'août, dans le voisinage. Je me sentais coupable de cette invitation, d'être le témoin de son anxiété, de cette inquiétude qui succédait à la joie de la veille et qui rendait sensible son effort pour soumettre à un rythme normal sa respiration brève, oppressée. De toute évidence, elle eût aimé se trouver seule, ne fût-ce que pour prendre la résolution de renoncer à ses gants et de les enfouir dans son sac à main. La maladresse de ses gestes et le bruit sec du fermoir me firent sentir son trouble, son agacement.

171

La rue Meslay était déserte et le sembla plus encore quand une voiture s'annonça, tout au bout, qui grandit peu à peu avec le bruit du moteur. Je me souviens d'avoir pensé à certains films américains, à une certaine image récurrente où, dans l'immensité des champs assoupis, un bourdonnement à l'horizon se transforme en une petite tache qui grandit, et c'est bientôt la menace du malheur qui approche. Elle nous dépassa comme nous empruntions le passage du Pont-aux-Biches, nom bucolique qui a pu être adéquat dans la nuit des temps et que rend dérisoire la caverne en béton, le sordide hangar enfermant l'escalier qui, à ciel ouvert, donnerait du charme au quartier en ce que tout escalier est la promesse d'une évasion, d'un ailleurs, fût-il aussi modeste que celui d'Adélaïde. Un instant aveuglés par la pénombre, ayant trébuché tous deux en même temps, nos mains mutuellement se cherchèrent et il y eut, dans cet appel qui avait précédé toute intention, un signe d'amitié, si discret qu'il fût. Son visage, que l'âme au tourment pinçait jusque-là, le parsemant d'infimes décharges, se détendit et j'y crus percevoir l'ébauche d'un sourire.

Nous descendions entre les murs crasseux, recouverts d'un palimpseste pourri d'affiches à demi arrachées, de graffiti effacés dont ne restaient que quelques giclements rouges pour rappeler qu'ils avaient été de révolte, dans une odeur d'urine qui nous prenait à la gorge. Nous tenions maintenant la barre en fer qui partage l'escalier, nous ne disions rien, nous nous enfoncions. Là-bas, au pied des marches, une grande flaque pâle de soleil. Mais l'on aurait dit que l'été flottait dans les hauteurs, derrière nous, au-dessus de nos têtes, et que nous nous en éloignions à chaque pas – j'avais l'impression que mon corps rapetissait marche après marche, que le haut passage couvert s'assombrissait tout en plongeant vers le jour. L'air épais, la pourriture flottante, mouillée qui émanait des crevasses des murs, du sol, nous enveloppait s'interposant entre le monde et nous; les narines serrées pour aspirer le moins possible, l'odorat tâtonnait à travers les souvenirs, les images sombraient dans une sorte de mélasse fétide, nous ne finirions pas de descendre.

En bas des marches, l'éblouissement du ciel qui fuyait en cercles concentriques : le ciel était vidé de ciel à force d'être incolore et, quoique sans nuages, opaque, une gaze à peine grise tendue entre la ville et rien. Rien, au-dessus de la ville endormie par l'été, sous l'aplanissement sourd que la chaleur sans air, brumeuse, imposait aux rues, aux immeubles, ralentissant le torrent de la circulation qui par toute sorte de voies pénètre la ville et s'y répand, s'entrecroise, dans un grand embarras de freins et de reparties violentes, et qui n'était, là où nous nous trouvions, qu'un grondement très lointain, très bas, assourdi comme le bourdonnement des mouches autour d'une tranche de pastèque écrabouillée dans le caniveau, sur les détritus sortant de boules de papiers tachés de gras qui se défroissaient, sur des sacs à ordures en plastique, quelques-uns ouverts, et se vidant.

J'eusse aimé, pour Adélaïde, que l'air fût léger, la lumière dorée et mouchetée de l'ombre des feuillages; il semblait difficile qu'elle pût, si menue, si fragile, ballottée par le flot de son anxiété, se frayer une voie dans l'engourdissement poisseux du jour, de l'immonde été. Mais je me trompais : comme nous dépassions la rue du Vertbois et que nous approchions du croisement de la rue Volta et de la rue de Turbigo où la discrétion m'obligerait de la quitter, je sentis l'immense énergie presque sans chair, sans corps, rassemblée à l'intérieur de cette pure silhouette dont le pas décidé, et qui l'était plus que d'habitude à l'oreille à cause des talons Louis XV, enlevait leur aspect fantomatique aux façades, aux perspectives de bitume, inertes, peut-être à moi-même qui m'étais essayé à une pitié superflue à son égard.

Lorsque, quelques heures plus tard, Adélaïde m'en ferait la description, je me rappellerais vivement la voiture, arrêtée un peu de travers rue Volta, d'un ocre tirant vers le jaune, et par endroit, vers le brun orangé à cause de la rouille, que l'œil avait saisie en détail sans que j'en eusse pris conscience. Je la verrais minutieuse, photographique, pouvant la parcourir d'un œil mental presque en entier : l'aile avant cabossée, fendillée et retenue par un fil de fer précaire; le toit avec des bosses; le pare-chocs défoncé en plein milieu; les gens qui à l'intérieur mangeaient en silence – je ne saurai pas dire leur nombre, me souvenant en revanche avec précision du bras de la femme appuyé sur la vitre baissée, dont la chair blanche et tachetée de son débordait s'étalant sur le rebord de la portière, telle une pâte molle qui s'étend. Elle portait une robe sans manches et sans empiècement, de cela j'en étais sûr, car je reverrais, entourant la peau fripée autour du cou et plus foncée près de la gorge, rougeâtre même, les larges bretelles qui ne dissimulaient pas deux paires de brides, les unes de cette couleur que l'on appelle chair en lingerie, bordée d'un picot de dentelle, les autres, noires, en élastique. Elle tenait tout droit le sandwich baguette devant sa bouche, alors que le rouquin moustachu qui se tenait au volant lui imprimait, le coude en l'air, un mouvement violent de rame, et régulier, pour l'arracher à ses dents. Je ne saurais pas, sur le moment, si ce n'était pas l'imagination qui collaborait en ajoutant ce bruit de bouteilles que j'entendais venant du siège arrière de la voiture.

Celle-ci, Adélaïde ne croyait pas l'avoir remarquée, et même pas que ses yeux l'eussent fait sans qu'elle s'en fût aperçue. Nous nous étions dit au revoir à l'angle de la rue de Turbigo, en nous serrant la main, ce qui n'était pas dans nos habitudes et donnait une certaine solennité au moment; son regard, tout son visage se tournaient déjà vers la sortie du métro Arts et Métiers. Je l'avais regardée s'éloigner : impossible d'être plus soi-même, plus ce qu'il faut pour parcourir ces cent et quelques mètres qui étaient pour elle la toute dernière étape de l'espoir.

Quand on a vécu à Paris, que l'on y a passé des étés, on apprend à sentir, par-dessus la respiration vrombissante de la ville, ces grands arrêts stupéfaits de son cœur, cette lourdeur, cette pause qui se produit quand le bleu du ciel se dissipe, le soleil s'efface dans l'uniformité laiteuse de l'espace; la ville se fige, elle prend une majesté de nécropole domestique, habitable. La vie manquant, selon le quartier la cité rejoint les sphères les plus hautes du rêve esthétique – et la mélancolie ajoute à la beauté – où elle exsude sa laideur, son hostilité. Si l'on capte ces moments, si, au lieu de prendre l'avenue qui mène à tel ou tel autre centre où cette paralysie n'est pas perceptible, celle-ci engourdit le corps, endort les mots au bord des lèvres, atteint vite l'âme, la mémoire s'embrume, les images tournent dans le sang qui monte et redescend à chaque tour plus lent, s'enlisent, s'y noient.

Adélaïde ne sentait rien de tout cela. La pestilence du passage du Pont-aux-Biches, elle l'avait traversée sans y songer; de même qu'elle ne songeait pas à la chaleur où rien ne bougeait, au milieu de laquelle elle avançait, rien ne pouvant la distraire de l'excitation captive entre les os de sa poitrine, s'affolant dans sa gorge, ne trouvant pas de sortie. Un instant elle avait pensé à ses chaussures qui commençaient déjà à se faire sentir, mais comme si une voix à son oreille le lui avait soufflé. La peur lui durcissait le buste, lui plaquait ce poids de toujours qui lui avait donné l'habitude de porter la main grande ouverte à la gorge, dans un geste de cantatrice, elle qui en rien ne manquait de tenue, qui voyait de l'obscénité dans un soupir. Se rompre, s'ouvrir, s'écarteler, que toutes les tensions qui la tenaillaient pussent s'envoler comme de noirs oiseaux, voilà ce qu'elle eût voulu quand l'entrée du métro Arts et Métiers apparut dans son champ de vision, vide, sans Monsieur Tenant se promenant de son pas de gardien de la paix, les mains l'une dans l'autre dans son dos, telle qu'elle l'avait imaginé pendant les quinze jours que son attente avait duré. Ou bien qu'elle puisse s'arracher ou soigner cette partie de son corps d'où se répandait le tumulte qui l'assourdissait. Mais les sentiments n'ont pas encore d'organe spécialisé, d'où leurs orages, leurs dégâts, les cahots qu'ils impriment au cœur, à la pensée. Elle regarda à la dérobée sa montre et, comme un

nuage s'ouvre face au soleil, la joie s'empara d'elle et elle se
traita d'idiote : elle était en avance d'un bon quart d'heure.
Elle ralentit, s'arrêta, fit demi-tour voulant revenir sur ses pas,
mais dans la solitude de l'avenue, la présence, à une trentaine
de mètres, d'une voiture toute cabossée qui s'arrêtait, pleine de
gens qui mangeaient en silence, l'avait fait se détourner et
reprendre son chemin. Elle dépassa la bouche du métro et
continua par la rue Réaumur. Décidément, elle avait fait un
bien mauvais calcul en renonçant à ses trotteurs. Elle serait
punie, se dit-elle avec une espièglerie qui lui fit froncer les
lèvres et ensuite les étirer jusqu'à ébaucher un sourire. Ces
souliers vernis qui faisaient plus habillé, c'était l'Ambassadrice qui les lui avait achetés un jour où elle avait eu besoin
d'une figurante pour compléter la distribution d'une de ses
réceptions, qu'elle appelait culturelles, où il lui était échu le
rôle d'une parente éloignée, d'une propriétaire terrienne de
là-bas, quelque part en Patagonie, qui faisait – « trop tard,
n'est-ce pas ? », disait-elle à la ronde – la découverte de
l'Europe. En lui adjugeant ce personnage, l'Ambassadrice avait
fait l'économie de la robe, se limitant à lui faire enlever le col
Claudine et les manchettes qui « faisaient trop office » et à la
parer de trois rangs de perles de bonne qualité et des
dormeuses au diamant qui étaient un gage de sa condition,
surtout du fait que ces bijoux avaient l'air provincial de bijoux
hérités. Adélaïde s'était si bien sortie de la situation qu'elle
avait eu droit plus tard à des remarques sur la discrétion et la
mesure qu'il eût fallu qu'elle respecte, de la part de l'Ambassadrice, mais elle ne lui en avait pas voulu. Elle escomptait
toujours les reproches, les réprimandes, les observations ; lui
ayant donné l'occasion de jouer aux visites, tout simplement de
jouer, ce qu'elle n'avait pas fait de sa vie, elle ne s'en plaindrait
pas.

S'était-elle distraite, avait-elle marché trop vite ? Elle avait
juste le temps d'être à l'heure, et, toute à sa peur de se

retourner et de ne voir personne à la place du rendez-vous, elle pivota sur la pointe de ses chaussures si brusquement qu'elle faillit perdre l'équilibre. Mais elle fut sauvée de la chute par l'image qui arrêta son regard au bout de la rue : les mains dans le dos, Monsieur Tenant parcourait du regard avec lenteur les rues qui convergeaient vers lui, obliques. Il portait le costume qu'elle lui connaissait, en jersey havane et, au lieu de faire les courtes allées et venues qu'elle avait imaginées, il balançait son corps en avant et en arrière, les poussées qu'il imprimait à son buste variant d'intensité, puis devenant uniformes, ralentissant jusqu'à un doux bercement. Adélaïde avait songé à un rocking-chair perpétuant le mouvement de la personne qui vient de le quitter, puis elle s'était sentie transfigurée, ses mains lui semblaient minuscules ainsi que tous ses os, son corps, tandis que l'âme devenait immense et vaporeuse, sans bornes, sans limites, fondue dans le jour, et de la matière même de l'été. Quand il eut perçu le bruit de ses talons, il s'arrêta tout net et poussa un petit cri qui tenait à la fois d'une plainte et d'un éclat de joie, comme s'il y avait eu au fond de lui un ancien désespoir dont un enfant se moquait. Monsieur Tenant l'accueillait par une grande mélopée de mots de bienvenue sans trop de connexion mais reliés par une sorte de nasillement mélodieux qui leur donnait un sens, tout en branlant la tête – car il feignait de ne pas croire à son apparition. Adélaïde demeura bouche bée, en attendant de pouvoir placer un mot. Comme elle ne le put, elle ébaucha un sourire et lui tendit sa main toute droite. Il lui effleura la joue de ses lèvres. Elle trembla, ne sachant si c'était là le bonheur ou la plus grande terreur qu'elle eût jamais ressentie. Mais l'extrémité même de son audace l'ayant calmé, Monsieur Tenant affectait la plus grande correction. Alors ils parlèrent du temps, comme il sied à des gens qui se rencontrent par une chaleur d'étuve, dans un bout de trottoir sans ombre et que même l'air semble avoir déserté, devant un bar fermé. Les bars fermés, à Paris, dégagent une hostilité que l'on ne peut pas comparer au bars fermés d'autres villes, surtout quand ils

177

possèdent des terrasses ou simplement des murs en vitre et que l'on voit l'intérieur rangé, et toutes ces chaises maigres en bois, en plastique ou métalliques retournées l'une sur l'autre, encastrées, et empilées sur les tables, faisant rempart contre les vitres, abruptement menaçantes ou, encore, semblables à des catafalques nus de draps et de dorures.

« Il fait une chaleur torride, c'est très gentil à vous d'être venu », dit Adélaïde en regardant Monsieur Tenant et la veste en gros jersey synthétique que le boutonnage de haut en bas, respecté avec discipline jusqu'au gros nœud de la cravate, rendait tout étriquée. Une auréole au bord blanchâtre, qui éclaircissait les emmanchures autour des aisselles et pouvait rappeler le dessin d'une île sur une mappemonde décolorée, commençait à se mouiller à la couture. Adélaïde n'avait pas voulu la voir, mais elle eût aimé lui dire de tomber la veste si elle n'avait pas soupçonné l'expression, qu'elle n'avait jamais utilisée, de ne pas convenir à une femme et moins encore à la situation. « Une chaleur moite », ajouta-t-elle, tout en songeant que *moite* venait de *mucidus,* moisi, et elle se dit pour elle-même, non sans délectation : « la chaleur moisie; l'été moisi », tout en pensant que c'était là sûrement un leurre, que l'on ne rejoint jamais la mémoire des mots.

« Ni le froid ni la chaleur ne me font ni chaud ni froid », répondit Monsieur Tenant et il y eut dans ses yeux un étonnement devant la phrase qu'il venait de prononcer et qui dut lui paraître venir de plus haut que lui-même. Il sourit avec satisfaction et à l'instant son sourire eut l'air d'être oublié sur un visage qui ne s'en souvenait plus, déjà absorbé par autre chose, prêt à une nouvelle expression. Mais il était clair que l'idée lui avait échappé comme une souris, sans laisser de traces. Alors, faisant un grand geste pour l'inviter à traverser l'avenue, il s'écria autant qu'un homme suffoquant de chaleur peut s'écrier : « A nous deux la canicule! »

Elle le suivit presque en courant, puis d'un pas dont la résonance sur l'asphalte lui était à elle-même étrangère – ses talons Louis XV l'obligeaient à trottiner, elle avait l'impression de perdre sa dignité en faisant de si petits pas. Il n'y a rien comme de savoir se tenir droit, de réduire ses gestes à un périmètre exigu, de soumettre le corps à un rythme, à une démarche ferme et modérée, pour éviter les affronts, préserver sa solitude, imposer le respect.

« J'aime la chaleur », reprit Monsieur Tenant lorsqu'ils eurent gagné le trottoir opposé. Ne dédaignant pas l'ombre portée d'une haute enseigne verticale, de sa voix qui partait dans l'arrière de la gorge et s'affirmait dans le nez, cette voix qui correspond souvent aux esprits sentencieux, Monsieur Tenant ouvrit tout à coup ses bras comme s'il devait arrêter le cours de ses pensées et dit, après avoir laissé les muscles de son visage se détendre en un sourire : « Je veux vous dire un secret, je vais vous livrer la clé de mon existence, peut-être bien de l'existence ; j'aime la chaleur et la fraîcheur et le grand froid, le temps qui se met au beau et le temps qui se met à la pluie ; le ciel bleu, le ciel gris et les orages ; l'orage, la tempête, le tonnerre et l'éclair ; la sécheresse, la gelée, la vapeur d'eau, la nuée, le nuage, le brouillard et la bruine, les giboulées, la neige, la rosée... Et j'aime les thermomètres, les pluviomètres, les baromètres, et sur le toit de ma maison, la girouette soumise à l'air, le coq silencieux qui m'annonce les grands mouvements de l'atmosphère. Voyez-vous, je vous disais l'autre jour que je ne pouvais plus lire, que ma mémoire ne retient plus une ligne quand je passe à la suivante... Ce manque de mémoire immédiate m'a rendu éveillé au présent, j'en ai une conscience aiguë, permanente. Grâce à cela, j'ai découvert l'harmonie du monde qui, lui, travaille sans répit, avec ses tempêtes, ses cyclones, ses arcs-en-ciel, les champs qui verdissent, et tout ce qui pourrit et verdit et fleurit et mûrit et mille autre choses, mille autres petits travaux, cet immense fonctionnement que nous appelons la nature... Même les hommes travaillent les uns pour les autres alors qu'ils croient travailler chacun pour soi, chacun être occupé jalousement à amasser une fortune... Ah ! si le monde savait que tout et chaque chose collaborent, à chaque instant, à l'avenir, les hommes ne seraient pas si malheureux. »

Voilà un mot qu'elle n'aimait guère : avenir. Voilà que cela lui parlait de l'espèce, de l'instinct de l'espèce; voilà une pensée qui la négligeait. Transportée jusque-là par la ferveur de Monsieur Tenant, quelque chose se raidit en elle, une fibre nerveuse dans les replis du cœur, du cerveau, puis s'apaisa, si fort était son besoin d'amoindrir les divergences, si grande sa foi, que déjà les paroles de Monsieur Tenant l'envahissaient et qu'elle atteignait au plus haut degré la sensation d'être elle-même. Elle ne savait pas, elle ne voulait pas se souvenir qu'elle savait qu'un désaccord, une conviction abdiquée sur le moment par sympathie, un reproche imminent qui fond dans la chaleur qui émane de l'autre, la mémoire en fait un noir trésor, une arme qu'elle dépose au plus profond de nous, dans l'ombre que pour un rien, un geste de trop, une intonation déplaisante qui revient, l'évidence déchire un jour, de sa lumière crue, cruelle, irréfutable.

« Je suis sûr et certain que si je possédais une ouïe assez fine pour entendre le monde tel que je l'imagine, j'entendrais un chœur souverainement à l'unisson, plus beau qu'un chœur de chérubins... Ah! je sais, vous pensez que je dis des sottises puisque personne n'a jamais entendu un chœur de chérubins, en tout cas, pas moi... C'est une façon de parler, ma petite. »

« Ma petite » : elle sentit des frémissements minuscules dans sa poitrine, des avertissements confus, des chuchotis, des chatouilles dans la gorge, elle essaya d'abord de se reconstituer elle-même contre ces perturbations, cet éparpillement, mais tout le corps s'y mit et l'être entier fut retourné, affleura à sa peau. De la tête aux pieds se répandait une chaleur obscure, et une sorte de plénitude. C'était comme voir pour la première fois l'aube. Puis, s'empara d'elle la hâte d'être à temps. Où, à temps? Elle entendait battre son sang, elle sentait son cœur trop petit pour ce sang, sa poitrine pour son souffle, son regard pour capter la courbure du monde – elle venait de voir que le monde était une sphère pleine à l'intérieur d'une sphère –, et elle sentait que le temps était court. Car sa hâte d'être à temps grandissait. Comme la douleur préfère se débarrasser d'elle-même, fût-ce au prix de la mort, l'amour ne sait pas attendre. Aussi, au milieu de l'ivresse des sensations, de toutes ces énergies, ces tâtonnements qui convergeaient vers un point d'excitation extrême, de délicieuse confusion, elle suivait cette hâte qui la réclamait, comme l'oreille suit la mélodie au milieu de la touffe des instruments.

Craignait-elle encore d'exposer à Monsieur Tenant le plan qu'elle avait fait pour leur après-midi, les mots arrivaient avant elle, les gestes la devançaient.

« Nous irons faire une promenade que d'habitude je fais toute seule », s'entendit-elle dire d'une voix ferme, alors qu'elle avait prévu des mots précautionneux, une formule au conditionnel du genre « j'aimerais que vous acceptiez, etc. ». En même temps, comme elle avait aperçu un taxi en maraude, qui venait dans leur direction, très lentement, le chauffeur engoncé dans son siège, sa tête dépassant à peine le volant, elle le héla, le bras si fièrement tendu et au bout la main qui remuait, qu'on l'eût prise volontiers pour une passagère revendiquant son tour dans une file d'attente.

« Un taxi ! » s'écria Monsieur Tenant, avec un émerveillement que corrigeait, pour la forme, un froncement de sourcils de ménagère à l'affût du moindre gaspillage.

« Faites-moi ce plaisir », répondit Adélaïde qui n'osa pas lui dire qu'il était son invité, en insistant pour qu'il monte le premier et s'empressant de tirer son porte-monnaie du sac pour lui éviter des craintes pendant la course et d'inutiles protestations à la fin du parcours. Juste avant de faire claquer la portière, elle croirait avoir entendu des rires bruyants soudain coupés par une main plaquée sur la bouche, et un démarrage en saccade. Mais quoiqu'elle eût pu les entendre d'une oreille, elle n'avait prêté attention qu'à Monsieur Tenant. Elle l'avait mis à son aise, à juger par la posture qu'il avait adoptée – le corps bien calé dans le siège, les larges épaules appuyées au dossier – et que la tête relevée – mais l'on aurait dit plutôt le seul menton carré et saillant – rendait tant soit peu solennelle. Il semblait enchanté et sans que rien d'autre en lui ne bougeât, même pas le regard, il levait en guise de salut une main royale lorsqu'un passant surgissait sur le trottoir.

Le chauffeur était un silencieux, impassible Oriental, probablement un Vietnamien. Il avait l'air d'un adolescent, délicat et menu. Je me souviens que nous avons été tous les deux d'avis, Adélaïde et moi, alors qu'elle me racontait cette promenade, qu'il était bon pour la ville que ces nouveaux immigrants intègrent de telles fonctions, si éprouvantes pour les nerfs européens. En accord avec la mélancolie du moment nous dirons que c'était peut-être nous qui étions les premiers à remarquer leur présence, et que le jour viendrait où d'autres que nous regretteraient, comme il est arrivé avec les exilés russes, leur progressive disparition. Cette parenthèse avait été le seul répit dans le douloureux récit d'Adélaïde.

« Ah! merci, Mademoiselle Adélaïde, c'est la deuxième fois dans ma vie que je voyage en taxi », avait dit Monsieur Tenant en mettant pied à terre et en tirant sur les basques de sa veste qui, remontée, le boudinait encore plus : « La première fois, ce fut pour l'enterrement de ma mère. En pleine Occupation.

– Je regrette d'avoir éveillé un souvenir si triste... et sans doute aurais-je dû vous prévenir du but de cette promenade... »

Alors Monsieur Tenant regarda le portail, au-delà l'avenue pavée bordée d'arbres et de monuments gris, les deux gardiens hébétés qui essayaient de se donner une contenance en ramenant droit sur le front leur casquette et qui préparaient en hâte les brochures à offrir aux visiteurs, et il s'exclama, avec un sourire candide, les mains croisées sur le ventre :

« C'est le cimetière du Père-Lachaise... Je n'étais jamais

venu, jamais eu l'occasion... Mes parents sont enterrés à Bagneux. Mais je connais son histoire.

« Ce n'est pas l'entrée principale », dit Adélaïde et comme Monsieur Tenant paraissait déçu, elle s'empressa d'ajouter que, par la chaleur qu'il faisait, elle trouvait mieux de descendre que de monter.

« C'est cela, je comprends, nous sommes en haut de la colline... là même d'où, un jour, un enfant qui était roi et un cardinal, tous deux en selle, contemplaient le combat qui faisait rage dans le faubourg Saint-Antoine... Je n'arrive pas à concevoir que Louis XIV ait pu être un enfant... A toutes les époques, dans l'Histoire ou dans les légendes, l'avez-vous remarqué?, des rois contemplent le déroulement d'une bataille du sommet d'une colline! »

De grands gestes des deux bras avaient souligné l'enflure de la déclamation de Monsieur Tenant alors qu'ils passaient le seuil entre les gardiens leur tendant des brochures et qu'Adélaïde prenait le tout petit plan et déposait son obole dans la main tendue à sa gauche, sans s'arrêter, sans regarder, essayant par sa discrétion de dissimuler le troc et le don, de même que l'emphase de sa péroraison avait servi à Monsieur Tenant à éluder le gardien à sa droite.

De toute évidence soulagé, il s'arrêta et, posant à peine le bout de ses doigts sur l'avant-bras d'Adélaïde, il parcourut d'un regard semi-circulaire l'horizon de verdure et de pierre et dit sur le ton de la confidence : « Les morts, les pauvres morts ont de grandes douleurs... »

Un corbillard s'ébranlait à la hauteur du colombarium – ou valait-il mieux dire du crématoire? Elle savait que les gardiens disent le four – « aujourd'hui je suis de four ». Elle pensa aux funérailles de la cantatrice, à l'église orthodoxe de la rue Georges-Bizet, au pope à la longue barbe noire qui chantait faux. Il fallait qu'elle raconte ce souvenir à Monsieur Tenant.

« Vous ne m'écoutez pas, ma petite... »

« Ma petite » : son cœur tremblait, débordait.

« ... il faut faire sonner le " e " de " grandes ", autrement le vers boite : " ont de grandes douleurs ". »

Elle avait porté sa main à la gorge; de nouveau, elle n'avait pas écouté.

Ils marchaient dans l'ombre ajourée des noyers, sous les grands feuillages sans souffle, amollis par la chaleur. Les feuilles, tachetées de fleurs laiteuses pas encore épanouies, on les aurait dites découpées dans un tissu mat, sans tenue, légèrement velouté.

La lumière blanche frappait les murs du colombarium. Ils s'arrêtèrent devant l'entrée, regardèrent les deux cheminées symétriques, se regardèrent et sans un mot poursuivirent leur promenade. A un carrefour, Adélaïde ouvrit son plan, elle voulait descendre vers l'avenue de l'Ouest, rejoindre le chemin Bion où le cimetière n'était pas comme ici, par moments, cette mêlée de pierres tombales lézardées – de croix disloquées, de crevasses, de tanières, de caveaux et de chapelles aux vitres brisées parmi lesquelles les allées plantées d'arbres mettaient un semblant d'ordre, alors que la plupart des tombeaux on les eût dits abandonnés par des morts ayant fui en grande épouvante – mais une nécropole idéale, la Cité des Morts telle que des poètes ou des peintres l'ont rêvée. Comme ils hésitaient, une voix les appela et ils se retournèrent.

« Vous cherchez quelqu'un ? »

Un instant déconcertés – sans la regarder, Monsieur Tenant avait ébauché un mouvement de tête vers elle – ce fut Adélaïde qui nia chercher quelqu'un mais un chemin menant à la chapelle.

Elle ne sut pas me décrire la femme, plutôt sa robe : blanche avec des motifs imprimés couleur rouille – elle pensait que c'étaient des plumes d'autruche et que la couleur de ses cheveux n'était pas disparate. A cette coïncidence, peut-être imaginée, elle ajouterait à son visage des taches de rousseur. Sur la tombe qu'elle soignait elle avait laissé son sac à main,

184

un foulard et un filet à provisions bien rempli. Elle bêchait autour de l'arbre du trottoir qui se trouvait juste en face de sa concession, avec une petite bêche à manche très court qui l'obligeait à se plier en deux, les jambes écartées pour garder l'équilibre. Elle avait creusé un entonnoir autour du tronc et s'appliquait à parfaire le rebord en aplatissant la terre du revers de la lame.

« Permettez-moi de vous dire, Madame, que je suis extrêmement touché par vos mots... »

La femme se redressa, déconcertée.

« ... Oui, poursuivit Monsieur Tenant, vous nous avez demandé si nous cherchions quelqu'un... Vous étiez comme la maîtresse d'un domaine venant en aide à des étrangers égarés pour les guider dans le voisinage : je parie qu'il n'y a pas pour vous de barrière entre la vie et la mort, entre les morts et les vivants. »

La femme baissa les paupières, elle pétrissait le manche de la bêche qu'elle avait portée à la hauteur de ses seins mais sans l'y appuyer.

« Vous êtes une bonne chrétienne », conclut Monsieur Tenant, en branlant d'un côté à l'autre la tête, lui aussi la membrane granuleuse et bleutée de ses paupières baissée, et un sourire de Mère supérieure répandu sur le visage.

La femme écarquilla les yeux, arrêta le mouvement de ses mains.

« Je prie, Monsieur, dit-elle. C'est de toutes ces prières qui montent vers Lui que Dieu est fait, et sa grandeur de toute la peine qui entoure la terre. »

Elle se tenait droite, avec le calme de ceux qui ont délivré leur message, tenu leur promesse. Elle n'attendait pas de réponse. Au demeurant, Monsieur Tenant craignait de ne pas avoir compris, qui regardait Adélaïde, les sourcils obliques, la nappe de chair du double menton accentuée.

Adélaïde, elle, le regardait du coin de l'œil, d'un air presque malin : elle eût aimé lui dire à haute voix ce qu'elle pensait de sa bonne chrétienne, que c'était une folle, non pas une folle à lier, mais de celles, visionnaires, dont la folie n'est pas apparente, ne donne pas de prise. Des êtres lisses, parfaitement fermés... Certes, elle eût au moins aimé dire cela à Monsieur Tenant, mais ce qu'en vérité elle pensait, les mots qui circulaient en elle, malgré elle, qui était pudique, qui ne les prononcerait jamais, même pas pour elle-même, les mots qui faisaient dresser son index, parsemant de démangeaisons son corps, c'étaient « cinglée », « fondue », « piquée », « tapée », « cintrée », « une qui a une araignée au plafond », « une qui travaille du chapeau »...

Nul ne sait ni où ni quand il est le plus lui-même. On est seul dans un lieu rassurant, supposons un salon avec des lampes allumées, on songe à quelque chose, à quelqu'un et l'on se dit que c'est bien cela ce que nous pensons de cette personne, de ce quelque chose, dans notre for intérieur, là où nul ne peut nous surprendre, où nul ne saurait pénétrer. Enfin, d'un tas de matériaux confus, de souvenirs, de détails que l'on a pu vérifier, d'expériences diverses qui nous ont permis de tirer au clair certains aspects de la question en faisant des comparaisons, on a déduit l'image qui peut le plus ressembler à la vérité. On se sent le cerveau limpide, le cœur satisfait. On change de position dans le fauteuil, on appuie carrément le menton dans la paume de la main. Alors, un élancement vous vrille le genou, vous troue l'épaule; ou un sentiment, la nostalgie, vous rend diffus, sans limites; ou la jalousie vous mord au cœur, et un mot, que suivent d'autres mots, vient bourdonner sur la belle image endormie que l'on venait de se faire de tel événement, de tel individu. Tout est changé, le raisonnement, les progressives déductions ne tiennent plus debout et la femme vraiment sainte est une cinglée. Où pense la pensée? On n'en trouve pas le bout ni le commencement.

Adélaïde venait de dire : « Nous vous remercions beaucoup, Madame, bonsoir » – l'emploi du *nous* lui faisait plaisir en l'occurrence – quand la femme à la bêche ouvrit sa main libre en éventail devant son visage : du trottoir d'en face, un touriste en short, portant un sac de campeur sur le dos et d'autres en toile rouge et bleue pendus à l'épaule et un assez gros appareil photographique entre les mains, braquait sur le groupe l'objectif tout en faisant tourner avec minutie la bague de mise au point.

« Vous ne voulez pas de photo ? Je vous comprends », dit Monsieur Tenant qui lui, de toute évidence, eût bien aimé garder un souvenir de cette journée — il allait sans dire que la photographie lui reviendrait.

Adélaïde aussi qui se rapprocha de Monsieur Tenant sans bouger ses pieds, juste en penchant vers lui son buste de côté.

Il a dû leur paraître étrange ce moment où le Japonais détacha l'œil de son viseur et que de sa main minuscule, du bout des doigts délicatement effilés, il se mit à faire des signes pour que le couple s'écarte vers la gauche, qui lui obéit sans modifier la pose jusqu'à ce qu'il comprît — quand le photographe fit un grand pas et que l'on entendit le déclic — que le point de mire, la cible, était le tombeau en granit rose dont le ponçage était sans doute rehaussé par du vernis — à moins que ce ne fût par l'une de ces matières plastiques dont la transparence et la solidité font dire qu'elles vitrifient — avec le grand sac à main en crocodile noir de la bêcheuse, le foulard rose orangé, le filet à provisions dont dépassait la tache bleu chimique d'une poubellette, et en premier plan la femme debout qui tournait le dos à l'objectif. Ils ont dû se sentir exclus, et l'humiliation plus forte d'être ensemble. Les égratignures d'amour-propre faites sans la moindre intention sont d'autant plus graves, dans certaines circonstances, qu'elles supposent une conspiration du destin.

Le photographe s'éloignait. La femme tourna la tête vers eux, courroucée.

« Je vais être indiscret, Madame », dit Monsieur Tenant, et Adélaïde pensa qu'il le serait. « Vous avez peur, peut-être, qu'on vous vole votre âme en vous photographiant ?

187

« – ... Que seul le regard de Dieu garde la trace de notre passage », dit la femme en ramassant ses affaires. Puis elle suspendit son occupation, leva un peu la tête, les narines frémissantes, l'air d'un chien qui flaire un fumet sauvage, se redressant enfin pour regarder un point dans le ciel derrière eux : dans le ciel gris, deux colonnes de fumée prolongeaient les cheminées du crématorium. Un faible bouillonnement leur faisait par intermittence un chapiteau, ensuite la fumée se dissipait avec lenteur, perçait l'immobilité du jour.

Ils restèrent un moment à la regarder; quand ils se retournèrent, la femme était partie; ils l'aperçurent qui devisait avec les gardiens, ils la faisaient rire.

Adélaïde avait trouvé très beaux ses mots et elle se demandait si le poète aveugle de *là-bas* eût dit, en les entendant, que n'importe qui peut être Shakespeare à un moment donné, que la beauté est chose commune. Elle penchait pour l'affirmative.

Ils prirent un sentier bordé de plantes conifères, d'un vert bleuté, firent quelques pas et aperçurent en même temps un généreux banc en pierre, probablement improvisé avec une pierre tombale. Sans se consulter, ils s'arrêtèrent, échangèrent un sourire, s'assirent. Le sportsman avait calé au bout de quelques centaines de mètres et d'un geste subreptice essayait de baisser le nœud de sa cravate ; Adélaïde, elle, eût aimé se déchausser. Mais elle se dit qu'elle était loin du monde, à l'abri du monde en compagnie de cet homme qui lui était, elle en avait la certitude, infiniment familier; qui pouvait recevoir toute sa pensée, car à son contact elle sentait que son cœur s'ouvrait, qu'elle serait capable de se montrer dans sa force et dans sa faiblesse et qu'avec lui toutes les ombres avaient des lueurs. Elle se dit qu'aimer ce devait être cela : être sûr que l'autre, l'aimé – elle eut la sensation de rougir, elle rougissait – pouvait se faire le dépositaire de cette parole qu'il était dans notre finalité de prononcer; de recevoir ce pourquoi nous sommes sur terre quoique nous l'ignorions. Le monde n'était pas une forêt enchantée mais elle savait qu'elle était arrivée à la clairière de sa vie en broussaille, comme jadis, en visitant le village où était né son père, la région d'où elle venait avant d'être, elle avait su qu'elle avait atteint le centre secret de l'existence. En matière d'existence, le centre est toujours antérieur, dans le passé. Monsieur Tenant avait les mains posées sur les genoux, et d'un de ses pieds grossis par d'énormes chaussures à semelles de crêpe dont le bout rond se retroussait, frappait inaudiblement le sol en suivant une cadence irrégulière, comme d'un toit qui s'égoutte.

« Vous mesurez le temps... », dit Adélaïde qui pensait : « Il mesure le temps, son corps massif est là sur le banc, comme un tas de chairs oublieuses, mais elles ne sont pas atteintes de paralysie, un cœur y bat, une âme qui par le bout du pied exprime sa volonté de garder son accord avec le temps. »

« Le temps ? dit-il étonné en arrêtant le pied.

– Oui. Je me disais que peut-être vous vous souveniez d'une musique, d'une chanson... » Pourquoi mentait-elle ? Voulait-elle dire – elle se parlait à elle-même comme à une ennemie – que Monsieur Tenant était incapable de saisir sa pensée ? Un flot monté du cœur noya ses scrupules, s'empara d'elle, un nuage pourpre voila son cerveau : il était le dépositaire, le seul, le désigné depuis toujours pour écouter jusqu'aux soubresauts de son âme. Une espèce de machination avait pris le dessus en elle, l'obligeant à laisser paraître qu'elle ne résisterait jamais à Monsieur Tenant, et à le penser. Sans prononcer un mot, elle sentit que sa voix s'adoucissait, que son sourire mollissait, que le besoin d'affection gagnait ses traits, gouvernait ses attitudes, la faisait ployer. Puis, elle retrouva la paix. La vie était simple, elle croyait au bonheur. Le voyage de sa vie l'avait conduite à ses antipodes, comme quand elle dormait à moitié et que soudain elle tardait à se souvenir de qui elle était. Elle rêvait, s'en allant d'elle-même, y revenant, regardant, devant, un mélange de pierres, la mort si familière ; au-dessus, des branchages d'un vert bleuté, et dans les branches, des bandes

189

d'idées qui au bruit du sable sous le pied de Monsieur Tenant s'effarouchaient, tels des oiseaux, pour revenir quand le geste de Monsieur Tenant, qui levait le bras avant d'ouvrir la bouche, arrêtait ses songes à elle. Sa voix lui disait que l'amour était le consentement à être faibles, ensemble; elle était assourdie, passablement embarrassée.

« Je vous disais que je connaissais l'histoire de ces lieux... les batailles qui ont été livrées dans ce champ du repos... mais il y a un fait qui m'est revenu en mémoire tout à l'heure, bien plus important, et que j'hésite à vous raconter, vous êtes si facile à impressionner...

— Vous pouvez tout me dire, Monsieur Tenant.

— ... et je ne voudrais pas être à l'origine d'une de ces choses anodines qui viennent prendre place à jamais, on ne sait pourquoi, dans la file de nos souvenirs... Avez-vous fait l'expérience?, j'en suis sûr : un mot, surtout si malvenu, une image de misère, aussitôt que perçus, que sais-je encore, n'importe quoi, pénètrent dans notre cerveau, jouant du coude dans la belle ordonnance de la mémoire, s'installent et il n'y a pas moyen de lutter contre la pagaille qu'ils déclenchent.

— C'est vrai, c'est très juste, mais ne me mettez pas plus longtemps à l'épreuve, puisque je vous assure que, la chose venant de vous...

— Saviez-vous que Napoléon lui-même se mit à faire de la publicité pour ce nouveau cimetière que venait d'ouvrir Frochot, le préfet de la Seine, afin d'attirer une clientèle de choix? C'est sur son ordre qu'on inhuma ici, vers 1806 ou 1807, les restes de Louise de Lorraine, l'épouse d'Henri III... Le coup d'envoi était donné.

— Je ne comprends pas...

— Vous avez raison, on a toujours raison de ne pas comprendre, la moindre phrase prononcée cache tant de choses, tant d'embarras contournés, tant de choses tues. Ce que je voulais vous dire, tout en hésitant à le faire, c'est que si la légende veut que le premier mort ait été le porte-sonnette de l'un de ces commissaires qui, ayant à lire des édits aux

190

carrefours, parcouraient les rues précédés d'un sonneur de clochette, pour rameuter la foule et la faire taire, le registre officiel des inhumations a été inauguré par une petite fille du faubourg Montmartre. Elle n'avait que cinq ans. Il est beau, n'est-ce pas?, de penser que ce vaste champ de la mort fut élu par un ange... C'est cela qui aurait dû attirer les autres morts, pas le cercueil d'une reine. Napoléon était un snob; c'est à cause de Napoléon que mes parents sont à Bagneux. Pourtant nous étions de l'un des quatre quartiers qui avaient droit à être ici enterrés. Vous, vous en aurez la possibilité, si vous mourez là où vous habitez. Comme cela, il y aurait ici deux Adélaïde.

— Comment deux Adélaïde?

— Mais parce que la petite de cinq ans, l'ange qui est en tête du registre officiel, s'appelait, elle aussi, Adélaïde. Adélaïde Paillard-Villeneuve, le nom m'est resté. »

Qu'y a-t-il de plus dangereux que d'être aimé? On l'est pour des attraits que l'on nous attribue, non pas pour ce fond véritable où se cache ce que nous portons en nous de plus précieux, de plus cher. Le vrai n'est pas compatible avec la fascination que l'on suscite, le vrai est encombrant, dérisoire. Mais l'amour que l'on nous porte souffle la cendre qui nous recouvre, et nous nous mettons à brûler d'un feu nouveau. Aussi on s'applique à effacer tous les aspects de soi qui ne coïncident pas avec les besoins que celui qui nous aime éprouve à notre égard.

La coïncidence des prénoms entre le sien et celui de la petite morte aurait pu l'émerveiller. Cependant elle avait senti ce froid ténu de l'ombre qui intercepte le soleil. Un pressentiment venu de profondeurs que l'âme même ignore. Mais ce n'était que cela, un pressentiment, une peur vague qu'il fallait balayer, qu'elle balaya d'un sourire volontaire. Et le sourire raviva son cœur, lui fit redresser le dos, elle dit : « Merci, merci Monsieur Tenant pour ce beau souvenir... Rien ne pouvait me faire plus plaisir – elle commençait à y croire –, rien ne me touche plus que les coïncidences, les répétitions, deux faits que des siècles séparent et qui au fond sont identiques – elle y croyait, rien ne la retenait d'y croire –, on a comme l'assurance d'être relié au monde, que l'on en fait vraiment partie, qu'il est nécessaire d'être là... » Elle chercha dans les feuillages bleutés une idée, tourna la tête à droite – Monsieur Tenant se dandinait des épaules, murmurant un acquiescement satisfait –, la tourna à gauche et aperçut la fumée désormais évanescente des cheminées. C'était dans ce crématorium que la cantatrice avait été incinérée. Une curiosité malsaine et inassouvie lui avait toujours fait regretter de ne pas avoir assisté, de loin, de cet endroit où elle était assise ou d'un autre aussi proche, à la cérémonie.

« Je trouve que c'est un geste de superbe, un péché d'orgueil, l'incinération. Le corps doit revenir à la terre, j'aime les cercueils déposés à même la terre, recouverts de terre, dit Monsieur Tenant en regardant la fumée.

– J'ai assisté il y a quelques années, c'était en 1976 ou 1977?, aux funérailles de Maria Callas. En septembre, vers la mi-septembre, de cela j'en suis sûre. »

Adélaïde guettait la réaction de Monsieur Tenant : connaissait-il la cantatrice, son nom lui évoquait-il quelque chose?

« Ah! j'y suis. Je ne connais rien au chant mais...

– Moi non plus...

– ... figurez-vous que ma femme aime beaucoup les canaris. Vous savez? elle a même entendu le rossignol deux fois dans sa vie.

– C'est juste de dire le rossignol, comme s'il était toujours le seul de son espèce...

– Eh bien! ma femme disait que " Trille ", le canari à la livrée jaune et brun presque orangée dont je lui avais fait cadeau le jour où elle gagna pour la dixième fois le cent mètres à Meudon, avait dû entendre le rossignol... Il faisait des roulades, des trilles, et selon ma chère femme qui s'y connaît, des vocalises très étendues. Je n'ose même pas vous dire ce

192

qu'elle voulait me faire croire... au demeurant je ne sais pas toujours ce que cela signifie, mais ce doit être très difficile... J'ai retenu les mots. Elle me disait que si l'on écoutait bien, quand " Trille " était sûr qu'on lui prêtait attention, il faisait même des appoggiatures... Je n'ai jamais vu femme plus immobile que la mienne quand " Trille " chantait : une statue. Un jour il cessa de chanter, il se becquetait les rémiges et peu de temps après on le trouva mort, la tête sous une aile. Pourquoi je vous raconte tout cela ? Ah ! oui : elle était en train de l'envelopper dans du papier de soie et, quand elle eut fini, elle cessa de renifler et dit, avec une grande dignité, " j'ai perdu ma Callas ". Depuis lors ce n'est pas le gentil " Trille " qui est mort mais sa " Callas ". Je vous ai interrompue, excusez-moi, c'est le défaut des gens qui n'ont plus guère l'occasion de parler à la maison... Je retombe toujours dans des thèmes déjà ressassés et personne ne m'écoute. Je me promène, je prends le train, je soliloque. »

Il avait posé et oublié sa main sur le genou d'Adélaïde ; elle avait fini par se lever. Ils avaient emprunté la longue avenue circulaire, ils marchaient au milieu, sous l'épaisse voûte des marronniers. Il faisait presque sombre et frais, et pourtant la chaleur était là, des deux côtés, étouffante, sur les tombeaux, les mausolées, ces temples grecs de théâtre, ces pyramides, arrêtée, empêchée, aux aguets dans les ouvertures entre les arbres, comme de hautes fenêtres.

« J'avais entendu parler d'elle, je connaissais par les journaux sa légende et l'envers de sa légende qui en était sans doute encore une autre. Quand elle est morte, je suis allée à ses funérailles pour accompagner Madame Mancier-Alvarez... vous savez, la dame aveugle que j'avais accompagnée à Meudon le jour où, au retour, nous avons fait connaissance... Elle l'avait connue, elle l'admirait, je crois même qu'elle l'aimait. Elle disait... cela m'avait fait impression, c'est quelque chose que l'on peut dire, il me semble, de tous ceux qui luttent contre les obstacles, contre tout ce qui empêche d'être celui qu'on veut être... Je ne sais pas si je me fais comprendre... Madame

193

Mancier-Alvarez disait que Maria Callas s'était sacrifiée à l'image qu'elle avait d'elle-même. A son sujet, elle disait que la seule vertu c'est d'être entièrement ce que l'on est. Comme les saints.

— Qu'est-ce que vous dites?

— Mais oui, Monsieur Tenant... Les saints ont une image d'eux-mêmes tels qu'ils devraient être devant Dieu...

— Je vais vous faire un aveu... je n'aime pas beaucoup les saints. Ils méprisent la vie, ils n'aiment pas le corps... mais chaque petit os, chaque fibre des muscles, et le delta majestueux du sang, et la merveille du cerveau et le miracle de la mémoire que je perds... je m'en vais avec elle... et la parole, et les saveurs, tout ce tamis sans cesse agité de sensations, et les yeux et tout ce qui vous entre par les yeux... »

Adélaïde était heureuse. Elle aimait la joie qu'il mettait dans ses rages, ses embardées soudaines vers l'étrange.

« Manger une pomme en la savourant, c'est aussi bien qu'une prière. Je ne voudrais pas blasphémer mais je crois que tous ces saints qui sont morts à force de jeûne, de cilice, de châtiments corporels sont en enfer... Condamnés à vivre! », conclut Monsieur Tenant dans un éclat de rire.

Adélaïde jubilait; elle fit un geste pour reprendre son récit — elle y tenait, cela devenait une question d'amour-propre — mais Monsieur Tenant, qui s'était immobilisé, disait à voix basse :

« Je commence à comprendre ce que vous vouliez dire... se sacrifier à l'image que l'on a de soi, disiez-vous? Je dirais alors qu'être un saint c'est devenir ce que l'on n'est pas. »

L'avenue faisait une courbe, descendait, les frondaisons s'éclaircissaient, des exhalaisons de chaleur les atteignaient. Ils firent demi-tour.

« L'office avait lieu à l'église grecque de la rue Georges-Bizet. Il avait été fixé pour trois heures. Nous sommes arrivées avec une bonne heure d'avance, Madame Mancier-Alvarez craignait

194

que l'on ne pût entrer... Il y avait déjà beaucoup de gens dans la rue. L'église, de l'extérieur, ne ressemble pas à une église, je crois me souvenir qu'elle est en briques d'une couleur très claire, le porche, je crois qu'il n'y en a pas... quelques marches flanquées de deux fausses colonnes intégrées à la façade, bref, une entrée de modeste édifice public. On pénètre dans un large couloir, et tout de suite, à gauche, on trouve la porte de l'église; elle est parallèle au trottoir... Elle est assez sombre, assez petite, avec une assez haute coupole... et c'est tant mieux qu'elle soit sombre car les murs sont recouverts de mosaïques dorées et turquoise d'un éclat excessif, vulgaire, comme les coloris des images... Les places étaient toutes prises, quelqu'un eut la gentillesse de céder la sienne à Madame. Moi, je suis montée dans les galeries... En Orient, ces galeries étaient réservées aux seules femmes... Je me souviens du silence, on eût dit que les gens dormaient... Vous me direz que c'est un lieu commun d'y penser, mais c'était comme au théâtre quand on est au milieu d'une grande attente... J'avais peut-être cette impression parce que, dans le chœur, il y avait une ouverture de la taille d'une porte, donnant sur le noir... Et puis, lorsque le cercueil arrive, il arrive quelque chose de vrai comme si ce n'était pas vrai. Devant, d'un côté et de l'autre, en demi-cercle, d'immenses gerbes de roses rouges et des couronnes comme de grands soleils composées de gerberas bien tassés, bien à plat, de toutes les nuances du jaune, du rose, du rouge... J'aime les couleurs des gerberas. En plus de la couleur ils possèdent une lumière... A un certain moment, ce fut la foule; on était tous serrés les uns contre les autres et ceux qui étaient arrivés les premiers, accrochés à la tablette de la balustrade... Le catafalque était dressé entre les deux rangées, les invités de choix ne verraient le cercueil qu'à son arrivée, lorsqu'ils auraient à se lever... L'attente, cette grande pluralité d'atten-tes, comme un ressort tendu à travers la nef, devenait de plus en plus intense, insoutenable... En silence, car il n'y avait pas de musique... pas de musique pour faire attendre, pour endormir l'attente, éloigner l'âme du présent... Dans le silence,

195

il y avait une fièvre de froissements de tissus, des bras les uns collés aux autres et la pénombre... la pénombre, dit-elle après une hésitation, était éclairée par de gros cierges – parce qu'elle se tordit un talon dans la rainure des pavés et que cela la rappela à la réalité l'empêchant de dire " la pénombre comme une voile immense effleurée par la brise "... Cela dura longtemps. Puis il y eut un mouvement dans l'assistance suivi d'une paralysie soudaine... Six hommes vêtus de noir portaient le cercueil noir, luisant... " comme une gondole emportée par une lame, le mascaret des morts ", pensa-t-elle... les hommes marchaient à l'unisson, très vite, avec de petits pas, le cercueil glissait sans la moindre oscillation... ils le placèrent sur le catafalque, mirent à la tête une tablette, et le bouquet de roses, de roses très pâles, envoyé par le président de la République... J'ai trouvé cela très beau, ce simple bouquet comme on en offre à une amie, à une cantatrice un soir de première. Alors, le pope est entré par l'ouverture noire au fond du chœur, suivi de deux acolytes. Le pope était jeune, et je ne me souviens pas qu'il y eût de lutrin, ni qu'il eût un bréviaire dans ses mains. Il chantait, il psalmodiait. C'était une mélopée très monotone, bien plus simple, plus archaïque que le chant grégorien. Il avait une voix sombre, d'un beau timbre; malheureusement, et c'était un double malheur en l'occurrence, il détonnait. Parmi les présents, très peu nombreux étaient sans doute ceux qui pouvaient suivre le texte, de sorte que chaque fois que la voix déraillait, une gêne se produisait, mais il ne semblait pas se rendre compte. En revanche, quand parmi les mots grecs il prononçait le prénom, Maria, c'était très émouvant. Des gens pleuraient. Deux syllabes, Maria, si familières, si réelles, qui trouvaient leur place, se mêlaient aux paroles séculaires du rite... L'office fini, les proches, qui étaient assis dans le chœur en face du pope, défilèrent devant le cercueil; ils déposaient un baiser sur la tablette que l'on avait mise à la tête de la bière... La première personne qui s'avança fut une jeune fille aux longs cheveux ondulés qui provoqua un murmure dans l'assistance : elle ressemblait à la cantatrice, c'était sa nièce,

196

disait-on près de moi, sa nièce. Ensuite, les six employés des pompes funèbres emportèrent le cercueil à toute allure. C'était d'un effet très étrange cette rapidité si voulue. Ce fut la ruée vers la sortie. Les gens, amassés dans la galerie dont je faisais partie, bouchèrent l'escalier dans un désordre bruyant, on eût dit un incendie. L'escalier, très étroit, tourne, et il y a deux étages. Je ne sais pas comment je me suis faufilée; Madame m'attendait, debout, toute seule; elle me dit qu'elle m'attendrait encore. " Allez voir, allez voir ", me dit-elle. C'était par gentillesse mais surtout par curiosité. Je ne réussissais pas à gagner le portail. La foule rassemblée dans la rue, qui n'avait pu pénétrer dans l'église, empêchait les autres de sortir. A la faveur d'une bousculade, je ne sais pas comment, je me suis trouvée hissée sur un socle en haut des marches, juste au moment où le corbillard démarrait. On entendit alors quelqu'un crier, " bravo ", en applaudissant. Les gens furent déconcertés, puis ce fut comme une traînée de poudre tout au long de la rue... Le fourgon partit très vite, comme le cercueil dans l'église, et les gens pressés contre les murs, débordant le trottoir, applaudissaient les mains par-dessus leur tête, tellement ils étaient serrés. La rue Georges-Bizet, à cette hauteur, descend en pente... J'ai eu l'impression que la perspective rapetissait le corbillard qui disparut au premier tournant. »

« Et vous, Mademoiselle, avez-vous applaudi, vous aussi?
— Oui, et avec quelle force!
— C'est très profane, dit sur un ton pensif mais néanmoins de reproche Monsieur Tenant.
— C'est une habitude italienne, pour dire adieu à un artiste, s'excusa Adélaïde.
— Vous en conviendrez cependant... »
Elle n'avait pas écouté la suite : elle n'en conviendrait pas; ou oui, cela n'avait pas d'importance. Ce dont elle se félicitait, c'était qu'emportée par l'euphorie émue de sa rétrospective,

Monsieur Tenant l'eût interrompue au moment où elle s'apprêtait à lui faire une confidence extrême; en fait, juchée sur le piédestal de la fausse colonne, elle avait applaudi avec force, il était bien vrai, mais aussi, en passant, sur les joues de l'Ambassadrice, qui s'était trouvée là jetée contre elle dans la cohue, la tête à la hauteur de sa taille, et qui sur un ton apologétique l'avait apostrophée comme elle le faisait jadis pour lui dire son fait : « Adélaïde, que faites-vous là ? »

Madame Mancier-Alvarez, que l'un des acolytes avait ramenée vers la sortie, lui avait raconté la scène mieux qu'elle n'eût pu le faire, quoique ne pouvant se fier qu'à son oreille. Comme il arrive souvent aux gens dont même un accident tel que la cécité ne réussit pas à amoindrir l'intérêt pour la vie, Madame Mancier-Alvarez avait développé non pas à proprement parler l'ouïe mais le pouvoir de discernement de son oreille, tellement exercée qu'elle pouvait voir là où la vue ne voit pas, car elle ne perdait rien de ces bruits intermédiaires qu'une oreille aux fonctions courantes néglige, la vue cueillant d'un coup un si grand nombre de renseignements que l'ouïe n'apporte que les sons majeurs pour compléter la prise de conscience de l'existence. Aussi, chez Madame Mancier-Alvarez, constamment une chaîne de sons infimes l'aidait à mesurer l'espace et d'une certaine manière à imaginer les images.

Adélaïde avait été surprise d'apprendre que, sans s'en apercevoir, elle y était donc allée elle aussi de ses bravos – et la hauteur d'où partait la voix avait fait comprendre à Madame Mancier-Alvarez que sa protégée ne se trouvait pas au niveau du sol. De même elle avait déduit que c'était elle qui applaudissait à pleines mains dans une assemblée qui, appliquant à un geste excessif par lequel s'écoule un trop-plein d'émotion une retenue de bon ton, ne tape que des doigts d'une main sur la paume platement immobile. Et elle avait compris que personne ne s'interposait entre elle et l'Ambassadrice quand celle-ci avait interpellé Adélaïde de cette voix âpre et cassée, avec des couacs suraigus, où elle percevait si bien cette rage ancienne que rien n'avait assouvie, qui durcissait sa gorge de crispations, troublant brusquement, comme chez Mère Ildefonse, le haut des pommettes et les ailes du nez de pincements douloureux comme des morsures d'une bête microscopique cheminant sous la peau.

Ainsi ne fut-elle pas étonnée outre mesure que, dans le bruit des mains compassé de ces gens dont elle sentait la perplexité guindée, les mots de l'Ambassadrice fussent suivis d'une claque, en même temps que l'applaudissement franc, sonore d'Adélaïde s'interrompait, n'émergeant plus de la rumeur générale, et qu'un cri étranglé provoquât une reculade dont elle se défendit en pointant en avant la canne : Adélaïde avait applaudi sur au moins une joue de son ex-maîtresse. Après, si Madame Mancier-Alvarez avait pu décrire la suffocation qui avait paralysé l'Ambassadrice — et elle se la rappelait se plaignant de ses *anhélations,* de sa respiration *striduleuse* — et ce halètement lui faisant marteler les syllabes qu'elle semblait frapper avec ses dents, elle fut enchantée d'apprendre que, voulant lui rendre la gifle, l'Ambassadrice avait enfilé le gant de la main droite qu'elle serrait dans la gauche, ce qui avait permis à Adélaïde de descendre du socle et de se poster à côté de l'aveugle. Le reste, ce qui s'ensuivit, celle-ci l'avait capté : la surprise de la voir, elle, sans regard, invulnérable, remuant à peine avec lenteur la canne bien plantée sur le carrelage; le petit gémissement à lèvres closes, dans le nez; le demi-tour soudain, le cloutage de ses pas descendant les marches désormais vides.

Ils venaient de dépasser l'angle où ils avaient pris l'avenue circulaire, quand leurs regards furent attirés par un tombeau dont ils n'apercevaient que l'un des côtés, débordant de fleurs. Il était composé de pierres brutes. Dans la niche ouverte sur trois côtés, il y avait un buste en bronze dont ils ne saisissaient pour le moment que le profil. Le front dénotait, par sa luisance, comme certains pommeaux de rampes d'escalier, le polissage des mains. Et une main longue et blanche allait y

glisser justement, sortie d'entre les fleurs. Ils s'en approchèrent. Il y avait plusieurs personnes autour. Elles regardaient
fixement le buste en bronze. Si le sculpteur s'était appliqué à
rendre avec vérité par de fines rainures les favoris et la petite
touffe de poils torsadée sous la lèvre inférieure – « L'impériale
est bien coquette », avait susurré Monsieur Tenant et Adélaïde
s'était fait expliquer le sens du mot –, il lui avait fallu tricher
avec les yeux en soulignant d'un trait crayeux le cercle de l'iris
pour leur donner ce regard qui avait commerce avec l'éternité.

    « Naître mourir renaître et progresser sans cesse », lut à
haute voix Monsieur Tenant : « Quel programme! » ajouta-t-il
d'un ton goguenard à l'adresse des présents. Il en fut pour ses
frais. Personne ne s'en formalisa.

    Les fleurs, flétries, entassées, donnaient au tombeau l'aspect
d'un édicule à l'heure de la fermeture.

    Les buissons alignés au bord de la nouvelle allée qu'ils
avaient prise courbaient la tête sous la chaleur qui ravivait ici
et là l'odeur des troènes, cette odeur qui semble provenir du
passé. Étaient-ce des peupliers de Virginie, des séquoias, ces
arbres gigantesques et élancés dont, à leur extrémité, les
branches s'incurvaient sans pour autant retomber, de sorte
qu'ils agençaient, deux par deux, de chaque côté de l'étroit
chemin, et une paire après l'autre, une voûte d'ogives où tout
le délicat désordre de détails de la verdure semblait se plier au
rêve d'anciens bâtisseurs? En descendant le chemin, car le
chemin était légèrement en pente, pareils à des colonnes d'une
nef à cent travées, les arbres semblaient s'avancer à leur
rencontre par l'effet ogival de leur faîte et passer derrière
eux.

    « Tout est dans la nature! » s'exclama Monsieur Tenant avec
un émerveillement qui lui arrondissait les yeux et rendait
poignant et plus bleu son regard : « Même les cathédrales. »

    Il avait prononcé ces mots à l'instant même où Adélaïde,

aussi émerveillée qu'elle fût par cette nef de branches et de feuillages, avait été transpercée par la pensée qu'ils pénétraient dans une crypte, se confondant déjà avec les morts. Et la pensée était une pointe douloureuse, comme la pointe d'une épée crevant la surface étale du bonheur. Comment, pourquoi avait-elle surgi, si étrangère et pourtant venant du fond sans fond de son cœur? Où en était-elle de ses réflexions lorsqu'ils avaient emprunté l'allée? Elle s'était dit qu'elle n'avait pas osé affronter la réprobation de Monsieur Tenant en éludant l'épisode de la gifle à l'Ambassadrice, qu'il y aurait sans doute bien des choses qu'elle n'oserait jamais lui avouer. Cela, elle le regrettait quoiqu'un sentiment de malice, qu'elle découvrait, l'eût un instant amusée. Cependant, elle ne pouvait pas nier qu'une autre pensée, qu'elle avait refusé de reconnaître, s'était faufilée dans sa conscience et avait suivi un chemin parallèle au récit qu'elle s'était fait de ses scrupules, de ce que, en souvenir de son séjour chez les nonnes, elle appelait toujours le *mensonge par omission*. Elle s'était dit – c'était bien elle, il lui fallait se l'avouer, pas un démon, à moins qu'il n'y eût un aspect de soi, une pensée plus vraie que les autres – que ce qui lui tenait à cœur, les bribes de savoir qu'elle avait amoncelées dans son cerveau comme une fourmi mendiante, ce petit trésor de choses vues et lues et observées, aussi hétéroclites et disjointes qu'elles fussent, elle ne pouvait pas les partager avec Monsieur Tenant tandis qu'elle, elle pouvait en revanche avoir accès au sien, en jouir. Elle avait glané – dans la solitude et l'inclémence du couvent d'abord, puis dans des chambres éparses de ce côté et de l'autre de l'océan, quand, le travail fini, elle faisait le geste sacré d'ouvrir un livre – des notions partielles qui continuaient d'attendre qu'un fil les reliât. Elle avait même étudié et oublié le latin – mais le soupçon des étymologies demeurait vif, et il était toujours si émouvant –, l'algèbre, Platon, les traités élémentaires de physique, la claire géométrie, elle avait achoppé sur la théorie de la relativité – mais l'espoir d'une révélation ne l'avait pas quittée – et collectionné les théories de l'origine de l'univers; elle avait appris par cœur des vers qui, parfois, atténuaient ses chagrins. Toutes ces parcelles, ces miettes, ces débris de la beauté et de la connaissance s'étaient déposés en elle et avaient acquis avec le temps une unité qui s'étendait à la totalité du monde et qui était sa façon de le percevoir. Ce petit bloc d'idées qui avait survécu, elle le sentait courir au-devant de son regard et de ses pas pour forcer les ténèbres en direction du centre, ce centre autour duquel pivotaient et la vie et la mort. Car elle était sûre qu'il y avait un centre, et sûre aussi qu'elle ne l'atteindrait jamais sans que pour autant elle se résignât à ne pas s'en approcher autant qu'elle le pût. Elle savait aussi, cela par-dessus tout, que les choses se gardent en vie parce qu'une émotion a accompagné leur avènement, et que si elles som-brent dans l'oubli c'est qu'elles sont demeurées trop longtemps solitaires, non partagées. Elle ne voulait pas que ces choses meurent avec elle, elle ne voulait pas que sa mort pût juger sa vie tout à fait stérile.

Oui : elle avait senti serpenter en elle le fil de ces pensées, tournoyer dans son cerveau, s'y planter comme une aiguille, une lumière délétère au beau milieu. Aucun dieu ne résiste à la pensée. Elle était vieille, et lui aussi, elle et Monsieur Tenant, infiniment vieux, venaient du fond des âges : ils étaient n'importe quel homme, quelle femme, et leur figure, leur façon d'être, leur vision de la vie, si particulière, si unique, de simples accidents de l'été. L'été les avait exclus, poussés dans cette crypte. L'air s'était moins dépouillé de lumière qu'em-preint d'un relent âcre. La cime des arbres avait vibré d'un cri d'oiseau mais le jour, au-delà des feuillages, l'avait emporté. Et Monsieur Tenant avait recommencé à parler. Que disait-il, au fait ? Ils étaient arrivés au bout de l'allée, ils parvenaient à la fin de leur promenade, telle qu'Adélaïde l'avait préméditée, à ce croisement de sentiers où l'alignement des tombeaux, plus classique, donnait au visiteur l'impression de marcher dans les rues de la cité du sommeil, de l'autre sommeil. Monsieur

Tenant parlait-il d'un autre jardin? Le connaissait-elle, le Jardin des Plantes?

« Non... », dit Adélaïde en hésitant, alors qu'elle s'y était promenée bien des fois. Une petite lueur dans son cerveau l'avait fait frémir.

« La prochaine fois, je vous y emmènerai. Nous y apprendrons ensemble le nom des arbres, il y en a de toutes sortes, les arbres de France, d'Europe voisinent avec une assemblée de plantes originaires de toutes les géographies. Une plante peut être à elle seule toute une région de la planète quand elle est ainsi exilée. »

Adélaïde avait la gorge nouée mais elle n'y porta pas sa main. C'était un geste de peur, et elle n'en avait plus. Il y avait là-haut une vibration de la lumière, bientôt le ciel reprendrait sa couleur; le rayon de la vie, infinie comme la mort qu'ils foulaient de leurs pas, descendait sur eux; et quelque chose s'élevait hors d'elle à sa rencontre.

« Regardez », dit-elle s'arrêtant à quelques mètres de la croisée de deux chemins, de deux ruelles qui partaient, obliques, l'une vers le haut, l'autre vers le bas : « On dirait une ville... le centre d'une ville rêvée par un seul architecte... » Elle se sentait maladroite, ne trouvait pas ses mots – le bonheur n'a rien à en faire, il bafouille : « J'aime, ajouta-t-elle en reprenant une certaine assurance parce qu'il lui semblait se souvenir d'une idée, peut-être lue mais qui désormais lui appartenait, j'aime ces petits frontons triangulaires, ces fûts à cannelures, la diversité des chapiteaux... », elle ralentit, allait-elle dire sa phrase, dire que l'architecture était le songe un instant tout haut de la pierre? Elle se tut. Elle s'en félicita.

« Voyez, moi, j'aime mieux ces parties du cimetière où nous nous sommes promenés tout à l'heure, où la mort et le temps ont fait leur travail; ces terrains pleins de pierres tombales couchées à même le sol, de chapelles, de petites tombes disparates parmi lesquelles poussent des herbes et se promènent les insectes... J'y ai vu un lézard, je ne vous l'ai pas dit pour ne pas vous faire peur. C'est comme le reflet inversé de la ville des vivants... Ici, les morts paradent, tout est en ordre, construit suivant un plan tout d'une pièce. On dirait la place Vendôme... Je vais vous dire une chose, je trouve que la place Vendôme est une place bête, sans vie, c'est une immense façade derrière laquelle il n'y a pas de maisons... J'aime me promener dans les rues, m'asseoir sur le banc d'une place, et regarder les façades, les fenêtres, les devantures... C'est pour cela que je prends le train et que je viens à Paris... Quelqu'un, jadis, a construit un palais avec des balcons pour sortir, regarder, se faire regarder; aujourd'hui c'est un ministère ou une banque. A côté, un autre a édifié une petite maison... ah! comme j'aime les petites maisons qui sentent le bois et la cire... et maintenant c'est l'échoppe d'un cordonnier... J'aime les bazars, j'aime que la ville soit un grand bazar... »

Monsieur Tenant s'exprimait bien, pensa Adélaïde, parce qu'il disait tout ce qu'il pensait, alors qu'elle... – et la pensée étincelante et noire, la pensée en pointe d'épée, la pensée-aiguille qui avait malgré ses efforts pour l'ignorer foré son cerveau, s'approfondit d'un coup et une encre de seiche se répandit dans son corps.

Ils descendirent le petit escalier menant à la sortie, cette espèce de sortie de service qui donne sur le boulevard de Ménilmontant, presque à l'angle de l'avenue Gambetta.

« Voilà la ville! » s'écria Monsieur Tenant en invitant Adélaïde à contempler le vaste carrefour qui, d'évidence, l'enchantait. Le bar d'en face était fermé, les constructions étaient ordinaires avec leur crépi grisâtre et seul le nom de la rue du Chemin-Vert, peut-être aussi la maison blanchie avec laquelle elle s'avançait sur cette confluence de grandes artères, apportait une note intime dans la désolation qui était déjà celle de la banlieue. Le marchand de fleurs affichait ouvert. Mais ses fleurs étaient fanées. Adélaïde avait soif et si le store sali de l'établissement au coin du boulevard, dont un pan tombait jusqu'au sol lui coupant la vue, lui avait fait supposer un marchand de légumes, un bruit de verres et une commande criée de la terrasse la poussèrent à faire un pas dans sa direction. Mais Monsieur Tenant répétait comme recouvrant une chose qu'il eût crue à jamais perdue : « Voilà la ville tout imprégnée de la petite histoire des hommes, celle qui n'a ni dates ni monument. Et regardez, Mademoiselle, elle nous offre même un banc sous les arbres. »

En fait, le banc était entre deux arbres et l'ombre des feuillages l'effleurait à peine. C'était un vieux banc de jardin, fait de baguettes peintes en vert, au dossier arrondi, un joli banc comme il en reste peu dans la ville, qui s'accordaient naguère avec les kiosques à journaux, les entrées de métro et les vespasiennes dont un tardif scrupule municipal a épargné quelques exemplaires. Ils s'assirent. Le bois était chaud. Leur regard se heurtait au mur d'enceinte du cimetière. La chaleur avait asséché la moisissure qui s'étalait encore sur les briques à ras du sol en taches veloutées. Maintenant, il y avait des voitures mais pas tellement nombreuses qu'ils n'eussent pu s'apercevoir du flot de voyageurs que déversait la bouche du métro, dans leur dos, dans l'allée centrale du boulevard.

Adélaïde regardait les taches du mur, les quelques tiges de lierre qui couraient sur le rebord, et il lui parut que l'ombre de cet immense pourrissoir derrière le mur, qui avait été son jardin, lui avait empoisonné le sang, tué tous les petits dieux qui allaient et venaient dans son sang depuis qu'elle avait rencontré Monsieur Tenant.

« Mademoiselle Adélaïde, quand nous irons au Jardin des Plantes... »

Mademoiselle Adélaïde venait de comprendre que les taches jaunissantes sur les briques formaient une inscription : il fallait la déchiffrer, elle voyait clairement ce qu'elle disait : « Vous n'irez jamais au Jardin des Plantes. » Et cela continuait mais elle ne voulut pas lire plus avant.

« ... j'apporterai un petit livre qui s'appelle *Tous les arbres du monde*; cela nous aidera à apprendre leur nom, à les fixer. »

205

Elle leva brusquement la tête comme si quelque chose d'énorme allait se passer. La voûte cinéraire du ciel était vide. Rien. Pas un vol d'oiseau.

« J'aimerais que ma femme et vous fassiez connaissance. Sous des dehors de brusquerie, elle a un cœur tendre. Elle est une mère aimée par ses enfants, qui sont de grands gaillards, comme lorsqu'ils étaient petits, c'est tout dire. Ils sont toujours ensemble en train de comploter; ils me tiennent à l'écart mais je ne leur en veux pas; cela me flatte. S'ils n'ont pas quelque intrigue à mener, ils s'ennuient, ils cherchent, ils ne sont pas contents. Il faut bien avoir un témoin et ne pas lui permettre de participer à la chose pour bien s'amuser. Je joue le jeu. Ils disent que je suis leur petit. »

Par la porte du mur que l'on va fermer, juste à côté du fleuriste, sort une femme préhistorique, recourbée sur sa canne, une bêche au manche court et un arrosoir sous le bras. Voici que les taches suggèrent des îles, non, des continents. Elles jauniront encore, puis deviendront grisâtres, enfin elles reverdiront et d'autres yeux y verront des îles, des continents, peut-être même des constellations. Ce que de petites choses, un son, une perspective, une moisissure, un reflet peuvent éveiller de fantômes secrets dans l'esprit de chacun, l'on n'y pense pas et cela, en un instant, peut éroder toutes les pyramides de la mémoire.

Le jour insensiblement s'adoucit sans que la chaleur diminue. La ville semble s'animer. Les gens qui sortent du métro sont plus nombreux, leurs voix plus claires; la rumeur de la ville est devenue plus dense, mais elle est encore lointaine. Ici, on entend chaque voiture, chaque embrayage, chaque démarrage. On perçoit que celle d'un ocre tirant vers le jaune, bringuebalante, qui vient du fond du boulevard de Ménilmontant, va doucement et que soudain elle accélère à fond, sans qu'ils aient soupçonné qu'elle a braqué vers eux, quand le crissement des pneus contre le bord du trottoir les fait sursauter. Sans se retourner, ne l'osant pas parce qu'il a reconnu le bruit, la terreur remplit de noir le bleu placide des yeux de Monsieur Tenant. Le moteur crépitant, la tôle de l'aile avant continuant de grincer, l'intérieur rempli de chuintements, elle s'arrête, le contact pas coupé, le chauffeur à son poste et la grosse femme à ses côtés dont les chairs du bras pendent sur la vitre baissée, les portières arrière s'étant déjà ouvertes en pleine marche livrant passage à deux nabots musclés, rougeâtres, le front tassé, l'air de gymnastes rapetissés dans un miroir de foire, goguenards et bagarreurs, les poings rabougris, fermés, un sourire mauvais que masque la moustache jaunâtre. Avinés, la lèvre inférieure pendante, ils ralentissent leurs mouvements, chaloupant plus qu'ils n'avancent, puis font le tour du banc, se plantent devant le vieil homme, faisant fi de sa présence à elle, s'abaissent, les jambes pliées, écartées, les mains sur les genoux, pour mettre leur visage à la hauteur de l'homme qui part d'un rire traversé de larmes, qui est peut-être un sanglot, et sans tourner la tête, la tordant à peine car l'une des mains courtaudes lui pince le menton, dit à Adélaïde : « Je vous le disais bien... Ils aiment faire des blagues avec leur maman... Ça, c'est une nouvelle manigance de la bande à Marcelle... elle peut pas s'empêcher de faire des siennes... Ils ont tout un attirail d'armes à feu, blanches, des gourdins, mais ce sont des jouets, ils ne feraient pas de mal à une mouche; ils en sortent bardés pour leurs randonnées nocturnes... Le lendemain ils vantent ou déplorent leur butin, leur jeu ne s'arrête jamais, quand je suis présent... Figurez-vous qu'ils ont même fermé une chambre de la maison au cadenas... »

Il avait bafouillé encore : « Nous nous aimons, nous... ils n'ont jamais voulu quitter la maison, aucun ne s'est marié... A leur façon... », puis ses rejetons en eurent assez. Se relevèrent, le visage fermé, bandant les biceps, les lèvres serrées. Le prirent en passant chacun une main brusque sous ses aisselles, le soulevèrent à un mètre du sol, au-dessus de leur tête, le plantèrent sec sur le trottoir. Ils firent une pause et l'un d'eux lui ajusta le nœud de la cravate tandis que l'autre laissait échapper un grognement de plaisir. D'un coup, l'un l'ayant pris par les chevilles, l'autre par les épaules, ils se le mirent à l'horizontale, le ballottèrent, feignant de le laisser choir à deux reprises pour le reprendre en l'air. Monsieur Tenant remuait ses bras, faisait naufrage, puis ils se calmèrent pour lui faire faire un solennel tour de piste devant Adélaïde. Monsieur Tenant s'immobilisa, tout souriant, une main posée avec grande dignité sur la poitrine, l'autre bénisseuse, lente : « Je suis leur petit, je suis l'enfant de mes enfants, disait-il ; l'enfance, il n'y a que cela de vrai », murmurait-il encore quand ses porteurs s'arrêtèrent à quelques pas de la portière arrière et, le renversant, le balancèrent, la tête en avant, sur le siège qui gémit en recevant le poids. Alors, tout se passa très vite, comme entre gens qui fuient : l'un des frères pénétra dans la voiture, poussant les jambes du vieillard, l'autre fit le tour et gagna sa place ; les portières claquèrent avec un bruit de ferraille ; Monsieur Tenant fut redressé, serré entre les épaules nues, onctueuses de ses fils ; la voiture démarra hoquetante et s'arrêta : la femme l'avait voulu. Le conducteur la fit reculer jusqu'à la hauteur où Adélaïde se tenait debout à côté du banc. La femme voulait la regarder. Elle avait un visage rond, l'une des paupières fermée, les cheveux en brosse, la lèvre enflée qu'elle avait léguée à ses enfants. Elle n'avait aucune expression, elle ne semblait même pas la voir. Derrière, les nabots obligeaient leur père, qu'ils empoignaient par les bras et le collet, à se pencher en avant et à saluer. Monsieur Tenant s'exécutait, hochant machinalement la tête de haut en bas. Adélaïde baissa la tête et, détachant sa main de la poitrine, ébaucha un petit geste de salut mais sans y croire ; les yeux les plus bleus du monde disaient adieu à une inconnue. La voiture s'ébranla en pétaradant.

Elle se tint debout avec beaucoup d'effort, elle se sentait effondrée de l'intérieur, mais elle se tint debout. Puis elle s'écroula et resta à croupetons au pied du banc. Elle y serait demeurée mais, comme une passante accourait vers elle, elle se remit debout. La femme semblait déçue. Adélaïde lui fit un sourire pour se faire pardonner. Aussitôt elle se rassit sur le banc. Elle rajusta sa robe et ses cheveux, redressa le buste, mit le sac dans son giron et y posa les mains, l'une sur l'autre.

Si des passants ont remarqué sa présence à partir de ce moment, on peut supposer sans risque d'erreur qu'ils le firent à cause de cette distinction de son maintien que sa mise stricte accentuait et qui la faisait remarquer partout. Personne n'a dû soupçonner, et non plus la femme qui l'avait vue s'écrouler au pied du banc si elle a continué de l'épier, la férocité de la crampe qui lui obstruait la poitrine, lui serrant le gosier, l'étranglant; la compression de ses nerfs et de ses veines, ce corps à corps éperdu avec elle-même; ce cri ramassé dans son ventre capable de faire éclater un astre là-haut s'il fût sorti — mais cette barre sur la poitrine l'empêchait, de même qu'il empêchait les larmes de monter à ses yeux. Se desceller, se rompre, se déverser, cela ne lui avait pas été donné, aussi tout ce qui s'était entassé en elle, toutes les choses en vrac de sa vie, cognait, hurlait sans aborder à la peau, sans déranger le carcan de discipline où se terrait son corps. Il y avait bien eu le pied de nez à Mère Ildefonse, mais cela n'avait été que la contamination de la folie de la religieuse. Ah! celle-là revenait qui ne la hantait pas pourtant. Ce n'était point par hasard. Elle avait été bonne, cette minute d'impudeur et d'impudence. Maintenant, de ce crucifiement sur un banc face au mur des morts, elle aurait bien d'autres mots à lui cracher au visage, bien des évidences pour aveugler sa foi sans foi. A elle et à tous ceux qui sont dans le monde comme s'il n'y étaient pas en attendant l'autre. Où était-elle la Rédemption? Où, la miséricorde du Christ?

Elle s'égarait — elle en conviendrait le jour où elle me ferait le récit de cet après-midi que nous avions commencé ensemble. Cependant, n'avait-elle pas des raisons de ramener ce qui lui était dernièrement arrivé, pour la première fois dans sa vie — ce serait la seule —, à la religion du Christ? Il avait été le premier dieu à parler d'amour. Aimez-vous les uns les autres, aime ton prochain comme toi-même, aime Dieu qui ne veut point de ces désirs qui te rongent alors qu'Il t'a créé tel que tu es; change et ne te pose pas la question de savoir si une fois changé c'est un autre et non plus toi-même qui L'aimera...

Pour le moment, ce petit bloc de haine palpitante transpercée par une épée de feu ne sait trop rien de l'amour dont elle est la victime. Elle ne veut pas admettre que ces halètements, ces frissons embrument la pensée, masquent le monde. Elle croit qu'elle est, enfin, entièrement, parce qu'elle aime. Elle a pour elle la chance d'ignorer les caresses, et ces pays d'avant la mémoire qu'elles dévoilent. La découverte de la chair, c'est ce que l'âme pardonne le moins.

Elle s'égarait : elle avait si mal que sa pensée n'aurait pu s'arrêter, prendre en charge l'instant, l'immédiat, le présent, sans qu'elle étouffe, fléchisse, ploie, s'étende au pied du banc comme une flaque. Aussi son esprit se distrayait cherchant querelle à ce Dieu que, pas plus qu'un autre, elle ne pouvait concevoir, mais à qui elle s'adressait. Tandis que le malheur présent barrait l'avenir, la vieille dispute théologique au sujet de la souffrance empruntait à la circonstance présente de nouveaux prétextes.

Elle s'égarait, le monde devenait fluide, le temps lui offrait ici et là un interstice où se nicher, un couloir par lequel se faufiler jusqu'à ce lieu qui était resté gravé dans sa mémoire avec ses rumeurs et ses lumières exactes, jusqu'à la vitre d'un été ancien, ou à ce moment de l'an dernier qui se prêtait à canaliser sa rage d'aujourd'hui, chez le romancier catholique, représentant ultime d'une espèce qui, dans un pays raisonneur, a illustré le genre littéraire le moins compatible avec l'état de grâce, du moment qu'il ne saurait se passer du péché et qu'il ne tolère pas la justice.

C'était le jour de Noël. Elle avait accompagné Madame Mancier-Alvarez chez l'écrivain où allait être célébrée une messe, non qu'il le voulût mais par la volonté d'un abbé de ses amis, l'abbé Saulnier, un nonagénaire ordonné prêtre libre, jadis, par le cardinal Mercier. Madame avait expliqué à Adélaïde que l'expresssion prêtre libre s'appliquait à celui qui, ayant de la fortune, est dispensé de tenir une paroisse tout en pouvant être hébergé par toutes pour la célébration de la messe. Madame Manciez-Alvarez connaissait l'un et l'autre, l'écrivain et l'abbé, écrivain lui aussi au demeurant, qu'elle estimait pour ses dons de causeur et son allant. Elles avaient rendez-vous à trois heures; la messe serait célébrée une heure plus tard et elles étaient invitées au goûter qui suivrait. Madame Mancier-Alvarez avait demandé à Adélaïde de tout lui rapporter de ce qui avait trait au décor.

« C'est une bonne maison », avait-elle constaté à la troisième marche, la main tâtant la large rampe de marbre. Elle fut la première à arriver. En pénétrant dans le salon où les avait conduites une femme aux cheveux gris, en robe noire et tablier blanc, Adélaïde s'était dit qu'il lui serait difficile d'en tirer une description précise, si dense était la pénombre recueillie qui y régnait. L'air même qu'on y respirait lui avait semblé empreint de cette odeur d'au-delà de l'église du couvent des nonnes, *là-bas*. Des lampes à abat-jour étaient pourtant allumées mais si faibles qu'au lieu d'éclairer elles compliquaient l'obscurité. Peu à peu les yeux s'y étaient faits, et les sièges, les meubles adossés aux murs, les cadres dorés des tableaux sinon les toiles elles-mêmes avaient commencé d'émerger.

Les rideaux qui arrêtaient la lumière aux fenêtres, retenus par des cordelières sans doute relâchées pour la circonstance, au point qu'ils ne laissaient qu'un petit triangle de jour à ras du sol, étaient en soie damassée d'un rouge ecclésiastique. Derrière le divan et les deux fauteuils se faisant face qui délimitaient le coin du feu, il y avait un guéridon ovale recouvert d'une nappe de lin; devant, une chaise, et faisant face à celle-ci, de biais, un rocking-chair canné. Les tableaux, Adélaïde ne les voyait toujours pas, sauf quelques zigzags, des embardées d'un rouge fluorescent dans l'un d'entre eux. Elle comprendrait tout à l'heure que cette atmosphère caverneuse avait été créée à dessein, afin que l'ensemble hétéroclite que formaient les meubles, côte à côte, et d'une si diverse couleur de bois, les commodes, les consoles, les meubles en écoinçon, les cadres d'un or ordinaire, les toiles enfin, dont la plus vaste représentait l'intérieur de Sainte-Sophie dans un style fin de siècle aux tons pastel – mais d'après la description d'Adélaïde, Madame Mancier-Alvarez avait évoqué un décor de Bakst –, n'empêchât point la concentration que requièrent la célébration de la messe et la prière. Les autres huiles étaient toutes de la même main et le peintre aurait été mieux inspiré de se résigner à l'abstraction dite lyrique au lieu de s'essayer à des tracés et à des formes qui partaient dans tous les sens n'y tenant pas ensemble, malgré l'encadrement. Deux grands dessins au fusain, les plus discrets pourtant, par leur peu de couleur, le papier se confondant avec les murs tendus de beige au point qu'il lui était difficile de les discerner, dégageaient une impression de droiture et de force. Le même modèle avait posé pour l'acrobate bien charpenté qui se tenait de dos, un genou fléchi, la tête tournée par-dessus son épaule, les reliefs de ses muscles rehaussés par le maillot à large encolure qui l'enserrait, et celui qui montrait de face sa nudité, le dessinateur ayant mis un soin particulier à rendre la courbure du torse, le léger arrondi de la chair sur les flancs.

« Regardez la signature dès que vous le pourrez », avait dit Madame Mancier-Alvarez sur le ton de qui attend une confirmation plus qu'un renseignement. Cependant elle fut d'abord surprise quand Adélaïde essaya de prononcer le nom slave commençant par un t, qu'elle estropiait, et que Madame reprit avec empressement comme celui d'une vieille connaissance que l'on a laissée tomber et avec laquelle on se retrouve nez à nez.

Sur une table on devinait, recouverte d'une soie violette, une machine à écrire. Elles en étaient là de l'inventaire quand un coup de sonnette y mit fin. La porte du salon s'ouvrit et Monsieur l'abbé fut introduit, suivi d'une religieuse à cornette, tout orthodoxe dans son habit, jeune, frêle, minuscule, avec des tressaillements de hamster qu'elle retenait pour vous regarder bien en face, trop en face, ses yeux cherchant le fond des vôtres, essayant peut-être de vous faire croire qu'elle vous avait percé à jour, connaissait vos pensées les plus secrètes, vous avait démasqué, et que seule la miséricorde du ciel rendait votre présence tolérable.

Elle portait une mallette d'où elle commença vite à sortir des accessoires, une aube, une étole, un crucifix planté sur un rond en bois qui avait tout d'un pied d'encrier, la pierre consacrée, un bougeoir avec un cierge de petite taille quoique gros, le calice, la patène et, en guise de ciboire, une boîte ronde en écaille pareille à un poudrier, les burettes d'eau et de vin, enfin un linge très fin.

Monsieur l'abbé, que d'abondants cheveux en arrière faisaient ressembler aux portraits de Franz Liszt, quand les joues affaissées autour d'une bouche gloutonne, et la blouse en nylon marron par-dessus la soutane qui s'arrêtait bien avant la cheville, lui donnaient l'aspect d'une aïeule vieille comme le monde, tenait à faire triompher la faconde de sa bouche qui, édentée, empâtait les consonnes.

De son côté, Madame Mancier-Alvarez, qui ne détestait pas de prouver à ses relations que les événements ou un simple mot les concernant s'étaient prolongés dans sa mémoire, avait saisi l'occasion. C'était bien après une conférence que Monsieur l'abbé avait prononcée au *Plaza* de New York qu'ils s'étaient connus, mais le sujet n'était pas la vie d'Ève Lavallière comme il le soutenait.

« C'était vous-même, quelqu'un vous avait demandé de raconter votre itinéraire. Vous étiez drôle, vous avez fait éclater de rire la salle, je me souviens, dès la première phrase. »

213

Monsieur l'abbé remuait les lèvres, les mains sur le pommeau d'une canne torsadée plantée entre ses jambes. Les lunettes noires que lui aussi il portait n'empêchaient pas que l'on devinât une expression de plaisir sous la déformation du visage.

« Heureusement que j'ai fait cette conférence en 47, maintenant elle serait interminable.

– Jusqu'à sept ans, j'ai été intelligent, mais il m'a suffi d'entrer à l'école pour être l'avant-dernier de la classe... Je me rappelle ces mots.

– C'est exact, c'est exact, je le dis toujours, c'était ainsi.

– Ce que je n'ai pas compris, ni ce jour-là ni plus tard, ce sont les raisons qui vous ont empêché d'entrer chez les Franciscains...

– Mais je suis entré chez les Franciscains !

– ... alors que vous témoignez dans votre biographie de François d'Assise d'une telle dévotion à son égard.

– C'est simple, je suis entré chez les Franciscains grâce à un livre sur le Poverello où il était dit que celui-ci ne voulait connaître que l'Évangile. Au diable la théologie !, il en interdisait l'étude à ses compagnons. Saint François était un poète, il était charmant. Il est le plus grand des saints. Celui qui a le mieux imité le Christ et je vous dirais une chose qui ne plairait pas au Vatican : il a aussi imité le Bouddha, qu'il ignorait... Comme pour le Christ ou le Bouddha, le bonheur ne peut appartenir qu'à celui qui ne possède rien. »

Ils avaient dû échanger d'autres propos ; Adélaïde se rappelait seulement que Monsieur l'abbé jouait de l'harmonium et que chaque soir, en attendant le sommeil, il improvisait sur le thème de l'*Ave verum* – l'abbé s'était exclamé : « Je suis le compositeur le plus prolifique du siècle » ; qu'il avait raconté à Madame Mancier-Alvarez que lui-même avait risqué la cécité et qu'il venait de subir avec succès une troisième intervention chirurgicale.

Il avait aussi été question de sa vie à Jérusalem – à moins que ce ne fût Madame elle-même qui la lui eût racontée – où il

214

s'était retiré depuis vingt ans pour y attendre la mort, et à ce propos il avait feint d'être déçu du peu d'empressement que le ciel mettait à lui faire signe. Adélaïde se rappelait – de cela elle était sûre – que la petite religieuse avait avancé son nez frémissant et introduit une voix acide dans la conversation alors que ces deux voyageurs sur la terre, comme ils s'étaient définis eux-mêmes avec une emphase enjouée, parlaient d'Israéliens et d'Arabes. Elle tenait à ce que Madame sache que les Arabes n'aimaient pas les animaux, qu'elle avait vu, de ses yeux vu, des Arabes adultes tuer un chien. En vain Monsieur l'abbé avait voulu adoucir ses propos, elle était en train d'imiter le jet de pierres d'un bras tendu de tout son long, quand un silence subit s'était fait dans le salon : le maître de maison, lui aussi appuyé sur une canne, se tenait là, entre Madame et Monsieur l'abbé, et s'excusait de les avoir fait attendre. Ses lèvres fines, comme figées dans un sourire, bougeaient à peine lorsqu'il parlait; sa voix était monocorde et très basse, lointaine. Il était habillé d'un complet de tweed avec gilet et tout en lui, de sa tenue à sa façon d'écouter, était irréprochable.

Monsieur l'abbé s'était empressé de lui demander des nouvelles de son opération du genou, tout en intercalant les vicissitudes de ses opérations à lui, et quand sa voix de basse, quoique chuintante, s'était tue, d'une voix plus sourde encore, comme si elle résonnait derrière sa tête, le romancier avait murmuré :

« Je n'ai pas souffert », et il avait ajouté d'une façon encore plus intime : « Ce que je regrette, c'est de ne plus pouvoir m'agenouiller. »

Il s'était assis, tirant sur les pointes de son gilet, avait croisé ses mains, posé à Madame Mancier-Alvarez des questions sur de vieilles connaissances communes. Adélaïde avait retiré une impression de politesse suprême, mais qui n'était pas le contraire de la sincérité; selon elle, on eût dit qu'il lui tardait de se mettre en prière et qu'il lui fallait faire un effort pour rester là, présent, assis dans un fauteuil, alors que la sainte messe allait être célébrée. Qu'elle le fût dans son salon, c'était sans doute aussi de la politesse à l'égard de Monsieur l'abbé, me dirait Adélaïde en me rapportant la chose, car celui-ci tenait à sa condition de prêtre libre et avait cité l'Évangile à son appui.

Puis ils se lèvent. Tandis que l'abbé se revêt de l'aube et que la religieuse allume le cierge, le romancier, pour qui la canne est moins une nécessité qu'une précaution, en la prenant par le bras conduit Madame Mancier-Alvarez parmi les sièges, la fait asseoir, et en approche un autre pour Adélaïde. Le célébrant se signe et tous de l'imiter ; d'un regard en coin, la religieuse les surveille, anticipe les gestes qu'il faut faire, les exagère. Mais il n'y en a pas qu'Adélaïde ignore et elle est bien la seule qui puisse se lever, s'agenouiller, faire les gestes requis. Aussi, si elle prend un certain plaisir à devancer l'acolyte, Adélaïde ne prie pas, elle songe à cet ouvrage du romancier que Madame Mancier-Alvarez lui a conseillé de lire, où, sur son lit de mort, l'agnostique demande au croyant de prier Dieu pour qu'il lui accorde, avant le passage, la foi. L'abbé marmonne, consacre, et il y a l'élévation. La religieuse touche le tapis de sa coiffe ; du mur, l'acrobate de dos semble se retourner pour voir l'hostie que maintenant le prêtre casse en quatre. A la chapelle du couvent, Adélaïde avait toujours entendu avec frayeur ce craquement comme de petits ossements que l'on broie. Elle l'entend de nouveau. Le célébrant communie, puis distribue un quart d'hostie au romancier et un autre à la religieuse dont la tête s'abat de nouveau sur le tapis. Le romancier ferme les yeux ; il a la gorge contractée, on dirait un spasme de la glotte ; il rougit, ses lèvres fines disparaissent dans l'effort pour avaler, il est paralysé, enfin il fait descendre l'hostie, il se détend, le sang quitte ses joues, le rocking-chair s'est balancé faiblement.

Madame Mancier-Alvarez, à qui l'incident n'échappe pas, demandera à Adélaïde, à peine installée dans le taxi, de lui décrire la scène : « On le lirait dans un roman qu'on trouverait le fait invraisemblable, forcé. »

Après la messe, il y avait eu quelques minutes de méditation sollicitées par le célébrant, lequel s'était étendu tout raide sur une méridienne pour se relever, deux minutes à peine écoulées, presque d'une pièce, avec des attitudes d'automate : c'était le passage de l'immobilité pensive à ce naturel volubile qui agitait autour de lui des gerbes d'anecdotes, de mots d'esprit polis au cours de sa longue vie. Puis, on était passé dans la pièce d'à côté : on s'était assis autour d'une table, on avait mangé des gâteaux onctueux, des mousses, des salades de fruits, bu du champagne. Si le romancier aimait visiblement les pâtisseries, Madame Mancier-Alvarez et Monsieur l'abbé rivalisaient de gourmandise. On admira que les framboises eussent gardé leur consistance dans une compote que l'on dit « de sept fruits », on s'enquit des ingrédients d'une charlotte, et quand le cliquetis, les tintements s'espacèrent, on en était revenu à Dieu, à l'amour de Dieu et à Dieu dont l'essence même est l'amour. L'abbé, échauffé par le champagne, avait qualifié de truandaille les théologiens de l'Église, et le romancier avait ri du bout des lèvres, par condescendance, et parce que le mot l'amusait. « Il faut se hausser jusqu'au Seigneur en l'ignorant », avait-il susurré. Déconcerté, l'abbé s'était tu, avait cherché dans son assiette un reste qui ne s'y trouvait pas, puis avait repris en baissant le ton sa cantilène sur la précarité de la raison et la suprématie de l'amour qui est dans tout et qui est tout.

« Ah! la docte ignorance... », avait dit Madame Mancier-Alvarez, en cherchant sa canne. Cela avait été le signal du départ. Elle était satisfaite; son seul mot avait été le dernier. Après? Après il y avait un noir. Dans le noir, la peur. Comme une foudre noire, abruptement la peur la ramena à son banc face au mur.

Le jour avait baissé. Le présent lui enfonça les côtes, s'engouffra dans ses poumons, la saccagea toute, une immense douleur la tordait comme un chiffon. Elle voulut vomir, se

217

vomir. Toutes les images récentes se heurtaient, se chevau-
chaient. Elle entend les pneus de la voiture raclés par le
trottoir, voit la voiture jaune tirant sur l'ocre, la peinture
mate, grumeleuse qui fait des cloques par endroits, les plaques
de rouille; le visage inanimé de la femme à la portière; les
portières qui s'ouvrent en même temps; les deux nabots qui
descendent, leur démarche chaloupée, les yeux bleus de
Monsieur Tenant, l'effroi au fond de ses yeux remontant des
abîmes, la voiture qui démarre dans des saccades, le beau
visage de Monsieur Tenant qui hoche la tête, coincé entre ses
fils, pris par le collet et par les épaules; elle se voit, elle, et c'est
la même douleur qui la perce et la transperce, l'embroche,
l'enferre, la larde, la troue, la déchire; la douleur comme un
rat qui tourne, fou, en elle, sans trouver de sortie. Et de
vouloir se tenir droite elle contrefait encore mieux sa
dignité.

« Monsieur Tenant... », se dit-elle, et elle le sent infiniment
perdu. Mais à l'instant même elle réagit, elle le sent fort et
protecteur, malgré les apparences, tel un ange. Et elle admire
d'un ange qu'il soit entouré par la débauche d'une telle
famille. Soudain elle appuie ses lèvres à l'avant-bras sur lequel
Monsieur Tenant avait posé sa main et le grain du tissu lui
rappelle sa propre peau de jeune fille, quand le grand froid de
la plaine la rendait squameuse et qu'elle passait sa langue
dessus et avec un doigt appliquait de la salive sur le coude,
pour en atténuer la rugosité.

Il y avait des pépiements d'oiseaux derrière le mur. Le ciel
s'était assombri. La chaleur durait – pas une feuille ne
tremblait au-dessus de sa tête. L'été n'était que cendres.

Elle se mit debout, fit un effort pour tenir droit sur ses
jambes. Puis elle commença à marcher, à tout petits pas
comme un grand malade qui quitte son lit pour la première
fois; elle pensait à ses pieds, ce qui est la meilleure façon de
trébucher. Elle eut l'impression que les passants, en la voyant,
ralentissaient tant soit peu pour mieux la regarder – son âme
marchait sur les genoux; les passants s'écartent de quelqu'un

218

dont ils sentent la maladie de l'âme. Son pas se raffermit. Elle marchait, fragile, tremblante, mais la tête haute. Elle ne regardait personne; elle avait trop peur de croiser un regard empreint de pitié. Et cette allure, qu'elle empruntait à l'image qu'elle avait d'elle-même, alluma une toute petite pensée : le train de Meudon. Elle prendrait tous les jours le train de Meudon. Avec Rosette : elle ne la délaisserait pas. Dès demain, le train de Meudon.

Son pas était un peu mécanique, elle percevait le jeu des articulations, les os, les tendons, mais elle marchait, elle se frayait un chemin dans la douleur.

Elle n'arrivait pas à voir l'heure dans sa petite montre. Le bruit de la ville était de fête. Elle se sentit soudain pressée, comme si elle devait atteindre un but, rejoindre quelqu'un, ne pas le faire attendre.

La réalité est une antique roue très lourde, très lente; aussi vite que l'on aille, on ne la rejoindra pas.

VI

« Une menthe à l'eau et un café », venait de crier le nouveau serveur du *Mercury*, que déjà, comme un écho inversé, le patron répliquait : « Un café et une menthe à l'eau, si vous n'y voyez pas d'inconvénient, d'abord le chaud. »

J'étais en train de lire les journaux, assis à une place équidistante des deux voix. En fait de lecture, je regardais plutôt le bord des pages et, au-delà, le trottoir qui, ce matin-là, était apparu jonché de feuilles mortes. Avant même que le temps eût changé, que l'air étouffant se fût allégé, c'étaient l'automne et le déclin des jours.

Le patron avait accentué la vigueur militaire de ses manières, la raideur précise avec laquelle il ouvrait et refermait le tiroir-caisse, plaquait la monnaie sur le plateau du serveur, maniait la spatule en servant les demis de bière dont il réussissait que la couronne de mousse fût toujours de la même épaisseur et également dense. Il marchait avec ostentation, comme à la tête d'une compagnie un jour de défilé. Il allait et venait de temps en temps, du comptoir à la terrasse, à grands pas qui ne variaient pas – et l'obstacle d'une chaise au passage, il l'écartait de la pointe du pied. Il dépensait son abattage en pure perte en essayant d'animer le local qui, à dix heures et demie du matin, n'avait qu'une dizaine de clients. Le chien aussi le suivait dans ses allées et venues, les oreilles dressées, alertes, semblant dissimuler la bonasserie qui l'exposait à tomber dans tous les pièges que lui tendait Rosette, et même sa mantelure sombre, d'ordinaire si mate, on eût dit qu'elle luisait.

Je ressentais une certaine inquiétude à chaque passage du patron devant moi, quoique sa poignée de main qui avait meurtri mes doigts m'eût rassuré sur le moment. De face, il avait de la gueule; de dos, les fesses tombantes et rentrées lui raccourcissaient les jambes, enlevaient de leur autorité à ses gestes, rendaient ridicule l'intransigeance du port de tête. Les intimes qui l'appelaient « Michelot » et en parlant de lui « le Michelot » ne se trompaient pas, qui avaient saisi en toute innocence ce qu'il y avait de dérisoire dans le jeune paysan monté à Paris pour gagner ses galons dans la limonade.

Que n'avait-il appris à se méfier de ce misérable labyrinthe que tramaient les miroirs éparpillés dans la salle, collés aussi bien aux murs qu'aux parois trapézoïdales et ajourées, qui séparaient certaines tables? Ma présence, la possibilité qu'un reflet me fût témoin, auraient peut-être freiné sa violence, empêché les événements que son geste allait déclencher – et je vois encore le brave menant son monde à la baguette, se cogner le front de ses poings, puis les bras l'un sur l'autre sur le ventre, la bouche torse, le visage plissé, enfin le sanglot qui se dénoue.

Je m'étais aperçu, moi dont l'air distrait n'est qu'un instrument mis au point par ma curiosité, de la présence de sa femme dans l'aile de la salle que l'on allumait vers la tombée du jour, quand les filles des rues voisines venaient se restaurer en compagnie des hommes qui les tenaient. J'avais d'abord surpris, dans l'un de ces petits morceaux de miroir qui semaient les panneaux, une étincelle qui jaillissait à travers des bulles mouvantes de lumière, et qui était d'une bague; et en même temps, les mains qui lissaient avec une grande lenteur des bandes de tissus de différentes couleurs. Il ne m'avait même pas fallu bouger la tête, seulement les yeux, pour découvrir, dans un miroir plus grand, qu'il s'agissait de cravates.

Maintenant, alors que le patron était passé dans l'aile sombre et que je le voyais reflété de dos, les poignets retournés sur les hanches, tambourinant le sol du talon, jouant un théâtre muet qui était d'interrogation et d'impatience, je savais à qui il s'adressait. Je ne vis pas le visage de la femme en entendant le bruit à la fois brutal et flasque du coup donné du plat de la main sur une joue, mais quelques secondes après seulement, quand il l'arracha d'une seule main à la banquette et la tint debout en lui tordant les cheveux. Elle ne résistait pas. Elle se tenait tout juste debout. Ses bras pendaient. Elle n'avait pas lâché les cravates. Elles étaient toutes de couleur unie. Les deux visages n'étaient pas à plus de vingt centimètres de distance, mais son regard à lui, fou, fanatique, désespéré, n'arrivait pas à trouver son regard à elle.

Elle était loin, comme avant de naître ou déjà morte. Accrochée à ses cravates qui pendaient de sa main. Le rictus, qu'elle accentuait à volonté naguère, n'était qu'un petit pli au coin de sa bouche, impersonnel, comme on en hérite, tandis que quelques jours auparavant encore on eût pu dire qu'il marquait le dégoût d'une saveur violemment amère lui remplissant la bouche. Le goût s'était dissous, passé dans son sang, elle s'y était habituée, n'y pensait plus. Avant, elle avait l'air, parmi la clientèle du soir, d'une prisonnière que ses compagnes aussi bien que ses gardiennes ne réussissaient pas à apprivoiser; maintenant, il n'y avait plus de compagnes ni de gardiennes, plus de grilles, plus de prison, elle s'était quittée comme on quitte un endroit tout en y restant. Agrippée par les cheveux, elle semblait exhibée dans un étal. Je me traitai de tous les noms sans pour autant me décider à intervenir. Elle avait la bouche entrouverte, la grosse lèvre inférieure avancée, presque pendante, et lui, il avait beau fouiller de son regard le fond de ses yeux, vouloir entrer en elle avec furie par les yeux, la transpercer, il ne trouvait pas son regard à elle. Je sentis, à un frémissement de ses muscles qui courut comme un éclair dans le miroir, qu'il allait lui arriver à grand coups, coup sur coup sur la figure, mais soudain une pensée d'ailleurs avait dû pénétrer des nuages épais, se faufiler, percer des cartilages, l'ossature jusqu'à forer le cerveau et s'y clouer, et je vis ses bras se relâcher, lâcher prise, et les cheveux de la femme retomber au ralenti; je l'entendis murmurer de façon entre-coupée : « Ma... putain », et il restait là pendant qu'elle se rasseyait et que d'un index elle se mettait à enrouler les cravates l'une sur l'autre. Le chien, qui avait mis ses pattes sur la table durant la scène – et l'on n'aurait pas su dire qui il eût défendu ou attaqué –, les baissa, le museau tourné vers l'homme qui hochait la tête de haut en bas en regardant la femme, s'achoppait à elle, n'y comprenait rien, renonçait. Elle parut un instant boudeuse – elle avait un sourire endormi au coin des lèvres – puis elle inclina la tête et les cheveux s'éparpillèrent sur une moitié du visage. L'homme tourna sur ses talons et reprit son allure martiale, ses grands pas. Ce ne fut qu'après un moment d'hésitation que le chien le suivit.

Il ouvrit le tiroir-caisse, fit cliqueter des clés et de la monnaie, le ferma d'un coup sec, sortit de derrière le comptoir, s'arrêta, se gratta la tête tout en fléchissant le genou en mesure, enfin fonça vers moi. Je me sentis rougir et pâlir à la fois. Il s'appuya des deux mains aux angles de la table. Je ne lui avais jamais vu cette cicatrice blanche et fine comme un ver qui courait au-dessus de sa lèvre, se glissant sous la moustache.

« Monsieur, si vous avez l'occasion de voir la dame qui s'occupe de ma fille, dites-lui qu'il faut qu'elle s'en occupe à plein temps ces jours-ci. Parce qu'ici... – il imprimait un trémolo à sa main crispée à la hauteur de la tempe – ... c'est pas bien pour elle.

– Vous voulez dire qu'il vaut mieux qu'elle garde votre fille – j'avais failli dire " Rosette ", ce qui aurait manqué de prudence – la nuit?

– C'est ça. Vous croyez qu'elle a de la place?

– Elle n'a qu'une chambre, assez grande, bien entendu, un

grand studio – je voulais me rattraper, ne pas rabaisser l'habitation d'Adélaïde, et par là son rang, alors j'exagérais, je m'empêtrais –, mais elle n'a, que je sache, qu'un lit qui n'est pas trop large.

– Au moins pour cette nuit... Elle est venue la chercher dix minutes avant que vous n'arriviez... J'aurais dû lui demander, mais, vous comprenez... Je n'aurais jamais pensé... à ce point. »

Il avait de belles lèvres, si la bouche, dès qu'il l'ouvrait, laissait voir la denture chaotique que Rosette avait héritée comme par décalque. Dommage que la cicatrice fût dissimulée par la moustache.

« Je ferai de mon mieux », dis-je. Il m'avait regardé tout le temps dans les yeux et, maintenant, avec une fermeté soutenue, volontairement accrue, destinée sans doute dans son esprit à atténuer l'appel à la pitié que j'eusse pu ressentir dans sa demande. J'aime les gens qui regardent droit dans les yeux, quelle que soit la raison. Au demeurant, ses yeux, d'une intensité asymétrique, étaient devenus aussi humains que ceux de son chien : « Je ferai tout mon possible », ajoutai-je avec ce plaisir que donne la bonté lorsque la situation et les mots la suscitent, et que l'on se sent soudain à même de la surpasser.

Il me remercia du bout des lèvres et pour ne pas perdre sa dignité se mit à réprimander à haute voix le garçon qui, appuyé à une colonne, tapotait avec nonchalance le plateau qu'il tenait contre sa cuisse.

Il m'était déjà arrivé de craindre que Rosette ne prît possession de notre immeuble, de la cour : bien qu'elle n'eût pas de camarades de son âge, je la savais capable d'être à elle seule toute une récréation. Et puis, habitant chez Adélaïde, elle ne se gênerait pas pour m'envahir. Je l'entendais déjà me héler d'un bout à l'autre de la cour si d'aventure je m'approchais de la fenêtre, m'apostropher si un voisin venait à passer devant nous, me siffler comme un animal, comme son chien, épuiser les interjections, les appels au secours sans rime ni raison, faire de la maison une volière remplie sans cesse de sa voix tour à tour piailleuse, glapissante et férocement câline. J'entendais déjà la sonnette de l'appartement à des heures indues; elle s'y faufilerait dans un éclat de rire mauvais — et de la rabrouer la pousserait à multiplier les effronteries, à renchérir sur cette familiarité frôleuse dont, sous des dehors de détresse, elle faisait ses délices. A ce point de l'inventaire des inconvénients que sa présence aurait entraînés et que je prenais pour des frayeurs, je m'aperçus qu'une autre peur, lovée au plus profond, là, où rampent des désirs larvaires, où moisissent les résidus d'un désir, la nostalgie de ce que l'on n'a pas accompli en son temps, me guettait, montait en moi, affleurait.

Je ne savais plus si d'imaginer la venue de Rosette à la maison m'agaçait, ou si je la souhaitais. Parfois une chair s'éveille en nous qui nous semble étrangère, à l'encontre des habitudes du corps, une envie blottie, prête au bond.

Dans le morceau de miroir qui les captait, les mains de la femme ne lissaient plus les cravates; on aurait dit qu'elles les tordaient de manière méticuleuse.

Je me levai, sortis sur le trottoir encombré de tables, vides pour la plupart. Les feuilles mortes crissaient sous les chaussures avec un bruit d'insecte; alors que j'entendais dans ma mémoire le bruissement soyeux de pas sur la neige, là-bas, dans le Nord, et dans l'enfance.

J'étais de cinq ans l'aîné de ma sœur qui devait en avoir sept. Nous venions d'arriver chez nos oncles, dans leur montagne. Ils nous avaient mis dans la même chambre, où il n'y avait qu'un grand lit. De ce séjour qui ne fut sans doute pas aussi court, ne me reste que le souvenir de la première nuit. Quand ma sœur était toute petite, mais qu'elle marchait déjà, j'aimais la talquer après le bain; son corps potelé était chaud, rond de toute part, et elle riait, couchée sur la grande serviette que l'on avait étendue sur le lit des parents, quand ma main lente, appuyée, remontait d'un coup de son pied jusqu'à son cou, ou s'attardait dans le creux des aisselles, le quittant comme en courant sur le bout des doigts. Si je m'arrêtais, elle se mettait à pleurer; si elle pleurait, je recommençais, jusqu'à ce que quelque chose d'extérieur, ou la promesse d'une promenade ou d'un objet, vînt la distraire. Comme tous les enfants – mais je le découvris alors, à travers elle –, si, en train de pleurer, elle s'interrompait pour rire, elle passait en une seconde d'un visage à l'autre sans jamais les mélanger. L'enfance est mauvaise comédienne, elle ignore les transitions. Je ne sais pas quand ces jeux ont cessé. Lorsque nous nous sommes trouvés dans le même lit, chez nos oncles, nous avions déjà des souvenirs communs que nous évitions, surtout quand un ancien témoin les rappelait devant nous. Pour le bien ou pour le mal, ce que l'on a vécu tout seul n'est rien et ce que l'on a partagé, presque tout – la mémoire ne veut pas de *Moi*.

Nous nous étions couchés sur le dos, chacun sur l'un des bords du lit et, chacun de son côté, a prié ou feint de prier. Je me souviens que ce fut elle qui, la première, éteignit la lumière. Je baissai très lentement la mèche, le cercle de lumière circonscrivait tout le lit, puis, se rétrécissant de plus en plus, je vis ma sœur rentrer dans l'ombre, y disparaître, et pour finir, rien qu'un rond livide entre nous deux, juste avant la nuit. Nous demeurions immobiles et cauteleux, et c'est après un bon moment que je fis glisser le bras sous le drap et plaquai ma main sur la sienne. Elle ne dit rien, ne bougea pas; à peine eut-elle un léger soubresaut vite réprimé, à moins que l'imagination ne l'ait ajouté. Puis je sentis le mouvement de son corps sur lui-même pour me tourner le dos, et la main prisonnière qui s'en allait. Nous étions devenus adultes.

Je hais mes souvenirs.

Je rêvassais toujours sur le trottoir quand j'aperçus Adélaïde et Rosette, main dans la main, qui sortaient du métro par l'escalier mécanique, et, au lieu de s'acheminer vers le *Mer-*

cury, s'engageaient boulevard Sébastopol. Je traversai la chaussée et bientôt les eus rejointes. Depuis le samedi, depuis que nous nous étions quittés à l'angle de la rue Volta et de la rue de Turbigo, pour qu'elle s'en fût rejoindre Monsieur Tenant, nous ne nous étions plus rencontrés. Je l'avais vue rentrer, jamais sortir le matin, et sa porte, fermée en permanence. Elle se dispensait de me faire signe et j'en avait déduit l'échec de son rendez-vous. Qu'elle eût préféré ne pas m'en faire l'aveu trop vite, je la comprenais : tant que l'on n'en a rien dit, on ne peut rien affirmer de l'issue d'une affaire de cœur; c'est leur récit qui les rend irréparables.

Je lui reprochai cependant, par politesse, son silence de quatre jours – nous étions le mercredi. Je l'entends encore arguer pour sa défense qu'elle avait dû se rendre tous les jours à Meudon, de bonne heure. Si elle avait voulu me faire soupçonner sinon croire que Madame Mancier-Alvarez était à l'origine de ces déplacements quotidiens, Rosette fut rapide à m'éclairer là-dessus.

« Nous passons la journée à chercher la maison du vieux. Une maison avec jardinet, un pavillon. Ça me barbe mais je la comprends, on n'y peut rien dans ces cas-là. Elle souffre », me dit-elle, agressive et non sans gravité, tandis qu'elle sautillait sur place.

Adélaïde souriait et son regard baissé montait vers mon visage par à-coups, s'arrêtant sur les journaux, sur la boucle en métal de ma ceinture, de nouveau sur les journaux, enfin sur l'épaule. Nous allions parler, elle me raconterait tout. Il fallait que nous nous éloignions du *Mercury*, que je lui transmette la demande du patron, que Rosette n'y mette pas les pieds pour le moment.

Sous prétexte de me montrer l'intérieur de son nouveau sac à courroie tressée qu'elle portait en bandoulière, et qui était un cadeau d'Adélaïde, elle me fit m'abaisser pour me susurrer à l'oreille : « Moi je l'ai retrouvé mon vieux, mais il ne faut rien dire; ça ferait tout capoter », en me faisant un clin d'œil dont la lenteur et la lourdeur de la paupière étaient d'une aguicheuse de cinéma.

J'avais senti l'odeur de ses cheveux, si propres depuis qu'Adélaïde en prenait soin, de la peau si douce, comme moirée par un duvet blond sur la nuque, et j'en étais troublé — mais cela se passait dans un autre temps, une autre vie; puis, le geste précédant ma pensée, j'arrêtai au vol un taxi. Il ne fallait pas aller à la maison d'où Rosette ne tarderait pas à s'échapper. Il ne fallait pas qu'elle rentre chez elle. J'en étais sûr et en même temps je me posais à moi-même des questions sur cette certitude. Lorsque je demandai au chauffeur de nous conduire à la tour Eiffel, Adelaïde eut un petit rire étonné et Rosette battit des mains; moi, je me disais que l'on devait pouvoir être broyé par les ascenseurs de la tour, se jeter dans le vide de l'une de ses terrasses, mais qu'il était difficile de s'enfuir. Nous regardions les façades, les monuments, comme des étrangers découvrant la ville. Nous attirions mutuellement notre attention sur un immeuble, un carrefour. Nous faisions des commentaires, Rosette ne cessait pas de remuer sur le siège, nous nous inventions une joie.

Nous nous installâmes dans le restaurant du deuxième étage; nous voyions Paris tel que Dieu ou les oiseaux peuvent le voir. Le bonheur est toujours latéral, mais au moment où on l'éprouve il semble un état naturel et toujours possible à atteindre.

Comme il était encore trop tôt pour déjeuner, la salle était vide et le maître d'hôtel et les serveurs montaient la garde. Mais nous avons passé la commande et j'ai pris soin de choisir des plats prestigieux et de ne pas tatillonner devant le sommelier — comme l'Ambassadrice dans le train, je voulais les obliger à la déférence, à supporter les éventuelles impertinences de Rosette, et que l'on se montrât condescendant si d'aventure elle interpellait les serveurs, en rang devant le comptoir, avec leurs serviettes en triangle sur le bras replié.

Elle ne tarda pas à le faire; ils s'inclinèrent. Quand on servira les hors-d'œuvre, elle reviendra à la table en compagnie de l'un des garçons, en le tenant par la main.

C'est là, devant la ville déployée sous nos yeux, que j'entendis Adélaïde, de son débit monotone, qui égalisait les diverses péripéties du récit, me raconter sa promenade du samedi, comme elle appellerait par la suite cette journée atroce. J'avais reconnu au passage la voiture jaune – de celle-ci, la mémoire a de ces caprices, j'avais une image plus nette qu'Adélaïde n'en avait gardée. Je lui donnai des détails, pour dire quelque chose, pour la distraire. Depuis quatre jours, elle sillonnait Meudon avec l'espoir de rencontrer Monsieur Tenant, d'en trouver une trace, fût-ce la vieille voiture déglinguée, d'un jaune abominable.

« Elle est curieuse, cette enfant », dit Adélaïde dont le pli du front se creusait chaque fois que Rosette, à l'autre bout de la salle, le nez écrasé contre la baie vitrée, s'écriait ou riait trop fort en regardant monter l'ascenseur, les gens entassés, le regard apeuré tourné vers le haut : « On dirait qu'elle comprend, qu'elle comprend des choses qui ne sont pas de son âge. Elle a été très gentille, méconnaissable. Et ce qui est encore plus curieux, c'est qu'elle se défend d'être bonne, elle met une volonté farouche à ne pas le paraître. Elle ne rechigne pas à notre petit voyage quotidien, elle prend des initiatives...

– Des initiatives ?

– Oui... J'ai un peu honte de la laisser faire... elle entre dans les immeubles, dans les bars, les boutiques et demande si quelqu'un connaît l'adresse de la famille Tenant... Personne ne saurait s'en méfier, on va jusqu'à chercher dans l'annuaire... mais Monsieur Tenant n'a pas le téléphone.

– Comment vous y prenez-vous pour faire le quadrillage ? Je n'ai jamais été à Meudon.

– Il y a beaucoup d'arbres, beaucoup de maisonnettes, de petits jardins. On en a sans doute détruit beaucoup aux alentours de la gare. Ce n'est pas facile de s'y retrouver, mais avec un petit plan... j'ai l'habitude des plans, des guides. J'ai toujours connu d'avance, dans les villes que j'ai visitées, l'emplacement des principaux bâtiments, des places, et plus ou moins la distance qui les sépare. »

Elle se tut; je me taisais. On eût dit qu'elle venait d'identifier Meudon là-bas, au fond du grouillement pétrifié de la périphérie, dans l'une de ces taches noirâtres que l'on imagine vertes dès qu'elles paraissent boisées.

« Vous pensez que je suis folle... si, si », protesta Adélaïde et, en effet, je n'étais pas loin de le penser : « Moi, je me sens chargée d'une mission, je sais que c'est mon devoir de faire ce que je fais. J'espère le retrouver, je crois qu'à force de le chercher je finirai par mériter de le trouver.

— Que ferez-vous alors, si cela avait lieu?

— Je me suis interdit de rien prévoir.

— Vous me permettez...? Vous pourriez le retrouver sans quand même passer au peigne fin tout Meudon.

— Le train, dans le train, voulez-vous dire? J'ai essayé, la première journée... Nous avons attiré l'attention, ou plutôt éveillé des soupçons chez le contrôleur qui avait fini par croire, au bout de deux ou trois aller-retour, que nous voulions l'éviter... Nous ne nous asseyions que par moments, nous passions d'une voiture à l'autre; cela amusait Rosette. Vous savez, c'était une sottise, car Monsieur Tenant ne doit plus avoir la possibilité de prendre le train. A Meudon, je me sens un peu mieux, je pense qu'il ne se trouve pas loin, qu'il est peut-être là, derrière ce mur que je frôle au passage, et cela... oh! je sais que je ne l'aurais pas compris si quelqu'un m'avait dit ce que je vous dis... Je crois que c'est une chose que l'on ne comprend qu'au moment même où l'on souffre et que, si on cesse de souffrir, on oublie de le comprendre. »

Je demeurai muet – je ne m'étais pas attendu à ce qu'elle me parlât du présent si ouvertement et je savais désormais qu'elle me faisait, avec innocence, le dépositaire de ses anciens souvenirs –, me limitant à participer au dialogue en changeant d'attitude sur ma chaise, en tâtant le tissu de la serviette, en ébauchant toute sorte de gestes qui étaient de doute, d'assentiment, de compréhension, d'étonnement, et je me disais que

231

la vie d'un couple, fût-il simplement amical, si en même temps – c'est cela qui compte : en même temps – les deux individus qui sont liés font preuve de sincérité, ce devrait être l'enfer, et que je serais en cendres pour beaucoup moins. Mais l'on se trouve toujours condamné. A l'autre. Par l'autre. En même temps, dans cette damnation, est un semblant de salut – le seul possible.

Les hors-d'œuvre arrivaient, décevants comme toujours, la proposition alléchante du menu se réduisant à un échantillon qu'il faut deviner au milieu de mousses tassées ; de surcroît, il y avait en l'occurrence des haricots verts, deux par deux, croisés en épée sur le rebord du plat, et de petites rondelles de champignons crus déjà flétris. Et Rosette s'asseyait en se tortillant et disait à voix basse quelque chose au serveur, qu'elle avait entretenu Dieu sait de quoi, tandis qu'Adélaïde, ayant bu d'un coup le vin qu'on lui avait versé, me disait, passant aux aveux les plus forcés :

« Vous aurez mon studio, si vous voulez vous agrandir.

– Vous voulez dire...

– Je m'installerai à Meudon. »

Que le monde, dont l'énergie est en tous sens, dévoile parfois un nombre discret de calculs, un programme à répétition d'actes simples, à reprises, à redites, peut nous être une consolation ou nous infliger l'espoir qu'une révélation nous attend. Du plus loin qu'il m'en souvienne, je traquais ces instants. Malheureusement, le hasard juxtapose souvent des faits qui sont de trop grossières redondances. L'enchantement des correspondances s'efface alors, le monde nous semble maladroit, n'obéissant à aucun projet, et nous n'avons plus de destin.

Je regrette encore aujourd'hui que le récit qu'Adélaïde m'aura fait de la mort de son père, dont elle m'avait déjà raconté l'enterrement, ce dernier mercredi d'août, tandis que nous étions en train de surveiller Rosette, ait trouvé un écho dans les événements du *Mercury*, le même jour, en fin d'après-midi.

Je ne me souviens plus à quel propos Adélaïde s'était laissée aller à remémorer encore une fois ce passé de la plaine qui l'effrayait, alors que rien ne lui importait sinon Monsieur Tenant. Je me rappelle pourtant le moment : nous sommes chez moi; au fond de la pièce, les coudes sur ses genoux, les poings soutenant le menton, le visage tout froncé, Rosette regarde un film bruyant à la télévision; Adélaïde est assise dans le fauteuil en biais près de la fenêtre, et la lumière tombe sur elle mais son visage reste dans l'ombre. Je ne sais pas où je me suis assis, ni si c'est moi qui la pousse à se ressouvenir de son enfance. Mais j'entends sa voix, elle parle depuis un moment et aujourd'hui je crois avoir soupçonné, à un moment donné, qu'elle puisait le courage de me parler de Tino, de sa mise à mort, et de sa mort, dans le besoin qu'elle avait d'opposer à son malheur présent une autre douleur.

Nous étions revenus donc à la plaine de là-bas; nous ne nous doutions pas que ce serait la dernière fois. Le décor, tel que je l'avais imaginé naguère, était planté : je voyais la maison basse en briques, le hangar, les piquets des enclos, l'abreuvoir, dans un monde vide, une terre déployée sans le moindre repli, d'une immobilité radicale qu'Adélaïde, m'avait-elle dit un jour, sentait encore sous ses pieds; et c'était une affirmation paralysée de la distance où le ciel prenait appui, traçant de son compas l'exacte circonférence sans obstacle, recouvrant la résistance avare du sol de sa cloche omniprésente dont chaque jour, après la nuit, le soleil se prépare à soutenir la force. Toute convulsionnée ailleurs de reliefs, de montagnes, de torrents qui se déversent en fleuves, la terre était ici comme la cessation de Dieu, comme sa fatigue du premier dimanche.

Et je vis Supplizia, des mèches grises sur son visage, voûtée au-dessus du pot d'origan, en arracher une brindille et disparaître dans l'ombre de la cuisine; je vis Nunzia et

233

Lorenza traverser la cour de leur pas de bête de somme et, sur leur visage, l'exclusive pensée du travail à accomplir avait la rudesse et la lenteur du soc; je vis Malvina, assise sous l'auvent, qui attendait l'orage, ses chairs vêtues de guenilles terreuses débordant de la chaise basse en paille; je vis Tino appuyé à une clôture de fils de fer regardant l'horizon – il n'atteignait même pas la hauteur du piquet. Puis, soudain, lorsque Adélaïde eut prononcé les mots de moisson, de chaume et dit l'année de cet été ancien, je dus accommoder mon regard – celui de mon imagination – à la scène qu'Adélaïde évoquait. Si Tino pouvait rester appuyé à la clôture, en revanche Supplizia avait les cheveux à peine grisonnants et, coupées court, les mèches de devant lui mettaient le visage entre parenthèses; Malvina était loin de sombrer dans la mare, parmi les cochons, sous la lune; elle transportait de lourds sacs de blé, les premiers de la moisson, que l'une de ses filles, debout sur le triqueballe, lui déposait sur l'épaule qui ployait à peine, et elle les empilait dans le hangar comme un maçon construisant un mur pour les siècles et les siècles. Nunzia et Lorenza ne formaient pas encore ce couple obtus aux yeux bovins et leurs gestes dissociés avaient quelque chose d'inattendu, elles auraient pu encore, dans ces terres extrêmes, espérer qu'un homme sût se contenter d'elles. Enfin, Adélaïde était encore une enfant – elle n'avait qu'une douzaine d'années – et en ce moment précis, au moment même où elle venait d'apercevoir, au-delà de la cour invisible aux femmes qui travaillaient sans répit, Tino, un pied sur le fil de fer le plus bas, une main sur le haut du piquet, regardant les chaumes, elle déposait du bois coupé sous l'auvent, à l'endroit où seulement bien des années plus tard Supplizia réussira à faire pousser un plant d'origan.

La fillette avait l'habitude de voir son père qui, pendant que les femmes travaillaient d'arrache-pied, dilapidait ses forces, accroupi derrière les enclos, où comme maintenant, appuyé à une clôture, sans qu'elle puisse soupçonner quel était l'objet de sa contemplation. Elle savait qu'il n'avait jamais l'expression

234

de tristesse qu'elle surprenait parfois sur le visage de Malvina ou de ses tantes; il était rieur et – c'était maintenant qu'elle le pensait, en me le racontant –, si quelque amertume inguérissable l'avait habité, le nez en trompette et l'épi de cheveux recourbé en avant tout en haut de la tête avaient toujours masqué son âme, empêché ses sentiments de monter de son cœur à sa figure. Comme bien des fois, elle ne voulait pas qu'on le découvrît en train de ne rien faire; elle voulait empêcher que l'une courût alerter les autres d'une voix à la limite de ses possibilités, euphorique et criminelle, et que toutes s'arrêtassent dans la cour pour aller vers lui et, l'encerclant, le houspiller en le traitant de fainéant, de femmelette, d'avorton.

Soudain, elle avait senti de l'irritation contre lui. Pourquoi s'exposait-il ainsi aux reproches, aux sarcasmes, aux insultes, peut-être aux punitions, aux coups? Bientôt – bien qu'elle multipliât les allées et venues, les bras chargés de bois, entre le hangar et la maison, afin de susciter le contentement de la grand-mère et de prévenir ces rappels soudains qui la faisaient s'arrêter, où qu'elle se trouvât, et s'écrier, le visage déjà convulsé par la rage : « Où est Tino? » – une colère sourde montait en elle, sa fille, contre l'homme chétif, toujours dans la même pose, là-bas, derrière les enclos.

Quand Adélaïde le vit tirer et lâcher le fil de fer avec son pied, de façon répétée, et qu'une vibration ténue se répandit dans l'air, puis une autre et une autre encore jusqu'à former, tel le caillou jeté dans la mare, un cercle qui en s'élargissant cernait la maison, la cour, les femmes au travail, elle se dit, avec sa précoce vocation de discipline, qu'il serait juste que les femmes le surprennent, le secouent un peu, l'arrachent à cet état qu'elle ne savait pas nommer. Ce fut Supplizia qui tout à coup l'aperçut et, sans malveillance, tout simplement parce qu'elle avait besoin de son aide, l'appela. D'abord par son prénom puis, comme il ne bougeait pas, en le sifflant, les deux mains en entonnoir autour de la bouche, sans autre résultat que d'attirer l'attention de Malvina qui ne prend pas le sac de blé que sa fille fait pencher sur son épaule : se ramassant comme une bête, d'un pas lent, elle s'en va rejoindre Supplizia au milieu de la cour. Celle-ci paraît décontenancée, et il est probable qu'elle se sente coupable car elle fait quelques pas décidés vers les enclos, en feignant de ne pas voir Malvina dont la main griffue lui tombe dessus, l'agrippe par l'épaule, et qui se dresse, ses haillons frémissant dans le vent, la bouche tordue en un sourire comme cousu de l'intérieur, l'œil torve roulant des lueurs assassines, tel un démon diurne qui trouve enfin une occasion à la mesure de ses pouvoirs.

Le cri qu'elle lance, pour appeler celle de ses filles qui dans le hangar range le fourrage, traverse la cour et fait sortir Nunzia, une fourche à trois dents entre les mains, tandis que Lorenza saute à pieds joints du triqueballe. Un sourire bestial anime le visage des jumelles, elles ont compris, elles entourent leur mère, et toutes les trois partent d'un même pas comme si on leur en eût intimé l'ordre, alors que Supplizia reste plantée au milieu de la cour et que s'avance vers elle, sur la pointe des pieds, Adélaïde. Elles se regardent, font quelques pas puis, la main dans la main, elles suivent les autres. Tino a enfin compris, il s'est retourné tout à coup, les mains énormes au bout de ses bras frêles, comme d'un autre homme, devant le visage, puis cherchant à les cacher dans l'échancrure de sa chemise tantôt, tantôt dans les poignets déboutonnés, comme il fait toujours quand il est embarrassé – et c'était l'une de ces mains qui lui avait fait une caresse distraite, un jour, dont Adélaïde gardait toujours la nostalgie. Il est là, face au trio immobile, et sur les joues soufflées et pâles que le sang abandonne ne reste qu'un fin réseau de veines violacées. On dirait qu'il veut sourire mais ses lèvres ne font qu'une moue qui tremble et sans bouger la tête il regarde à droite et à gauche comme pour mesurer ses chances d'échapper à ses bourreaux qui maintenant arquent le dos, bandant leurs muscles, emplissant d'air leurs poumons. Prompt comme l'éclair, la tête baissée entre les épaules, il s'élance, mais la fourche lui coupe le passage. C'est Malvina qui l'empoigne et la soulève, droite devant elle, comme un étendard, comme un instrument sacré, tandis que les poings de Nunzia et de Lorenza s'abattent sur la tête du malheureux, leurs pieds s'acharnant sur les chevilles et sur les côtes, jusqu'à ce que Tino, tout recroquevillé, en boule, réussissse à se faufiler entre les jambes de ses persécutrices. En moins d'une seconde il se redresse déjà et il a entamé sa course, les bras pliés à hauteur de la poitrine, la taille cambrée dans la posture des sprinteurs qu'il n'a jamais vus.

« Vagabond, voyou! » lui crie Supplizia quand il lui passe devant, mais c'est pour ne pas être en reste avec les femmes, surtout avec Malvina qui ne tolère pas les faiblesses du cœur. Nunzia et Lorenza sont restées bouche bée, détalant ensuite dans un grand ballottement de bras et à une telle vitesse que leurs talons touchent leur derrière, dans le désordre, comme si elles allaient toutes se déboîter, telles de vieilles percheronnes que l'on obligerait à prendre le galop – alors que Malvina, la fourche devant elle, quoique le suivant à grandes enjambées avec son allure d'orang-outang en rage, laisse à ses sbires la tâche de s'emparer du fuyard, gardant pour elle une solennité d'officiant.

Tino aura réussi à gagner sa chambre et il a son revolver en main mais il fouille encore dans la caisse qui lui sert de table de nuit à la recherche de balles, quand l'une de ses sœurs pénètre dans la maison. Sa petite tête tournée à droite et à gauche dans l'encadrement de la fenêtre la plus haute, celle que l'on atteint grâce à une échelle, avant qu'il ne se hisse sur le rebord et saute dans l'arrière-cour, ne pouvait évoquer à Adélaïde, qui n'en avait jamais vu, le pupazzo apeuré voulant quitter la scène; elle employait l'image alors qu'elle me racontait cette geste d'autrefois, et nous savions tous deux que le pupazzo venait de faire son entrée dans la mémoire.

Tino braquait le revolver sur l'autre de ses sœurs qui guettait dans la cour et lui tournait le dos, quand la motte que lui lança Malvina l'atteignit en plein front. Un coup de feu partit et on entendit claquer la tôle de l'auvent. Tous restèrent immobilisés dans un silence effrayé, puis ce furent des criailleries, les meuglements des jumelles, et soudain Tino se vit encerclé, avec, pour seule échappatoire, la grande porte ouverte du hangar, les piles de sacs de blé sur lesquelles il avait l'habitude de monter pour rêvasser en paix. Mais elles ne lui laissèrent le temps que d'enfoncer ses jambes dans la haute pile de foin pas encore tassé, où il sombrait jusqu'à ne laisser voir que son épi de cheveux, parfois sa tête qui surgissait ici et là jusqu'à ce qu'en tirant des brassées de fourrage sous lui, les femmes le fassent dégringoler, la tête la première, pantin disloqué, entre les jupes de la mère.

Nunzia et Lorenza le frappent dans les côtes, le renversent et, l'une le tenant par les poignets, l'autre lui écrase de ses poings le museau, et de son pied ensuite le nez retroussé. Alors, comme il réussit à les faire tomber à plat ventre et qu'il monte à quatre pattes l'amas crissant du foin, cherchant à s'y enfoncer, ne le pouvant plus maintenant, la mère lui plante les trois dents de la fourche dans les fesses et le voilà qui s'arc-boute, les bras grands ouverts, la tête en arrière, la bouche ouverte en un immense cri muet, qui ne sort pas et se résout en râle.

« Assassine! », hurle Supplizia en arrachant en même temps aux fesses molles et aux mains de Malvina la fourche avec laquelle elle tape du revers sur les dos des jumelles qui sont restées hébétées en même temps qu'elle menace la mère, qui recule. Tino est tombé à genoux, puis s'est laissé aller sur un côté, misérable fétu sur un tas de paille, qui ne bouge plus, ne laisse entendre qu'un faible gémissement de souris prise au piège, entrecoupé de soupirs rauques, de chuintements.

Adélaïde me disait, je m'en souviens , que pour la première fois elle avait désespérément voulu crier et pleurer, et qu'elle en avait été incapable. Dans un geste douloureux, interminable, il se ramassait encore et s'enserrait lui-même de ses bras, avec force, comme voulant protéger un enfant en lui, ou l'étouffer ou s'enfermer, ne plus rouvrir les yeux, devenir petit jusqu'à disparaître.

Adélaïde éprouvait le besoin de le toucher pour s'assurer qu'il n'était pas mort, puis, à l'instant même, elle comprit qu'elle souhaitait qu'il le fût. Elle était agenouillée sur le foin auprès de lui, en attendant qu'il meure. Elle fixait ses paupières cireuses, quand il ouvrit subitement de grands yeux. Ils ne surent rien se dire ou n'avaient rien à se dire. Ils échangèrent un regard muet.

Dehors, seule Supplizia vociférait, sans pour autant s'égosiller comme tout à l'heure. Elle avait pris la situation en main, elle qui, si ça lui chantait, pouvait s'en aller en pleine moisson, et qui était de la main-d'œuvre comme Malvina n'en trouverait pas dans la contrée, ou qu'elle devrait payer à prix d'or. Personne ne bronchait, elle espaçait ses mots – sa voix sembla s'éloigner, elle se perdait dans la maison, en ressortit au bout d'un moment –, sans pour autant se taire tout à fait : il y a toujours une sorte de gêne à conclure si les accusés baissent les yeux, acceptent, n'ayant repoussé aucun propos, ni avancé la moindre objection, fait le moindre geste pour parer les coups. Elle ne se tut que sur le seuil du hangar où elle pénétra d'un pas décidé, le visage satisfait et à la fois sévère, et dans ses mains la mallette à pharmacie qui, lorsqu'on en possédait dans la région, contenait à l'époque les mêmes médicaments : un tube d'aspirine Bayer, un sirop pour la toux, de la « limonade Roger » pour les troubles digestifs, de l'huile de ricin et de l'huile de foie de morue, un liniment, un flacon d'alcool et un flacon de teinture d'iode, un peu de coton et un rouleau de gaze pour les pansements.

Avec des gestes précis qu'il ne lui était pas difficile d'accomplir du moment que Tino s'était abandonné à elle, Supplizia le retourna et lui baissa le pantalon : il avait le derrière piqué de trois blessures dont l'une était béante. Elle le frotta d'abord avec un bout de coton imbibé d'alcool, et la chair se raidit en un sursaut; appuyant le pouce et l'index sur les bords de la plaie la plus large, elle fit s'en entrouvrir les lèvres et y versa, avec le compte-gouttes qui servait de bouchon, de la teinture d'iode. Puis elle lui badigeonna les mains, couvertes de caillots de sang, et s'empara du revolver qu'il lui abandonna. Avant de se relever, elle lui donna une petite tape et lui pinça le nez. Tino desserra son étreinte, ses bras s'ouvrirent sur le foin, puis il s'ajusta le pantalon, essaya de s'asseoir, mais se laissa tomber lentement en arrière. L'odeur d'iode embaumait tous ses gestes.

« Va... va... », murmura-t-il, et il ramena un bras sur la poitrine, l'autre sur le ventre.

Adélaïde se mit debout. Ses genoux étaient endoloris, leur peau meurtrie par le foin était toute en petits reliefs, grumeleuse. Cela lui avait plu d'y passer la main.

Maintenant, quarante-cinq ans après les événements, Adélaïde craignait que son récit ne me parût une confession destinée à atténuer le remords qui devait la harceler.

« A vrai dire, je n'ai pas de remords; que des femmes ignares, luttant pour leur survie, se soient acharnées à écraser cet... je n'arrive pas à dire " cet homme "... Je dirai, puisque cela est un fait, ce père qui demeurait un enfant... Au fond, cela me semble dans la norme, selon les lois de la nature. Nous avons tous un projet de nous-mêmes qui nous est supérieur... Tino, lui, non, je crois qu'il n'en avait pas. Il était là, mais à peine, si modestement présent... Je ne sais pas si je me fais comprendre... C'est étrange, je n'y avais jamais pensé... Quand je le voyais dans la cour ou dans les champs, immobile, en train de rêvasser, il regardait toujours vers l'est, du côté de cet océan qu'il avait traversé avec ses parents et qui devait lui sembler un rêve. Peut-être lui manquait-il quelque chose qu'il avait laissé en partant, le paysage peut-être. Il ne m'a jamais rien dit; il ne parlait que très peu et pas à moi. Je regrette que ce jour-là, sur le foin, les sentiments aient manqué de mots, à moins qu'ils n'aient manqué, tout simplement; je regrette cette bouffée d'affection pour ce père enfant, si tardive, aujourd'hui, parce que je vous raconte ces faits... Est-ce bien lui qui m'attendrit? Tant de choses ressenties tout au long de l'existence sont venues s'y mêler... Le cœur serait-il toujours en retard? Ou bien, est-ce le remords? Les années passent et un jour on s'aperçoit que l'espace ne cesse de se rétrécir qui séparait la vie du souvenir que l'on en garde. Les souvenirs... »

La cour s'était remplie de petits bruits familiers; les gens de l'immeuble commençaient à rentrer de vacances. Le trapèze de lumière que projetait la fenêtre s'étant déplacé, Adélaïde se trouvait entièrement dans la pénombre.

« Les souvenirs, disait-elle, sont comme les coquillages; la chose réelle, ce qui a eu lieu, n'est que la petite bête glaireuse qui habite la coquille qu'elle-même à sécrétée et qui est l'éternel projet de l'âme, les sels de la mémoire, n'est-ce pas? » — et son regard d'ordinaire attentif, alerte, les murs ne l'arrêtaient pas, il s'en allait, fouillait la distance, tandis que ses mains serraient les accoudoirs du fauteuil, comme si elle avait ressenti le besoin de se cramponner au présent, à cette pièce, où le téléviseur s'était tu devant Rosette endormie depuis longtemps.

Toujours *là-bas* jadis, le soleil tombe. On s'apprête à dîner dans la cuisine. Nunzia et Lorenza ont déjà pris place, elles attendent, ne participant pas au travail des fourneaux qui est l'affaire de Supplizia. Elles présentent, à la clarté de la lampe à pétrole, leur front impénétrable, leur faciès aussi mystérieux que la bestialité.

Malvina regarde les braises, la viande qui cuit sur le gril; elle semble, peut-être à cause de la lenteur désorientée de ses mouvements, méditer sa revanche, afin de reprendre le dessus, de faire valoir son autorité. Et il a suffi d'une flambée que l'égouttement de la graisse provoque et qui fait rougeoyer son regard, pour que la petite fille, de son coin d'ombre, devine la férocité qui lui durcit le visage, la violence qui cherche une issue, toutes les issues, les rugissements, le blasphème, les coups, la mort. Elle a comme un brusque réveil lorsqu'on entend Supplizia qui intime au neveu de venir à table – et d'insister, de sa voix d'édentée qui aplatit les mots, « A table, comme tous les jours » – et lorsqu'elle entre dans la cuisine, une longue broche dans la main, qu'elle manie comme une arme en retournant la viande, Malvina quitte la pièce.

« Il faisait une grande chaleur, je ne sais pas pourquoi ce soir-là on dînait à la cuisine. En été, on faisait griller la viande dans la cour, sur une herse destinée aux labours... Vous ignorez peut-être ce qu'est une herse... En fait, c'est une grille en fer faite de barres en croisillons, munie de longues dents pointues ajustées aux jointures. Des petits papillons poussiéreux voletaient autour de la lampe, le ciel était rouge, la porte en découpait un rectangle net. Et dans ce rectangle je vis apparaître Tino qui traversait la cour ; il marchait de biais en traînant les pieds ; il n'était pas maître de ses mouvements, comment dire ?, il bégayait de tous ses membres. Quand il s'est arrêté sur le seuil, se demandant sans doute s'il était prudent d'entrer, je me souviens d'avoir pensé : " Mon père " et d'avoir écarté une chaise de la table pour qu'il prenne place. Il le fit avec un grand effort, ne s'appuyant que sur un côté, mais il ne voulait pas laisser voir sa souffrance. Il y avait une fermeté que je ne lui avais jamais vue dans son regard. Je me suis assise à côté de lui. »

Supplizia, toute à sa mission de rassembler ces pauvres hères vivant sous le même toit, continue, maintenant en tapant des mains, de leur enjoindre de se mettre à table, alors que seule la mère n'est pas là qui a ostensiblement gagné sa chambre. Comme aucune réponse ne parvient, elle va la chercher et, après un moment de chuchotements et de conciliabules, c'est une figure de cauchemar, caverneuse et flamboyante, pleine de protestations et de grommellements, qui fait son entrée comme à contrecœur, entraînée par Supplizia qui la tire par le tablier et lui donne un coup de coude dans les côtes.

« Elles parlaient en dialecte, entre elles, elles parlaient

toujours le piémontais. Je comprenais tout mais on ne me le laissait pas parler, pour que je ne contamine pas la langue du pays, que je ne fasse pas de fautes... Les immigrants italiens n'avaient qu'une obsession : s'intégrer à la collectivité, et pour cela il fallait que la langue d'origine ne fût pas transmise, il fallait que leur langue mourût avec eux. Je ne crois pas qu'un dialecte soit une bonne chose; un dialecte enferme un groupe de gens, les exile, les coupe de la vie... N'empêche, la mort d'une langue est toujours triste. Remarquez, même au Piémont, le dialecte se perd, il n'y a que de très vieilles personnes qui le parlent... Oui, je suis allée au Piémont. Après trente ans de vie en Europe je me suis décidée à faire le voyage. Je voulais savoir d'où je venais... La grand-mère et la tante s'étaient mises à rire et, à un moment donné, Supplizia a tendu à Malvina la dame-jeanne de taille moyenne, qui contenait quatre ou cinq litres, le vin des grandes occasions, et la grand-mère l'a soulevée très haut au-dessus de sa tête, devant elle, et, mettant le pouce sur le goulot pour qu'il ne laisse échapper qu'un filet, elle l'inclina vers sa bouche grande ouverte. Je n'avais vu faire cela qu'à un vieux créole au village où nous allions parfois à la messe et c'était par bravade, devant les jeunes. »

Nous ne savons pas toujours sur le moment même ce que les yeux glanent. Ce sera seulement le lendemain qu'Adélaïde s'apercevra du geste de Tino qui, profitant de l'attention que suscite le spectacle de la buveuse, allonge une main et s'empare d'une boîte d'allumettes précieusement gardée dans le tiroir des couverts, lui qui ne fume pas.

Il y a très longtemps que tout s'arrête là dans la mémoire. Adélaïde ne récupérera pas la sortie des personnages; soudain, la table est vide, Supplizia racle les barres en fer qui ont servi de gril, puis passe un torchon humide sur la toile cirée qui recouvre la table, asperge avec la main qu'elle trempe dans un bol le sol en briques avant de donner un coup de balai — et c'est le dernier bruit qui lui reste, ce froissement d'un faisceau de brindilles sur le sol. Les autres ont disparu. Dehors, la nuit est tombée mais pas tout à fait le vent, qui est chaud. Elle a dû sortir dans la cour, car elle garde l'image des champs de blé blanchis par la lune, la masse d'épis qui oscille dans la brise. Demain, dans un avenir qu'elle ignore, dans des pays, des villes d'un autre continent, en cette fin d'après-midi d'un mois d'août, dans un immeuble de Paris, elle aimera à penser que le blé mûr rutile sous le soleil alors que sous la lune c'est de la neige qui bouge. La nuit est claire; quand Supplizia baisse la mèche de la lampe et souffle sur le tube, la nuit est toute dans les chambres.

C'est la seule image heureuse qui a triomphé de l'hostilité qu'elle nourrit à l'égard de sa mémoire de *là-bas*, celle des champs de blé. Le blé déjà en épis, la tige robuste, d'un vert sombre, si on le compare à la mer quand le vent le couche par rafales et que par grandes brassées ondulantes il se redresse, la métaphore semblera banale mais elle est juste. Après des mois de labourage, après la désolation de la terre tournée et retournée et ratissée, après les semailles au printemps, dans l'espace béant, au-dessous de l'univers qui attend, le gisement de siècles de l'étendue s'anime : les grains poussent leur germe au-dehors. Il faut, à partir de ce moment, compter sur la régularité des pluies, la clémence de l'hiver – le gel, une tempête, une sécheresse prolongée, auront vite fait d'anéantir la récolte, toute une année d'espoir, et tout sera, plus tristement encore, à recommencer. Et si le temps a accompagné la croissance et que, le mois de novembre arrivé, qui est à la fois là-bas le mois des morts et le mois de la moisson, chaque tige est lourde d'épis barbus bien pleins et tout droits, le danger persiste encore qu'un orage sans merci vienne faire moisir sur pied le grain ou qu'une quelconque étincelle, la braise d'une cigarette que laisse tomber par négligence un passant, embrase l'étendue. Une étincelle, une petite braise tombent dans le fossé; celui qui tient les rênes, assis dans un sulky ou une carriole, l'a jetée sans prendre garde. L'herbe au

244

bord du chemin est aussi jaunie à cette époque de l'année que le blé mûr, et plus sèche. L'étincelle a touché une feuille, ou la braise cette résille de graminée, et il y a d'abord, à ras du sol, une fumée infime, imperceptible dans la splendeur du jour, la solitude de la nuit. Tout peut finir là, dans un petit rond d'herbes noircies, sauf si le vent souffle sur le petit foyer et qu'une flammèche jaillit, s'envole, se multiplie en courant tout le long du fossé, ce matelas qui désormais pétille, crépite, où de rouges lueurs se propagent jusqu'à ce qu'une flamme se dresse et, se tordant dans le vent, lèche les premières tiges, le bord de la mer d'or pâle des blés.

Adélaïde ne se souvient plus d'elle-même – elle a dû, comme tous les soirs, regagner son lit –, elle ne garde que l'image des champs sous la lune. Bien avant l'aube, bien avant l'heure même d'avant l'aube où la maison se réveille, surtout à la saison des récoltes, elle aura été arrachée à son sommeil par le tapage des femmes trébuchant dans leurs chemises de nuit, leurs clameurs dans la cour, où perce le haut hurlement de Malvina qui se prolonge dans une suite d'exclamations sur la même voyelle, la même note, comme si ses mâchoires eussent été saisies d'une contracture l'empêchant de refermer la bouche.

Là-bas, au cœur du champ de blé, c'est la marée montante des flammes qui avance, l'immense brasier qui redouble d'ardeur dans l'ondoiement du vent. Le ciel est rouge, comme si le soleil allait crever la terre, jaillir au milieu de cet immense flamboiement qui le précède.

C'est l'étendue qui brûle, la plaine, la planète. Il y a tout à coup des hennissements comme des trompettes sonnant la charge, des mugissements, des bêlements, une grande confusion de bêtes s'ébrouant dans les enclos, qui cherchent à en sortir.

Après les cris, les vociférations et les beuglements de Nunzia et de Lorenza, les femmes restent là, impuissantes, pétrifiées, hypnotisées. Par moments, le rougeoiement des champs semble s'apaiser, mais ce n'est que la noire fumée fusant à gros bouillons comme d'un puits de forage, et de nouveau les

245

flammes serpentent dans l'alignement du blé au gré du vent. Soudain, Malvina lève les poings au ciel et avec un gémissement rauque se laisse tomber à genoux et bat le sol de ses mains grandes ouvertes. Et le rugissement qui déchire sa gorge c'est pour maudire le ciel, la terre, la vie, et celui qui n'est pas là en ce moment, ce fruit pourri de ses entrailles, le fils – qu'il soit maudit et que le ciel le réduise à une poignée de cendres.

Ce fut alors qu'Adélaïde se rappela le geste furtif pour saisir la boîte d'allumettes; ce fut à ce moment-là que Supplizia courut vers la cuisine et constata l'absence du bidon d'alcool à brûler. Mais elle ne dit rien. Des hommes vociféraient au bout du chemin qui traversait la propriété et on entendait un martèlement de sabots de plusieurs chevaux lancés à fond de train. C'étaient les voisins, des gens qui en voulaient aux Marèse, à cette tribu de femmes et à leur nabot. A la croisée des chemins, au bout des champs de Malvina, ils se rejoignirent, s'arrêtèrent – se seront mis d'accord sur les accusations à porter, avant de repartir au grand galop et de faire irruption dans la cour.

Les jumelles s'étaient enfuies; Adélaïde regagna la cuisine. Supplizia avait jeté un châle rapiécé sur les épaules de Malvina et restait avec elle, deux pas en arrière. Les hommes arrêtèrent leur cheval qu'ils n'avaient pas pris le temps de seller et l'un d'eux fit cabrer le sien sur les deux femmes qui tressaillirent mais ne reculèrent pas. Malvina fit face à leur colère en levant vers eux des bras tremblotants dans un geste d'impuissance qui renvoyait au destin, à la fatalité.

Le feu – le feu qui maintenant avait ravagé le champ tout entier – avait gagné le champ de seigle d'un tel, à l'est; celui de blé, de l'autre, au nord, où, de surcroît, tous les piquets de la clôture n'étaient plus que braise. Il s'agissait d'un incendie criminel. Ils iraient au village chercher l'huissier, les gendarmes, ils iraient devant le juge. Où se cachait-il, l'homme de la maison? Où était-il Celestino Marèse, le fils?

« Il est parti hier matin pour la ville; il ne reviendra que par l'autobus de quatre heures, lança Malvina.

— Lui, en ville ? » demanda l'un des hommes avec un sourire narquois en allongeant le cou et la fixant dans les yeux : « Et pour quoi faire si ce n'est pas indiscret ?

— Chercher des pièces de rechange pour la batteuse. Et maintenant cessez d'offenser de pauvres femmes qui ont su faire pousser le blé aussi bien que vous tous, à des lieues à la ronde, et qui se trouvent sans rien, les mains vides. C'est moi, c'est nous qui irons chercher les gendarmes, l'huissier, tout ce qu'il faudra. Et vous, et vous et vous et vous, cria-t-elle en renforçant la voix et en pointant son index tour à tour vers chacun des hommes qui la regardaient du haut de leur cheval, vous n'avez qu'à baisser la tête, car s'il y a un coupable, je lui ferai mordre la poussière. »

Elle leur tourna le dos et poussa sa cousine, tout hébétée, vers la maison.

« Vous n'en finirez pas de payer ce désastre », murmura le plus loquace des hommes, plus pour ses compagnons que pour la femme qui se perdait dans l'obscurité de la cuisine. Les cavaliers s'en allèrent au pas, ne prenant le galop que bien au-delà de la cour.

La nuit bleuissait ; la clarté de l'aube ne tarda pas à dessiner un paysage au sol noir avec des silhouettes noires qui se rapetissaient à l'horizon.

On bouchonna les deux percherons aubères, les moins déformés par les labours à la charrue. On les attela au break. Malvina mit le grand tablier noir en damas de sa robe de mariée sur ses haillons et fourra ses cheveux en bataille sous sa toque de veuve. Nunzia et Lorenza chaussèrent des souliers qui étaient devenus trop étroits pour leurs pieds de plus en plus gonflés. Supplizia, qui n'avait rien à se mettre en guise de robe, noua sous son menton un fichu à franges, et Adélaïde fut forcée de revêtir sa robe blanche de première communion et des socquettes, mais ses pieds n'entraient plus dans les chaussures vernies. Malvina avait voulu que l'on fît mieux que lorsqu'on allait à la messe.

Supplizia sur le siège du cocher et remplissant ses fonctions, le reste de la compagnie sur les deux banquettes longitudinales à l'arrière, le break prit le chemin cahotant au milieu du champ de blé carbonisé. Des larmes coulaient des yeux bovins des jumelles, sillonnaient leur visage clos, s'arrêtaient dans le pli des lèvres, leurs yeux menaient tout un travail qui ne semblait pas les concerner. En revanche, Malvina se tenait droite, comme si la toque, telle la mitre d'un évêque, lui avait infusé dans les veines la conviction d'être au-dessus de toutes les vicissitudes de l'existence, et de sa tenue se dégageait un air de triomphe.

Il était midi passé quand le break revint du village guidant le cortège des hommes à cheval, en sulky, et même à bicyclette – les voisins, le maire et les gendarmes. Dans le break avait pris place le notaire de la région dont personne n'avait jamais compris qu'il eût pour Malvina Marèse toutes les indulgences, et celle-ci s'employait, par une conversation toujours relancée, à montrer au suiveur les appuis dont elle pouvait se réclamer devant la loi.

Dans un grand remue-ménage, tout le monde mit pied à terre, même les voisins qui se sentaient tombés dans un piège, quand la vieille Marèse ordonna à ses filles de tuer sans perdre de temps un porcelet et d'allumer le feu à l'ombre du hangar.

Adélaïde, qui, gênée par sa robe blanche à mi-mollet, avait couru vers la maison, fut la première à le voir : pendu au crochet de la poutre entre la cuisine et le garde-manger, d'où pendait, quand l'année avait été bonne, un jambon, et d'ordinaire un simple rouleau de lard que personne, hors Supplizia, n'avait le droit de toucher. La tête inclinée sur l'épaule, les yeux sans regard exorbités, la bouche tordue, la langue débordant de travers. Il s'était coiffé, mais l'épi en haut de la tête était resté indocile; il avait rasé sa barbe qui ne lui avait jamais poussé que par taches, lavé ses pieds dont la saleté avait pénétré la peau, rendu d'un gris luisant les chevilles, et qui maintenant étaient pâles, un peu comiques comme sont toujours les pieds, mais d'une couleur tendre.

Ces choses, elle ne les vit ni ne se les dit sur le moment même. Elle avait vu le père pendu que la fenêtre grillagée du garde-manger éclairait d'une lumière oblique, et elle était restée plantée là, la gorge nouée, la poitrine sans souffle, comme durcie, l'étau des côtes resserré d'un coup sur ses poumons. Puis la grand-mère était entrée, s'était arrêtée un instant, et comme Adélaïde s'agrippait à elle elle l'avait repoussée, la renvoyant d'un coup de coude au coin entre la cuisinière et la porte, où elle était tombée assise. Alors Malvina avait tiré le rideau de cretonne décoloré de la porte donnant sur la cour et elle avait marché la tête en avant, le cou tendu, vers le mort, lui faisant face, levant une main comme pour une gifle, l'écartant brusquement pour passer dans le garde-manger et de nouveau lorsqu'elle en sort, et le corps de Tino fait un demi-tour à gauche, à droite, les bras, les jambes ballants semblant se réveiller, pour s'apaiser dans un balancement de plus en plus lent; la mort le berce. Dehors, les hommes, les voisins, palabraient pour persuader les autorités de faire l'inspection des champs en attendant que le déjeuner fût prêt. Ni le maire ni le gendarme et moins encore le notaire ne semblaient pressés. Ils finirent cependant par partir en compagnie de Malvina. Et quand le bruit des roues du sulky, du break et le trot des chevaux se furent éloignés, l'une après l'autre Nunzia et Lorenza soulevèrent un coin du rideau et avancèrent leur groin.

Ce sera Supplizia qui montée sur un escabeau, un bras passé sous les bras du mort qu'elle a serré contre elle, coupera la corde d'un coup de couteau. Elle est entraînée en arrière par le poids, mais réussit à tomber assise sur le tabouret, le corps du pendu sur ses genoux. Elle a un petit rire que suit un sanglot très bref. Puis elle se plante sur ses jambes écartées en mettant debout le mort avant de le charger sur une épaule et de l'emporter dans les chambres. Les morts sont des enfants qui dorment; tous les morts deviennent des enfants. La grand-mère se plaindra que Tino ait dévasté le garde-manger avant de se pendre, qu'il ait dévoré une bonne moitié du rouleau de lard sans même prendre la peine de le couper – il y avait laissé les traces de ses dents. Supplizia racontera l'effort qu'il lui aura fallu pour lui fourrer la langue dans la bouche et lui baisser les paupières. Les morts sont des enfants têtus; les soleils se sont éteints et ils sont restés dans le noir, mais ils ne veulent pas fermer les yeux.

Adélaïde n'a pas bougé; elle ne sent pas ses membres, rien ne répond en elle, et ses mâchoires sont soudées.

Supplizia revient, décroche le bout de corde qui pend toujours, recueille l'autre morceau, les garde dans un tiroir, allume le cierge de la Vierge, arrange sa coiffure avec les mains, donne de petites tapes sur son tablier dont elle ajuste le nœud dans son dos, fait le geste de sortir et s'arrête devant Adélaïde, l'air de découvrir sa présence. Elle lui tend la main, l'aide à se relever, l'assied sur une chaise. Ses mouvements, alors, deviennent d'une grande lenteur, elle semble perplexe; elle se tient derrière Adélaïde et appuie un instant les mains sur les épaules de la fillette. Soudain, elle se reprend, sort dans la cour, crie aux jumelles de l'aider à pousser la table; on déjeunera sous l'auvent.

Le trot des chevaux, les roues dans la cour, les voix. Adélaïde ne se souvient plus du reste. Tino avait dû regagner la maison quand les voisins étaient arrivés, avant l'aube. Il avait dû, lorsque tout le monde était parti pour le village, faire sa toilette, manger à satiété et envelopper dans un morceau de papier graisseux les quelques objets qui lui appartenaient, destinés à sa fille : la bague de mariage, une montre de poche Longines avec sa chaîne, qui lui venait de son père, un peigne dans un étui de nacre, le revolver.

Pendant des jours, Supplizia cherchera en vain le bidon d'alcool à brûler; on ne le trouvera, au milieu des champs, que lors des nouveaux labours, l'hiver venu.

Les coïncidences, les réitérations, les pléonasmes qui ponctuent le temps, dans lesquels la réalité se complaît, j'y
reviendrais toujours : on résiste mal à la tentation d'y voir des
messages, de prêter un sens à ce qui tout en pouvant en avoir
un finit par se confondre dans la cohue d'images vouées à
l'oubli. A leur propos, j'ai depuis toujours remarqué que plus
deux événements similaires se trouvent éloignés dans le temps,
plus grand est le bonheur, essentiellement esthétique, que la
répétition procure, alors que, rapprochés, celle-ci perd de son
prestige, ne fait plus songer à un univers qui au fur et à
mesure se compose, mais à un pur désordre de simulacres.

Que j'eusse à imaginer le petit bonhomme qui s'est pendu
là-bas, il y a une quarantaine d'années, et le même jour à
assister à la scène de pendaison jouée par la patronne du
Mercury, me semble encore un excès. Je dirai, par parenthèse,
que ce que le récit d'Adélaïde m'avait fait vivre reste plus
puissamment vrai que les faits dont je fus témoin; cela je le
ressentis déjà sur le moment. Je suis conscient qu'il y a
quelque injustice à dire qu'elle avait joué une scène.

Rosette voulant regagner son foyer, pour autant que ce lieu
où elle vivait méritât de s'appeler ainsi, je suggérai à Adélaïde
d'amener la petite dans l'une de ces boutiques de fanfreluches
dont elle raffolait et de lui offrir un cadeau de ma part, afin
que je puisse les précéder et tâter le terrain, parer à toute
éventualité.

C'était le soir mais comme si ç'avait été le soir d'un autre
jour que celui commencé en feuilletant des journaux dans le
même endroit; peut-être parce que, entre la fantaisie du
déjeuner à la tour Eiffel et le récit d'Adélaïde, j'avais accompli
un si grand détour que les perspectives se trouvaient brouil-
lées; ou bien, tout simplement, parce que les feuilles mortes,
qui le matin jonchaient le trottoir, avaient été balayées et que,
l'éclairage aidant, qui rehaussait le vert des arbres, l'été
semblait dans sa plénitude.

Il y avait du monde à la terrasse du *Mercury* entre les

touristes qui s'y étaient égarés et la table qui ne cessa pas de s'agrandir; des Yougoslaves fêtaient en maîtres des lieux leurs retrouvailles après les vacances; d'autres habitués, parmi lesquels de nombreux Arabes solitaires, s'entassaient au comptoir. Quand je suis entré, le patron, de sa voix impérieuse, passait la commande qu'il venait de prendre. En regardant au fond de l'arrière-salle, je reconnus deux filles qui se murmuraient des secrets d'un air dégoûté et mettaient une tache de couleur dans la demi-pénombre; il n'y en avait pas d'autres bien que ce fût leur heure.

La nuit du bar, où s'étaient fondues toutes les nuits qui avaient précédé celles-ci, souffla sur moi son haleine où il y avait des relents aigres d'alcool, de fumée refroidie, de graillon mélangés aux parfums capiteux qu'affectionnaient les filles, et cette puanteur vous enveloppait, vous obligeait au prime abord à arrêter votre respiration, avant que l'on ne s'y abandonne et qu'elle ne commence à imprégner vos vêtements, vos cheveux, et que vos pensées ne se noient dans les remous du fond du corps.

Je m'installai à la table qui, étant la première nappée, marquait une séparation entre le bar et la salle à manger. Je me souviens que le patron me salua à peine, d'un signe de tête, sans adoucir le rictus qui lui abaissait le coin des lèvres, et d'avoir attribué cette attitude à la crainte qu'il pouvait avoir de s'être compromis en me demandant, le matin même, un service. Quoique sa balourdise n'eût jamais cessé de me frapper, ce n'était pas la première fois que je me demandais si cette comédie de la rigueur qu'il jouait devant ses clients avait une chance de perdurer dans l'intimité. Je le soumis, je m'en souviens – sa main aux fortes nervures déposait le ballon de bière devant moi –, à ce que j'appelle, pour moi-même, l'*examen de passage*. J'ai tôt appris à déshabiller les gens dont le regard, la nuque, la cambrure ou l'énergie dans l'immobilité ont éveillé en moi des envies; il est rare que le désir qu'ils

252

ont suscité résiste à une telle opération. Si cela se produit, je les dépouille des gestes, les prive d'expression, réduis leur corps à l'inertie. C'est ainsi que l'on commet des meurtres que personne ne soupçonne, des meurtres blancs; et qu'en même temps on assassine des ancêtres, s'il est vrai – et il est vrai – que les formes du corps, le profil, la carnation, la couleur des yeux, la gamme des gestes, l'intonation, le mystère de la voix et tout ce qu'elle dévoile d'intelligence, de tares, tout ce passé de fatalités en chacun, n'est que l'écho, la dernière volonté de ses morts et des climats que ses morts ont traversés jusqu'à donner cette chose si provisoire que lui ou elle ils sont, ainsi que vous et moi.

Le patron du *Mercury*, l'image fébrile qu'il m'était arrivé comme d'autres fois de lui inventer, avait succombé à ma petite algèbre. On aime une allure, l'idée d'un corps; le reste, c'est de l'ordre de la faim.

Les morceaux de miroir multipliaient la jambe de l'une des filles, que la fente de la jupe jusqu'à la hanche rendait longue et fine. Des Arabes la fixaient sans espoir, sans clin d'œil ni commentaire ni coup de coude dans les côtes du voisin comme en pareilles circonstances se croient obligés de produire les autochtones. Un mur magique se dressait entre eux et la femme assise, et ils regardaient sa jambe avec une sorte de fascination respectueuse, comme on regarde l'apparition de la lune. Puis, la fille, tout en poursuivant le dialogue avec sa compagne, s'adonna à une activité parallèle, par où s'échappait sans doute un peu de son énervement, à moins qu'elle ne l'accrût, et qui consistait à se déchausser et à se rechausser sans le secours des mains, rien qu'en faisant jouer ses orteils dans le soulier. Alors, l'un après l'autre, les hommes se tournèrent vers le comptoir. Le chien allait et venait entre les filles, qu'il flairait, ma table – il semblait m'interroger quand il s'y arrêtait –, et la terrasse. Soudain l'on eût dit qu'il avait trouvé; il alla vers la petite porte de la cave, dans l'encoignure sous l'escalier, y posa ses pattes un instant et s'étendit devant. Je croirai par la suite avoir perçu à ce moment le mouvement de la poignée de cuivre, curieusement étincelante dans cette saleté diffuse, et entendu le glissement du pêne actionné de l'intérieur. Cela lorsqu'on s'apercevra que la porte est fermée à clé.

Des couples bruyants entourés d'enfants qui se poursuivaient – le plus petit, réfugié dans les jupes de sa mère, qu'il tirait à deux mains, entravant la marche et poussant un cri continu – avaient pris place après qu'ils eurent réaménagé une partie de la salle, dans un grand désordre de tables rapprochées, de chaises passées de main en main par-dessus les enfants qui en attrapaient les pieds. En leur honneur, on avait allumé le plafonnier dont les reflets jaunâtres rendaient encore plus poisseux le sol pavé de carreaux rouges, les murs en lattes trop vernies. Ils étaient des amis du patron, ces gens qui une fois installés affichaient une satisfaite, replète respectabilité de petits-bourgeois, à juger par l'accueil qu'il leur fit et l'exagération de ses étonnements lorsque les enfants répondaient aux questions qu'il leur posait.

La fille à la jupe fendue et son amie venaient de s'en aller, qui à leur passage avaient provoqué des grognements convenus entre les hommes de la tablée, sous le sourire plein d'assurance de leurs femmes; le patron criait la longue commande, pleine de recommandations, dans le trou du monte-plats; les enfants : l'un geignait, l'autre riait plus fort qu'il n'en avait envie, tapait de la cuillère sur l'assiette ou le verre, et je m'apprêtais à quitter ma table afin d'attendre Adélaïde et Rosette sur la terrasse, quand le chien se dressa sur son séant et commença à gémir pour tout à coup faire un bond contre la porte, son hurlement de terreur comme sur deux cordes, à la fois rauque et aigu, s'enfonçant, térébrant, telle une pointe dans le brouhaha qui soudain baissa comme un ballon se dégonfle. Un instant, il n'y eut que l'appel atroce du chien, des gestes suspendus, le regard de fou du patron. Puis, même le chien interrompit sa plainte et dans le silence on entendit le bruit cotonneux d'un poids qui tombe et dégringole. Ensuite, ce fut le tumulte.

Je ne saurais pas dire lequel des deux, du patron ou du nouveau serveur, enfonça la porte. Je sais que l'on essaya avec l'épaule et que l'on réussit avec un grand coup de pied. Le premier à dévaler les marches fut le chien que, de ma place, je ne vis pas, bien que je me fusse levé, mais j'entendis le patron qui voulait l'écarter et criait son nom.

Pendant un moment on n'aperçut, éclairée par un lumignon, que la voûte descendante d'une caverne, sur laquelle s'entrecroisaient les ombres des jambons suspendus à des crochets, secoués par la violence de l'homme ou des hommes descendus derrière le chien. Puis les gens massés devant l'entrée s'écartèrent et l'on vit le patron qui poussait – ses bras passés sous les aisselles de sa femme, ses poings fermés se touchant sous la poitrine qui débordait du décolleté – le corps inanimé de la patronne, les cheveux répandus sur la figure, le genou fléchi et, comme le poids d'un balancier devant elle, le crochet en fer qui n'avait pas tenu, au bout de ce ruban tricolore de cravates que je lui avais vu nouer entre elles le matin même pour faire cette sorte de corde qui lui entourait le cou. A bien y penser ce n'était pas si absurde – la soie glisse bien.

On l'assit sur la banquette. On lui dénoua la lanière de cravates. Et comme elle oscillait de droite et de gauche, en arrière et en avant, le patron la souleva et la mit d'aplomb contre le dossier. Il crut qu'il pourrait dissuader les spectateurs et les obliger à faire demi-tour s'il entreprenait de blaguer avec les couples qui étaient tous des amis, dont les enfants, soudain détendus, se rappelèrent leur faim et recommencèrent leur boucan. Mais la femme sur la banquette au fond de la salle, dont le buste s'était immobilisé, penché contre le dossier et la tête en arrière sur le rebord, elle ou plutôt son corps, la devançant, s'était redressée dans un sursaut, s'étirant

255

comme pour ramasser les fils de son énergie toute démaillée autour d'elle, et se mettait debout, les mains brusques en avant cherchant à agripper quelque chose – et ce fut le serveur qui s'était tenu devant elle sans doute pour la dérober à la vue des curieux. Elle tressaillit comme si elle eût été frappée à la poitrine et ouvrit une bouche énorme voulant livrer passage à un cri si profondément enfoui dans son corps, dans sa vie, qu'il ne franchissait pas les distances, n'arrivait pas, résonnait douloureusement ailleurs. Alors, comme elle vacillait – maintenant le patron et ses amis la regardaient de nouveau et les enfants interrompaient leur tapage –, le serveur la prit par la taille et elle se plia sur son bras et vomit.

Elle avait perdu un escarpin, probablement sur les marches de la cave; un pied juché sur un très haut talon, l'autre recroquevillé, elle avait un peu l'air d'une cigogne battue par un orage. En fait de vomissure, elle n'avait pas rejeté de la nourriture mais un liquide gluant que, elle eut ce réflexe, elle essuya sur son menton du revers de la main. Le serveur la fit se rasseoir sur la banquette et personne parmi les amis du patron, et non plus celui-ci, ne bougeait, frappé de stupeur. Seules les femmes, qui s'étaient mises d'accord en échangeant de petits signes, prirent leurs affaires et rassemblèrent les enfants qui les suivirent à regret vers la sortie, la tête tournée en arrière, les pieds collés au sol.

Elle se lissait des mèches sur les joues et sa mâchoire remuait mais aucun son ne se formait sur ses lèvres. Elle devenait toute molle, obéissant à un appel très lointain qui l'entraînait vers un puits de somnolence, hors d'atteinte, hors de portée de Dieu, et ses yeux n'étaient plus reliés à la pensée. Elle se mit à tourner doucement la tête, sa bouche s'ouvrait quand elle la penchait en arrière, puis elle arrêta son visage sans regard, rêveur, impersonnel, intolérable, devant le patron, son mari, le père de son enfant, et elle le maintint pendant un siècle, jusqu'à ce qu'il s'effondrât, le visage entre les mains qui semblaient en vouloir effacer les traits, son dos de brute secoué de sanglots.

256

La lèvre supérieure de la femme se releva d'un côté dans un sourire où l'amertume, un certain triomphe et l'inutilité de ce triomphe se mêlaient : lui, son mari, pleurait. Elle sortait de son rêve. Le chien parcourait de sa truffe la tête, les mains, léchait les oreilles de l'homme. Tout avait été innocemment théâtral : le lieu choisi pour se pendre; l'heure, qui était d'affluence; les cravates nouées bout à bout; et maintenant elle était là, rayonnante de malheur, solitaire, soupçonnant peut-être pour la première fois qui elle était, ce qu'elle pouvait être, et que tout son passé confluait avec son avenir en cet instant suspendu, en ce temps arrêté où elle se tenait.

Tout à coup elle redressa la tête, le buste, l'air surpris, et elle mit un bon moment à comprendre que dans la solitude du présent, le crevant comme une bulle, son enfant venait d'entrer. Elle regarda sa fille qui la fixait de ses yeux sans pitié, les lèvres pincées, le corps prêt à réagir, à esquiver. Deux femmes se regardaient d'une rive à l'autre d'un fleuve; il n'y avait pas de pont, et l'on n'aurait su dire laquelle des deux, derrière le masque, était l'enfant, la femme au visage meurtri dont on pouvait soupçonner qu'un trop lourd passé l'avait empêchée de se hisser à la respectabilité, ou ce petit animal sans Dieu de Rosette, égaré depuis sa naissance et comme acharné à se perdre.

Les jambons, disposés en rangée, creusaient une perspective dans l'ombre de la cave; la porte avait sauté, mais il en était resté, accrochée au chambranle, la serrure incrustée dans un morceau de bois tout en éclats. Et je vis entrer Adélaïde, son geste de soulagement lorsqu'elle eut aperçu Rosette et peut-être aussi parce que je me trouvais là. Combien de mois s'étaient écoulés depuis notre première rencontre? Elle vieillissait beaucoup en ce moment, le mal d'amour avait rongé la fierté qui rendait si forte sa présence, quoiqu'elle fût menue de corps et d'une parfaite réserve de sentiments. Rien dans sa tenue ne le dénonçait, mais il y avait de l'abandon et même de l'abdication en elle, comme si une ancienne, immémoriale lassitude l'eût enfin atteinte et la voûtât. Elle avait connu l'exaltation du bonheur, la tornade – le bonheur qui ouvre des blessures inguérissables. Après qu'elle eut contemplé quelques secondes la scène, et compris, nous échangeâmes un lent regard et presque un sourire.

Le père leva la tête d'entre ses mains, découvrit sa fille, et celle-ci dut sentir que du fond de lui-même il l'appelait, car elle courut vers lui et, en écartant le chien d'une tape sur l'encolure, elle se glissa entre les jambes de l'homme qui lui murmura des mots à l'oreille et chercha sa réponse dans ses yeux. Rosette hocha la tête en signe d'assentiment, lui caressa le front, puis elle lui prit les mains et, en se laissant tomber à la renverse, elle regarda, moqueuse, de bas en haut, sa mère, dans la banquette en face.

Je n'oublierai pas les cheveux qui balayaient le sol, la courbe fragile du cou, et les regards en coin qu'elle nous jetait pour s'assurer de notre attention. Il y a des moments, des visages qui n'auront pas compté dans notre vie mais qui seront restés à jamais présents, quelques-uns se rappelant à nous chaque jour – ainsi du médecin auquel nous fîmes part d'une petite douleur intercostale et qui nous avait répondu sur-le-champ : « Ça, c'est le cœur » ; ainsi de la passante que nous aurions tant aimée. L'enfer de la mémoire est fait de nos peurs et de ce que nous avons manqué. Presque tout est enfer dans la mémoire.

Le serveur et le cuisinier, que l'on ne voyait pas d'ordinaire, s'étaient donné du mal pour créer de l'animation à partir du comptoir vers la terrasse et ils avaient réussi à maintenir à l'écart de la salle à manger la clientèle qui se renouvelait lentement et sans cesse. Maintenant, ils éteignaient les lumières autour de nous, ils éteignirent même le plafonnier : ce fut le signal de départ d'une série d'actions muettes qui semblaient découler l'une de l'autre : le chien prit l'escalier et s'arrêta sur le premier palier, désorienté ; la femme se mit debout en même temps qu'elle ôtait de son pied l'escarpin rouge et lui emboîta le pas; les amis s'approchèrent du patron, gênés, maladroits, précautionneux, et comme l'homme d'un petit geste les dispensa de s'apitoyer sur son sort, ils parurent libérés d'un poids et se retirèrent sur la pointe des pieds, plus ou moins à reculons, jusqu'à ce qu'ils eussent dépassé le seuil de la salle à manger; à la hauteur du tiroir-caisse ils avaient repris leur entrain.

L'homme se leva à son tour, massif, abattu, désarticulé, avec des dandinements d'ours mal réveillé; il semblait vouloir s'assurer à chaque pas que le sol existait – Rosette le suivait, indécise; elle nous avait aperçus et, quoiqu'elle ne nous regardât pas, on sentait qu'elle ne savait pas trop bien si elle devait monter derrière son père ou rester avec Adélaïde. Mais quand le père, sans se retourner, lui tendit sa main, elle s'y agrippa des deux et cria vers nous : « Je reste! » Pourquoi s'était-elle arrêtée deux marches plus haut pour répéter son cri étouffé après qu'elle eut regardé Adélaïde bien en face : « Je reste » ?

Ce fut la question que nous nous posâmes, Adélaïde et moi, quand les pas résonnèrent au-dessus de nos têtes et que la porte fut refermée.

Nous étions dans l'ombre, dans une odeur où le moisi montant de la cave gagnait déjà sur les relents de cuisine, comme au bord d'une mare où nulle bulle de vie ne remonterait plus éclater à la surface.

« Évidemment, dit de façon inattendue Adélaïde, poursuivant un monologue commencé depuis longtemps en elle. Évidemment, ce serait plus digne de renoncer, même si en renonçant on s'avoue incapable de faire, de réussir, d'atteindre le but... Plus digne, parce qu'il y a idée de sacrifice.

– Je ne comprends pas... Vous parlez de Rosette?

– Peut-être aussi. Non, je parlais pour moi. »

Je me suis levé; il valait mieux sortir et faire quelques pas. Adélaïde regarda le plafond et pensant sans doute à Rosette elle m'avoua qu'elle aurait voulu passer la nuit à Meudon; elle avait même fait une réservation dans un petit hôtel, dans l'une

259

des rues qui montent vers l'Observatoire; elle aurait emmené Rosette.

« J'irai seule, ajouta-t-elle avec force. Je reviendrai tôt pour m'occuper de la petite.

— Vous êtes sûre que cela vaut la peine? Ne craignez-vous pas que cela vous fasse du mal? Il est tard déjà... Vous n'avez aucune chance qu'une rencontre se produise... » J'évitais de prononcer le nom de Monsieur Tenant.

« Mais j'ai réservé...

— Et alors?

— On ne voudra plus de moi la prochaine fois, même si j'ai laissé des arrhes. »

J'aurais éprouvé une pareille crainte dans son cas mais je ris et elle me dit que j'avais raison d'en rire. Nous fîmes ensemble un bout de chemin. Il me semblait indiscret de rentrer avec elle, c'était une façon de la forcer à rentrer, et du coup, je me sentirais responsable. Nous nous souhaitâmes une bonne nuit « quand même »; comme nous avions ajouté « quand même » à l'unisson, nous avons eu un petit rire. Des gestes, de tout petits gestes, des manières, des politesses, de souriantes hypocrisies, voilà ce qui nous aide à surmonter le malheur. De petits mensonges auxquels le corps, l'âme obéissent. Au demeurant, même dans les cas extrêmes, même lorsqu'on engage la morale ou la philosophie, il n'est pas important de dire la vérité mais, tout au plus, ce qui pourrait devenir la vérité.

J'avais traversé la chaussée et j'étais revenu sur mes pas par le trottoir d'en face. A la terrasse du *Mercury* la clientèle était clairsemée. Je me suis arrêté pour regarder ses lumières d'un jaune sale dont la vision s'accompagnait pour moi de l'odeur de la salle; je ne savais pas que je les regardais pour la dernière fois, à moins que quelque chose en moi ne le sût, puisque je restais là, séparé par le flot des voitures, cloué sur place, sans raison, dans l'attente ingénue d'un événement définitif. Lorsque je repasserai à la hauteur du *Mercury*, plus de quinze jours se seront écoulés; je vais en taxi vers la gare de Lyon, en compagnie, si l'on peut dire, d'Adélaïde; une palissade entoure le bar et l'on a déjà détruit l'enseigne et la verrière. L'image du bar, avec ces quelques hommes se donnant l'illusion de l'aventure, m'occupait si entièrement que je ne sus pas sur l'instant si je n'imaginais pas la fillette dont la tête dépassait de peu le comptoir et qui surgissait se faufilant parmi les buveurs et les tables, d'un pas décidé, contournait la terrasse, et marchait rasant les murs vers l'entrée du métro. Elle allait d'un pas vif, ferme, régulier, repoussant du genou, pour rétablir son équilibre, la petite valise qui lui tirait le corps d'un côté. Elle avait revêtu malgré la saison le strict manteau bleu marine dont elle aimait serrer la ceinture à l'extrême – moi-même, je lui avais fait à sa demande deux crans supplémentaires, un soir, à l'aide d'un ciselet dont elle cachait la provenance –, et portait les cheveux tirés en un chignon haut. Rien dans son allure ne rappelait l'enfant aux cheveux emmêlés, aux vêtements bariolés, souvent bouffants, à volants, superposés. J'en étais fasciné et ne bougeai pas. Je la vis descendre les marches sans hésiter, je vis sa tête disparaître, s'enfoncer. Un moment, je me suis dit qu'il me fallait la suivre, l'arrêter, ne fût-ce que pour Adélaïde. Malgré ces scrupules, je restai planté là, non pas indécis mais décidé à ne rien faire, me contentant de supposer l'anxiété, la hâte que le train arrive et qu'elle puisse s'y enfourner, la petite voyageuse dont le dessein était peut-être moins de rejoindre son « vieux » comme elle avait appelé le matin même le garçon à l'oreille déchirée, ou un autre, peut-être, que de fuir tout le monde.

Confusion de lumières, de criailleries, de bruits, la ville s'était refermée sur elle. Je n'y pouvais rien. Avec une féroce précocité, Rosette s'était crue au-dessus des lois de la nature. Courait-elle à sa perte? Que la nuit la prît en charge.

Une certaine odeur de l'air disait bien que l'été allait mourir et que la dépravation, le ralentissement de la pensée que la chaleur avait entraînés s'atténueraient. Le monde faisait subtilement naufrage, on sombrait en paix.

Rien ne donne autant l'impression que tout s'éloigne – les êtres, les événements, ce qui nous semblait la part de réalité qui nous avait été inéluctablement dévolue et hors laquelle nous n'aurions qu'un minimum d'existence – comme de demeurer impassible, occupé à se maintenir debout, alors que des êtres qui nous touchent de près, ou dont nous avons surveillé jusque-là par sympathie les agissements, sont piégés sous nos yeux : où allait-elle, Rosette ? Et Adélaïde, était-elle rentrée ou se trouvait-elle dans un train entre Paris et Meudon ?

Je sentais que la fin approchait de ce mélange de vies, de cet obscur entrecroisement de destinées dont je participais, car j'incline à me faire attendre moi-même par moi-même, à m'en distraire, à me fausser compagnie. Je m'étonne toujours que les expériences les plus rares, celles que l'on dirait proches de la révélation ou de l'extase, se produisent quand, ne les attendant guère, la pensée est absorbée et l'attention distraite par la vie de l'instant le plus ordinaire.

J'ai vécu l'un de ces moments qui semblent tout nous apporter et qui, pour finir, ne nous laissent rien, cette nuit-là, sur le trottoir des grands boulevards, entre la porte Saint-Martin et la porte Saint-Denis. C'est là et ce fut ce jour-là que j'eus soudain l'antique frayeur de l'infini et compris que l'on ressent un étouffement suprême à vouloir l'imaginer alors qu'il ne s'oppose à rien ; je sentis que le monde se faisait et se défaisait sans cesse et sans cesse autrement, et que faire et défaire étaient des actes aussi substantiels l'un que l'autre à la permanence, aux lentes accumulations du passé et de l'avenir. Et le jeune homme voûté sur les microscopes que j'avais été autrefois crut percevoir que l'univers et chaque chose dans l'univers, même ma station d'homme debout, étaient entretenus de façon incessante et fatale, et à chaque instant produits par ce qui les compose, et secoués de l'inertie qu'affectionne la matière par ces transgressions, ces nécroses, ces ruptures, ces éclats, ces fièvres programmés que l'on appelle désordre. Ainsi l'amour secoue la vie, il la bouleverse, la désagrège, pour le besoin du jeu, et nous nous y prêtons, innocents, transfigurés, pitoyables. Je vis qu'aucune vie n'était ni un triomphe ni un ratage; que l'on vieillit comme un cristal se forme quoique l'illusion de l'effort fasse partie du projet sans commencement ni fin. Tout était dans tout, le grain de poussière, le poème, les couleurs, le souvenir, la voix dont personne ne se souvient plus, les perplexités lorsque la pensée quitte le sol, les batailles, ce que l'on sait et ce que l'on ignore, et la main qui dans le sommeil nous frôle d'une caresse destinée à un autre. La colonne était sans doute ultérieure à l'arbre, mais je fus convaincu que les colonnes eussent été sans qu'il y eût d'arbre.

Non, je n'entendis pas par-delà le déferlement nocturne des voitures la musique des sphères, mais je pensais que la musique de Vienne, que le passage de l'inconnue m'avait léguée, était à la mesure de cette sensation sans hiérarchie du monde; l'extase me quittait.

Il n'y avait pas de loi visible dans cette musique, rien que des événements; elle progressait sans limites, comme le monde. Où va-t-elle la musique qui s'en va? Celle-ci s'épandait comme un nuage, une flottaison de cendres sonores, ténébreuses, où des ébauches de mélodies tendent le piège d'un balancement, établissent des cohérences provisoires, des réseaux, des repères, pour n'être à la fin que des égarements, des malversations frappés d'une fatalité d'isolement et rien ne hâtait dans ce déploiement de timbres et de mesures superposés, comme dans le monde, l'émergence d'un but. Disait-elle le tout possible à dire ou était-elle le gémissement du corps, de ses ramifications nerveuses, dans une vie antérieure à la loi? J'avais cru y déceler une harmonie essentielle et je retrouvais l'inlassable douleur.

Je n'étais rien d'autre qu'un homme debout sur le trottoir et il y avait les jours et leurs peines. On éteignait la terrasse du *Mercury*; il fallait rentrer. La nuit fourmillait de rumeurs et de désordres. Une nostalgie soudaine me traversa : de Bach. J'eusse aimé voir une fugue de Bach se dessiner dans un miroir.

Où avais-je été en pensée?

Tout passe, rien ne nous reste et rien ne nous retient, sauf, un instant, les miroirs. Quelques instants – et l'on ne s'y ressemble pas.

VII

Quelques jours plus tard, sur son lit d'hôpital, Adélaïde croyait avoir entendu la clef s'engager dans la serrure, qui tournait cauteleusement, puis la porte se détacher à peine avec son bruit de ventouse du chambranle, assez pour qu'un filet de lumière grise s'y dessinât un moment avant de livrer passage à l'intrus et de se refermer dans son dos. Mais son récit ne serait devenu cohérent, et comme garanti par ce commencement, qu'une fois qu'elle l'aurait ressassé, ordonnant, comme fait le rêveur, la cohue d'images qui a fait irruption dans son sommeil en une aventure étayée d'enchaînements nécessaires.

Ce soir-là, après que nous nous fûmes souhaité « quand même » une bonne nuit, elle était rentrée chez elle. Si elle avait obéi à son désespoir, ce dernier soir passé chez elle, elle se serait laissée choir dans le fauteuil et peut-être n'en aurait-elle plus bougé jusqu'à l'aube, jusqu'au premier métro qu'annonce le tintement des appareils de chauffage de l'immeuble. Mais elle avait appris, elle ignorait comment et quand, au fil du temps, selon l'oublieuse métaphore, qu'il faut garder les formes quand le cœur est prêt à faillir et que cela aide le cœur d'accomplir sans précipitation, avec soin et le souci de bien faire, les petits gestes de rien du tout.

Adélaïde se l'était rappelé en pénétrant dans sa chambre. Elle avait déboutonné sa robe, sans que ses doigts précaution-

265

neux s'emmêlent, et en avait détaché le col et les poignets en piqué qu'elle avait mis à tremper dans une bassine d'eau tiède saupoudrée de savon en paillettes. Son intérieur était resté propre malgré le passage récent de Rosette. Elle n'eut qu'à ranger le couvre-théière qui traînait sur le rebord du lavabo et qui était un cadeau de Madame Mancier-Alvarez, et à pousser légèrement l'une des chaises se faisant face autour de la table pour qu'elles fussent sur la même ligne de carreaux. Ensuite elle avait enfilé sa chemise de nuit, qui, par la ténuité du lin, son ampleur et sa longueur à mi-jambes qu'il lui arrivait de trouver inadéquate, tenait du surplis. Elle avait enlevé la couverture dont elle avait fait se rejoindre les quatre bouts avec exactitude avant de la plier ; enfin, elle s'était assise sur le bord du lit et, comme on prie, elle s'était répété qu'il importait moins d'être aimée que d'avoir quelqu'un à aimer qui en valût la peine. Deux n'était pas un plus un, deux, c'était deux mille fois un, croyait-elle avoir lu et cela lui semblait vrai. Elle se l'était dit et redit en se concentrant sur chaque mot jusqu'à ce que la phrase perdît son sens. Puis, dans les draps, après en avoir lissé le retour brodé, elle avait éteint.

Elle avait l'habitude de dormir sur le dos, les mains l'une sur l'autre, apaisées sur le ventre, et elle se réveillait dans la même position. Elle aimait les gisants, dans les cryptes — c'étaient eux qui lui avaient appris à ne pas craindre la mort. Elle avait cru qu'elle n'arriverait pas à se concilier le sommeil, elle ne savait pas quand elle y avait sombré.

Probablement, bien plus tard dans la nuit, avait-elle capté certaines rumeurs encore dépourvues de ces images qu'elle a dû leur ajouter par la suite, et n'était-elle sortie de son engourdissement, et n'avait-elle ouvert les yeux que lorsque, ayant déplacé une main sur son ventre, elle sentit que le drap à jours, si rêche de broderie que son petit geste avait fait se soulever ce qui en pendait sur les côtés du lit, frôlait quelque chose, à n'en pas douter un corps dans l'obscurité.

L'invisible présence répandait une odeur de sueur, de cuir, et du cuir il y eut soudain le bruissement visqueux se dégageant d'une personne qui en est habillée et remue les membres : un corps se voûtait, transversal, au-dessus du sien, et elle éprouva qu'il lui pesait sur la poitrine quoiqu'il fût loin de la toucher : c'était la touffeur épaisse qu'il exhalait et contre laquelle elle aurait soufflé si elle n'avait risqué de se trahir.

Maintenant elle percevait le tâtonnement d'une main sur le mur, puis sur les petits objets qui y étaient accrochés, serrés les uns contre les autres, et dont le frôlement évoquait dans le noir l'insecte forant le bois. A la faveur de ce bruit infime elle entreprit d'avancer sa main entre les draps vers le rebord du matelas, ensuite de la glisser entre le matelas et le sommier à la recherche du revolver de Tino, mais elle n'avait pas retourné son lit depuis longtemps et aussi loin que ses doigts arrivaient à fouiller ils ne trouvaient rien. Elle garda la main dans cet abri – elle avait eu la sensation qu'une partie de son corps avait trouvé un refuge et qu'elle était heureuse; elle entendait battre son cœur, ses tempes. Une paralysie froide l'avait gagnée des pieds jusqu'à la tête – elle avait le front glacé et cela fit naître en elle un souvenir de crachin près de la mer, en plein été. Alors elle s'efforça de se croire la proie d'un cauchemar; elle rêvait et dans son rêve elle luttait pour en sortir, pour que cela cesse. Au bout d'un long moment elle se rappela enfin ce que la peur lui avait escamoté : qu'elle était malheureuse, malheureuse à périr, et qu'il lui tardait de reprendre l'inlassable train de Meudon. Peut-être souhaita-t-elle un instant d'être assassinée et de devenir inaccessible à tout jamais à Monsieur Tenant; de le vouer au regret, au repentir, au remords – et elle, au royaume des morts, le regardant peiner.

Dans le noir, nichée dans sa peur, elle réussissait tant bien que mal à se tenir comme à côté d'elle-même, étrangère à la présence chaude, humide, courbée sur son lit, l'esprit réfugié dans une autre nuit que celle de la chambre, et la main qu'elle percevait s'arrêtant sur un objet, le décrochant, lui semblait agir dans l'imagination ou, ce qui est pareil, le souvenir. Elle essaya de rester ainsi, respirant avec application, laissant agir

267

à son aise le voleur – il n'y avait que s'il lui arrivait de trébucher, de s'affaisser sur elle, qu'elle devrait feindre de se réveiller. Mais sa main à elle entre le matelas et le sommier avait atteint le revolver et cela la ramena à la réalité. Ses doigts agissaient pour leur compte et cherchaient à retourner l'arme pour s'en saisir, l'index s'introduisant dans la détente. Ce fut alors qu'elle comprit tout, quand elle sentit le corps se redresser et qu'un infime point lumineux, comme une luciole, perça l'obscurité, virevolta sur la table de nuit : c'était le premier cadeau qu'elle avait donné à Rosette, un porte-clés, une chaînette qui portait en breloque une lampe pas plus grande qu'un œuf de canari. Puis, tandis que le tiroir s'ouvrait à côté de sa tête, l'image lui revint, révélatrice, de Rosette qui lui avait pris ses clés pour en faire des empreintes sur des pâtés de mie de pain qu'avec ses mains sales elle avait pétrie à la rendre noirâtre. Elle eût voulu pleurer, pour Rosette, pour elle, par pitié pour Rosette ; elle chercha le prénom du serveur à l'oreille criblée d'un strass qui était sans doute celui qui fouillait dans ses affaires et empochait les quelques billets qu'elle avait laissés dans le petit tiroir, mais l'avait-elle jamais su, son prénom ?

Elle continuait à se le demander quand la petite luciole à pile, qui avait trouvé dans le noir son œil grand ouvert, avec une lenteur infinie s'en approchait tout droit. Elle vit encore, à l'infime lueur, les doigts qui tenaient la petite lampe, aux ongles si rongés qu'ils étaient ensevelis dans un bourrelet de chair, avant de jeter haut le drap vers l'inconnu en même temps qu'elle sautait du lit, le revolver au poing, qu'elle ne savait pas manier.

Son corps connaît par cœur le passage entre les meubles de son réduit, l'alcôve où tiennent la cuisinière, le lavabo, la douche, et tandis que le lumignon désorienté fait trembler l'obscurité en n'éclairant que l'objet contre lequel sa lueur se brise, elle se glisse, effleurant juste les meubles et les murs, à dessein changeant de place d'une grande enjambée silencieuse, comme douée d'ubiquité, jusqu'à ce que le trait de lumière s'amenuise encore et après quelques sursauts s'efface : alors les pieds et les mains ne lui suffisent pas pour renverser les chaises autour de la forme invisible, l'encerclant de la sorte, et au passage décrocher le rouleau pour écraser la pâte – le vieux rouleau que Supplizia lui avait légué comme on transmet l'instrument d'une liturgie, fourré dans sa valise ce jour d'une autre vie où elle a quitté à jamais la plaine, et dont elle ne s'était jamais séparée, s'en étant servie longtemps pour confectionner les ravioli qu'aimaient tellement les invités de l'Ambassadrice –, le rouleau raboté par l'usage et avec lequel elle bat l'air à gauche, à droite, devant elle, jusqu'à ce qu'il tombe d'abord sur l'épaule de l'inconnu, puis, à juger par le bruit plus net, sur sa tête, sans qu'une plainte, un gémissement ne se laissent entendre, seulement le heurt des jambes mal assurées contre les chaises, écartées ensuite à coups de pied, les craquements du bois, les coups dont Adélaïde frappe la table en se servant du rouleau pour dire qu'elle est là, armée, les coups de plus en plus rapprochés, qui avancent sur la surface de la table poussant la forme invisible vers la porte : elle veut que ce soit lui qui la retrouve, la porte, elle craint une lame, les blessures d'un couteau maladroit, le sang. Elle s'arrête, elle arrête même sa respiration et dans le silence subit elle entend le souffle de l'autre, puis sa main qui palpe le mur – l'âpre frôlement de la paume sur le crépi, son glissement sur le bois –, enfin la main saisissant la brusque poignée.

Un instant, et la porte s'ouvre tout à coup, mais l'intrus ne sort pas, il n'y a personne dans l'embrasure, rien que la nuit pâle de la cour, les fenêtres dont une a grincé comme si on eût refermé les volets. Puis l'homme fut d'un saut sous l'auvent, voûté, recroquevillé, voulant sans doute se faire tout petit, disparaître et à peine se jeta-t-il dans l'escalier, les lanternes éclairant à jour la cour, qu'en rentrant par le portail de la rue Meslay j'avais allumées, le clouaient sur place. Sans pour autant se redresser, il avait cependant levé les bras ; ses mains brandissaient, l'une un couteau à cran d'arrêt, l'autre la croix en verroterie, qui étincela, et de son avant-bras pendait le petit sac à main d'Adélaïde.

Je n'avais jamais vu ce visage dont l'expression lisse et comme lointaine offrait, avec son attitude à la fois effrayée et menaçante, un contraste pouvant faire soupçonner chez le cambrioleur une part excessive d'innocence ou de bestialité, et maintenait son âme à l'écart de ses actes. Je comprendrai en tout cas par la suite que Rosette pût l'appeler son *vieux*, car dans ce corps encore en train de se former, aux larges épaules, aux bras démesurés, quelque chose n'était pas éclos, se tournait invinciblement vers l'ombre.

Tout ce que le corps sait en un instant; tout ce que les sens captent et se transmettent reliant d'innombrables perceptions déposées sur le paysage de la mémoire; tout ce que l'œil et l'ouïe saisissent de dissemblable mais qui compose une même et unique scène, la lenteur successive du langage en aligne les éléments, l'un après l'autre, phrase après phrase. Le tout disparaît dans le langage et le corps qui parle de partout doit s'y soumettre. Il n'y a pas de vision de la réalité, tout au plus un récit qui, en la traversant, s'arrête ici et là et zigzague. Aussi, je ne saurais prétendre que le voleur reste immobilisé en haut des marches tandis qu'Adélaïde, revolver au poing mais fragile à se briser dans sa chemise de nuit, l'air d'une fillette qui aurait vieilli pendant la nuit, paraît derrière lui, et que Rosette, sortie de nulle part mais prévisible, essaie de tourner les choses en plaisanterie et s'égaye aux dépens du garçon en lui lançant, les mains sur les hanches, un « minable! » où il y a de la gouaille amère des filles des rues qu'elle côtoie, lorsque leur maquereau les fâche.

Il faut l'imaginer arrêté par la lumière soudaine, la tête enfouie entre les épaules, puis, s'étant tourné à peine, le temps d'apercevoir le revolver braqué sur lui, dévalant quatre à quatre l'escalier et se faisant un bouclier de Rosette, qu'il serre

270

contre lui en lui appuyant la croix de verres taillés en émeraude sur la poitrine – et tout est arqué en lui, le dos, les bras, les jambes entrouvertes et fléchies, tout rappelle, jusque dans la perplexité du regard, l'orang-outang du cinéma qui retient prisonnière ou qui sauve la blonde dont il est épris.

Sous l'auvent d'abord, sur les marches ensuite, Adélaïde a essayé ce cri qui n'a jamais percé et se résout en un râlement d'impuissance, l'effort pour le sortir ayant crispé les tendons de son cou, enflé les veines sur ses tempes, accru sa fureur. Elle voulait tuer; oui, elle avait voulu tuer, et même elle ne jurerait pas qu'elle n'eût voulu tuer Rosette plus volontiers que le garçon – n'avais-je pas été frappé par son geste quand le bras allongé tenait l'arme à la hauteur du front de l'homme et qu'elle l'avait abaissé pour viser le cœur de la petite? Et ç'avait été à ce moment qu'elle avait appuyé le doigt sur la détente, de toutes ses forces, et compris que la rouille avait endommagé le mécanisme, bloqué le barillet, piqué le canon, rongé les balles, sauvé Rosette.

Moi, qui me tenais à l'autre bout de la cour, près des boîtes aux lettres, je pensai arrêter Adélaïde, mais je n'osai lui intimer un ordre quelconque de peur de faire aboutir son geste; ni la prier de ne rien faire, de crainte que le malfaiteur ne ressaisisse l'avantage, hésitant de surcroît à l'appeler par son nom ou son prénom – je ne l'appelais Adélaïde ou Mademoiselle Marèse que dans mon esprit; je m'étais toujours arrangé pour mettre de la distance dans nos rapports en les préservant de familiarités, quoiqu'elle me livrât ses anxiétés les plus intimes. Je ne fis donc rien. Maintenant je me souviens de bien avoir isolé, pendant quelques secondes, le visage du garçon, large démesurément, comme tout en façade, les lèvres décousues en une tentative de sourire, charnues et molles, la luisance des pommettes, le contour blanchâtre des yeux, ses cernes d'un mauve rose d'éphèbe, et le regard affaibli par un voile de dégénérescence, en retrait de l'expression mauvaise.

Sublime de violence, d'intensité, de raideur, Adélaïde forçait sans résultat sur la détente et soudain ses joues se gonflèrent et

271

elle fit « poum, poum, poum » de la bouche – ce qui rendit dérisoire sa colère, fit s'esclaffer Rosette et se redresser le garçon qui fit mine de nettoyer le couteau sur sa cuisse avant que l'on n'entendît le claquement du cran de sûreté.

Je vis la tête d'Adélaïde se renverser en arrière, son bras tendu se plier, le corps se disloquer en un lent mouvement de spirale et tomber à la renverse. En même temps, la minuterie s'interrompit rendant la cour à une nuit indécise et un coup de feu partit dans la chute, comme étouffé. Adélaïde n'avait pas trébuché mais défailli – éprouvé, me dirait-elle, qu'elle tombait à l'intérieur de son corps, que son cerveau glissait jusqu'à son ventre et s'y fondait.

Des volets s'étaient grands ouverts, des pyjamas rayés donnaient du coup à la cour l'aspect d'une prison à l'ancienne, et le garçon, rejetant Rosette vers le côté, fit un bond en arrière, la croix s'échappa de sa main, et, renversant des pots de fleurs sur son passage, il s'enfuyait, le sac à main d'Adélaïde autour du cou. En moins de rien la cour s'était remplie de ces gens que j'avais croisés sans connaître leur nom ni savoir à quel étage exactement ils habitaient, le serviable « Pardon » en guise de salut étant, dans la plupart des cas, le seul mot que nous avions échangé jusque-là. Les uns m'aidaient à soulever Adélaïde qui laissa échapper une plainte du bout des lèvres lorsqu'elle voulut bouger le bras droit qui s'était déboîté, tandis que de l'autre main elle ramassait sur son ventre la chemise de nuit, tout à coup saisie par la pudeur et peureuse – personne ne l'avait prise dans les bras depuis cette mère, là-bas, dont elle ne se rappelait pas le visage. Les autres, des femmes acrimonieuses, ricanantes, acculaient dans un angle de la cour la fillette qui tant de fois leur avait tiré la langue, son visage de fouine écrasé contre la vitre de la terrasse, lorsque, par distraction, ou parce qu'il y avait du soleil de son côté, il leur arrivait d'emprunter le trottoir du *Mercury* et de passer devant le café. Elles allaient lui faire voir maintenant, et à travers elle à sa dévergondée de mère qui frayait avec le peuple de la nuit, du quartier ; et elles se soudaient, penchées sur elle, les lèvres étirées, les yeux au fond d'un nid de peau toute plissée, se trémoussant des épaules, grognements et insultes fusant entre leurs dents.

Pendant cette manœuvre que je pus observer car je montais l'escalier à reculons, la tête de la blessée dans une main — mes doigts gardent en mémoire la fragilité du cou — que l'on conduisait à l'étage, je ne fus pas dupe de l'attitude de Rosette qui se tenait plaquée contre le mur, les bras collés au corps, au manteau marine hors saison, boutonné jusqu'au col : la sagesse, le mutisme qu'elle adoptait et qui maintenaient les femmes serrées autour d'elle, guettant le moindre geste de défense, relevaient de la tactique ordinaire pour donner du temps au complice qui s'enfuit. On eût dit qu'elles rageaient de ne pas la voir fondre en larmes — elles lui eussent même permis alors de se décoller du mur, de rompre son immobilité pour se frotter un œil de la main. Elle les écoutait, impavide, attendant le moment juste, le cherchant dans leurs yeux mêmes qui la fixaient sans soupçonner, sous l'apparent abandon de l'enfant, cet élan organisé que le corps se préparait à prendre, où tête, bras, colonne vertébrale, secondent le jarret. Mais elle trouva l'impulsion comme nous faisions une halte sous l'auvent et qu'Adélaïde, reprenant tout à fait ses esprits un moment obnubilés par la douleur, releva la tête, vit l'enfant prisonnière et avec un grand effort pour éclaircir sa gorge l'appela — et ce fut comme d'entendre un gémissement lointain : « Rosette ! ma toute petite, viens avec moi ! »

Les femmes avaient dardé leur visage vers nous, et, leur cercle desserré, Rosette s'était sauvée en se faufilant, concentrée d'énergie irrépressible, entre leurs jambes, surgissant du fouillis grotesque des chemises de nuit et déjà disparue dans le couloir qui donne sur le boulevard Saint-Martin, son large trottoir surélevé, garni, à la hauteur de notre immeuble, de balustrades en fer et d'escaliers menant à la chaussée.

« Allez-y, allez-y », suppliait Adélaïde de façon insistante et le regard tourné vers moi des voisins qui la soutenaient finit par me faire comprendre qu'il ne s'agissait pas d'un empressement à être déposée dans le lit mais qu'il fallait que je rattrape l'enfant. Les femmes s'étaient massées au pied de l'escalier, narguées par la stridence triomphale du cri de Rosette qui s'était dépêtrée avec le code intérieur de la porte – on prend de ces précautions dans notre quartier – et avait gagné la rue.

Quand je fus sorti à mon tour, elle tombait à genoux, le buste un instant droit contre la rambarde de fer, les mains essayant de s'y agripper et les bras grands ouverts, petite orante d'un chemin de croix qui se laissait tomber sur le côté, mais à peine m'eut-elle aperçu qu'elle bondissait, se mettait debout, cherchant son souffle, la bouche ouverte, une barre rouge lui traversant le front, la joue, et le sang coulait, symétrique, de ses narines, lui dessinant comme une moustache.

Tout en s'engageant dans l'escalier du métro, un homme se retournait auquel sans doute Rosette s'était heurtée en sortant, le choc l'ayant projetée contre la rambarde – la tempe s'écrasant contre l'un des pommeaux qui surmontent les barreaux. Quoique titubante, altière, elle me tenait à distance. Je la vis tourner de l'œil, puis se ressaisir, et dominer la situation en gardant un balancement rond de toupie qui s'arrête, et enfin, comme j'ébauchai un mouvement vers elle, elle cracha entre mes pieds, et, en remplissant d'air ses poumons, elle détala à une telle vitesse que je crus à une comédie; mais elle n'avait fait que quelques mètres qu'elle tombait foudroyée à plat ventre, les bras allongés devant elle. Un tremblement secoua l'une de ses jambes et elle eut un ronflement d'ivrogne; ensuite, son petit corps s'apaisa, et je la retournai : il n'y avait plus de distance à parcourir pour elle, plus de distance du tout, plus de danger à fuir; avec la bulle sanguinolente qui crevait au coin de sa bouche, tous les mots la quittaient, légers, irisés, sans poids. Elle avait eu l'arcade sourcilière et la tempe défoncées par le pommeau de fer; la tache rouge bleuissait et elle avait une paupière en berne.

L'autre œil demeurait ouvert, le regard semblait l'habiter encore. Pendant quelques secondes je ne vis que son œil, là, présent, puis, comme si quelque chose s'en allait en profondeur, il parut tout à fait vide. La mort, la mort vorace au cœur des entrailles absorbait la vie, qui abandonnait la peau comme la lumière s'efface sur la prairie quand y court l'ombre d'un nuage. Je n'eus bientôt devant mes yeux qu'un visage amenuisé, émacié, réduit par l'absence soudaine de toute envie.

Je me souviens de m'être rappelé une histoire d'Adélaïde. Il lui arrivait de reprendre des airs d'institutrice quand elle ressentait le besoin d'étayer d'un exemple ses idées. Nous parlions du plaisir qu'il y a à entrevoir, dans une quelconque analogie, l'amorce d'une loi. Adélaïde se souvenait de la première et seule grenouille qu'elle avait vue de sa vie, de sa peau préhistorique, criblée de glandes. Elle tenait à préciser qu'elle devait avoir juste sept ans puisque, de cela elle était sûre, elle venait d'emménager dans la nouvelle ferme, où sa mère n'était pas, ne serait jamais. Supplizia était partie avant l'aube à la chasse aux canards en compagnie de ces voisins qui ne tarderaient pas à enfermer dans une solitude têtue, hargneuse, les survivantes de Dieu seul savait quelle tribu nomade. Elle avait visité une région qui allait demeurer légendaire dans l'esprit d'Adélaïde, peut-être parce que les gens en parlaient comme des étendues d'eau où poussaient même des fleurs, peut-être parce que, vers midi, elle avait vu dans la cour un cavalier qui appelait à grands cris la maisonnée pour qu'elle vînt l'admirer : Supplizia tenait en haut le fusil, dans l'attitude d'un guerrier prêt à l'assaut, et une houppelande mordorée tombait de ses épaules, lui couvrait les jambes – et c'étaient les canards qui pendaient attachés par des cordelettes à un cerceau en bois qu'elle portait autour du cou. Puis le trophée d'oiseaux au plumage brun tacheté de blanc, d'un vert aux profondes luisances sur les ailes, disparaît comme s'il n'avait jamais existé. C'est le soir et il doit faire

275

beau car on a mis le brasero dehors. Supplizia avait aussi rapporté des grenouilles, elle se faisait une fête d'en manger, tandis que les canards servaient avant tout, pour elle, à témoigner de son adresse de chasseur.

Adélaïde ne voulait pas voir les grenouilles qui avaient été jetées vivantes dans un bassin en tôle rempli d'eau. Elle s'en détournait et c'était pour saisir l'expression avaricieuse de Malvina plumant les bêtes, tandis que Nunzia, ou Lorenza, maintient ouvert un sac en toile de jute ou l'on recueille le duvet, et que Lorenza ou Nunzia fait le va-et-vient entre la cuisine et la cour, réchauffant sans cesse l'eau de la bouilloire, et laisse couler un jet précis le long de l'aile que la mère lui présente déployée en éventail, pour attendrir la plantation des rémiges et en faciliter l'arrachement. Soudain, les grenouilles sont là, sur une tablette, à côté du brasero, et ce sont des corps humains en miniature : Supplizia leur a ôté la peau et maintenant, en se servant de bouts de fil de fer, elle les empale l'une après l'autre avec des minuties de chirurgien, afin qu'elles ne se mettent pas à sautiller et à se tordre dans l'huile qui doit les « saisir », les dorer, dit-elle, en faisant claquer sa langue. Quand elle lance la première dans la poêle, Adélaïde voit un martyr, car déjà on lui a parlé de martyrs sur des braises, dans un bouillonnement écumeux qui crépite. Aussi, des années plus tard, au couvent, et depuis, chaque fois que tombaient sous ses yeux, dans les musées et les églises, les christs en ivoire, revenaient les grenouilles dans leur nudité onctueuse, à l'image des hommes en miniature, que les traités d'anatomie aux planches coloriées avaient rendu précise, indélébile.

Combien de temps étais-je resté penché sur Rosette ? Il faisait jour ; à un certain moment, la transition de l'aube devient subite. Il y avait quelques passants, ils regardaient, pressaient le pas. Des ivoires qu'Adélaïde avait évoqués, Rosette avait la blancheur patinée par les siècles et les meurtrissures que des orfèvres ont parfois soulignées de rubis.

On a tendance à plus s'apitoyer sur une vie qui prématurément s'achève que sur la vieillesse qui cède et s'éteint. On ne s'aperçoit pas que chacun a son destin, quel qu'il soit, parce qu'on regarde toujours du côté du bonheur. Et cependant rien jamais n'était arrivé qui ne précipitât pas Rosette dans sa destinée, qui ne la poussât dans son sens. Elle était morte selon sa nature, en jouant au mal. Elle avait sans doute accompli sa tâche. Quoique nous en ignorions le sens, même la vie d'une fourmi est tout un roman personnel.

Je pris Rosette dans mes bras et son corps me parut irréellement léger. Je m'étais décidé à faire ce geste au lieu d'appeler au secours en attendant sur place, comme le veulent, je crois, certaines dispositions médico-policières, sans y penser, peut-être au moment où la sirène rageuse d'une ambulance qui s'arrêtait de l'autre côté de l'immeuble, rue Meslay, m'avait crevé le tympan ou presque. Ce qui est certain, c'est que, conscient de l'aspect théâtral de la scène, que renforçaient le balancement du bras de l'enfant et sa figure à la bouche grande ouverte, je voulais confondre celles qui s'étaient acharnées contre elle et qui devaient encore avoir dans les mains une démangeaison de gifle retenue à contrecœur. Elles eurent des mines outragées pour surmonter la gêne qui les envahit, et après le silence et le recul subits succéda la débâcle, chacune réagissant selon sa nature, en se tordant les poings, en grimaçant tandis que d'autres disparaissaient dans les escaliers pour vite s'habiller et aller annoncer le drame aux parents qu'elles arracheraient à leur sommeil.

Pendant cette agitation on aidait Adélaïde à descendre, un monsieur lui soulevant avec délicatesse le bras disloqué, l'autre, qui la précédait d'une marche, lui offrant l'épaule, où elle s'appuyait du bout des doigts. Les femmes avaient toutes disparu et je me trouvais au pied des marches quand elle me vit qui semblais lui présenter l'enfant. Elle n'eut pas d'autre réaction qu'un bref arrêt – je sais que les marées de la douleur physique peuvent noyer la conscience, rendre le cœur superflu ; puis elle allongea la main et toucha la joue blessée de Rosette. Mais tout de suite elle réagit, pressa les infirmiers d'approcher et moi de déposer l'enfant sur la civière, et tout d'un coup, ne pouvant pas se retenir, elle exhala de ces petits gémissements qu'aucune crispation du visage n'accompagnait ; on aurait dit des sons de la pensée.

Seulement dans l'ambulance l'infirmier, qui était monté avec nous, nous apprit que l'on se dirigeait vers l'hôpital Saint-Louis. Il avait pris le pouls de Rosette et l'avait lâché tout de suite, avec un grommellement à mon endroit dont j'ignorais la raison. Les hôpitaux n'acceptent pas les morts ; ainsi, n'est-ce pas toujours bon signe d'être renvoyé à la maison après y avoir séjourné. Adélaïde et moi, nous regardions Rosette avec incrédulité. La mort arrive toujours pour la première fois : elle laisse tout en place et cependant cela n'est plus rien. On ne sait pas ce qu'elle a pris au passage. Elle a volé la réalité que nous ne distinguons plus de l'apparence sur laquelle nous nous penchons, comme au bord d'un puits, entre le refus d'être dupes et la certitude de l'être inexorablement. On est enfin un instant en présence de la vérité, mais quand on possède la vérité, on ne croit plus à rien ; les jours de chacun viennent ; puis s'en vont. Et tous les plaidoyers sont des mensonges d'enfants.

Je n'ai pas oublié, je n'oublierai pas l'illustre bâtiment que, jusque-là, au cours de promenades je n'avais fait qu'entrevoir, au-delà de son enceinte, à travers ses portails, à cause de cette crainte d'y être retenu que j'éprouve toujours en passant le seuil d'un hôpital ou d'un commissariat. Je n'oublierai pas ces avenues intérieures, ces cours qui donnent sur d'autres cours jusqu'à celle, immense et centrale et carrée que, dans chacune des constructions identiques qui la délimitent, un passage voûté relie à un ensemble dévoilant au visiteur égaré un agencement de ville de légende : l'impression vous saisit que l'espace, que les façades et les murs extérieurs dessinent, se multiplie; que d'autres lois y régissent l'étendue et la rendent indescriptiblement vaste au cœur de la ville tassée qui l'enserre et lui a accordé une parcelle précise dans le cadastre. Et cette étrangeté est encore accrue par le silence qui y règne, les centaines de fenêtres fermées aux vitres troubles, la pénombre qui noie la perspective des couloirs. Il m'est arrivé de croire désert un bureau d'accueil où je cherchais quelque renseignement et d'être sur le point de rebrousser chemin quand une voix, atténuée par la vitre découpée en lamelles horizontales du guichet, m'a retenu et fait deviner un visage mouvant de reflets. Il y a soudain de ces guichets en vitre aux arêtes chromées, des sièges-cuvettes d'une couleur criarde, en plastique; des sols recouverts de linoléum; de faux plafonds bas de lattes vernies, comme dans les saunas, à l'intérieur de ces murs d'une austère majesté, derrière ces façades où il revient au modeste écarlate de la brique d'égayer la pierre. Parfois, une bâtisse a été ajoutée, et ses murs raboteux couleur de poussière et de fumée en font une dépendance d'usine ou un logis de banlieue miséreuse.

Tel était le service des urgences où l'ambulance, ce jour-là, déposa une fillette morte – « morte pendant le transport », dirait-on dans l'intérêt des ambulanciers –, une vieille fille transie de douleur, dont la tête de l'humérus droit saillait sous la clavicule, dans le creux de l'épaule, et un homme qui se demandait jusqu'où l'entraînerait, lui qui s'était depuis toujours considéré comme un misanthrope avant l'âge, cette aventureuse immixtion dans la vie d'une voisine. Il lui en coûterait de justifier sa présence auprès des victimes, de se présenter au personnel du contrôle, puis au personnel médical, en tant que responsable d'un enfant décédé et d'une adulte blessée, sans lien de parenté ni entre elles ni avec lui; sa prononciation, différant de la norme et de surcroît difficile à rattacher à un pays quelconque, n'allait pas lui faciliter la tâche. Aussi, tandis qu'il voyait la civière de Rosette ressortir d'une pièce, passer à ses côtés et s'éclipser dans un couloir sans qu'il pût même demander où était transporté le corps, et que dans la direction opposée dans un fauteuil roulant l'on emmenait Adélaïde qui tournait vers lui un visage où sa volonté de rester elle-même luttait contre la douleur physique, l'interrogatoire n'avait-il pas cessé de s'envenimer. Les taches de lumière soufre des ampoules se décoloraient à la lumière du jour. Je sais que de façon subite je me suis interrompu : deux gaillards se tenaient, l'un à ma gauche, l'autre à ma droite, que je crus des policiers à cause de leur manière calme et péremptoire de me toiser. Je ne le saurai jamais; le patron du *Mercury* et sa femme étant arrivés sur ces entrefaites, l'ahurissement somnambulique de la mère, la violence stupéfaite de son mari, me délivraient de tout soupçon.

De ses airs fanfarons, de ses affectations de bravoure dont il se délectait devant sa clientèle et du mépris qu'il affichait et qui lui soulevait la lèvre supérieure, la bouche demeurant entrouverte, la langue arrondie entre les dents s'il lui arrivait d'écouter, le patron du *Mercury* gardait exactement l'attitude et les gestes, surtout les traits tout tiraillés d'un seul côté, mais le sens qui s'en dégageait avait changé, et cet ensemble de posture, de grimace, d'étonnement suspendu, qui d'habitude dessinait la figure du crâneur, servait en l'occurrence à montrer dans toute sa détresse et son étourderie un homme se demandant quelle prise tenter sur l'adversité, ne souhaitant au fond que de se confier corps et âme à quiconque et à n'importe qui – même à moi. En revanche, le visage de la femme, dénudé de son théâtre de rictus, de sourires grimaçants qui d'habitude contractaient en tous sens ses lèvres, était ferme et ses yeux toujours au regard de biais et en communion avec l'infini, par-delà les gens, les murs, le monde, maintenant me fixaient nets, anxieux, présents. Je compris que, s'ils craignaient le pire, aussi bien l'homme que la femme avaient encore de l'espoir. Que leur avaient-elles dit, les voisines? Jusqu'où étaient-elles allées, les messagères du malheur? Elles nieront par la suite avoir rien vu. Je regardai vers la dame du contrôle avec qui je m'étais disputé et nous échangeâmes un regard complice. Elle appuya sur une touche, pencha son visage sur le combiné, en regardant paisiblement le couple comme si son occupation la mettait à l'abri des questions, la dispensant de fournir des réponses; ensuite elle murmura quelques mots, attendit, puis raccrocha sans même faire mine d'avoir entendu quelque chose au bout du fil. Mais elle sortit avec lenteur de derrière son bureau sur lequel elle avait mis l'un de ces petits écriteaux qui prient d'attendre ou promettent un prompt retour, et, avec une délicatesse que je ne lui aurais pas soupçonnée, elle indiqua un siège à la femme et regarda le patron droit dans les yeux : « Le docteur va venir. »

Alors la femme éclata en sanglots – la gentillesse de la réceptionniste ne l'avait pas trompée.

« Qu'est-ce qu'il y a, qu'est-ce qu'il s'est passé? cria, tout en étouffant son cri, l'homme, où est ma fille?

– Elle est morte, ta fille, tu n'as pas compris? » cria-t-elle à son tour levant vers lui un visage rageur noyé dans les cheveux : « Morte, morte, morte », répétait-elle en baissant progressivement la voix jusqu'à reprendre sa plainte, une sorte de mélopée, et elle se tenait le buste entre ses bras et le berçait.

« Mais vous, alors...? » me demandait-il en mettant une sourdine à sa colère, au moment où un homme en blouse blanche, brusquement surgi dans l'embrasure d'une porte, lui coupa le souffle en l'appelant par son nom. Moi-même je suis resté interdit – l'avais-je prononcé pendant l'interrogatoire?

La femme cessa de pleurer, se mit debout, suivit son mari qui, en plein désarroi, me priait de l'attendre. J'acquiesçai.

Je lui devais bien cela – peut-être lui devais-je même la vie si l'on songeait à certaines de ses mises en garde dont j'appréciais la manière impersonnelle et comme distraite.

J'attendrai beaucoup, et dans des endroits divers, ce jour-là; je ferai des choses que la vie m'avait jusque-là épargnées – les infirmiers, les gardiens scrupuleux, c'est moi qui vais les soudoyer; et je pénétrerai dans la morgue de l'hôpital Saint-

Louis parce que le père de Rosette me l'aura demandé. Non sans m'étonner moi-même, je deviendrais protecteur, je le soutiendrais au moment où l'on tirerait le linge recouvrant l'enfant et que le visage de Rosette, meurtri, tuméfié, serait là, devant nous, à portée de la main; et le corps dévêtu jusqu'à la taille. La mère n'avait pas eu le courage d'entrer; elle était restée dehors, assise sur l'une des bornes de pierre qu'une chaîne relie au mur, à l'entrée. Comme je m'engageais dans l'escalier qui descendait au sous-sol, elle m'avait retenu et m'avait donné la chaîne en or qu'elle portait au cou, avec une belle croix lisse en pendentif et une petite médaille dédorée qui était sans doute le vrai porte-bonheur. Des cheveux s'étaient pris dans le fermoir. Elle avait fait le geste d'ajouter la gourmette mais, comme elle avait hésité, j'avais décidé pour elle en lui tournant le dos, l'air pressé. La chaîne, je la lui ai passée au cou, à Rosette. Le père se tenait là, à deux pas, il regardait. Je soulevai la petite tête; une certaine rigidité se faisait déjà sentir mais la chair gardait toute sa souplesse et la peau, si froide, était encore plus suave. Je veillai à ce que la croix fût bien au centre de la poitrine, bien droite, et la médaille à plat. Elle était à l'effigie de la Vierge.

Avec sa moue, un peu amère mais effrontée, elle était là, Rosette, et cependant absente. Lointaine, ailleurs, résorbée dans le temps, au-delà.

« Mais le type... le type qui était avec ma fille... comment était-il? » s'exclama l'homme en serrant les dents, moins poussé par une véritable curiosité, car il devait soupçonner l'identité du petit malfrat, que pour me signifier qu'il comptait bien venger la mémoire de Rosette si lui-même demeurait sans gestes, me les laissant faire à sa place, n'embrassant même pas sa fille, n'osant peut-être pas en ma présence. Le linge rabattu l'effaça.

La mère se mit debout en nous apercevant; du regard elle demandait des nouvelles. L'homme lui serra le bras et elle laissa couler des larmes en silence. Ils étaient comme deux gosses égarés qui ont oublié le chemin du retour.

282

Ensuite elle s'était renfermée, redevenue hostile. Il fut gêné, me remercia, me dit qu'ils me feraient signe dès que les formalités seraient accomplies. Pour l'inhumation, supposai-je.

J'étais loin de me douter que je ne les reverrais plus.

La journée n'était pas finie, je devais maintenant me préoccuper de l'état d'Adélaïde et, si elle avait reçu les soins indispensables, la ramener peut-être à la maison. Cela ne put se faire. Elle ne quitta pas l'hôpital ni ce jour même ni le lendemain ni le surlendemain. J'aurai eu le temps d'apprendre à me guider dans ce labyrinthe d'avenues, de cours, de passages, de couloirs, grâce à un panneau de signalisation que j'avais réussi à situer une fois pour toutes, fait de flèches collées les unes aux autres et dont les inscriptions font voisiner l'amphithéâtre des morts, les soins du cuir chevelu, les soins de toutes sortes de dermatoses, et la chapelle. Je n'oublierai pas l'hôpital ni ses immédiats alentours, la rue Richerand, qui le longe, où des magasins à la double enseigne de « deuils et mariages » offrent, parmi des pierres tombales et des croix sur pied enroulées de banderoles en bronze portant une dédicace, des objets en matières plastique rectangulaires, ovales ou ronds, avec des fleurs prises dans la masse translucide; ni la large rue face à l'entrée principale, qui débouche sur ce canal Saint-Martin, au bout duquel, par une chaleur atteignant les trente-trois degrés, deux employés de bureau se rencontrent dans un livre célèbre, ce qui, avec les passerelles en fer et en dos d'âne, en fait le seul charme de l'endroit. Je me souviens d'avoir lu avec surprise sur le fronton de l'entrée de l'hôpital les mots de « liberté, égalité, fraternité », et de m'être dit que ce vœu pieux devenait fatalement raisonnable aux approches de la mort; j'ignorais que la devise avait été inscrite à l'entrée de tous les hôpitaux existant, après la Révolution. Je me souviens aussi, et ce souvenir s'imprime sur la voussure sculptée surmontant le portail du pavillon où Adélaïde avait été provisoirement transférée, mais où elle demeura, d'une pensée qui me traversa, étrangère à moi-même, venue d'ailleurs, de veilles oubliées, de vieilles lectures, de cette région qui, nôtre jadis, confine désormais au néant, et qui, cependant, venait définir sinon rendre plausible l'extravagance de mon comportement depuis quelque temps : « ... affirmer les faits, accomplir sans savoir pourquoi » – mots comme les seuls lisibles d'une stèle érodée, ceux dans lesquels notre inguérissable anxiété aimerait déchiffrer la trace d'un savoir.

Au moment où, convaincu d'avoir déjoué la surveillance, j'allais passer du vestibule dans la salle commune, une infirmière âgée aux épaisses lunettes concaves, qui lui agrandissaient les yeux jusqu'à les faire monter à la surface des verres, m'arrêta pour me demander mon nom et, me l'ayant redemandé, après qu'elle l'eut examinée d'aussi près qu'elle la toucha presque du nez, me tendit une enveloppe sur laquelle il avait été griffonné à la hâte. Seul parmi les personnes que je m'étais gagnées, l'infirmier à qui j'avais réussi à glisser, avec de l'argent, mon nom accolé à celui d'Adélaïde Marèse, pouvait être à l'origine de la transmission de cette missive. Aussi, craignant d'être indiscret, j'allais la fourrer dans ma poche lorsque, d'un air entendu, la vieille femme m'incita à la lire et, avant que je n'eusse déchiré l'enveloppe, elle tournait vers moi la lampe, sur la table encombrée de médicaments et de petits plateaux en laiton rouillé chargés de seringues, ampoules, paquets de gaze et coton. Elle était belle, très soignée, et tous ses mouvements étaient empreints d'une extrême lenteur, comme si le moindre, même celui d'un doigt, avait pu mettre en danger son équilibre. Elle me regardait, les mains posées sur son ventre, l'air d'attendre; sans doute connaissait-elle le contenu de la lettre mais elle ne serait à l'aise et satisfaite que je ne le lui eusse confié, afin de pouvoir m'apporter sans se montrer indiscrète le complément de renseignements qu'elle possédait. Il lui suffisait de déplacer à peine son visage pour que ses yeux se diluent remplissant la surface des verres ou, au contraire, y tombent comme une goutte, tout au fond. Les boucles grises aplaties se superposaient, en écaille, mais, sur la nuque qui en paraissait dégarnie, les cheveux étaient collés en petites touffes humides. J'observais ces choses et me disais que la plupart des gens n'accordent à leur corps qu'une existence purement frontale − je voulais éviter de prendre tout à fait conscience de ce que je venais de lire.

Ainsi, Adélaïde souffrait − selon l'expression passe-partout utilisée par l'infirmier, comme il est de coutume parmi les médecins à l'adresse de leurs patients − d'insuffisance cardiaque; elle était même tombée en syncope sous l'anesthésie, et l'on n'avait pu la ranimer, ajoutait-il, sibyllin, qu'« avec les grands moyens ».

« Moi, je ne suis pas médecin, mais selon moi, c'est l'angine de poitrine. Elle doit rester immobile; des gens s'en accommodent », dit-elle en faisant de la main un geste désabusé et en poussant de l'autre l'un des battants de la porte : « Le deuxième lit, vous voyez? Elle vous attend. Je m'appelle Germaine, vous pouvez compter sur moi », ajouta-t-elle d'un ton de confidence, de sorte que sa toute dernière phrase se changeât dans mon esprit en commandement : je devais compter sur elle si je tenais à ce qu'elle fasse de son mieux.

Une exhalaison rance, que des odeurs de médicaments rendaient encore plus lourde, me cloua sur place : elle m'arrivait par bouffées comme si, de tous les lits dont j'étais devenu le point de mire, chaque malade soufflait vers moi son haleine, et j'avais l'impression que toutes atteignaient leur cible, arrivant sur mon visage, mes mains, telle une vapeur poisseuse dont je sentais déjà imprégnés mes vêtements, moite la peau, amollie, contaminée l'âme.

Le visage d'Adélaïde émergeait comme celui d'un garçonnet derrière un parapet, par-dessus le bras en écharpe, immobilisé par un bandage enfermant le bras plié qu'un coussin en forme de collier d'attelage soutenait en l'écartant du corps; et de cet énorme rembourrage sortait la main diaphane et minuscule.

Lui avait-on ôté la bague par mesure réglementaire afin de la lui mettre en sûreté ? Je ne soulevai pas la question m'étant rappelé sur l'instant qu'Adélaïde tenait de Madame Mancier-Alvarez que dans les hôpitaux il est fréquent que l'on dépouille les mourants de leurs bagues, le seul genre de bijoux, au demeurant, pour lesquels leurs proches n'osent pas prendre les devants.

Derrière sa tête il y avait un fouillis d'oreillers, les uns sans taie, d'un tissu rouillé à rayures grises, que l'on avait sans doute entassés pour qu'elle se tînt le buste redressé, mais elle avait dû glisser et peut-être préférait-elle rester ainsi comme dans une cachette au creux de sa paillasse.

Je crois qu'elle fut contente de me voir. « Regardez », me dit-elle en faisant tourner ses yeux à défaut du visage, de droite à gauche et vers le haut : « On dirait la nef d'une cathédrale. »

Je vis alors ce que la touffeur qui m'avait saisi d'entrée m'avait empêché de voir : l'immense salle dont le plafond se noyait dans un amas d'ombres sales, les murs ossaturés de piliers dont la couleur rappelait l'expression « couleur de muraille », percés de très hautes fenêtres aux vitres dépolies qui filtraient un jour blême, laiteux ; je vis la perspective des lits en deux rangées et des paravents les isolant deux par deux, et, un moment, je crus contempler l'un de ces tableaux qui représentent les victimes du fléau de la peste réfugiées dans quelque enceinte sinon sacrée, grandiose. Mais ici et là s'élevaient des plaintes auxquelles répondaient des rires et des bruits mêlés de gémissements m'imposant contre mon gré la réalité de cette misère qui m'entourait et que l'imagination avait essayé de transfigurer. Peut-être à cause des fenêtres si hautes ou du mot « cathédrale » prononcé par Adélaïde, mon souvenir a doté l'hôpital Saint-Louis d'une salle qui eût été invraisemblablement une chapelle gothique. Et j'y entends encore, répercuté par les échos, le débit de Germaine si monotone qu'il égalisait les agonies et les démangeaisons des malades, sa voix qui semblait résonner et se résoudre en syllabes dans son nez et sortir par ses narines plus que par sa bouche toujours entrouverte mais dont la lèvre supérieure ne remuait jamais – son monologue se poursuivant une fois qu'elle avait posé les questions habituelles et donné les réponses attendues, par des coin-coin sans autre objet que de remplir le temps de faire avaler un cachet à un patient dont elle mimait l'effort, ou de tapoter les coussins.

Distraite à force d'éparpiller son attention, si elle s'apercevait que l'on s'était adressé à elle alors qu'elle regardait d'un autre côté, elle fixait ses yeux sur vos lèvres en essayant de déduire des derniers mots les précédents, et son regard était d'une petite fille prise en faute. Les jambes écartées, les pieds en dehors, chaussés d'espadrilles, elle se dandinait en marchant, et d'une jambe sur l'autre lorsqu'elle s'arrêtait au pied d'un lit, le temps de dissuader le malade de faire quelque chose qu'il était hors de question qu'il fît. Et elle se donnait en exemple, pour ce qu'il fallait faire et pour ce qu'il convenait d'éviter, arguant de sa santé à elle qui n'avait connu en tout et pour tout d'autres péripéties qu'une opération de la cataracte et, tout récemment, une arthrose cervicale. « A soixante-dix ans que j'ai », disait-elle d'une voix qui, se voulant plus forte, s'effilochait entre la gorge et la tête.

« Elle est très gentille, elle m'a tout raconté... la remise en place du bras... la tête de l'humérus fêlée... Cela, je le savais, je me souviens de tout jusqu'au moment où l'on me plante une canule dans la veine du poignet, pour la narcose... J'ai dû m'endormir tout de suite... Avant... mais, en fait, et Rosette?

– Ses parents sont venus.

– Et moi qui me vantais de tout me rappeler... Maintenant, oui, tout revient, je crois : vous êtes en train de discuter avec la dame noire de l'entrée... moi, on m'emmène dans un fauteuil roulant et elle et moi, elle dans la civière, recouverte d'un drap, mais des cheveux s'en échappaient, moi dans le fauteuil poussé à toute allure, nous nous croisons; et je ne ressens même pas de la tristesse, je n'ai qu'une hâte : qu'on en finisse avec mon bras. Je ne savais pas que le corps pouvait ressentir et supporter tellement de douleur, qu'elle pouvait si entièrement l'occuper... J'ai crié quand on m'a fait les radiographies, je crois que j'ai crié; à vrai dire, j'ai comme l'impression qu'il y a eu un cri, des cris... Je n'avais plus de corps, il y avait une flaque de douleur et un cri au milieu, de noyé, je n'étais nulle part ailleurs que dans ce cri, comme une vrille... cela perçait. »

Après la séance, on l'avait rassise dans un fauteuil et on l'avait laissée seule dans une pièce contiguë au cabinet de radiologie. Ensuite, de jeunes étudiants en médecine étaient entrés; l'un d'eux apportait les radiographies qu'il fixait avec des punaises sur une baguette en bois collée au mur.

Personne n'avait fait attention à elle. Les garçons et les filles examinaient les radiographies, les commentaient, en tiraient des conclusions, avançaient des diagnostics; une fille s'était opposée bruyamment à un garçon puis ils s'étaient rangés tous deux à l'avis d'un tiers qui avait la voix grave et péremptoire : il faudrait opérer, la tête de l'humérus était cassée, ce serait une intervention délicate, il faudrait mettre un clou, le clou n'était rien mais il fallait faire attention aux ligaments. « Comme toujours lorsqu'il y a cassure et déplacement », avait-il conclu. Ils allumaient des cigarettes, quelqu'un apportait du café et des verres en carton. Elle était là, au milieu, le bras la tirait vers le bas, lourd d'une lourdeur irréelle, et personne ne semblait la voir. Invisible. Comme déjà clouée entre quatre planches.

L'idée même la faisait en ce moment se raidir. Il nous était arrivé d'évoquer la mort; elle n'avait qu'une crainte; d'être enterrée vivante, pouvais-je le concevoir?, rien qu'à s'imaginer vivante dans un cercueil, elle éprouvait une telle horreur qu'elle avait le cœur sur les lèvres... Une constriction, un resserrement de tout le corps, du cerveau... L'enfer était cela pour elle. Maintenant, elle avait de l'angoisse, l'angoisse du claustrophobe, à cause de son bras enfermé... Un petit cercueil capitonné... Heureusement que la main pointait. Mais encore, il lui était nécessaire de l'imaginer, ce bras, étranger à son corps, et de renouveler à chaque moment la conscience de la relative liberté de tout le reste.

Elle porta la main frêle, crispée à sa gorge, baissa un instant les paupières, l'imagination avait eu raison d'elle et elle n'arrivait pas à se reprendre, puis elle inspira profondément et l'on eût dit qu'elle en triomphait.

« C'est si gentil à vous d'être venu. Vous savez ce que je veux dire, vous savez ce qu'il y a derrière la formule. Je sais que vous savez... que je me rends compte du sens... comment dire?, ne riez pas... presque magique de votre présence, pas seulement aujourd'hui mais tous ces derniers temps, depuis que nous avons fait connaissance. Il n'y avait aucune raison pour que vous vous trouviez là, sur le chemin...

– Il n'y a jamais de raison pour rien. Ou toujours, inévitablement.

– Ou toujours. Et Dieu voudrait que l'homme soit libre dans un monde qui ne l'est pas, qui ne peut l'être du moment que c'est Lui qui l'a créé.

– Ne vous fatiguez pas. »

Adélaïde sourit. Nous retrouvions la placidité de certaines soirées, où nous étions capables de surmonter nos problèmes, de survoler la vie, et devenions un peu enfantins, un peu philosophes.

« J'ai toujours eu l'impression d'avoir vécu au milieu d'une bataille que se livraient la pensée et le corps.

– Qui attaquait le premier?

– Qui avait attaqué le premier? Impossible de le savoir. Dans les moments de grande lassitude, de maladie, en ce moment, il me semble que les os sont tout petits, peut-être aussi petits qu'ils sont en réalité, plus petits et plus fragiles que dans l'image que l'on a du corps... Le corps dans la fatigue, je sens qu'il sombre dans une mare et que la mare est ce que l'on appelle l'âme... C'est fou l'emprise qu'une pensée peut avoir

289

sur un corps affaibli. Une fois qu'elle l'a soumis, dompté, assujetti, asservi, elle repart de plus belle dans une autre direction. »

Adelaïde s'enfouissait de plus en plus sous un amoncellement de draps, de couvertures qui s'entortillaient autour de son cou, comme si on la tirait lentement, inexorablement par les pieds. J'aurais voulu la soulever, ranger les coussins sous son dos et me mis à les frapper à petits coups légers. Aussitôt, Germaine, du fond de la salle, modifia autant qu'elle le put son débit afin de m'informer que rien ne devait être entrepris sans qu'elle y consentît. J'aurai l'occasion de le constater par la suite, Germaine, que les années n'avaient pas épargnée, régnait cependant sur la salle grâce à une oreille très fine qui, dans la rumeur des respirations, les ronflements, les conversations pouvant aller jusqu'au brouhaha, isolait le bruit, le son, la nuance, indiquant que quelque chose d'inaccoutumé avait lieu, et, dès que cela s'était produit, elle changeait de cap, se dirigeait vers vous, qu'elle ne distinguait pas encore, s'avançant, imperturbable, précédée par son nasillement qui résonnait entre les hauts murs comme, venue d'un invisible et tout proche horizon, la corne de brume.

« Pourquoi vous laissez-vous glisser ?

— Je ne fais rien pour, mais c'est ce que je ressens... un glissement. Je ne veux pas que les autres malades me voient, je ne veux pas qu'on me parle.

— Ah ! c'est le lit », dit Germaine en entreprenant de tirailler les couvertures : « Elle ne peut pas se lever, c'est interdit pour le moment.

— Pourquoi ? demanda Adélaïde.

— A cause de l'anesthésie. Vous voyez... aidez-moi, monsieur, à la soulever... merci... Ce à quoi Madame devra faire attention... Madame... Je vous ai demandé trois fois votre nom et je l'ai trois fois oublié. Voulez-vous savoir pourquoi ? L'arthrose cervicale m'a touché le cerveau, le siège de la mémoire. Et je ne retiens plus rien. Je me souviens de tout le

290

passé, de l'enfance, de la jeunesse, je m'y promène mais c'est comme une terre étrangère, je fais en moi-même des voyages à l'étranger; quand j'en reviens, je ne sais plus où j'ai mis il y a cinq minutes un médicament, ou comment s'appelle Madame. Comme je l'oublierai de nouveau, je ne vous le demande pas encore une fois. Cela dit, ne craignez rien, je note tout, ce que chaque lit doit prendre et l'heure et tout et tout. Vous devez faire attention, Madame, à l'arthrose; les cassures y sont propices. »

Elle avait sorti de l'incroyable emmêlement de couvertures une espèce de châle frangé de boules de laine de toutes les couleurs et le tenait plié en triangle, sur sa poitrine. Et, tout en ébauchant ce sourire condescendant des gens qui se sont si bien aimés eux-mêmes que rien, même pas l'amour, n'a réussi à les rendre malheureux, elle dit encore, avant de hisser non sans adresse la malade sur les coussins empilés en éventail : « La perte de la mémoire du présent est pire que la cécité. » Puis elle fut attirée vers le fond de la salle par un tapage soudain que les malades, jalouses qu'elle eût pu s'entretenir si longuement avec la nouvelle venue, menaient en criant à tue-tête et en se jetant des coussins — fausse bagarre pour alarmer Germaine et qui se nourrissait de l'attention que celle-ci lui portait puisqu'elle cessa comme elle avait commencé, à son approche.

Je me sentais soulagé de voir Adélaïde redressée, presque assise, comme si la position l'obligeait à garder un maintien intérieur, une certaine tenue qui ne serait pas sans influer sur son état d'âme. Avec son gros pansement et la raideur de la main aux doigts joints qui en sortait, elle faisait songer à une préfiguration archaïque de Madone.

« Je dois vous demander une chose, dit-elle d'une voix affermie, prenez mon sac, s'il vous plaît; il est dans le tiroir. Dans le portefeuille, sous la carte d'identité, il y a une carte de visite de Madame Mancier-Alvarez. J'ai beaucoup hésité mais

291

je crois qu'il faut l'avertir. Elle me l'avait fait promettre, s'il m'arrivait malheur. Et puis... »

J'attendais, elle se taisait; enfin, sans le moindre sous-entendu, sans trace d'émotion, elle me dit que c'était tout, et qu'elle comptait sur moi.

Je ne lui dis pas, de mon côté, que je n'aurais de cesse que je n'obtienne un rendez-vous avec le médecin qui s'était occupé d'elle, pour ne pas l'inquiéter ou, plutôt, pour ne pas l'obliger à une plus grande dissimulation, qui aurait pu la trahir. Ce qu'il y avait de vrai, c'était la confiance qu'elle avait en moi et qui, elle, m'obligeait à me comporter en conséquence. Et puis, non sans étonnement, je consentis en moi-même à voir dans nos rapports l'une de ces amitiés qui seules comptent parce qu'elles permettent à l'un et à l'autre de continuer à être seuls, consolidant même la solitude de chacun; c'est bien ce que l'on aime chez les autres, leur solitude.

« Elle est belle cette architecture, ses ouvertures, la voûte... Je me demande si c'est ce qu'on appelle les " voûtes en berceau "...? »

La lumière horizontale du soir battait contre les vitres et se pliait sur le sol jusqu'au mur opposé. Un moment, le lit d'Adélaïde parut blanc, en ordre, propre.

Nulle emphase dans notre au revoir. Je m'éloignai, sortis, et par la porte entrebâillée je vis Adélaïde qui étirait avec la main gauche un par un les doigts de la main prisonnière. Ensuite elle abandonna sa tête en arrière et, peu à peu, imperceptible-ment, son corps qui glissait entre les draps se perdit dans le creux du lit jusqu'à ce qu'il ne restât à la surface que le promontoire du bras et une petite tache noire de cheveux que, probablement, des lits d'en face on ne voyait même pas.

S'il m'est familier, j'avais plus fort que jamais ces jours-là le sentiment de mener une double vie, d'avoir mis en veilleuse celle de tous les jours, bien à moi, que me rappelaient les murs, les objets, les fenêtres de l'appartement, le soir, quand j'y faisais halte, pour m'activer dans un long sommeil diurne, dont souvent, pendant qu'il s'y passait quelque chose de grave, j'avais la sensation d'être sur le point de m'évader, laissant les autres personnages de l'histoire désemparés, menacés d'inexistence. Ce n'était là, bien entendu, qu'une argutie littéraire pour me rassurer ou, tout au plus, me distraire lorsqu'il m'arrivait de surenchérir dangereusement sur les aventures des autres et de m'y trouver engagé complètement avec la responsabilité d'actes à accomplir, de démarches à faire, de formalités à remplir. J'avais parlé au cardiologue, remonté la chaîne des médecins qui avaient traité Adélaïde jusqu'à l'anesthésiste; j'avais téléphoné à Madame Mancier-Alvarez qui était partie en province, à Coubert, en Normandie, où se trouve le Club des chiens-guides d'aveugles d'Ile-de-France, mais elle y était allée pour rien : « Je n'ai plu à aucun. »

Elle téléphonerait sans tarder à un grand professeur de ses amis, qui ne se dérangeait jamais, sauf pour elle; et elle-même se rendrait au chevet d'Adélaïde au plus tard le lendemain. J'avais bon espoir qu'elle réussisse à la sortir de la salle commune, à obtenir du médecin en chef son renvoi à la maison, ou un ordre de transfert dans une clinique si son état l'exigeait. Adélaïde et moi nous n'avions pas évoqué le premier jour ces troubles cardiaques qui la retenaient dans cet hôpital, et nous ne l'avons pas fait par la suite. J'étais au courant par Germaine des contrôles auxquels Adélaïde devait se soumettre matin et soir. Je lui apportais des livres, entre autres l'un, illustré, qui avait trait à l'architecture française du XVIIe siècle où elle eut la joie de trouver des photographies d'intérieur qui ressemblaient à cette salle aux allures conventuelles. Elle aimait l'architecture qui, plus qu'aucun art, lui semblait détenir une réponse au mystère de ce monde. Je lui apportais aussi, naturellement, des fruits, des gourmandises et en quantité si excessive que Germaine, deux fois par jour, les distribuait aux autres malades, y trouvant, au demeurant, un moyen supplémentaire de faire respecter la discipline de la salle par la menace d'une privation. Dès le deuxième jour, mon

293

entrée faisait se dresser avec une surprenante exactitude les patientes; le surlendemain, la chose fut célébrée avec des cris de bienvenue et des battements de mains; puis cela devint un rite et, pour finir, une habitude. J'avais atteint mon but, car je tremblais qu'Adélaïde ne se trouvât mal la nuit, que dans la salle personne ne se pressât de sonner et qu'il fût trop tard quand l'infirmière accourrait.

Je parle comme si le séjour d'Adélaïde avait été de longue durée, alors qu'il ne se prolongea pas au-delà du septième jour.

Le temps de l'hôpital est long pour le malade : l'attente y règne, qui présage l'éternité et en est, en quelque sorte, la métaphore.

Moi-même, quand je pense à ces visites que j'ai effectuées, je ne sens pas l'écoulement du temps; je sais que des choses différentes ont eu lieu et que nous avons abordé différents sujets, Adélaïde et moi; qu'il y eut des moments de politesse réciproque et quelques instants de communion. Mais aujourd'hui déjà, tous les moments tendent à se produire à tout moment, au seul moment d'un temps environnant, plutôt d'un orbe peuplé d'événements intimes, de mots, de regards, où des poussières d'énergie, des poussières du cœur, de la pensée, flottent, éparses et cependant assujetties à un rythme et à un tracé, comme la poussière spirale d'une galaxie en formation ou qui se désagrège, lointaine, fuyante, invisible. C'est la ronde des souvenirs, des images, des mots dont parfois ne se perpétuent que l'intonation, l'inclination de la tête qui les a accompagnés, le geste de la main – où en est le sens ? Demain, peut-être, la rumeur des voix se sera éteinte et, dans la mémoire, ces choses qui disparaîtront avec moi se seront tassées, à plat, comme dans une photographie. Toujours est-il que ce doit être là plutôt un vœu ou un préalable consentement au destin, dont le but est l'oubli, puisque je sais bien que dans ce théâtre où j'étais le spectateur, un confident, et si l'on veut, par instants, un de ces acteurs qui jouent les utilités, il y a deux scènes vers la fin qui se détachent. L'une se déroule le

294

troisième jour : l'autre, avant le dernier qu'Adélaïde vécut à l'hôpital.

C'était par une fin d'après-midi, une fois dépassée l'heure des visites. Nous avions attendu en vain celle de Madame Mancier-Alvarez et si je m'étais attardé, avec la complicité de Germaine, c'est que l'inquiétude, la déception que j'avais décelées chez Adélaïde m'y avaient poussé. Les ombres, telles des pièces de voile tombant des voûtes, gagnaient sur la lumière des fenêtres qui déclinait d'instant en instant. Je m'étais levé et prenais congé quand, en même temps, les battants de la grande porte firent grincer leurs gonds, poussés et plaqués contre les murs par deux malades en chemise de nuit, un manteau sur les épaules, qui revenaient de faire un tour. Dans l'embrasure, à contre-jour, se découpaient Madame Mancier-Alvarez et, je le devinai avant même qu'Adélaïde laissât échapper une exclamation étouffée, à cause de son maintien, et de sa dignité pincée, qu'Adélaïde m'avait décrits, l'Ambassadrice.

L'air terrifié de ces personnages de la peinture que menace la splendeur des anges, les deux malades maintenaient les vantaux contre les murs, la tête symétriquement levée vers la double, colossale apparition. Germaine devait se trouver juste derrière puisque l'on entendait sa voix qui, dans la flatterie, pouvait pousser le nasillement vers une mélopée lugubre. Peut-être s'excusait-elle pour l'état des lieux tout en les conviant à y avancer ou cherchait-elle sans succès à glisser son corps trapu soit entre les visiteuses hiératiques, soit sur les côtés, entre l'une de ces statues habillées de noir et l'encadrement de la porte. Quoique Germaine, mise au courant de la visite, eût exhorté ses malades à la plus grande retenue, le silence qui, pendant un bon moment, régna dans le dortoir fut dû à la stupéfaction suscitée par les étrangères, à juger par les murmures qui suivirent et qui, échangés d'un lit à un autre, remplissaient d'un bruissement de passereaux dans les feuilla-

295

ges, la pénombre. Celle-ci n'avait cessé de devenir plus dense et, au fur et à mesure, les deux silhouettes se découpant dans la pauvre lumière jaune du couloir prenaient du relief du fait d'un contour plus net. Transversale et éphémère, une clarté fit luire un instant les lunettes à monture papillon cloutée de strass de Madame Mancier-Alvarez et, sur une épaule de l'Ambassadrice, sans doute une broche. Puis, même le brouhaha s'étant atténué, la chambrée ne faisait pour finir qu'un bruit de prière, quand, dans la nef qui semblait gagnée par la grande nuit, tout d'un coup la haute rangée d'ampoules à nu qui courait d'un bout à l'autre de la salle s'alluma et, comme si elles avaient attendu tout ce temps en coulisses le moment de faire leur entrée, les visiteuses rompaient leur immobilité et ce fut, par leur majesté et leur atour, un cortège qui s'ébranla.

Le visage de l'Ambassadrice, Adélaïde me l'avait fait imaginer, pareil à celui des dames de Cranach, sans sourcils, les lèvres minces et rentrées, une couche de poudre uniforme et nacrée voilant les traits; mais s'il est courant, lorsqu'on fixe alternativement le regard sur un côté et l'autre d'un visage, de découvrir deux expressions tellement inconciliables que le fait suffit à nous renseigner sur les tourments de la nature humaine, moi qui suis un familier de ce jeu, je n'avais jamais eu l'occasion d'en observer de si double, au point que la moitié gauche, par l'éclat de givre de l'œil, semblait venir à votre rencontre en devançant le corps, tandis que l'autre, en retrait, lointain, on eût dit qu'une ombre montée de l'intérieur l'estompait.

Elle précédait Madame Mancier-Alvarez d'un mètre environ et si c'était elle qui guidait l'aveugle, on aurait pu dire que celle-ci la menait car une laisse les reliait, la même qui s'accrochait naguère au collier de son chien et, maintenant, au gros bracelet en jais, au poignet de l'Ambassadrice. Il n'en fallait pas davantage pour comprendre que le côté éteint de son visage était, en de telles circonstances, le vrai. Elle s'arrêta et appuya sa main gantée sur le montant du lit et, regardant par-dessus l'épaule Madame Mancier-Alvarez, elle tira sur la laisse qui s'était relâchée, pour lui faire comprendre qu'elles étaient arrivées à destination.

Royale dans sa robe du soir à mi-mollets, au corsage serré et à la jupe à gros plis dont le bruit de feuilles mortes prises dans un courant d'air était celui du taffetas, Madame Mancier-Alvarez s'écria en ouvrant grands les bras et en tournant ses noires et étincelantes lunettes dans ma direction : « Ma chère Adélaïde...! », corrigeant sa position à l'instant même où Adélaïde répondit d'une voix presque inaudible : « Madame, merci d'être venue... »

La tête rejetée en arrière, la main libre en avant pour parer les coups que lui portait encore le destin, l'Ambassadrice se campa de profil et dit, dans un sanglot : « Ah! non! »

« Chère Ambassadrice, vous m'aviez promis de ne pas ouvrir la bouche : vous comprenez bien la situation et vous savez pourquoi je vous ai demandé de m'amener ici », dit Madame Mancier-Alvarez, et elle poursuivit mais en s'adressant à Adélaïde sur le ton de qui demande à être excusé : « Je n'ai plus mon chien, et, vous savez, tenir une laisse me rassure. Je vous l'ai toujours dit, cela m'est aussi nécessaire que la canne », dit-elle, en tapant le sol d'une frêle baguette en ivoire renforcée d'anneaux en argent et dont la poignée, grosse en revanche, était tout historiée de minuscules personnages. Puis, comme si elle eût soudain trouvé réellement un grief contre l'Ambassadrice, qui la mettait, elle, à l'abri de tout soupçon d'abus à son égard, elle dit lentement de sa voix bien posée, aux inflexions de contralto, en faisant sonner les dentales dans une sorte de clappement : « Margarita, vous m'aviez dit et répété que vous aviez perdu toute mémoire. »

L'Ambassadrice ne répondit pas; elle ne bougeait plus et, dans le profil qu'elle présentait, celui qu'abaissait un rictus, l'œil avait une mélancolie, une fixité animales. Le ventre rebondi des figures moyenâgeuses, le buste si creux et si voûté qu'on l'aurait dit assis sur les hanches, elle semblait éprouver une réelle difficulté à se tenir debout, comme si ses jambes n'étaient que ses pattes arrière et que la prouesse qu'exigeait son maître durait trop. Seul, un moment, un frisson, sans doute une rafale de colère, redressa sa silhouette d'idole déchue, quand Germaine qui, sous le prétexte qu'elle apportait un tabouret – elle ne l'offrait pas en réalité, le gardant contre son corps –, et se tenait quelques pas en arrière pour ne rien perdre de la conversation de ces altesses, au mot « mémoire » prononcé par Madame Mancier-Alvarez, ne pouvant se contenir, s'était exclamée : « Je l'ai perdue, la mienne... », s'empressant d'ajouter, « l'avoir perdue et le savoir, c'est pire que la cécité ». Et sous la lumière des ampoules, les lunettes où nageaient ses yeux creusaient dans son visage, où se reflétait la satisfaction d'avoir placé sa phrase, des cavités qui en faisaient une tête de mort.

Madame Mancier-Alvarez eut un sourire de souveraine et chercha sur le lit la main d'Adélaïde pour lui donner une petite tape.

« La vôtre aussi, chère Madame, vous a faussé compagnie ? » demandait Germaine à l'Ambassadrice.

Comme personne ne faisait de remarques et ne commentait son intervention, elle finit par poser son tabouret par terre et sans le proposer à l'Ambassadrice, qui l'avait tellement déçue, elle s'éloigna, en hochant de droite à gauche la tête, et en se dandinant selon son habitude, l'écho multiple des voûtes répercutant son marmonnement et semblant la guider parmi le chœur des malades qui emplissait la nef de ses protestations.

Adélaïde ayant essayé à deux reprises d'avertir Madame Mancier-Alvarez de ma présence, j'arrêtai sa troisième tentative d'un geste de la main, qui était aussi un signe d'adieu, et me retirai sur la pointe des pieds quand sa protectrice, en train de se justifier de l'heure tardive de sa visite, et de sa toilette, en disant que cela les arrangeait – elle introduisait à contrecœur le pluriel – de se rendre directement de l'hôpital à l'Académie, où il y avait réception, s'interrompit en me tendant la main, abandonnée au bout du bras énergique. C'est un geste qui se perd, celui des femmes habituées au baisemain ; moi, qui aime le pratiquer – comme tous les rites, les symboles, il dispense de tant de choses –, je regrette, lorsqu'elles n'en ont pas la coutume, d'être obligé de trop baisser la tête car on s'en relève décoiffé.

« Vous devez venir me voir, je ne sais rien de vous et cela je ne le supporte jamais longtemps quand je garde un bon souvenir d'une première rencontre... »

Je promis et elle dut s'apercevoir de ma gêne puisqu'elle se reprit et canalisa son enthousiasme pour entretenir Adélaïde de la venue, le lendemain, de son ami le Professeur, qu'elle devait justement rencontrer à l'Institut. Alors je pris congé par une inclination de tête englobant l'Ambassadrice qui regardait la malade et dont l'entaille crispée de la bouche s'était atténuée et était devenue presque horizontale. D'une oreille, j'avais entendu qu'Adélaïde s'était adressée à elle pour la remercier, si j'ai bien compris, d'avoir été « la chance de sa vie ».

Déjà sur le pas de la porte, j'avais pu déduire qu'Adélaïde parlait à Madame Mancier-Alvarez, mais je ne pus saisir un seul mot. Madame Mancier-Alvarez était partie d'un beau rire qui descendit de toute une octave, et l'avait assurée que lorsque le professeur serait venu au plus tard l'après-midi du lendemain, ses idées noires s'envoleraient comme par magie. Parfois on aimerait avoir l'autorité que confère l'art afin de pouvoir exprimer – faire passer – des analogies qui, malgré leur mièvrerie, sont justes : la voix de Madame Mancier-Alvarez avait des ondulations, des vibrations graves de violoncelle.

Je pris le couloir puis, par l'habitude sans doute que le pas et le regard avaient prise, je me suis retrouvé dans la grande cour, dans le lent silence des heures. En la traversant, je songeais au peu que je savais de certaines personnes qui gravitaient autour d'Adélaïde. Les gens me fascinent mais je ne suis pas curieux des particularités de leur vie ; je n'entame pas

299

de conversations dans les trains ; la biographie du voyageur en face, je préfère l'imaginer.

Il faisait encore jour, alors qu'à l'intérieur la nuit était tombée depuis longtemps – une couche de vieille poussière enlevait de leur transparence aux vitres.

Adélaïde n'avait pas, depuis son accident, évoqué, ne fût-ce que par allusion, Monsieur Tenant. Je me demandais si elle avait renoncé à lui ou si c'était à cause de lui qu'elle renonçait à la vie.

La première expérience du bonheur est féroce : lorsqu'il part, tout manque à la fois.

Le lendemain était dimanche mais il n'y avait pas affluence de visiteurs ; les avenues, les cours, les bâtiments me donnè-rent, comme le premier jour, l'impression que tout les avait désertés. L'absence dominicale de Germaine y contribuait sans doute. Une infirmière de garde, dont je n'avais pas remarqué la présence derrière la petite table chargée d'ustensiles et de médicaments, m'intercepta sèchement à l'entrée du pavillon. Je devais attendre que sortent les médecins qui visitaient les patients. Je regardai un moment à travers les vitres ; un enfant qui jouait avec son ombre s'en approcha et eut un sursaut en me voyant – je me souviens de m'être dit que je n'oublierais pas ses yeux. Puis les portes de la salle s'ouvrirent livrant passage à un petit groupe de jeunes en blouse blanche qui entouraient un homme d'un certain âge dont la distinction triomphait d'un corps trapu et d'une figure qui était, à elle seule, une infirmité : elle avait la matière de ces énormes fraises en partie décolorées, le nez informe, les lèvres sans contour, et seuls les yeux couleur de mer hivernale y rétablis-saient, comme dans les dessins d'enfants, l'idée de visage. Sa voix était d'une grande douceur et il avait de ces inflexions pleines de malice propres au conteur d'anecdotes sachant ménager les effets et qui, de surcroît, se sent à l'abri de toute interruption. Je le regardai s'éloigner dans le groupe de têtes obséquieuses; son diagnostic ne m'intéressait pas, ne m'intéressait plus. Je voulais voir, de mes yeux voir Adélaïde; l'infirmière consentit avec réticence à me laisser passer. Adélaïde était assise dans son lit, elle m'attendait. Le professeur lui avait dit qu'elle pouvait rentrer chez elle dès le lendemain; il avait insisté pour qu'elle se levât et fît une promenade.

« Vous voilà guérie!

— Vous savez bien que ce qui m'embête, c'est le bras, dit-elle d'un ton si neutre qu'elle eut besoin de le corriger in extremis par un sourire. J'aimerais voir quelques bâtiments, et la grande cour... Vous m'en avez parlé d'une telle façon que je me sens au cœur d'une cité interdite. Y entrer, en sortir, on ne le faisait pas impunément...

— Reconnaissez que vous vous sentez mieux aujourd'hui...

— C'est exact, mais c'est depuis hier, depuis la visite de Madame Mancier-Alvarez. J'avais besoin de lui parler, il le fallait... Comment dire?, peu de temps après qu'elle m'eut hébergée, elle m'avait fait une promesse, il fallait qu'elle me la renouvelle. J'en avais besoin. Cela s'est passé au cours d'un voyage en Italie que nous avons fait ensemble... Si vous avez la gentillesse de m'aider à passer mon manteau... »

Je lui donnai le bras et elle finit par s'y appuyer. Nous gagnâmes d'un pas lent l'un des passages qui mènent à la grande cour et nous nous y trouvâmes bientôt. Nous n'avions même pas franchi le seuil qu'elle s'était arrêtée. Il n'y avait plus d'expressions à proprement parler sur son visage mais des degrés d'intensité, des changements ténus, des nuances de sentiment. Maintenant, à la vue de la cour on eût dit qu'elle se trouvait en présence de quelque chose qu'elle avait espéré ne plus revoir.

La lumière était fragile et l'air sentait l'automne; l'ombre brisée du bâtiment en face de nous atteignait la ligne médiane de la cour. L'admirable rempart quadrilatère pointillé de fenêtres, sales, éteintes, n'arrêtait pas la distance; à partir du centre, l'espace se répandait, éloignait les constructions. Adélaïde eut un sourire vaincu.

« Je pense aux arbres en miniature des Japonais, avec leurs frondaisons, leur vieux petit tronc tordu, ils me terrorisent, tellement semblables aux grands arbres... Cette cour est comme ces arbres minuscules; on doit bien pouvoir la mesurer, elle a pourtant quelque chose de plus vaste, de plus ample, d'incommensurable. »

Le sourire était resté figé sur ses lèvres.

« Au fond, rien n'est grand ni petit en soi, n'est-ce pas? Et puis l'œil peut être attiré en même temps, mettons, par un haut réverbère, un arbre et la lune, et voilà que ces trois choses composent un visage, mais vite celui-ci se décompose parce que l'entendement nous rappelle que le réverbère est à quinze mètres, l'arbre à trente, et la lune... La vie est comme ce visage; chaque chose de la vie est comme ce visage. On le sait, il arrive un moment, très tôt, où on le sait. Et pourtant rien n'y fait, aussi petit qu'on soit, une mouche, on doit être en lutte avec l'univers. »

Le sourire ne s'effaçait pas sur son visage mais le passant le plus distrait aurait pu penser qu'il était mort depuis un bon moment dans le cœur de la vieille fille qui me signalait là-bas, à la lisière de l'ombre, une paire de chaises.

L'air ne bougeait pas. Nous tournâmes les chaises le dos au soleil; une barre d'or illuminait les fenêtres crasseuses du premier étage. Elle avait le front moite; c'était son sixième jour d'hôpital – et c'est l'autre moment, avec l'arrivée de Madame Mancier-Alvarez et de l'Ambassadrice, que la mémoire aura gardé, isolé, intact, de cette semaine tumultueuse dont les événements tournent, s'entrecroisent dans une sorte de douce apesanteur, comme le banc de poissons effarouchés qui se reforme : il y a l'automne, même si en guise de verdure ne reste que le gazon brûlé des plates-bandes; il y a l'or dans les vitres et peut-être Adélaïde perçoit-elle l'émouvante beauté dont se parent les choses qu'on va perdre.

Comment ai-je amené la conversation sur ce sujet, je ne saurai le dire. Elle parle et c'est son voyage dans l'Italie du Nord, en compagnie de Madame Mancier-Alvarez, qu'elle évoque.

En fait, si elle en avait exprimé l'envie, la chose n'avait pas été décidée par elle, mais par Madame Mancier-Alvarez, deux ou trois jours après qu'elle lui eut raconté le peu qu'elle savait de ses origines. Depuis près de trente ans qu'Adélaïde habitait de ce côté-ci de l'Océan, et alors qu'elle avait vécu quelque temps dans la Péninsule, à Rome, auprès de l'Ambassadrice, elle n'avait pas seulement essayé mais refusé de se rendre dans ce village du Piémont où Tino était né, d'où il était parti. Elle était même restée une fois à Turin quelques jours, et que le tracé rectiligne et les faubourgs plats et bruyants lui eussent rappelé les villes de *là-bas,* avait suffi à la décourager d'entreprendre toute recherche, au point d'éviter de consulter l'annuaire de peur de trouver son nom et, sur la carte, celui du village de son père. Elle se dirait plus tard que si le propre de l'homme était de posséder d'une façon lancinante le sens des origines, elle était résolument peu humaine et se comportait comme si sa vie eût été un destin dont elle suivait le tracé impérieux.

L'endroit où était né Tino, l'endroit d'où elle venait, elle l'avait toujours imaginé hostile, avaricieux, rocailleux, enfermé par des coteaux, sans arbres et, pour tout dire, sans terre ni ciel véritables.

Ce jour-là, dans la grande cour de l'hôpital Saint-Louis, elle avait essayé d'imiter l'intonation de Madame Mancier-Alvarez lorsqu'elle avait découvert, sur l'acte de naissance de Tino, qu'Adélaïde avait extirpé d'un tiroir, à sa demande, le nom du lieu natal : « Cumiana ». Adélaïde ne possédait pas le don d'imitation; depuis l'enfance, il lui avait fallu apporter de la méthode dans sa solitude, et elle avait acquis peu à peu cette inflexibilité que donnent des normes et des usages que l'on respecte et que l'on apprend pour être admis.

Ainsi donc, Madame Mancier-Alvarez lui avait annoncé, sans s'embarrasser de préambules ni la consulter, qu'elles partiraient pour Turin incessamment. Dès qu'elle s'intéressait à quelqu'un ou à quelque chose, il lui en fallait faire le tour, rassasier sa curiosité qui était inlassable, éclairer de sa lanterne les marges d'ombre, connaître les tenants et les aboutissants. Qu'il se fût agi d'une personne illustre comme celles qu'elle fréquentait par goût, ou anonymes; d'un ouvrage littéraire ou d'une musique ou d'un plat régional, elle s'adonnait passionnément à la recherche des filiations. Aussi, dès qu'elle avait pris sous son aile Adélaïde, elle n'avait eu de cesse qu'elle n'obtînt un récit autobiographique et, une fois qu'elle l'avait eu, elle considéra que le voyage à Cumiana s'imposait d'urgence. Elle n'aurait su en donner la raison, et elle en convenait, mais pour aussitôt ajouter que lorsqu'on a mené une vie pareille – et elle faisait bouger en éventail sa main – il faut faire le point, y apposer son paraphe – elle ne dédaignait pas l'emphase, Madame Mancier-Alvarez –, et que le fait de partir en reconnaissance du passé était le moyen le plus sûr d'enrichir l'avenir...

« Qui, un jour ou l'autre, n'a pas rêvé qu'il aurait pu vivre une autre vie que la sienne, qu'il lui aurait suffi de s'engager dans une autre voie... Balivernes que tout cela! Cependant, maintenant que je vous connais mieux, j'ai l'impression d'avoir rencontré enfin quelqu'un qui s'est engagé dans cette autre voie dont les gens rêvent en vain. »

Cumiana était toute proche de Turin. Adélaïde n'éprouvait aucune anxiété et à vrai dire même pas une très forte curiosité quoique, à force d'en feindre pour ne pas décevoir Madame Mancier-Alvarez, elle eût fini par en ressentir.

En montant dans la limousine noire que l'hôtel avait fournie à Madame, Adélaïde l'avait trouvée funèbre mais bientôt elle avait reconnu le plaisir très sensuel que lui procurait jadis celle de l'Ambassadrice – elle s'y sentait rassurée, le corps heureux, bien plus que dans le coin le plus douillet d'une maison, à l'abri, invulnérable, dans une de ces grosses voitures comme on n'en voit plus, roulant à toute allure sur une route lisse, quand on sent les roues lourdes et comme attachées à ce sol qu'elles laissent loin derrière elles.

Déjà à l'époque, la progressive cécité empêchait Madame Mancier-Alvarez de voir autre chose que des volumes au contour plus ou moins précis, selon qu'ils étaient en pleine lumière et qu'elle se trouvait ou non à contre-jour; elle disait que la cécité, quand elle n'est pas le fruit d'un brusque accident, n'est pas terrible, qu'elle ressemble à un lent crépuscule; elle regrettait d'avoir perdu les couleurs – il ne lui en restait, à l'entendre, que le jaune – et surtout le rouge magnifique qui a de si beaux mots dans toutes les langues... Il y avait même des avantages : les êtres chers gardaient toujours le même visage... Elle empruntait ces réflexions polies et cette pudeur à son ami Borges. La rhétorique est une manière de stoïcisme; en tout cas, elle peut y induire.

Adélaïde devait lui décrire le paysage. Elle avait été étonnée, une fois que l'interminable banlieue avait fini de se répandre dans la campagne, que les déclivités, les pentes intermittentes de la route se fussent accentuées de telle sorte que bientôt les collines avaient bouché tout un côté du ciel, tandis que des prairies s'étalaient, riantes, comme disait autrefois la littérature – et le mot lui était venu à l'esprit, me dira alors Adélaïde, parce qu'elle n'avait jamais vu nulle part des arbres d'une taille si respectable au tronc si fragile; s'il y avait abondance de trembles, elle pensait que tous méritaient ce nom qui n'a pas oublié son étymologie et n'est au fond qu'une onomatopée. Le paysage était d'une telle délicatesse que tout, et en particulier les bois, les forêts semblaient encore dans leur enfance; et les couleurs étaient neuves; les flancs des collines ruisselaient d'un jaune si franc, si entièrement, si profondément, si innocemment jaune, qu'il était l'idée même de la couleur. Ici et là, en bordure, des merisiers pourpres éclaboussaient la couverture d'or des collines, et en bas, et plus loin, des coteaux s'arrondissaient si doucement que le regard

305

transmettait à la main la sensation de les pouvoir caresser.

Soudain, Cumiana était là dans une vallée plate, agricole, au milieu d'un cercle de montagnes éloignées; dans les cols, les cimes blanches des Alpes. De vieilles maisons, de modestes bâtiments nouveaux, tous comme épars, à contresens et néanmoins entourant une sorte de place d'où partent les autobus, et où sous des halles à arcades se tient le marché. Et puis, déplacée, au bord du village, sur une plate-forme à laquelle conduisent quelques marches, l'église paroissiale à laquelle fait face, à une quinzaine de mètres, une autre église, petite celle-là et aujourd'hui désaffectée. Un groupe de jeunes gens y répétait un spectacle quand Adélaïde et Madame Mancier-Alvarez avaient débouché sur la petite terrasse. La grande église était fermée. Par rapport au village, elle était grandiose, et face à la disposition anarchique des immeubles qui semblaient désorientés, chacun semblant chercher le nord, l'honnête ordonnance de ses pilastres plats à cannelures, des niches, la frise sous le fronton autour du portail, les fenêtres vitrées ou aveugles et les arceaux sur les côtés arrondis, tout en elle rappelait le désir d'un ordre.

« Cela a-t-il un style?, ou c'est XIXe, style Renaissance? Ici, il faut faire attention, on tourne la tête et on rate un Juvara », avait dit Madame Mancier-Alvarez.

Les jeunes gens, qui s'étaient mis entre-temps à dresser une estrade à plusieurs niveaux dans le narthex, jetaient des regards aux étrangères adossées au parapet, et lorsque l'un d'eux, qui venait d'arriver, leur fit une description, bien qu'à mi-voix très éloquente, de la limousine arrêtée au pied de l'escalier, les coups de marteau cessèrent, et ils vinrent tous se pencher par-dessus le petit mur garde-fou. Ébahis, curieux, ils les entouraient, ébauchant des sourires à leur adresse qui dénonçaient l'envie qu'ils avaient de les aborder.

Adélaïde les devança en leur demandant le chemin du cimetière. Ils en furent étonnés – pourquoi le cimetière?

« Mon père a été baptisé ici, j'aimerais savoir si les siens, les miens, étaient de la région.

— Vous devez voir le curé, il sait tout, il sera heureux de vous recevoir... Je vais l'avertir. Vous pouvez me suivre, la cure est là, au fond. »

La perspective, qui intimidait Adélaïde, enchantait en revanche Madame Mancier-Alvarez dont le réflexe avait été de remonter ses lunettes, refaire le nœud de son foulard, aplatir de la main ses cheveux derrière l'oreille avant même que le garçon eût fini de formuler son invitation. L'affaire se présentait plutôt bien.

Le presbytère flanquait l'église; le couloir, qui faisait office de vestibule et qui donnait sur le transept, sentait la cire et l'encens refroidis. Une porte s'ouvrit du côté opposé et, les mains jointes sur la poitrine, le curé les invitait à passer, gauche, humble, étriqué : plus qu'un prêtre, on eût dit un enfant de chœur qui a enlevé son surplis; son accoutrement et son aspect correspondaient aux caricatures du clergé telles qu'on en pouvait voir jadis à la scène ou à l'écran : la soutane, d'un noir vieilli aux reflets verdâtres, était si étroite aux emmanchures qu'elle suggérait une coupe Empire; elle s'arrêtait juste en dessous du mollet et laissait dépasser les pantalons, tandis que de maigres chevilles faisaient ressortir la taille des chaussures dont le bout rond comme une balle se relevait. Il avait les yeux très rapprochés et, au milieu du front, une flammèche mauve ointe de pommade, peut-être une des espèces de lupus. Quand, le curé assis derrière son bureau et toutes deux installées en face de lui, il leur eut demandé en quoi il pouvait leur être utile, avec des mots qui explosaient comme des bulles entre les lèvres, Adélaïde crut avoir complété le portrait que mentalement elle ébauchait. Mais elle sentit à l'instant même que quelque chose d'essentiel lui échappait du modèle, quelque chose d'éclatant, de fantastique, à côté de quoi tout ce qu'elle avait cueilli ne serait que détails anodins. Elle en était sûre, son œil l'avait captée, cette chose énorme, faramineuse qui n'arrivait pas à sa conscience, restait aux abords, comme une menace.

Le curé avait à sa droite une bibliothèque vitrée garnie à l'intérieur de rideaux verts aussi décolorés que sa soutane. Il pouvait en atteindre la clé, la faire tourner dans la serrure, ouvrir la porte et même saisir des registres sans avoir à se déranger, ce qui, si l'on tenait compte qu'il les choisissait parmi ceux correspondant au début du siècle sans qu'il eût à poser son regard sur la rangée, laissait supposer chez le bizarre personnage un goût certain de l'ordre et l'amour des inventaires qui touchent à la mémoire collective.

L'acte de baptême de Celestino Marèse, il le trouva tout de suite, bien qu'Adélaïde n'eût pu lui fournir la date exacte de naissance. Il était bel et bien de la paroisse et il avait été baptisé deux jours après sa naissance, le 28 septembre 1902. Y avaient assisté...

Certains noms ne disaient rien à Adélaïde, d'autres remontaient de l'oubli, sans visage. Et la mère, la mère appartenait-elle à la paroisse?

C'était lui qui s'intéressait à ces questions – lui qui depuis vingt-sept ans, dans cette paroisse, avait charge d'âme de toutes les familles, notait avec méticulosité les naissances, les mariages et les décès. C'était lui qui était curieux de savoir si cette Malvina Gontero faisait partie de ses ouailles – les morts, tous ceux qu'il n'avait pas connus mais dont le nom figurait dans les registres, étaient à lui, il en était le guide, le pasteur, et, par la prière, l'humble intercesseur devant Dieu.

« Gontero, c'est une Lombarde d'origine, et si on remonte les siècles, une Wisigothe. On le saura en consultant les registres des mariages : si elle appartenait à la paroisse, elle s'y est mariée; c'est la coutume, le mariage est célébré dans la paroisse de l'épouse. Et la voilà! » avait-il dit, triomphal, en sautillant presque sur sa chaise, en levant si haut la tête que celle-ci prit la lumière du jour qui tombait oblique d'une fenêtre à tabatière : et la chose énorme, faramineuse, monstrueuse, que les yeux d'Adélaïde avaient captée sans qu'ils la lui transmettent, fit une irruption aveuglante dans sa conscience : elle tomba des branches de son arbre généalogique pour ne plus rien entendre, ne plus rien voir que la perruque auburn qui coiffait le petit curé et dont la raie, bien marquée, laissait voir la résille très fine sur laquelle les cheveux étaient tissés, et si massivement qu'ils devaient être faux; ils avaient une luisance que n'ont pas les vrais cheveux des bonnes perruques.

Était-il chauve, le petit curé? Avait-il froid, craignait-il d'attraper un rhume pendant la célébration de la messe ou dans le confessionnal?

Adélaïde se posait encore ce genre de questions quand le prêtre qui leur avait proposé de visiter l'église, obligé par le don généreux que Madame Mancier-Alvarez lui avait fait, dénigrait la lourde architecture de l'abside et du transept, qui datait du XIXᵉ siècle et faisait admirer le corps principal, la vaste rotonde à dôme et à colonnes engagées, les nervures de la grande voûte qui retombaient sur l'architrave reposant sur des piliers trapus. Madame Mancier-Alvarez encourageait le prêtre à décrire aussi bien l'espace qu'un ornement, et à les détailler aussi précisément que ses connaissances le lui permettaient. Le marbre abondait que côtoyait le faux marbre – comme la malice du trompe-l'œil, le volume ou le relief.

Ils avaient fait le tour des autels, des tableaux, des statues, et ils se trouvaient dans le narthex quand le curé prit par le coude Adélaïde et la conduisit vers la toute petite chapelle des fonts baptismaux.

On n'y baptisait plus depuis très longtemps et une grille ouvragée empêchait d'y pénétrer.

« Ecco l'altare di Maria Bambina! » s'était écrié le curé d'une voix où il y avait de l'allégresse : « C'est ici, ici même, que votre père a été baptisé. »

Hormis les marbres de couleurs vives et le bassin ovale sur son socle, tout y était d'or, les nappes de l'autel en soie moirée ou en dentelle; le cadre de nuages en volutes transpercés de longs rayons, du petit tableau de la Vierge à l'Enfant; le tabernacle, et sur le tabernacle, la niche, un enroulement de feuillages entremêlés de vaguelettes, comme l'écume d'un rêve, comme la projection de la plus haute ferveur, entourant une vitre et, derrière la vitre, au fond d'une eau sombre toute ridée de lueurs, la Vierge enfant, poupée de porcelaine dans un nid-d'ange blanc, enrubanné de pourpre, dormante.

Adélaïde regardait le bassin veiné de gris en essayant d'imaginer Tino nouveau-né dans sa robe de baptême, les mains paysannes qui l'inclinaient sur les fonts; et autour du prêtre, les parents, Malvina, qui n'avait jamais été jeune, et son grand-père qu'elle n'avait pas connu, et les autres qui figuraient dans le registre, mais elle ne réussissait pas à fixer la scène. Puis, soudain, comme lorsqu'elle pense à une ville aimée alors qu'elle se trouve ailleurs et que celle-ci cesse d'être un trésor de la mémoire pour se mettre à exister réellement, là-bas, avec ses bruits, ses odeurs, ses gens, sous son ciel, et sans elle, un chagrin venu de loin lui serra le cœur. Elle aurait voulu qu'il fût là, Tino, mais aussi Malvina et Nunzia et Lorenza et Supplizia, innocents comme les oiseaux, et leur donner les ors de Maria Bambina et Maria Bambina elle-même et les restituer à ce moment de jadis, et que ce moment fût leur paradis. Mais il est toujours trop tard et le monde est à chaque instant irréparable.

Quand Adélaïde et Madame Mancier-Alvarez sortirent sur l'esplanade, le ciel était sombre comme un étang, une coupole de nuages épais restait suspendue sur l'horizon de collines vivement éclairées. Et la lumière rasante était tombée sur le front tout squameux du curé de Cumiana, dont les plis horizontaux étaient tranchés net par la découpe, arrondie sur les tempes, de la perruque au bord de laquelle la peau présentait des granulations suintantes couleur lie-de-vin. Il avait froncé les sourcils sous le regard bien localisé d'Adélaïde, et la tache violacée, rétrécie et pointue, était à son insu comme un signe d'exclamation que le ciel eût apposé sur sa disgrâce. Le geste hâta les adieux. Mais elles furent en retard au cimetière qui avait fermé sa grille. Il n'était pas vaste. Il était propre. A droite, des chapelles funéraires étroites, comme des guérites; des dalles; en face, des pierres tombales contre le mur d'enceinte; ici et là, incrustée dans le marbre ou à même la muraille, on distinguait la photographie du mort. A gauche, on apercevait un vaste carré rempli de toutes petites tombes crépies à chaux et à sable : le coin des enfants.

Le cimetière était fermé, et elles devaient partir le lendemain. Elle se disait que c'était bien ainsi, elle n'y voyait aucun signe précis, mais cela était bien ainsi.

« Vous aurez l'occasion de revenir », avait dit Madame Mancier-Alvarez, dans la voiture, en se laissant aller contre le dossier et en croisant les jambes avec la même aisance qu'elle eût montrée dans un salon.

Il était cinq heures cinq, il lui pressait de prendre son thé et elle se fût étonnée si Adélaïde avait exprimé un doute sur la possibilité d'en trouver à son goût, à Cumiana. Il n'y avait pas abondance de bars; le marchand de journaux chez qui Adélaïde acheta toutes les cartes postales, des rues, de l'église et du marché, des collines, leur conseilla le débit de boissons à l'arrêt des autobus. Madame Mancier-Alvarez avait trouvé l'idée excellente : il y aurait du monde et il fallait toujours voir des gens pour se faire une idée d'une ville ou d'un pays que l'on ignore.

Adélaïde avait espéré entendre le dialecte, la langue que parlaient entre elles Malvina et Supplizia et qui lui avait été toujours interdite, non pas pour préserver des secrets, mais pour qu'elle n'eût pas le désavantage de métisser du dialecte des pauvres la langue orgueilleuse des conquérants. Elle avait été déçue, les gens parlaient l'italien. Elle avait demandé la raison au vieux serveur, qui était un autochtone, et il lui avait dit, en levant son regard bleu qui semblait chercher quelque chose au-delà des fenêtres, que les gens étaient venus de toute la Péninsule à cause du travail que l'on trouvait dans la région; et ils étaient venus avec leur parler, auquel ils avaient, eux aussi, renoncé.

Adélaïde lui avait demandé de lui dire quelques mots en

piémontais et il s'était acquitté de la tâche, regardant du coin de l'œil par moments pour essayer de capter si elle comprenait ou non.

Non. Elle ne comprenait plus. Enfant, pas un mot ne lui échappait si elle n'en prononçait jamais. Maintenant, en revanche, le sens des phrases, elle ne le saisissait pas. Et pourtant, il y avait dans les mots dont le serveur détaillait les syllabes et que peu à peu il déclamait comme s'il eût ressenti un bonheur oublié, quoiqu'ils fissent, à croire ses gestes, allusion à la table, aux chaises, aux tasses, aux verres, aux murs, aux fenêtres, oui, il y avait bien pour Adélaïde un élément qui, plus que familier, demeurait étroitement lié à elle, à son passé : elle ne cherchait plus, elle avait trouvé. C'était un son, juste une note, une voyelle, la cinquième voyelle ; la vingt et unième lettre de l'alphabet français ; la lettre *u*, ce son le plus intime et qui ne se trouve pas par hasard dans le mot solitude. Elle avait courtisé longtemps la langue où la solitude est si intérieure et a tellement de pudeur que les lèvres tendent à dissimuler qu'elles le forment, et elle avait fini par s'y sentir au chaud, protégée. Et tout cela, qui est comme un changement d'âme et la seule modification du passé que l'on puisse opérer, n'était le fait peut-être que de ce son qui avait appartenu aussi et d'abord à la langue interdite de l'enfance.

Un son petit et concave, comme une infime nacelle sonore, avait transporté, se faufilant à travers les fleuves et le désordre du sang et des années, ses pensées les plus près de son cœur, l'insaisissable noyau qu'était elle-même, pour la déposer au bord d'une autre langue où, par la grâce de ce son, de cet *u*, elle avait commencé une lente navigation aveugle. Elle était née de ce son rentré.

« En Asie l'on croit que le monde fut créé par un son... », dit Adélaïde, et la cloche qui rappelait les malades à leurs dortoirs et signalait la fin des visites l'interrompit.

Je m'étais mis debout, je pensais la raccompagner. Le jour avait baissé, il n'y avait plus d'or sur les fenêtres, l'ombre gagnait déjà le faîte de la toiture. Adélaïde souriait mais ne bougeait pas. Sous le manteau marine qui avait fini par glisser d'une épaule, la chemise de nuit absorbait, dans la vaste cour terreuse, la lumière du ciel.

« Savez-vous ce que j'ai pensé en quittant Cumiana ce jour-là ? Je vous prie, ne faites pas attention aux mots, je les ai mentalement prononcés pour moi-même du ton de quelqu'un qui vient d'être déchargé d'un fardeau... Je me suis exclamée : " Ah ! la, la, qu'est-ce que je me fiche de la petite paysanne de *là-bas,* et de celle qui dans la cuisine du couvent lisait du coin de l'œil les manuels, de toutes celles que j'ai été, plus ou moins meurtries, qu'est-ce que je me fiche ! " Ce n'est pas l'oubli, c'est mieux que l'oubli, tout est là, mais indolore. J'avais voulu voir le cimetière, je ne me suis pas rendu compte sur le moment, devant la grille, pourquoi j'avais tenu à aller jusque-là. Je m'en suis aperçue ensuite, peut-être seulement sur le chemin de retour à Turin... J'avais eu besoin, physiquement, de poser mes pieds sur la terre de mes morts anciens, pour leur laisser toutes ces mortes que j'avais été et que je portais en moi, pour m'en décharger, pour n'être que celle que j'étais, ni glorieuse, ni triomphante, mais ayant survécu à bien des choses, aimant à se sentir légère, sans attaches, sans remords, sans illusions. Pendant quelques années, j'ai vécu au présent, ou presque. Je croyais que la vie s'était pour de bon apaisée, que la vie faisait de la place à la vie... Puis... Allez-y, il faut respecter la discipline, me taquina-t-elle.

– Et vous ? permettez-moi de vous raccompagner.

– Non, merci, non. Si je reste seule, on ne me dira rien... Je vais profiter encore un petit moment. A demain. Ne venez pas me chercher, ne vous dérangez pas, je rentrerai seule.

– Vous savez bien que je viendrai.

– A demain, alors. »

Pour une fois, sa main ne s'était pas raidie dans la mienne. La bâtisse derrière elle, on eût dit un château, mais si l'on

313

rétrécissait l'angle de vision, ce n'était qu'une vaste, ancienne maison de campagne, et si on isolait juste Adélaïde sur un morceau de mur, une maison de paysan au crépi poussiéreux.

Je traversai interminablement la cour. J'entendais mes propres pas. Je sentais le regard d'Adélaïde dans mon dos. Avant de m'engager dans le passage voûté, je souriais en prévoyant le signe que j'allais lui faire si je me retournais. Je le fis. Les deux chaises étaient vides.

Adélaïde mourut dans la nuit du dimanche au lundi dans son sommeil. Lorsque, vers neuf heures, j'étais venu pour la ramener à la maison, son corps venait d'être transporté à la morgue. C'était Germaine qui, en reprenant son service, l'avait découverte. Elle me montrait le lit défait, les draps en tas, les oreillers sans taie, sales, rouillés, et en plissant le front, le menton tremblant, elle me répétait, comme au bord des larmes, une phrase qui avait dû beaucoup lui servir : « Mon pauvre Monsieur, elle nous a faussé compagnie », jusqu'à ce que, s'étant fait préciser la nature des liens qui m'unissaient à la défunte, elle prît l'air de me refuser audience et d'avoir d'autres chats à fouetter, la sévérité de son maintien et la voix redescendant de la tête pour s'engouffrer dans le nez, me rappelant brusquement au respect dû à sa petite personne, fort occupée par cette humanité qu'abritait la grande salle.

Selon ses dispositions testamentaires, que détenaient deux notaires – le mien, ce qui me surprit, et celui de Madame Mancier-Alvarez –, Madame Mancier-Alvarez elle-même et le syndic de notre immeuble, Adélaïde fut incinérée. Madame Mancier-Alvarez prit les mesures nécessaires; je les exécutai. Elle décida que ses cendres seraient ramenées à Cumiana; je m'en chargeai. Je suivis à la lettre ses dispositions sauf celle concernant la bière qu'elle voulait en noyer, droite, s'ouvrant comme un coffre et avec des ferrures mates. Je lui préférai un cercueil des pauvres, non pas qu'il fût destiné au feu mais parce que j'en ai vu dans ma vie quelques-uns, et j'avais observé que tous avaient les jointures imparfaites, pouvant laisser filtrer l'air : je songeai à la crainte d'Adélaïde que le cerveau ne continuât d'enregistrer les images, de percevoir des faits. De son côté, Madame Mancier-Alvarez comprit si bien mon souhait, qu'elle s'abstint d'emmener l'Ambassadrice et me remercia d'avoir songé à faire jouer de la musique, dans la froide, monumentale, atroce chapelle, apte à tous les rites, où nous attendîmes que le cercueil fût arrivé et mis en place devant le four, en bas, au crématorium.

Elle avait tenu à y descendre avec moi. Lorsque les employés ouvrirent le four, je vis le rougeoiement des flammes – des flammes comme l'allumage d'un incendie par un cyclone – sur ses lunettes et je sentis sa main me serrer l'avant-bras quand, dans l'agitation bourdonnante du four, on perçut le raclement du cercueil qui y pénétrait.

Nous ne sommes pas remontés dans la chapelle; nous nous sommes promenés parmi les tombes, en parlant de choses et d'autres. Comme nous revenions, je regardais se fondre dans le ciel bas la fumée des cheminées qui devenait de plus en plus ténue; peu à peu, ce ne fut qu'un souffle. Il y eut un silence nouveau, rongé, au loin, par la rumeur de la ville, au-dessus, par des pépiements d'oiseaux. Nous nous étions assis derrière une haie. Nous entendîmes soudain les voix fanfaronnes des croque-morts qui, en nous apercevant, adoptèrent la mine d'enterrement qui fait partie de leur emploi. Ils poussaient vers nous une espèce de catafalque recouvert d'un drap noir frangé d'argent, sur lequel la modeste urne en grès, plutôt un récipient aux axes rectangulaires qui avait l'avantage de posséder un couvercle à vis dans la même matière, tenait à peine debout, comme s'il était très léger. Ils avaient dû rire, en sortant du crématorium, à cause du gémissement intermittent de l'une des roues auquel répondait, en contrepoint, le grincement de poulie rouillée de l'autre. Les deux hommes portaient des moufles matelassées couleur aluminium et lorsque nous nous sommes avancés vers eux ils nous empêchèrent de toucher l'urne : elle était brûlante. Je regrette de ne pas leur avoir demandé la raison — les cendres ne pouvant être tellement chaudes, le récipient avait-il été introduit dans le four pour les cueillir ? Je me suis limité à soupçonner que l'urne ne contenait qu'une partie des restes.

L'un des hommes enleva ses moufles et sortit de sa poche une bague dessertie qu'ils avaient isolée dans les cendres. C'était la bague en platine d'Adélaïde qui avait perdu sa pierre et qu'elle ne portait pas à l'hôpital. J'appris à cette occasion que les diamants brûlent.

Madame Mancier-Alvarez avait prévu pour l'urne l'un de ses sacs de voyage, d'une maison très connue, dont elle me dit que la fermeture Éclair était increvable. En fait, elle avait tout prévu, afin que les cendres d'Adélaïde pussent trouver une place dans le cimetière de Cumiana ou, si l'on préfère, comme on dirait dans un discours d'apparat, rejoindre celles de ses ancêtres. Même aveugle, elle balayait les obstacles de la bureaucratie, royale sans affectation, naturellement au-dessus des tarifs et des frontières.

Je fis le voyage à Turin en train, je descendis à l'hôtel dont Adélaïde m'avait parlé. Pas un seul instant je ne me suis dit que je transportais les restes d'Adélaïde, mais je tenais à ce que l'urne fût en toute occasion debout, alors que le sac, de forme allongée, mis verticalement, dénonçait un contenu exigeant des égards, et aurait dû éveiller les soupçons des douaniers s'ils avaient frappé à mon compartiment.

Le petit curé de Cumiana, qu'il me sembla reconnaître, me posa toute sorte de questions, aussi bien sur Adélaïde — dont le patronyme avait été l'objet de l'une de ces recherches étymologiques qu'il affectionnait, quand elle était venue trois ans plus tôt, il s'en souvenait — que sur l'incinération qu'il acceptait parce que l'Église l'avait permise et qu'il fallait bien se plier à ses décrets : « Vous savez, me dit-il, posant une main bénisseuse sur l'urne qui était entre nous, sur son bureau, j'obéis, j'obéis, n'est-ce pas?, mais au fond de mon âme, sûrement le démon me souffle que les fidèles qui se font brûler ne ressusciteront pas. » Il avait avancé vers moi son visage; on eût dit qu'il n'attendait qu'un argument capable d'effacer son terrible soupçon. Il était, à n'en pas douter, un paisible habitant de l'enfer. Quand on croit, au moment où l'on croit – puisque croire n'est pas une activité permanente de l'esprit –, on ne se préoccupe guère de ce qu'il faut faire ou pas.

Il déposa Adélaïde dans une armoire de la sacristie, jusqu'au lendemain. Je passai la nuit dans un hôtel près d'Avigliana. Nous avions rendez-vous le lendemain à huit heures. Il m'avait préparé une surprise : il avait ouvert la grille de la chapelle de Maria Bambina; les cierges étaient allumés; la réverbération des ors aggravait la pénombre; l'urne était posée dans le bassin jadis destiné à l'eau du baptême. Un adolescent, peut-être celui-là même à qui Adélaïde avait demandé le chemin du cimetière, servit la messe que don Paulin célébra – et il énonçait à voix haute, pour marmonner ensuite, en decrescendo, les prières que les fidèles savent par cœur.

Une heure plus tard, le curé et moi nous nous quittions sur le chemin du retour au village – des voisins l'avaient aperçu et lui avaient demandé de se rendre chez eux. Nous avions déposé les cendres d'Adélaïde dans une niche, contre le mur d'enceinte, où il y avait déjà le petit cercueil d'un enfant qui portait le même nom de famille et dont le fugace passage sur terre d'un ciel à l'autre, comme on pouvait lire sur la plaque commémorative, avait eu lieu en 1901.

Tout était fini, je n'avais plus rien à faire à Cumiana. Je pris la voiture mais je ne suivis pas la flèche indiquant Turin. Adélaïde n'avait pas exagéré : les arbres étaient graciles et le jaune des coteaux n'était aussi jaune et massif nulle part ailleurs dans la nature, ni le pourpre des merisiers plus lumineux. Je voyais l'automne qu'Adélaïde m'avait vanté : c'était le même automne et peut-être, un instant, dans la

317

splendeur solitaire des collines, le moment de jadis et celui d'aujourd'hui se confondaient-ils et n'y avait-il qu'un seul et même regard, qui était encore le sien, qui avait été le mien.

La déposition des cendres, les cendres elles-mêmes, étaient en fait plus proches du symbole que ce moment où, de retour au cimetière, Adélaïde avait compris que le sens de sa visite avait été, à son insu, de s'alléger de toutes les Adélaïdes mortes qu'elle portait en elle, de les livrer à ces morts de son sang qui gisaient là, mais il me semblait juste que les cendres y fussent désormais.

Je visitai des abbayes, de curieuses constructions en brique perfidement gothiques parfois — d'un gothique qui eût été réinventé d'après un récit de voyageur; je traversai des villages, je retrouvai ou crus déceler la saveur de l'origan, cher à Adélaïde, dans la sauce des pâtes. Je m'étais déjà engagé sur la route de Turin quand quelque chose en moi décida de faire marche arrière.

J'arrivai à Cumiana peu avant le coucher de soleil. L'église était fermée; le presbytère, éteint. Il ne faisait pas encore sombre mais le ciel était bas, l'air immobile. Ce n'était pas encore l'heure des lampes domestiques ni des premiers lampadaires.

Je ne m'étais pas tout à fait acquitté de ma tâche, il ne fallait pas que je me dérobe au devoir, que j'entrevoyais à peine, de témoigner d'Adélaïde, de son existence où l'on voyait à l'œuvre, incessante, implacable, la secrète ordonnance de la réalité.

Un livre ne s'adresse pas aux vivants, encore moins aux générations à venir; il veut consoler les morts, leur rendre justice, leur accorder une dignité, parachever leur vie — la foule des morts qui dévale de partout, nous entoure, se presse, et parfois entre en nous, nous remplissant d'un bavardage qui cherche les mots justes et une cadence pour qu'enfin l'on

318

entende ce qu'ils avaient eu à dire. Écrire, c'est suivre leur pas sans trace, leur donner la parole, devenir leur écrivain public. Les morts en ont besoin, qui s'égarent sans fin dans un rêve plus grand que la nuit.

Il aura fallu l'ambition, la douleur, l'orgueil, les agonies toujours recommencées — et de surcroît il aura fallu ne pas réussir ce que l'on rêvait de faire — pour aboutir à nous-mêmes. Car le moment finit toujours par arriver où, obscurs ou prodigieux, les jours de l'homme se réduisent à une image sans nom et sans figure : soudain, nous sommes l'inconnu qui attend à une croisée de chemins, un petit paquet à la main ; nous attendons un autre inconnu pour le lui donner ; nous ignorons ce que le petit paquet contient, nous ne savons pas que c'est ce qu'il reste de toutes les choses que nous avons entreprises, le sens même de la vie, la poussière d'or des nuits, ce pourquoi nous fûmes là. Peut-être le petit paquet ne contient-il que les trois ou quatre choses qui seules nous appartiennent ; un regard, un geste futile, un geste atroce, un mot tu, un problème d'algèbre résolu en marge d'un feuillet, un verre de lait offert, une trahison. Le grand et le petit dépendent du point de vue, comme le haut et le bas, comme le bon et le mauvais — le propre de Dieu est de ne pas percevoir les différences : où que nous nous trouvions, nous sommes à un carrefour et nous avons des étoiles aussi sous nos pieds.

J'étais appuyé au parapet de la terrasse qui sépare l'église de la chapelle. Le ciel, plombé, écrasait les pics couverts de neige. Tout d'un coup le soleil parut déversant sur l'arrière-pays des pleins seaux de lumière que la terre absorbait doucement.

En fermant l'œil gauche, je faisais disparaître le modeste immeuble à étages qui gâchait la vue. Je me sentais le cœur en paix comme un vieux jardin. Le monde semblait vierge, prêt à recommencer. Et une odeur d'herbe coupée laissait croire que tout n'était pas encore perdu.

*Composé et achevé d'imprimer
par la Société Nouvelle Firmin-Didot
à Mesnil-sur-l'Estrée, le 21 novembre 1985.
Dépôt légal : novembre 1985.
1er dépôt légal : août 1985.
Numéro d'imprimeur : 3515*

ISBN 2-07-070472-6/Imprimé en France

36734